MARGARET DOODY

Der Fluch der Artemis

Buch

Athen, im Jahre 332 v. Chr.: Als der Grieche Nikiarchos stirbt, hinterlässt er seinem ältesten Sohn, dem zweiundzwanzigjährigen Stephanos, eine große Verantwortung: Als neues Oberhaupt der Familie muss Stephanos ab sofort für seine Mutter und den wesentlich jüngeren Bruder sorgen und einem großen Haushalt mit Bediensteten und Sklaven vorstehen. Zu seinem großen Verdruss lässt ihm die neue Aufgabe keine Zeit mehr, die philosophischen Studien bei seinem berühmten Lehrer Aristoteles weiterzuverfolgen. Kaum hat er sich an die Lektüre der Haushaltsbücher und die Streitereien der Hausangestellten über Schafe, Butter und Oliven gewöhnt, da geschieht etwas, das ihm seine Hilflosigkeit erneut vor Augen führt: Als der reiche und einflussreiche Athener Boutades mit einem Pfeil in der Kehle gefunden wird, verdächtigt man Stephanos' Cousin Philemon der Tat. Nun ist es Stephanos' Pflicht, seinen Cousin von den Vorwürfen reinzuwaschen. Die Anklage erscheint ihm absurd, hat Philemon doch seit über zwei Jahren keinen Fuß mehr in die Stadt gesetzt. Was bleibt ihm in seiner Verwirrung anderes übrig, als sich an seinen Lehrer Aristoteles zu wenden, der bisher noch für jedes Problem eine kluge Lösung fand. Und gemeinsam entwickeln sie einen Plan, um die Unschuld Philemons zu beweisen…

Autorin

Margaret Doody wurde in Kanada geboren und studierte in Oxford, wo sie in Philosophie promovierte. Heute lehrt sie an der Universität Berkeley in Kalifornien vergleichende Literaturwissenschaft.

I

Ich, Stephanos

Höre mich, o Kleio, Muse der Geschichtsschreibung, und unterstütze mich bei der Niederschrift dieser Geschichte, denn was ich zu berichten habe, ist die reine Wahrheit.

Ich, Stephanos, Sohn des Nikiarchos, Bürger von Athen, will hier von den ungewöhnlichen und schwierigen Abenteuern erzählen, die ich im ersten Jahr der hundertzwölften Olympischen Spiele zu bestehen hatte. Ich werde kundtun, wie es dazu kam, dass ein männliches Mitglied meiner Sippe aufs Übelste verleumdet, schließlich jedoch von jedem Verdacht reingewaschen wurde und wie durch das Zutun der mächtigen Götter ein Bösewicht seine gerechte Strafe erhielt. Ferner werde ich die Weisheit meines Ratgebers Aristoteles rühmen, den ich allen Verleumdern zum Trotz offen einen der besten Männer und einen der größten Philosophen des Jahrhunderts nenne.

Es war im Monat Boedromion* zur Zeit des dritten abnehmenden Mondes nach Sommersonnenwende. Eigentlich hatte ich auch vorher schon Sorgen genug … was ich vielleicht nicht sagen sollte, denn die Götter könnten es

* *Boedromion:* Im antiken Athen Name für den dritten Monat eines Jahres. Der Jahresbeginn lag ungefähr bei Ende Juni.

hören und mich auslachen. Aber so ist es nun einmal gewesen. Ich hatte wirklich genug mit meinen Angelegenheiten zu tun. Mein Vater Nikiarchos war im Frühling des Jahres gestorben, und ich wurde plötzlich als nur Zweiundzwanzigjähriger Oberhaupt einer Familie. Ich musste für meine Mutter und den wesentlich jüngeren Bruder sorgen und den Haushalt mit Bediensteten und Sklaven beaufsichtigen. Meine Mutter hat keine Brüder, und der Bruder meines Vaters lebt nicht mehr, sodass ich der Herr des Hauses bin. Noch voll Trauer über den Verlust meines Vaters, musste ich mir schon das Gezeter der Hausangestellten über Schafe, Butter und Oliven anhören. Anstatt weiter am Lykeion* zu studieren und den Umgang mit Philosophen zu pflegen, vertiefte ich mich im Hof inmitten schwatzender Weiber in die Lektüre der Haushaltsbücher. Unsere Familie schien alle möglichen Schmarotzer durchzufüttern: kränkliche, in Stolen gehüllte alte Damen, die ständig Hafergrütze verlangten, und ihre fetten Sklaven, die Kuchen und Oliven einsteckten. Meine Mutter hat ein weiches Herz und ist sehr gastfreundlich. Dass es allerdings nicht ratsam ist, Leute, von denen man nichts erwarten kann, allzu großzügig mit Oliven, Wein, Kuchen und Hafersuppe zu ernähren, das hat schon Telemachos auf Ithaka erfahren müssen. Andererseits wollte ich wirklich bedürftigen Verwandten gegenüber auch nicht hartherzig sein. Ich war immer bereit gewesen, die arme Tante Eudoxia, die Witwe des Bruders meines Vaters, bei uns aufzunehmen. Diese Verwandte hieß von jeher nur die »arme Eudoxia«. Dabei war sie keineswegs mittellos, aber

* *Lykeion:* ursprüngl. ein dem Apollon Lykeios geheiligter Hain in Athen; außerdem Name des Gymnasiums, in dem Aristoteles seine Philosophenschule hatte.

sie hatte einen großen Kummer. Tante Eudoxia war tatsächlich krank – sie klagte nicht nur über irgendwelche Beschwerden, wie Frauen das sonst tun –, wir konnten sie jedoch nicht dazu überreden, zu uns zu ziehen. Nach jedem Besuch bestand sie darauf, in ihr kleines Haus am Stadtrand von Athen zurückzukehren. Ich ahnte längst, dass sie das deshalb tat, weil sie vielleicht fürchtete, ich könnte ihren Besitz an mich bringen, sobald sie ihr Zuhause aufgab. Doch ihre Angst war unberechtigt, denn die Gesetze der Götter und die der Menschen verbieten eine solch schändliche Tat, und ich wusste ja so gut wie Tante Eudoxia selbst, dass das Anwesen ihrem einzigen Sohn Philemon gehörte.

Meine Mutter nahm den Namen von Eudoxias Sohn nur selten in den Mund, denn sie glaubte, er habe Schande über die ganze Familie gebracht. Ich war da anderer Meinung. In meiner Kindheit und Jugend hatte ich Philemon gut gekannt. Wir waren beinahe wie Brüder gewesen, und meine freundschaftlichen Gefühle für ihn änderten sich auch nicht, als er in Schwierigkeiten geriet. Mit neunzehn Jahren ließ er sich in eine Wirtshausschlägerei ziehen – es war nicht das erste Mal, denn Philemon hatte von jeher Auseinandersetzungen lieber mit den Fäusten als mit Worten geführt. Als Neunzehnjähriger schon hatte also Philemon mit einem Faustschlag einen Mann getötet und war dann, ohne von uns Abschied zu nehmen, mit dem nächstbesten Schiff, das den Hafen von Piräus verlassen hatte, aus der Stadt verschwunden. Das Ganze hatte ein gerichtliches Nachspiel, doch Philemon fand milde Richter. Er wurde in die Verbannung geschickt und durfte bei Androhung der Todesstrafe nicht mehr nach Athen zurückkehren. Sein Vermögen wurde jedoch nicht beschlagnahmt. Dies ließ uns hoffen, dass ihm eines Tages die Strafe erlassen werden würde und er als Bürger mit allen Rechten in die Heimat zurückkehren dürfe. Wir wussten nicht, wo Philemon sich aufhielt, hatten jedoch gerüchteweise gehört, dass er mit dem Schiff in den Süden gesegelt und nach einem Aufenthalt auf mehreren südlichen Inseln Soldat geworden sein sollte. Das erschien uns nicht unwahrscheinlich, denn zu dieser Zeit wurden viele Soldaten gebraucht, da Alexander von Makedonien mit seinem Heer auf dem Vormarsch nach Kleinasien war. Dabei würde es aufregende Schlachten geben, und ich wusste, dass Philemon der Verlockung, daran teilzunehmen, nicht widerstehen konnte. Er war ein Achilles, kein Hektor, und liebte den Kampf um des Kampfes willen. Ich hoffte nur, dass er nicht getötet werden würde. In jenem Sommer nach dem Tod meines Vaters dachte ich oft an Philemon und stellte mir vor, wie er durch die Welt zog, während ich zu Hause festsaß. Ich wünschte, Philemon wäre da gewesen, und ich hätte mit ihm reden können. Vor den Frauen durfte ich davon allerdings nichts sagen, denn Tante Eudoxia wäre sofort in Tränen ausgebrochen und hätte schluchzend gejammert: »Mein armer Junge! Ich werde ihn nie wieder sehen! O weh! O weh!« Und dann hätte auch meine Mutter geweint, und die Dienerin und das Sklavenmädchen hätten zur Gesellschaft zu klagen und zu schreien angefangen, so gut und so laut sie konnten.

Aber das war noch nicht alles, was mich bedrückte. Mein Vater hatte das Geld mit leichter Hand ausgegeben, und wir besaßen weniger, als ich angenommen hatte. Es war vereinbart worden, dass ich Charmia, die Tochter des achtbaren Bürgers Kallimachos, heiraten sollte, aber seit dem Tod meines Vaters hatte sich der angesehene Bürger von der Abmachung etwas distanziert. Er verlangte, dass meine Familie Charmia und mir wertvolle Hochzeitsgeschenke machte, und zur Sommersonnenwende wurde mir klar, dass ich einen Weinberg verkaufen musste, um das nötige Geld dafür aufzubringen. Meine Wahl war auf einen kleinen, wenig ertragreichen Weinberg gefallen, denn ich war der Meinung, dass unser Vermögen keine größeren Einbußen vertrug. Gegen Anfang des Monats Boedromion glaubte ich schon, der Handel sei perfekt, doch dann machte der Käufer zu meinem Ärger plötzlich einen Rückzieher.

Trotz meines frauenreichen Haushalts wollte ich wirklich gern heiraten. Meine Mutter ist in der Haushaltsführung nicht sehr talentiert; außerdem redet sie gern und viel und neigt zu häufigen Tränenausbrüchen. Mein Bruder war zu dieser Zeit noch zu jung, um ein ernsthafter Gesprächspartner für mich zu sein. Im Übrigen hatte ich mich bereits an den Gedanken gewöhnt, dass Kallimachos' Tochter meine Frau werden würde. Ich hatte gehört, sie sei eine vernünftige und fleißige Person – und das sagte nicht nur ihr Vater. Das war wichtig, denn der Verkäufer, der es nicht versteht, seine Ware anzupreisen, ist ein Dummkopf. Wenn man aber danach gehen konnte, was unter den Frauen so geredet wurde, war sie auch noch anmutig und würde sicher hübsche Kinder zur Welt bringen. Natürlich sollten junge Leute nicht allzu viel auf diese Dinge geben, aber niemand heiratet gern ein zänkisches, hässliches Mädchen… und vor einem unfruchtbaren Weib bewahre uns Aphrodite. Frau und Kinder verschaffen einem Mann Ansehen und machen ihn stark. Ich wollte also nicht nur wegen des sexuellen Verlangens heiraten, das ich genauso gut jede Nacht mit einem entgegenkommenden weiblichen Wesen in einem der kleinen Häuser hätte befriedigen können.

Beim Durchlesen dessen, was ich bisher niedergeschrieben habe, merke ich, dass ich vom Thema abgekommen bin. Einem guten Rhetoriker oder geschulten Rechtsgelehrten sollte das eigentlich nicht passieren. Vielleicht schiebe ich das Unvermeidliche noch ein wenig auf, weil ich nur ungern all das noch einmal durchlese, was ich beim Anblick des schrecklichen, gottlosen Verbrechens empfunden habe. Aber wenigstens könnt ihr jetzt verstehen, warum ich in der Nacht vor jenem denkwürdigen dritten Tag in der zweiten Woche des Monats keinen Schlaf gefunden habe. Ich habe lange wach gelegen und überlegt, wann, und falls überhaupt, wie ich heiraten sollte, und habe auch über den Verkauf des verdammten Weinbergs nachgegrübelt. Schließlich stand ich auf, machte mir gar nicht erst die Mühe, einen Sklaven zu wecken, sondern zündete selbst eine Lampe an und versuchte zu lesen. Doch weder Geist noch Herz waren für andere Dinge zugänglich. So beschloss ich, einen Spaziergang zu machen. Es war kurz vor Sonnenaufgang, und die Stadt würde bald zu neuem Leben erwachen.

II

Ein Mord in Athen

Ich wanderte durch die verlassenen Straßen, und im Rhythmus meiner Schritte löste sich langsam die innere Anspannung. Der leichte Wind, der kurz vor Sonnenaufgang aufkam, war kühl, und ich war froh um das wollene Himation*, das ich über meinem dünnen, ärmellosen Chiton** trug. Die Vögel begannen zu singen, und ich glaubte vereinzelt die Schreie der Möwen zu hören. Ich dachte an Philemon, wie er sich auf irgendeinem Schiff versteckte, und als ich an dem kleinen Altar des Poseidon vorbeikam, sprach ich ein Gebet für meinen Cousin und gelobte, ein Opfer darzubringen. Niemand wusste schließlich, wo Philemon sich zurzeit aufhielt; es konnte also sehr gut sein, dass er gerade auf See war. Ich hatte für ihn schon oft zu Zeus, dem Beschützer aller Fremden und Wanderer, gebetet.

Die leichte Brise wurde kühler, und aus den Gärten stieg Feuchtigkeit auf, die jedoch kaum mehr nach Sommer und auch noch nicht ganz nach dem Herbst roch. Dann wurde der Himmel im Osten langsam grau, und die Umrisse des Hügels Lykabettos tauchten aus dem Dunkel auf. Ein schmaler safrangelber Streifen am Horizont kündigte den nahen Morgen an. Ich sah jetzt die Straße und den kleinen

* *Himation:* Oberkleid der Griechen, vergleichbar einem Mantel, der über die linke Schulter gelegt wurde und die rechte meist freiließ. Darunter trug man den

** *Chiton:* Männerhemd mit oder ohne Ärmel. Das Hemd war gewöhnlich kurz, selten lang.

Altar des Vaters der Eupatriden* deutlich vor mir. Dahinter liegt das Viertel, in dem vor allem reiche und adelige Bürger leben. Die fensterlosen Frontseiten der großen Villen wirkten nicht länger düster und drohend, sondern hellgrau im ersten Morgenlicht. In Gedanken beschäftigte ich mich noch immer mit dem Sonnenaufgang und versuchte mich an die passenden Verse Homers zu erinnern, als mich plötzlich ein greller Aufschrei und ersticktes Rufen zusammenfahren ließen. Die Schreie kamen aus dem Haus, das unmittelbar vor mir lag. Dann stürzten zwei Männer aus dem gegenüberliegenden Haus und liefen in Richtung der Schreie über die Straße.

Das Hoftor des betreffenden Hauses stand offen. Als ich es schließlich erreichte, rannten die beiden anderen Männer bereits auf die Haustür zu. Im Hof stand ein Sklave, der aufgeregt von einem Bein auf das andere hüpfte und mit verzerrtem Gesicht aus Leibeskräften brüllte: »Man hat den Herrn getötet! Man hat den Herrn getötet!« Als ich an ihm vorbeilief, unterließ er es, mich nach meinem Namen zu fragen, und fuhr fort, wie ein Wahnsinniger zu schreien, was er im Augenblick wohl für seine oberste Pflicht hielt. Ich folgte den beiden Männern, einem untersetzten Bürger und seinem Hausklaven, zur inneren Tür. Ich kann nicht sagen, was mich veranlasste, in dieses Haus zu gehen. Es war wie ein innerer Zwang. Plato berichtet an irgendeiner Stelle, dass Sokrates die Geschichte eines Mannes erzählt, der wusste, dass hinter einer bestimmten Mauer die enthaupteten Leichen erst kürzlich Hingerichteter lagen. Er wollte daran vorbeigehen, brachte es jedoch nicht fertig und sah sich weinend das Schreckliche an. Sicher sind es nicht die Augen, sondern irgendwelche nied-

* *Eupatriden:* Angehörige des attischen Geburtsadels.

rigen Instinkte des Menschen, die beim Anblick so furchtbarer Dinge Befriedigung empfinden. So muss es auch bei mir gewesen sein – obwohl ich ja im Gegensatz zu dem Mann, von dem Sokrates erzählt, bis dahin keine Ahnung hatte, wohin ich ging und was mich dort erwartete.

Ich sollte es jedoch bald erfahren, denn ich folgte den beiden anderen durch die innere Haustür und eine zweite Tür in ein Zimmer. Mein erster Eindruck war, dass es sich um einen ziemlich großen, spärlich erleuchteten Raum handelte, in dem sich fünf Personen – drei Athener Bürger und zwei Sklaven – befanden. Doch ich muss mich korrigieren. Es waren außer mir sechs Personen im Zimmer, fünf Lebende und ein Toter. Dort in der Mitte auf dem Fußboden lag der Hausherr in einer Verfassung, in der er kaum mehr in der Lage war, Gäste zu empfangen. Es handelte sich um den achtbaren Bürger Boutades, aus der Großfamilie der Etioboutadiden. Boutades, ehemaliger Chorege*, Finanzier einer Triëre** und einflussreicher Bürger, lag auf dem Rücken auf dem Fußboden. Sein Körper war von der Hüfte abwärts unnatürlich verrenkt, wobei beide Knie seitwärts gedreht waren. Boutades trug einen weißen oder besser ursprünglich weißen Chiton, der jetzt von Blut getränkt war. Sein glasiger Blick war unverwandt zur Decke gerichtet, und in seiner Kehle steckte ein Pfeil.

Ich weiß nicht mehr, wie lange ich wie in Trance auf den Toten gestarrt habe. Obwohl mir leicht übel war, blieb ich im Zimmer und wäre sicher wie angewurzelt auf einem

* *Chorege:* reicher Athener Bürger, der die finanziellen Mittel für die Einstudierung eines Dramas zur Verfügung stellte, aus denen die Schauspieler und der Chor bezahlt wurden.

** *Triëre:* häufigster Schiffstyp des klassischen Griechenlands. Für den Unterhalt des leichten »Dreideckers« samt Besatzung kam ebenfalls ein reicher Athener Bürger auf.

Fleck stehen geblieben, wenn nicht laufend noch mehr Leute hereingekommen wären und mich weitergeschoben hätten. Vorsichtig tastete ich mich an der Wand entlang bis zum Fenster. Ich spürte einen Tisch hinter mir, registrierte im Unterbewusstsein, dass eine Amphore daraufstand, und passte auf, dass ich nichts umstieß. Die Neuankömmlinge drängten sich an der Wand neben der Tür zusammen, sodass wir einen respektvollen Kreis um die Zimmermitte bildeten.

Beim Anblick von Boutades hatte ich zuerst das Gefühl gehabt, um mich herum sei es vollkommen still. Doch ich muss mich getäuscht haben, denn als ich aus meiner Erstarrung erwachte, hörte ich aus dem Inneren des Hauses das schrille Klagen der Frauen und das Gebrüll des Sklaven im Hof, der sich offensichtlich noch immer nicht beruhigen konnte. Dann wurde mir bewusst, dass eine der Personen, die sich bei meiner Ankunft bereits im Zimmer befanden, ein dunkelhaariger, breitschultriger Mann war, der auf der gegenüberliegenden Seite des Toten stand und leidenschaftlich gestikulierte und redete.

»Wer hat das getan? Wer hat den Bruder meines Vaters ermordet? Die Rache der Götter möge den Verbrecher treffen!«

Natürlich war dieser Mann Polygnotos, der Neffe von Boutades. Er war nur vier Jahre älter als ich und trotzdem bereits eine bekannte Persönlichkeit in Athen. Als Junge war er ein guter Sportler und Schüler gewesen. Seinen Reichtum hatte er nicht selbst erworben, sondern er hatte das Vermögen seines Vaters geerbt. Und in letzter Zeit sprach man davon, dass er bald auch ein öffentliches Amt bekleiden würde. Polygnotos hatte sich erst kürzlich durch seine Bereitschaft hervorgetan, das Amt des Choregen für das nächste Fest des Dionysos zu übernehmen. Vorausgesetzt, die Vorstellung wird ein Erfolg, erwirbt sich derjenige, welcher die Geldmittel für eine dieser aufwendigen Veranstaltungen bereitstellt, lebenslänglichen Ruhm und beweist außerdem, dass er einer der wohlhabendsten Bürger Athens ist, denn die Kosten für die Großen Dionysien* werden nicht in Drachmen** sondern in Talenten** berechnet. Als Junge hatte ich Polygnotos wegen seiner Ausdauer beim sportlichen Spiel und seiner Beredsamkeit in der Diskussion bewundert. Eigentlich hätte ich ihn sofort erkennen müssen, aber das Zimmer war schlecht beleuchtet, und Persephone*** hatte meinen Blick getrübt. Im Übrigen sah der starke Polygnotos an jenem Morgen kaum wie der braun gebrannte muskulöse Junge aus, den ich von früher kannte. Sein Haar war zerzaust, an dem hastig übergeworfenen Chiton fehlte eine Schulterspange, sein Gesicht war im grauen Morgenlicht leichenblass, und er zitterte vor Trauer und Zorn an sämtlichen Gliedern.

»Oh, Zeus!«, rief er mit erstickter Stimme. »Sieh dieses Verbrechen und übe Rache an denen, die mir, meinem Haus und meiner Familie solches Leid zugefügt haben! Verflucht sei der Mörder!«

»Weißt du, wer das gewesen sein kann?«, erkundigte sich Eutikleides, der korpulente Bürger, der im Haus gegenüber wohnte. Mir fiel ein, dass er entfernt mit der Sippe von Boutades verwandt sein musste. Im Zwielicht wirkten Eutikleides' schlaffe Wangen talgig grau, doch seine Stimme klang fest.

»Woher sollte ich das wissen?«, entgegnete Polygnotos

* *Die Großen Dionysien:* die zwei Hauptfeste zu Ehren des Dionysos, deren Höhepunkt die Aufführung eines Dramas war.

** *Talent:* größte griech. Mengen- und Geldeinheit. Aus einem Talent Silber wurden 6000 Drachmen geprägt.

*** *Persephone:* Fruchtbarkeits-, Toten- und Unterweltsgöttin.

aufgebracht. »Ein Verbrecher! Ein Schuft, der im Schutz der Dunkelheit arbeitet!«

»Beruhige dich, Polygnotos«, sagte der alte Telemon. »Die Zeit der Rache kommt noch.« Telemon, der neben Polygnotos stand, war offensichtlich als einer der Ersten am Ort des Verbrechens eingetroffen. Das sah ihm ähnlich, denn er interessierte sich stets brennend für alle Neuigkeiten. Obwohl er kaum älter als Boutades war, hieß er allgemein nur der »alte Telemon«, denn er war hager, hatte dünnes Haar und wirkte bereits reichlich senil. Dazu hinkte er, und die Kinder nannten ihn den »alten Klumpfuß«. Polygnotos schenkte Telemon keine Beachtung, sondern stammelte weiter Verwünschungen vor sich hin und raufte sich mit einer Hand das Haar.

»Ja, Polygnotos, bleib ruhig«, riet auch Eutikleides. »Überlass das Jammern und Klagen den Frauen. Sag uns lieber, was passiert ist – soweit du es weißt –, damit wir den Fall dem Basileus* melden und den Archon** informieren können.«

»Ich weiß auch Bescheid«, meldete sich Telemon eifrig zu Wort. »Ich bin als Erster hier gewesen ... und zwar kurz nachdem der arme Boutades sein Leben ausgehaucht hat. Polygnotos hat mir alles erzählt, und ich habe gesehen ...«

»Ich möchte die Geschichte aber lieber von Polygnotos persönlich hören«, unterbrach ihn Eutikleides. »Junge!«, wandte er sich dann an den Sklaven. »Geh in die Küche und bitte, dass man Brot und Wein für den Herrn bereitstellt. Er wird diesen Ort des Grauens bald verlassen und dann etwas essen wollen.«

* *Basileus* oder *Archon Basileus:* einer der höchsten Beamten Athens, der die öffentlichen Opfer und religiösen Feste leitete.

** *Archon:* höchster Beamter, der auch bei Gericht den Vorsitz führte.

Ich hatte das Gefühl, dass Eutikleides zuerst nahe daran war, Brot und Wein in dieses Zimmer bringen zu lassen, was unter normalen Umständen als Ausdruck seines Mitgefühls für den so schwer getroffenen Polygnotos eine ganz natürliche Geste gewesen wäre, doch ein Blick auf den Fußboden schien ihn eines Besseren belehrt zu haben. Es wäre nicht angebracht gewesen, angesichts der grausamen Tat zu essen oder zu trinken.

Eutikleides legte Polygnotos tröstend die Hand auf die Schulter, doch Polygnotos entzog sich der Berührung mit einer schroffen Bewegung. Eutikleides ließ beleidigt die Hand sinken. In diesem Moment verließ der Sklave hastig den Raum durch die Tür zum angrenzenden Zimmer. Dabei drang eine Flut des ersten Sonnenlichts vom östlichen Horizont zu uns herein, und das Klagen und Jammern der Frauen wurde unerträglich laut. Dann fiel die Tür wieder zu, und es war erneut ruhig und düster um uns.

»Männer«, begann Polygnotos etwas gefasster, »ihr sollt hören, was geschehen ist. So gut es mir in meiner Verwirrung möglich ist, will ich euch das wenige, was ich weiß, erzählen. Heute im Morgengrauen wurde ich durch ein Geräusch geweckt. Das beunruhigte mich nicht, denn mein Onkel arbeitet… weh mir, arbeitete muss es heißen, oft bis spät in die Nacht hinein oder schon sehr früh am Morgen in diesem Zimmer. Ich richtete mich also im Bett auf und griff gerade nach meinem Chiton, als ich plötzlich wieder ein Geräusch – lauter als beim ersten Mal – und ein Krachen vernahm. Ich sprang auf, rannte, meinen Chiton überwerfend, die Säulenhalle entlang und ins Erdgeschoss hinunter. Dann betrat ich dieses Zimmer – und sah im schwachen Schein der Lampe, die dort auf dem Tisch steht, das, was ihr jetzt auch seht. Boutades liegt noch genauso da.

Trotz meines Entsetzens war mir sofort klar, was geschehen sein musste. Mein armer Onkel hatte offensichtlich an diesem Tisch gearbeitet, als sich im Morgengrauen jemand ans Fenster geschlichen und den Pfeil auf ihn abgeschossen hat. Boutades hatte jedoch offensichtlich vor dem tödlichen Schuss Verdacht geschöpft – vielleicht hat er etwas gehört oder ein Gesicht gesehen. Jedenfalls muss er aufgestanden sein. Ich bin dann von seinem erstaunten Ausruf und dem Geräusch des zurückgeschobenen Stuhles aufgewacht. Der Pfeil des Mörders hat ihn genau in die Kehle getroffen und muss ihn sofort getötet haben, sodass Boutades zu Boden fiel und so liegen blieb, wie ihr ihn jetzt noch seht. Das Krachen, das ich gehört habe, war vermutlich der Aufprall des Körpers auf dem Fußboden.«

Unsere Blicke wanderten erneut zu dem toten Boutades, der vor dem schweren Tisch am Fenster niedergestreckt worden war. Leiche, Tisch und Fenster bildeten praktisch eine Gerade, und der Tisch wäre für einen Mörder, der Boutades dort sitzend hätte ermorden wollen, sicher kein Hindernis gewesen. Der Stuhl, den Boutades zurückgeschoben hatte, stand noch genauso da. Auf dem Tisch flackerte die fast bis auf den letzten Tropfen Öl ausgebrannte Lampe, und Schreibgerät und Wachstafeln waren unberührt.

»Und was hast du dann gemacht?«, wollte Eutikleides wissen.

»Zuerst habe ich natürlich überprüft, ob mein Onkel noch lebt, aber er muss bereits tot gewesen sein, als ich das Zimmer betrat.«

»Ein Jammer, dass er seinen Mörder nicht mehr hat nennen können«, bemerkte einer der Bürger neben mir.

»Bei dieser Todesart hätte er kaum noch ein Wort stammeln können«, entgegnete Eutikleides kurz angebunden. »Und dann, Polygnotos? Was war dann?«

»Während ich noch fassungslos auf den leblosen Körper meines Onkels starrte, glaubte ich plötzlich draußen vor dem Fenster ein Geräusch zu hören. Ich lief darauf zu und sah im Obstgarten hinter dem Hof einen dunklen Schatten. Erst in diesem Augenblick stieß ich einen Schrei aus, um die anderen zu wecken. Da kam auch schon Telemon mit dem Türsteher aus Sinope* herein. Ich rief, dass mein Onkel ermordet worden sei und der Mörder noch draußen sein müsse. Wir rannten alle aus dem Zimmer, über den Hof und zu dem abgegrenzten Obstgarten. Kaum hatten wir die Gartentür erreicht, sahen wir den Mörder über die Mauer klettern. Ich habe den Sklaven hinter ihm hergeschickt. Danach sind Telemon und ich zu meinem Onkel... ich meine, in dieses Zimmer zurückgekehrt. Im Haus herrschte helle Aufregung, aber ich habe die Frauen aus dem Raum gedrängt und versucht zu überlegen, was zu tun sei. In diesem Moment bist dann du, Eutikleides, gefolgt von den anderen, hereingekommen.«

»Ja, genauso ist es gewesen«, bestätigte Telemon. Er hatte sich bereits erstaunlich lange zurückgehalten, doch jetzt sprudelte er aufgeregt hervor: »Ich wollte Boutades besuchen. Der Sklave hatte mich hereingelassen und über den Hof geführt. An der Haustür haben wir Polygnotos' Schreie gehört und sind sofort zu ihm gerannt. Im Zimmer bot sich uns derselbe Anblick wie jetzt... und Polygnotos stand am Fenster und rief: ›Haltet den Mörder! Haltet den Mörder! Boutades ist tot!‹ Ich bin dann ebenfalls zum Fenster gelaufen... dabei habe ich natürlich peinlich darauf geachtet, Boutades nicht zu berühren, da könnt ihr sicher sein. Und dann habe ich mit Polygnotos einen dunklen Schatten unter den Bäumen entlanghuschen sehen.«

* *Sinope:* Hafenstadt an der kleinasiat. Schwarzmeerküste.

»Du hättest lieber gleich in den Obstgarten laufen und den Mörder festhalten sollen, anstatt kostbare Zeit am Fenster zu vergeuden«, erklärte Eutikleides.

»Das habe ich ja auch getan«, verteidigte sich Telemon. »Wir alle – ich, Polygnotos und der Sklave – sind sofort hinausgerannt. Ich bin sogar allen voran gewesen, aber an der Gartentür hat Polygnotos mich dann eingeholt. Er ist besser zu Fuß, als ich das jetzt bin – ihr wisst ja, mein lahmes Bein… Polygnotos ist schließlich noch jung und trainiert seinen Körper. In meiner Jugend allerdings bin ich…«

»Ja, ja, schon gut«, fiel Eutikleides ihm schroff ins Wort.

Schon aus Höflichkeit hätte kein jüngerer Mann gewagt, Telemon einfach zu unterbrechen. Immerhin war Telemon aus vornehmer Familie. Doch Eutikleides war gleichaltrig. Insgeheim dachten die anderen sicher wie ich, dass der lahme Alte dem Jüngeren den Vortritt hätte lassen sollen. In seinem kindischen Eifer, als Erster den Obstgarten zu erreichen, war er Polygnotos sicher im Weg gewesen. Und was hätte der schmächtige Telemon schon gegen einen kräftigen, zu allem entschlossenen Mörder ausrichten können? Seltsamerweise schien Telemon von allen Anwesenden am wenigsten von dem schrecklichen Verbrechen berührt zu sein.

»Aber ich«, fuhr Telemon unaufgefordert fort, »habe den Verbrecher gesehen, als er über die Mauer gesprungen ist. Er lief oben entlang wie eine Katze oder ein Hund, dann setzte er zum Sprung an, und wir haben nur noch gehört, wie er davonlief.«

»Wie hat er ausgesehen?«, fragte ich.

»Nun… im Halbdunkel war er schwer zu erkennen, und meine Augen sind auch nicht mehr die besten. Es ist eine dunkle, geduckte Gestalt gewesen, meine Herren ... er war nicht sehr groß, aber auch nicht klein. Bestimmt nicht dick, allerdings auch nicht dünn. Gut gebaut und flink. Vermutlich dunkelhaarig.«

»Was hat er angehabt?«

»Ich glaube, einen langen Umhang.«

»Um über Mauern zu klettern, ist das kein sehr praktisches Kleidungsstück«, bemerkte ich.

»Nun, es könnte auch ein kurzer Überwurf gewesen sein«, entgegnete Telemon. »Möglicherweise hatte er sogar einen Wollschal um den Kopf gewickelt. Er ist jedenfalls nicht nackt gewesen.« Telemon kicherte und verstummte dann abrupt.

»Na, gut«, seufzte Eutikleides. »Jetzt haben wir alles gehört und können uns mit dem befassen, was als Nächstes geschehen muss.« Die Blicke sämtlicher Anwesenden schweiften zu dem Toten auf dem Fußboden. Seltsamerweise waren wir, während Polygnotos und Telemon gesprochen hatten, wenn auch nicht gerade abgelenkt, so doch einigermaßen ruhig und entspannt gewesen. Jetzt wurde unsere Aufmerksamkeit wieder gänzlich von dem schrecklichen, den Raum mit Grauen erfüllenden Leichnam beansprucht.

Es war inzwischen hell geworden, und wir konnten jede Einzelheit klar erkennen: das schnell trocknende Blut auf dem Fußboden, die steifen Kleider und Haare, die Augen, die wie gefrorenes Wasser glänzten. Der Pfeil steckte gerade und aufrecht in Boutades' Kehle und warf einen zarten Schatten auf die hintere Zimmertür. Beim Anblick des Schattenbildes aus Leichnam und Feder hatte man beinahe den Eindruck, als wolle sich Boutades in einen riesigen Vogel verwandeln.

Es war gerade dieser Pfeil, der dieses Verbrechen noch

schlimmer machte. Boutades war durch einen mit einem Bogen abgeschossenen Pfeil getötet worden. Daran war nicht zu rütteln. Und gerade das schien unfassbar zu sein. Wäre Boutades durch einen Dolch gestorben, hätte er sicher ebenso viel Blut verloren und wäre genauso unwiderbringlich tot gewesen. Aber diese Todesart ist normaler, begreiflicher. Jeder Bürger Athens könnte ein Schwert oder einen Dolch besitzen… aber Pfeil und Bogen!

Pfeil und Bogen sind in Athen keine gebräuchliche Waffe. In den Händen von Artemis und Apollon ist der Bogen göttlich, vielleicht sogar symbolisch. Bei einem Barbaren ist diese Waffe grausam, grotesk, schmutzig und Ekel erregend. Skythische* Polizisten tragen Pfeil und Bogen – wie es Sklaven im Dienst des Staates bei niedrigen Arbeiten eben tun –, aber sonst hat diese Waffe im normalen täglichen Leben in Athen keinen Platz. Dass ein Mann in Athen durch einen Pfeil getötet wird, ist genauso phantastisch wie die Vorstellung, man könnte den Minotauros in unserer Stadt treffen. Würde man alle Verbrechen aufzählen, die in den vergangenen hundert Jahren in den Mauern Athens begangen wurden, so fänden wir sicher viele Morde darunter – aber zweifellos kaum einen, der mit Pfeil und Bogen verübt worden ist.

So war es kein Wunder, dass Polygnotos bleich und zitternd dastand, Eutikleides aschfahl im Gesicht war und dass mir der Schweiß über die Kniekehlen rann. Je länger ich darüber nachdachte, desto mehr trat die Hässlichkeit des blutigen Verbrechens hinter der Verwirrung und der

* *Skythisch,* Adj. von *Skythen:* Volksstämme, die im Altertum am Schwarzen Meer, an Don, Dnjepr und Donau lebten. Skythen kamen auch als Sklaven nach Athen. Dort verrichteten Sklaven auch die Geschäfte der Polizei.

Verwunderung zurück, die mich angesichts der seltsamen Tat beschlichen. In diesem Moment fiel mein Blick zum ersten Mal bewusst auf die Wand gegenüber, hinter Polygnotos und Eutikleides, an der vor einem Fresko ein geschnitzter Ziertisch stand. Die gemalte Szene an der Wand war von harmloser Sinnlichkeit – ein ziemlich lüsterner Apollon verfolgte Daphne durch ein Wäldchen –, doch dabei kam mir der Gedanke, ob nicht Apollon selbst an diesem Morgen, als er die ersten Strahlen des Lichts aussandte, Boutades mit seinem göttlichen Bogen erschossen und einen irdischen Pfeil zurückgelassen haben könnte, um Verwirrung unter den Menschen zu stiften und aus unerklärlichen Gründen Schande über Athen zu bringen. Ich schauderte, denn stünde dieses Haus unter dem Fluch eines mächtigen Gottes, so wäre es Wahnsinn, etwas gegen das Gottesurteil zu unternehmen, und pure Dummheit, zu viel Mitgefühl zu zeigen. Insgeheim führte ich mir immer wieder vor Augen, was Polygnotos und Telemon über den Mann im Obstgarten erzählt hatten, und klammerte mich an die rettende Vorstellung von einem menschlichen Mörder. Ein Gott brauchte schließlich nicht wie ein Dieb über eine Mauer zu klettern.

Eutikleides bewahrte mehr Haltung als ich. »Komm, Polygnotos«, begann er. »Wir wollen unserem Verwandten einen Dienst erweisen, bevor er gewaschen und für das Begräbnis vorbereitet werden kann. Der Mord wird gerächt werden, und dann kann auch Boutades' zornige Seele ihren Frieden finden.«

Damit kniete Eutikleides neben dem Leichnam nieder und zog den Pfeil, der fast bis zum Nacken im Fleisch steckte, mit einem mutigen Ruck heraus. Dabei begann der Tote groteskerweise zu nicken und den Kopf zu schütteln, an dem das blutverkrustete Haar wie hässliche geteerte Schnüre klebte. Ich sah, wie Eutikleides leicht zusammenzuckte, als er dem unempfindlich gewordenen Fleisch vermeintlich neue Schmerzen zufügte. Polygnotos, der seinen Freund mit der schrecklichen Waffe in der Hand beobachtete, begann am ganzen Körper zu zittern.

»Weh! Weh!«, rief er. »Dieses Haus ist verflucht!«

»Komm, Polygnotos«, sagte Eutikleides ruhig. »Wir wollen ihm die Augen schließen.«

Polygnotos kniete umständlich neben dem Toten nieder und strich mit der Hand über Boutades' rechtes Auge, während Eutikleides das linke Lid schloss. Ich hörte Eutikleides schwer atmen, und Polygnotos bewegte seinen Arm steif wie ein Stück Holz. Dann wurden Sklaven gerufen, die den Leichnam forttragen sollten. Einen der Sklaven erkannte ich sofort. Ich hatte ihn bereits im Hof gesehen. Er wirkte äußerlich völlig beherrscht und bewegte sich stumm wie ein Mann im letzten Stadium der Trunkenheit. Die Sklaven hoben Boutades auf, und ihre nackten Füße hinterließen seltsame Muster in dem Blut auf dem Fußboden, das wie grellrote Farbe wirkte. Als Boutades hochgehoben wurde, sah ich seine Füße mit lebhafter Genauigkeit vor mir. Er hatte im Haus Pantoffeln getragen, wie das alte Männer oft tun, wenn ihnen der Fußboden zu kühl ist, und Boutades' Pantoffeln waren aus dem feinsten sandfarbenen Leder gemacht. Jetzt allerdings waren die Füße blutverschmiert, und Blut hatte auch die Lederriemen wie mit hellrotem Rost überzogen und war tief in die Sohlen gedrungen. Der Gedanke drängte sich unwillkürlich auf, wie schade es war, dass so schöne Schuhe verdorben sein sollten (als hätte sich Boutades zum Sterben wenigstens einfacher und praktischer kleiden müssen).

Die Sklaven schritten mit ihrer Last langsam zur Tür. Ich beobachtete, wie sie an der riesigen Weinamphore vorbeigingen – es war ein reich verziertes Stück mit langem Hals und großem Bauch, auf den eine ausschweifende Szene eines Bacchanals gemalt war. Der arme Boutades wird nie wieder Wein trinken können, dachte ich. Es schien mir wirklich bemitleidenswert, dass er all diesen Reichtum zurücklassen musste.

Polygnotos wirkte wie benommen, während Eutikleides würdevoll Haltung bewahrte. »Männer«, begann er. »Ihr habt alle genug gesehen und gehört, um unter Umständen als Zeugen auftreten zu können. Ich werde dafür sorgen, dass der Archon und die Obersten unseres Stammes, unserer Geschlechtergemeinschaft und der Bürgerschaft unterrichtet werden. Zuerst möchte ich allerdings die Rückkehr des Sklaven abwarten, der die Verfolgung des Mörders aufgenommen hat. Ich weiß, dass ich mit eurer Unterstützung rechnen kann. Verlasst jetzt dieses leidgeprüfte Haus.«

Unsere Blicke schweiften zum letzten Mal durch das Zimmer, in dem die morgendliche Tat noch so spürbar und sichtbar gegenwärtig war. Im hellen Sonnenlicht war jetzt alles deutlich erkennbar: die freundlichen Farben des Wandfreskos hinter dem kleinen, geschnitzten Tisch; der Schreibtisch mit den Wachstafeln und dem Griffel; der Tisch mit der Vase hinter mir; und der pompöse Weinkrug neben dem geschnitzten Türpfosten. Der lichtdurchflutete Raum schien zu sagen: »Ergötzt euch an den Freuden des Tages«, während der dunkle Fleck auf dem Fußboden mahnte: »Das Leben ist vergänglich.«

Wir gingen stumm in den Hof hinaus, doch dort wurden wir langsam gesprächiger. Obwohl wir alle Wasser für die rituelle Waschung brauchten, um uns von der Begegnung mit dem Tod reinzuwaschen, und die meisten von uns noch fasteten, zögerten wir, auseinander zu gehen.

»Ich kann euch den Obstgarten und die Stelle zeigen, wo der Mörder über die Mauer gesprungen ist«, schlug Telemon vor.

Interessiertes Gemurmel hob an, und die meisten von uns folgten ihm. Der Obstgarten war nichts Besonderes – nur ein einfacher Stadtgarten mit Obstbäumen und Küchenkräutern. Ein Teil davon war durch eine Mauer als Waschplatz für die Frauen und Sklaven abgetrennt.

»Also, ich habe zuerst dort, dann hier gestanden, mit Polygnotos neben mir… und genau an dieser Stelle der Mauer haben wir ihn gesehen«, erklärte Telemon eifrig. »Natürlich nur für einen kurzen Augenblick. Und dort«, fuhr er fort und wandte sich von der Mauer ab und dem Haus zu, »dort, etwas seitlich vom Fenster, muss der Mörder gestanden haben.« Wir gingen zum Haus hinüber und betrachteten die Erde vor dem Fenster. Dabei fiel mir auf, dass keiner von uns wusste, aus welcher Entfernung der Bogenschütze hatte schießen müssen, um einen gezielten tödlichen Schuss abzugeben. Ich suchte auf der staubigen Erde nach etwaigen Fußabdrücken des Mörders – denn ein Gott oder Dämon hätte sicher keine Spuren hinterlassen. Doch unsere Gruppe von Schaulustigen hatte bald die Erde mit den spärlichen Grasbüscheln zertrampelt, sodass ich nicht mehr feststellen konnte, ob der Mörder ein Mensch gewesen war.

Noch während ich mit den Blicken den Boden absuchte, entdeckte ich einen schmalen, braun glänzenden Gegenstand. Ich hob ihn auf. Es war ein Horn, in dessen breiterem Ende ein abgebrochenes Stück Holz steckte.

»Ein Schafshorn«, murmelte Telemon desinteressiert. »Wie sollte ein Schaf ausgerechnet hier sein Horn abgestoßen haben?«

»Fasst es lieber nicht an«, warnte ein Bürger ängstlich.

»Vielleicht ist es so ein heidnisches Zauberding von einem Sklaven aus einem fremden Stamm, das Krankheit über uns bringen kann.«

Im Hof wurden schwere Schritte vernehmbar, und im nächsten Moment betrat ein junger Sklave den Obstgarten. Er war schlank, rothaarig und ungefähr vierzehn Jahre alt. Der Junge sah sich aufmerksam um. Offensichtlich erwartete er, seinen Herrn bei uns zu finden. Er atmete keuchend.

»Ich bin gerannt ... eine lange Strecke und so schnell ich konnte«, sagte er atemlos zu Telemon. »Aber ... aber es ist mir nicht gelungen, ihn einzuholen.« Seine Stimme zitterte, und Schweiß rann ihm über das staubige Gesicht und hinterließ darin dunkle Rinnen. Selbst das barbarisch rote Haar war schweißnass.

»Herrje«, stöhnte Telemon, »damit ist eine Hoffnung schon zunichte.«

»Dummer Bengel!«, schimpfte einer der Bürger.

»Ich habe mein Möglichstes getan«, verteidigte sich der Sklave, noch immer an Telemon gewandt. »Bitte sagt meinem ... meinem neuen Herrn ... dass ich alles getan habe, was ich konnte.«

»Verschwinde, du Hund, und sag's ihm doch selbst!«, fuhr ihn einer der Bürger an. »Dein Herr ist nicht hier. Ins Haus mit dir! Mach dich dort gefälligst nützlich.«

»Hier, gib das deinem Herrn!«, warf ich ein und hielt den Sklaven einen Moment zurück. »Erzähl ihm, dass wir es hier unter dem Fenster gefunden haben.«

Der Sklave nahm das Horn, ohne es eines Blickes zu würdigen, und ging mit gesenktem Kopf langsam zum Haus hinüber.

»Na, wenn der Bursche keine Angst hat!«, sagte ich zu dem Mann, der das Stück Horn begutachtet hatte.

»Kein Wunder«, antwortete dieser. »Der Kerl kann sich glücklich schätzen, wenn er nur eine Tracht Prügel bekommt. Lässt er doch den Mörder seines Herrn einfach entwischen. Das nenne ich Dankbarkeit.«

»Na, die sind doch alle hinterlistig und träge«, warf ein anderer ein. »Ich glaube kaum, dass er weit gerannt ist. Sobald er außer Sichtweite war, hat er sich wahrscheinlich ein bequemes Plätzchen gesucht.«

»Richtig ... die tun doch nur was, wenn man sie sieht. Gib ihnen den kleinen Finger, dann nehmen sie gleich die ganze Hand.« Von überallher ertönten die üblichen Sprüche zu diesem Thema.

»Vielleicht ist er auch von Anfang an an dem Mordkomplott beteiligt gewesen«, bemerkte plötzlich ein Bürger.

Alle stimmten ihm eifrig zu.

»Warum könnte er nicht selbst seinen Herrn erschossen haben? Er ist einer von diesen Hunden aus Sinope ... Habt ihr seinen Akzent gehört? Ein Barbar!«

»Der Sklave kann den Mord unmöglich begangen haben«, widersprach ich. »Er hat schließlich das Haupttor bewacht, als Telemon Boutades' Haus betreten wollte ... und genau zu diesem Zeitpunkt muss Boutades ermordet worden sein.«

»Das behauptest *du*«, entgegnete der Bürger, der als Erster den Verdacht gegen den Sklaven geäußert hatte. »Aber wenn der Bursche ein so ausgezeichneter Läufer ist ...«

»Ein guter Einwand«, meldete sich ein anderer Bürger. »Ich werde jedenfalls dafür sorgen, dass die Phratrie* benachrichtigt wird. Sicher wird man ihn dann bei der ersten Gerichtsverhandlung vorführen.«

* *Phratrie:* (gr. Bruderschaft) Verband der Geschlechter.

Damit verließ der würdige Bürger den Obstgarten. Offensichtlich zufrieden, dass in dem Sklaven ein Schuldiger gefunden war, folgten ihm die Übrigen. Ich blieb etwas zurück, da ich das Gefühl hatte, mich unbeliebt gemacht zu haben. Langsam war mein Urteilsvermögen wieder schärfer geworden, und ich begriff meine sozialen Pflichten. Ich starrte erneut auf die Stelle, wo ich das heidnische Hornstück gefunden hatte, und fragte mich, ob ich noch etwas Ähnliches entdecken konnte. Und siehe da, mein Blick fiel auf einen kleinen, glitzernden Gegenstand. Ich griff danach und zog eine Tonscherbe aus dem Staub. Es handelte sich nur um ein uninteressantes Stück eines zerbrochenen Topfes, auf dem keinerlei Figuren zu sehen waren. Dafür entdeckte ich jedoch auf einer Seite ein winziges eingeritztes Zeichen, das in der unregelmäßigen Bruchstelle endete. Es schien mir ein Kreuz, vielleicht das Zeichen eines Töpfers, zu sein. Ich verließ ebenfalls den Obstgarten und schlenderte hinter den anderen aus dem Vorhof. Die ganze Zeit über drehte ich gedankenverloren die kleine Tonscherbe in meiner Hand. Es war ein heißer, sonniger Morgen, und ich fühlte mich müde und zerschlagen wie nach einem langen anstrengenden Tag.

III

Totengesänge und Beschuldigungen

Als ich nach Hause kam, reinigte ich mich sorgfältig mit Wasser. Meiner Familie erzählte ich nichts von meinen Erlebnissen und ging wie gewöhnlich um diese Zeit aus dem Haus. In der Agora* herrschte wie immer am Vormittag Hochbetrieb. Nach dem düsteren, grausamen Beginn des Tages wirkte die wogende Menge von Käufern und Verkäufern in den Säulengängen ungemein beruhigend auf mich. Ich genoss den Anblick der feilgebotenen Fische, Feigen und des Leders, all der Dinge, die wie immer im Überfluss vorhanden waren, und horchte auf das Singen der Töpferscheibe des Töpfers und auf das Hämmern des rußgeschwärzten Schmiedes. »Töpfe, billige Kochtöpfe!«, und »Honig, süßer Honig vom Hymettos**!«, erscholl es von überall, und diese Geräusche taten meinen Ohren wohl. Dazu ertönte das Stimmengemurmel von hunderten von Gesprächen und erregten Diskussionen. »Zwei Obolen*** für ein lausiges Paar Pantoffeln? Hältst du mich für einen Idioten, du Hundesohn?«, brüllte ein Sklave vom Land, während ganz in seiner Nähe ein reicher Bürger seinem Handelspartner im Brustton der Überzeugung entgegnete: »Fünfhundert Drachmen für das schäbige Stückchen Wiese? Ich bitte dich, komm zu dir!« In der

* *Agora:* der Athener Markt.
** *Hymettos.* Gebirge im SO Athens, berühmt wegen seines Honigs.
*** *Obole:* kleinste griech. Münze aus Silber oder Kupfer.

Agora dreht sich alles um Geschäfte und die Freude am Leben.

Aber selbst an diesem Mittelpunkt des städtischen Treibens war der tote Boutades spürbar gegenwärtig. Als ich die Säulenhallen verließ und zum gepflasterten Marktplatz hinunterschritt, begegneten mir dort wie immer in angeregte Unterhaltung vertiefte Bürger in ihren sauberen, weißen Chitons. Doch statt der sonst üblichen Reichhaltigkeit an Gesprächsthemen hörte ich alle nur von Boutades reden. Obwohl ich selbst in Boutades' Todeszimmer gewesen war, verspürte ich absolut keine Lust, darüber zu sprechen. Telemon schien überall zu sein. Er wiederholte seine Geschichte, bis er heiser war und zu einem der Stände in den Säulenhallen gedrängt wurde, wo er seine Kehle mit Wein befeuchten konnte.

Über allem lag eine gespannte Atmosphäre, und mancher Bürger schaute zur Akropolis hinauf, wo Pallas Athene über die Stadt herrscht. Wir sahen dunkle Rauchschwaden aus Opferfeuern aufsteigen, aber das beruhigte uns wenig. Denn Angst hatte sich in unsere Herzen eingenistet. Angst vor dem unbekannten Mörder, der frei in unseren Straßen herumlief, um irgendwann erneut zuzuschlagen. Und dazu kam die Furcht vor einer noch größeren, weil unfassbaren Bedrohung. Ein Mord befleckt alle – am meisten natürlich den Mörder selbst, aber auch seine Familie, den Stamm, den Verband der Geschlechter und, solange die Tat nicht gesühnt ist, schließlich die gesamte Stadt. Während wir also die üblichen Rauch- und Trankopfer darbrachten und Gebete sprachen, konnten wir unrein sein und damit den Zorn der Götter auf uns ziehen. Athena selbst, die reine Göttin der Weisheit und Kunstfertigkeit, konnte der Stadt so lange ihren Schutz verweigern, bis wir alle wieder von jeder Schuld frei waren.

Nein, die Gespräche klangen an jenem Morgen keineswegs so sorglos und fröhlich wie sonst. Schließlich traf ich auf eine Gruppe, die sich nicht über das Drama zu unterhalten schien, und ich blieb stehen, um zuzuhören. Doch bald kam man auch dort auf das unvermeidliche Thema zu sprechen.

»Ich frage mich, ob Polygnotos unter diesen Umständen tatsächlich das Amt des Choregen übernimmt«, begann einer. »Schließlich ist sein armer Onkel noch nicht mal unter der Erde.«

»Bis zum Fest des Dionysos sind es noch sieben Monate«, meinte ein anderer. »Zeit genug. Wenn der Meuchelmörder bis dahin gefasst und hingerichtet ist, ist alles in Ordnung.«

Niemand schien anzunehmen, dass Polygnotos mit einem ungesühnten Mord an einem Mitglied seiner Familie ein Drama inszenieren würde.

»Außer Polygnotos drängt sich doch keiner danach, all das schöne Geld zu verpulvern«, bemerkte der Nächste. »Wenn Polygnotos einen Rückzieher macht, gäbe es 'ne Menge langer Gesichter und leerer Geldbeutel. Stimmt's nicht?«

»Und immerhin«, meldete sich ein bartloser blonder Jüngling (vermutlich jemandes Lustknabe), »hat Polygnotos bereits den Dichter – Keramias – bestimmt. Das Stück ist fast fertig, und er wollte bald den Chor zusammenstellen. Die Maskenschnitzer und Kostümbildner richten sich schon auf ein gutes Geschäft ein. Jeder erwartet, dass Polygnotos etwas ganz Großartiges auf die Beine stellen wird – mit Gesängen, Tänzen und vielen technischen Raffinessen.«

»Wovon handelt das Stück?«, fragte einer der älteren Bürger.

»Ich habe gehört – das heißt, Polygnotos hat jemandem erzählt, der es wiederum dem weitergesagt hat, von dem ich es weiß, dass es ein Stück über Erziehung sein soll«, antwortete ein anderer.

»Donnerwetter«, seufzte der Bürger. »Ein Moralstück. Ich kann nur hoffen, dass der Spaß dabei nicht zu kurz kommt. Mir sind die guten alten Komödien mit den derben Witzen und Farcen am liebsten. Aber ich wollte nicht wissen, wie das Thema heißt, sondern worum es eigentlich dabei geht.«

»Ich weiß es«, sagte der blonde Jüngling. »Ich kenne einen, der kennt Keramias. Es geht um Chiron* und Herakles.«

»Oh, das ist ein böses Omen. Ihr wisst ja, wie Chiron ums Leben gekommen ist.«

Danach brach die Unterhaltung abrupt ab, und die Gruppe ging auseinander. Ich verließ den Marktplatz und stieg wieder zu den Säulenhallen und den lachenden Zechern um die Weinverkäufer hinauf. Aber selbst dort, so musste ich bald erkennen, wurden Verse auf Boutades gemacht. Während ich im Schatten langsam durch die Menge schlenderte, kam ich an einem Balladensänger vorbei. Es war einer jener vulgären zerlumpten Bettler, die sich ein paar Münzen verdienen, indem sie in dürftigen Versen die Nachrichten unters Volk bringen. Der Bursche hatte eine heisere, aber angenehme Stimme.

Kommt, Athener! Hört die schreckliche Kunde,
Vernehmt die Wahrheit aus meinem Munde!

* *Chiron:* weiser, gütiger Kentaur, der viele griech. Heroen in der Jagd, im Reiten und im Waffenhandwerk unterrichtete. Herakles verletzte ihn unheilbar mit einem giftigen Pfeil.

Boutades, der ehrenwerte Athener, ward heut entdeckt
Von einem Pfeil in seinem Zimmer zu Boden gestreckt.

Boutades ist ermordet, doch nicht durch Dolch noch Schwert,
Blut tränkt den Boden, wo der Pfeil den Tod ihm beschert.
Der Mörder konnte über die Mauer fliehen,
Doch der Rache der Götter kann er sich nicht entziehen.

Boutades war ein Trierarch, von Adel und hoch geacht,*
Der seine Pflicht aufs Beste stets vollbracht.
Doch seine Seele findet keine Ruh, bis Sühne geschehen.
Möge der Mörder einst im Styx vergehen!

Es war schlechte Poesie, doch die Balladensänger hatten mich mit ihren Versen schon oft unterhalten. Diesmal allerdings fand ich dabei keine Zerstreuung. Noch bevor die Sonne den höchsten Stand des Tages erreicht hatte, verließ ich die Agora.

Zwei Tage später ging ich zum Haus des Boutades, um dem aufgebahrten Toten die letzte Ehre zu erweisen.

Im Hof, den ich am Morgen der Bluttat bereits überquert hatte, bot sich mir ein feierliches Bild. Eine stattliche Anzahl ehrenwerter Männer hatte sich versammelt, um Boutades Respekt zu erweisen. Aus dem Haus drangen das monotone Auf und Ab der Totengesänge der Frauen und die klagenden Melodien der Flöte. Auch im Hof stand eine Gruppe festlich gekleideter Musikanten. Polygnotos

* *Trierarch:* ein Athener Bürger, der eine Triëre unterhält.

wirkte in seiner Trauerkleidung mit den dunklen Schatten unter den Augen sehr melancholisch, doch er bewahrte mit würdevoller Trauer Haltung. Um ihn herum hatten sich die Männer seiner Familie und die Mitglieder der Phratrie versammelt. Darunter befand sich auch Eutikleides. Polygnotos schenkte mir keine Beachtung, obwohl ich einer der Ersten am Ort der Tat gewesen war und miterlebt hatte, wie er seinem Onkel die Augen geschlossen hatte.

Boutades kümmerte sich um keinen von uns mehr. Er lag ausgestreckt auf einer schön geschnitzten Bahre. Seine Füße zeigten zum Hoftor. Boutades sah wesentlich besser aus als bei unserer letzten Begegnung. Die Frauen hatten das grässliche Amt der Totenwäsche so gründlich verrichtet, dass er zwar bleich, aber doch so ruhig aussah, als sei er friedlich in seinem Bett gestorben. Sein Leichenhemd war makellos weiß – ganz im Gegensatz zu dem Chiton, in dem er uns das letzte Mal empfangen hatte –, und sein Hals war sorgfältig mit Wollbinden umwickelt, unter denen die hässliche Wunde an der Kehle nicht mehr zu sehen war. Der ungewöhnlich dicke Halsverband hielt außerdem Boutades' Kinn unnatürlich hoch, wodurch der Tote eine beinahe arrogante Haltung eingenommen hatte. So wie er dort mit einem Obolos* im Mund dalag, sah er beinahe gut aus. Die Frauen hatten ihm außerdem einen Kranz aus Weinblättern auf den Kopf gesetzt. Der Weinkranz als Symbol des Bacchanals passte eigentlich nicht recht zu den Umständen, unter denen Boutades gestorben war. Armer Boutades! Ich dachte unwillkürlich an die riesige Amphore, aus der er sich nun nie wieder ein Glas Wein würde

* *Obolos, Obole:* Im ant. Griechenland legte man den Toten einen Obolos als Lohn für den Fährmann der Unterwelt in den Mund.

einschenken können. Als ich mich über den Toten beugte, um von ihm Abschied zu nehmen, stieg mir der Duft von Oregano und heißem Honig aus den Honigkuchen in Boutades' Hand in die Nase, die in der Sonne zu schmelzen begannen. Dazwischen roch es zwar nur leicht, aber doch unverkennbar nach Verwesung. Einige Fliegen schwirrten brummend um die weißen, feisten Finger, die nicht mehr nach ihnen schlagen konnten.

Dann hob der für den Tag engagierte Chor eine eindrucksvolle Totenklage an. Die Sänger gaben, vermutlich beflügelt durch eine gute Bezahlung und gestärkt durch reichliche Erfrischungen aus der Küche, ihr Bestes. Es konnte wirklich keiner behaupten, dass Polygnotos seinen Onkel ärmlich oder unwürdig von dieser Welt schickte. Der dämliche Sklave, den ich bereits zur Genüge kannte, schien jetzt wieder vernünftig geworden zu sein und stand mit dem Wasser für die kultische Reinigung dekorativ neben dem Hoftor herum.

Die ganze Zeremonie war so glatt über die Bühne gegangen, dass ich beinahe fröhlicher Stimmung war, als ich mich schließlich verabschiedete. Es war fast so, als könne ich danach wieder meinem normalen, alltäglichen Leben nachgehen. Doch dieses Gefühl sollte sich als trügerisch erweisen.

Ich weiß nicht, was schlimmer für mich war: der Tag von Boutades' Ermordung oder der seines Begräbnisses. Obwohl ich es damals noch nicht ahnte, sollte der Tag von Boutades' Aufbahrung nur eine kurze Ruhepause vor dem wahren Sturm für mich bedeuten.

Es wurde ein Begräbnis, das ich bis zu meinem eigenen nicht vergessen werde. Wie all die anderen stand ich noch vor Tagesanbruch auf, um den Leichenzug zu sehen. Der

Morgen – oder vielmehr die Nacht – war kühl, und trotz sternenklaren Himmels roch die Luft nach Regen.

Die Bahre mit Boutades' Leichnam wurde auf einem Wagen gezogen. Vermutlich hatten seine Freunde kein großes Verlangen verspürt, einen auf so grausame Weise ums Leben gekommenen Bürger auf ihren Schultern zu tragen und dabei die zornige Seele des Toten über ihren Köpfen schwebend zu wissen. Die Familie und die Phratrie hatten sich, angeführt von Polygnotos, vollzählig versammelt. Polygnotos schritt, einen Speer in der Hand, allen voran. Wir wussten, dass er die Waffe tragen würde, und doch ging ein erregtes, beinahe ekstatisches Raunen durch die Menge, als wir ihn so sahen. Er wirkte ungemein ernst, fast so, als wolle er in den Krieg ziehen.

Die Prozession bewegte sich langsam durch die Straßen Athens. Der Leichenwagen war von Fackelträgern umringt, sodass Boutades im hellen Lichtschein auf seiner Bahre deutlich sichtbar war. Dem Wagen folgte die Gruppe schwarz verschleierter Frauen, um Boutades' Seele aufzufangen, falls diese versuchen sollte, seinen Körper zu verlassen. Die dumpfe Stille in den nächtlichen Straßen wurde immer wieder von klagenden Schreien gestört. Zusammen mit der Menge der Schaulustigen zog die Trauergemeinde durch Athen zum Kerameikos*. Dort hielt der Zug in dem Teil des Friedhofs an, in welchem die Gräber der reichen und adeligen Bürger der Stadt lagen. Als der Leichnam von Boutades in die frisch ausgehobene Grube gesenkt wurde, glitt der flackernde Schein der Fackeln über riesige Grabmale, Gedenkplatten und kunstvoll bearbeiteten Marmor. Mit lautem Geheul begannen dann Verwandte und Freunde die üblichen Beigaben in die Grube

* *Kerameikos:* Stadtteil und Friedhof von Athen.

zu werfen: Tongeschirr, Figuren aus Terrakotta und sogar ein goldener Ring blinkten kurz im Licht der Fackeln auf, als sich die Geschenke wie ein sanfter Regen über den Toten ergossen. Der Totengräber schaufelte ruhig und gleichmäßig, und das dumpfe Prasseln fallender Erde hallte hohl wider. Der Himmel hatte sich verdunkelt. Kein Mond war zu sehen, auch die Sterne waren verloschen. Es war wie ein stummer Kampf zwischen Nacht und Morgen, und die Nacht schien sich als stärker zu erweisen. Gerade als das Grab zugeschaufelt war, begann es leicht zu regnen.

Dann trat Polygnotos ans Grab. Die Sklaven hoben die Fackeln hoch, sodass plötzlich er allein im Lichtschein stand. Seine hoch gewachsene Gestalt mit dem Speer in der Hand zeichnete sich bedrohlich gegen die Dunkelheit ab. Im flackernden Licht sah es so aus, als schwanke er leicht, und man hatte fast den Eindruck, einen Gott oder Heroen auf der Bühne zu erleben. Ein Schaudern ging plötzlich durch die Menge, teils vor Erwartung und teils wegen des kühlen Regens. Das war jedenfalls der Augenblick, der dieses Begräbnis von anderen deutlich unterschied. Polygnotos würde jetzt eine Erklärung abgeben, die an die »unbekannten Täter« gerichtet war. Sie war eine Kampfansage und Drohung zugleich, wobei der Mörder oder die Mörder aufgefordert wurden, sich von allem fern zu halten, was uns Gesetz und Religion war. Diese Proklamation war ein heiliger Schwur, mit dem der Täter direkt angesprochen wurde, ob er nun unter uns weilte oder weit weg war. In Gegenwart des Schattens des Ermordeten bedeutete sie für Götter und Menschen den Beginn der Rache, und der noch gesichtslose Mörder würde wie durch einen unsichtbaren Finger berührt werden, wo auch immer er sich befinden mochte. Wir alle erwarteten, dass sich Polygnotos' Kampfansage gegen einen unbekannten

Täter richtete, doch es kam überraschenderweise ganz anders.

Polygnotos hob seinen Speer und deklamierte mit klarer, tiefer Stimme und in wohlgesetzten Worten: »Am Grab meines Onkels Boutades, Sohn des Boutades aus dem Geschlecht der Etioboutadiden, in Gegenwart seines Schattens sage ich, Polygnotos, dir, Philemon, Sohn des Lykias aus Athen, dass du als Mörder erkannt bist. Und ich fordere dich auf, allem fern zu bleiben, was uns heilig und dem Gesetz geweiht ist. Meide heiliges Wasser, Wein und Gebete, die Agora, unsere Gerichte, die Tempel und alle Heiligtümer.«

Beinahe wäre ich dem Sklaven in die Arme gesunken, der meine Fackel trug. Ich traute meinen Ohren kaum. Mein Cousin Philemon sollte der Mörder sein? Das war unmöglich. Ich brauchte eine Weile, bis ich wieder einen klaren Gedanken fassen konnte. Und mit der Vernunft kam auch die Wut. Am liebsten hätte ich Polygnotos laut der Lüge bezichtigt, hätte ihm den Speer entrissen und ihn gezwungen, die falschen Worte zurückzunehmen. Doch mir war klar, dass ich damit eine große Dummheit begangen hätte. Ein solches Verhalten konnte Anstoß erregen und mir sogar den Ruf eines Gotteslästerers eintragen. Die Trauergemeinde verließ langsam den Friedhof, und die Menge um mich herum begann sich zu zerstreuen. Ich beobachtete wie benommen, wie jeder versuchte sich mit seinem Überwurf notdürftig gegen den Regen zu schützen, und hörte die erregten Ausrufe der anderen. Doch niemand trat zu mir, um mir sein Mitgefühl auszudrücken, oder, was mir willkommener gewesen wäre, um die ohnmächtige Wut mit mir zu teilen. Diejenigen, welche in meiner Nähe gestanden und mich als den Mann erkannt hatten, dessen nächster Verwandter eines der abscheulichsten

Verbrechen verübt haben solle, das in Athen je geschehen war, wichen hastig vor mir zurück.

Doch auch dann noch glaubte ich, es müsse sich alles um einen Irrtum, um eine tragische Verwechslung handeln. Aber die schreckliche Wirklichkeit verwischte diesen Eindruck schnell. Unweit von mir ging Polygnotos mit Eutikleides und anderen Männern ihres Geschlechts vorbei, und Eutikleides warf mir einen bedeutungsvollen Blick zu, als er auf die Frage eines Bürgers antwortete: »Wir werden formell Anklage beim Basileus erheben, und ihr werdet sehen, noch vor Ablauf dieses Tages werden die Beschuldigungen gegen Philemon öffentlich in der Agora ausgerufen werden.«

IV

Im Haus des Aristoteles

Wie in Trance kehrte ich völlig durchnässt und frierend nach Hause zurück. Den Frauen erzählte ich nichts von dem, was sich ereignet hatte. Ich hatte den ganzen restlichen Morgen Zeit, über das unheilvolle Begräbnis nachzudenken, und klammerte mich an die Hoffnung, der Basileus werde die absurde Anklage abweisen. Aber noch vor der Mittagszeit erschien der Basileus in Begleitung von Polygnotos und seiner Sippe in der Agora und rief die Anklage gegen Philemon öffentlich aus.

Jetzt wusste jeder in der Stadt Bescheid, und die formelle Anklage bedeutete, dass Philemon vor Gericht gestellt werden würde. Es war sinnlos, die Sache vor den Frauen geheim halten zu wollen – Nachrichten verbreiten sich am schnellsten durch die Hintertüren –, denn sie hatten von der öffentlichen Proklamation ebenso schnell erfahren wie ich. Ich musste also Tante Eudoxia empfangen. Sie kam mit verweinten Augen und am ganzen Körper zitternd zu mir und warf sich mir wie eine Bittstellerin zu Füßen.

»Oh, Stephanos, du musst ihn retten. Du bist jetzt das Oberhaupt der Familie – du kannst etwas tun, um die Sache in Ordnung zu bringen.«

Ich zog sie vorsichtig auf die Füße und half ihr auf einen Stuhl. Dabei achtete ich sorgsam darauf, ihre schmerzende Seite nicht zu berühren, doch vermutlich hätte sie gar nichts gespürt, so schmerzerfüllt waren ihr Körper und ihr Herz.

»Ja, ja«, beruhigte ich sie und tätschelte ihre Hand. »Das alles ist ein schrecklicher Irrtum, der sich sicher bald aufklären lässt. Es ist einfach absurd. Philemon lebt seit zwei Jahren in der Verbannung – allein der Verdacht gegen einen Mann, der sich gar nicht in Athen aufhält, ist unsinnig. Das muss doch jeder einsehen. Außerdem wissen wir, dass Philemon sowieso für eine solche Tat nicht in Frage kommt. Er würde so etwas nie tun, und ich kann jedem erklären, dass es ganz unmöglich für ihn war, diesen Mord zu begehen. Selbst wenn wir bis zur ersten Anhörung warten müssen – dann wird der Basileus die Klage sicher abweisen. Es wird nicht mal zum Prozess kommen.«

Mit diesen Worten versuchte ich nicht nur Tante Eudoxia, sondern auch mich zu beruhigen, und sie schienen uns beiden neue Kraft zu geben. Eudoxia trocknete die Tränen und straffte die Schultern.

»Ja, es ist unsinnig, einen Mann zu verdächtigen, der gar nicht da ist«, nahm sie eifrig meine Worte auf. »Sag ihnen das, Stephanos. Mach dem Basileus begreiflich, wie absurd es ist, einen armen Verdammten zu verdächtigen, der so weit fort lebt. Oh, mein armer Junge! Wann werde ich dich wieder sehen?« Sie begann erneut zu weinen. »Wie konnte man nur seinen geliebten Namen durch ein so gemeines Verbrechen beflecken?« Sie senkte die Stimme und beugte sich näher zu mir. »Ich weiß alles über diesen Mord – genau wie deine Mutter –, obwohl du versucht hast, es vor uns geheim zu halten. Die Sklaven sind an jenem Morgen vor Neuigkeiten fast geplatzt. Wir haben mit dir nur nicht darüber gesprochen, weil wir gemerkt haben, wie sehr dich die Sache mitgenommen hat. Man hat uns erzählt, dass du in jenem Haus gewesen bist, und wir hätten gern mehr von dir gehört. Allerdings hatten wir das

Gefühl, dass du am heiligen Herd des Zeus* darüber nicht reden wolltest. Aber du bist doch dort gewesen, nicht wahr?«

»Ja«, antwortete ich und war erstaunt, wie geschickt sich die Frauen verstellt hatten.

»Und ist da schon von Philemon die Rede gewesen? Warst du deshalb so niedergeschlagen? Hat man da schon angedeutet, Philemon könnte es getan haben?«

»Nein, Tante Eudoxia«, beteuerte ich. »Ich versichere dir, nichts dergleichen ist geschehen. Die Götter sind meine Zeugen. Die ganze Geschichte hat mich nicht mehr und nicht weniger beunruhigt als alle anderen. Nur habe ich Boutades eben gesehen. Und das ist nun wirklich kein schöner Anblick gewesen.«

Ich zögerte, doch sie sah mich so erwartungsvoll an, dass ich mich schließlich verpflichtet fühlte, ihr die Ereignisse an jenem Morgen zu schildern. Sie hörte mir aufmerksam und ohne eine Träne zu vergießen zu. Ihre Reaktion allerdings verblüffte mich, denn sie schnaubte geräuschvoll wie eine einfache Frau vom Land durch die Nase.

»Ist das alles? Wenn es so ist, dann haben sie nichts in der Hand – dann haben sie sich einfach willkürlich einen Schuldigen ausgesucht. Ich bin sicher, die Familie von Boutades ist beschämt darüber, dass ein so hässlicher Mord unter ihnen geschehen ist. Und jetzt glauben sie, dass sich die Aufregung legt und die Stadt schnell vergisst, wenn sie irgendjemandem diesen Mord anhängen und damit der Rache Genüge tun. Auf meinen armen Philemon sind sie wegen dieser alten Geschichte gekommen. Man hat ihn wegen Totschlags verurteilt, das stimmt. Aber die

* *Zeus* ist unter anderem auch der Beschützer des Hauswesens.

Sache ist während einer Schlägerei passiert, Stephanos, und hatte nichts mit Mord zu tun. Niemals!«

Erneut traten Tränen in ihre Augen. »Wir können jetzt nur auf dich vertrauen, Stephanos – mein armer Philemon, er ist noch so jung! Bringe diese Leute zur Vernunft. Uns muss Gerechtigkeit widerfahren, auch wenn wir diese einflussreiche Familie gegen uns haben. Sie glauben, sie können alles mit uns machen, weil unsere Familie so wenige Männer hat – nachdem sie Philemon weggeschickt haben. Aber du bist ein Mann, ein guter Mann, Stephanos – die Götter werden dich erhören und die Etioboutadiden für ihre Falschheit strafen.«

Damit erhob sie sich, trocknete die Augen und schleppte sich zur Tür. Bevor sie hinausging, sah sie sich noch einmal nach mir um und rief triumphierend: »Außerdem sind sie dumm, Stephanos! Einfach dumm, findest du nicht? Wie kann ein Mann, der gar nicht da ist, einen Mord begehen?«

Ich hatte sie offensichtlich beruhigt. Ich selbst allerdings war nicht so guter Dinge. Eudoxia hatte mit ihrer Bemerkung über die wenigen Männer in unserer Familie Recht gehabt. Mein Vater und der Onkel waren tot, ich hatte keine älteren Brüder und außer Philemon auch keinen Cousin. Natürlich gab es noch den Verband der Geschlechter, zu dem wir gehörten, doch keiner der Obersten war ein enger Verwandter. Jetzt hing alles von mir ab – nur wusste ich dummerweise nicht, was ich tun sollte.

Nach einer schlaflosen Nacht stand ich am folgenden Morgen auf und versuchte meinen normalen Tagesablauf wieder aufzunehmen. Ich ging in die Bäder, wo Freunde aber nur einen knappen Gruß für mich übrig hatten. Anschließend trainierte ich im Gymnasion, wo jeder viel zu beschäftigt schien, um gegen mich anzutreten. Als ich mich dann in der Agora sehen ließ, waren plötzlich alle, an denen ich vorüberkam, in angeregte Gespräche vertieft. Ausrufe der gemeinen Menge auf dem Marktplatz kamen mir zu Ohren, und ich beobachtete, dass einige unauffällig beschwörende Zeichen machten, wie sie beim Landvolk und den Sklaven üblich waren, um die böse Ausstrahlung eines Vorbeigehenden abzuwehren. Schließlich kehrte ich nach Hause zurück und versuchte zu lesen, doch kein Buch konnte meine Aufmerksamkeit lange fesseln. In meinem Kopf ging alles durcheinander.

Gegen Abend ertrug ich diesen Zustand nicht länger. Ich beschloss, den Menschen in Athen aufzusuchen, den ich am meisten von allen bewunderte und von dem ich seltsamerweise am ehesten annehmen durfte, dass er mir nicht mit kalter Höflichkeit die Tür weisen würde, obwohl er ein berühmter und geachteter Mann war. Ich musste mir meinen Kummer von der Seele reden und brauchte dringend einen klugen Gesprächspartner und Ratgeber. Aristoteles war meine ganze Hoffnung.

Zu dieser Zeit lebte Aristoteles in einem kleinen Haus in der Nähe des Lykeion. Die Villa gehörte ihm nicht. Aristoteles war nämlich ein Fremder in Athen, ein so genannter Metöke*. Und obwohl ihm kraft eines staatlichen Dekrets drei Jahre zuvor das Ehrenbürgerrecht zuerkannt worden war, stand er bei einigen Athenern auf Grund seiner Beziehungen zu Makedonien in keinem guten Ansehen. Außerdem gehörte er nicht zur Klasse der Besitzenden, und deshalb hätte Platon ihm also nie die alte Akademie** übergeben können. Im Übrigen hatte Aristoteles Athen

* *Metöken:* freie Fremde, die in einer griech. Stadt lebten, aber nicht deren Bürgerrecht besaßen.

** *die alte Akademie:* Platons Philosophenschule in Athen.

einige Zeit vor Platons Tod reichlich überstürzt verlassen müssen, da während des Konflikts mit Makedonien die Feindseligkeit gegen den Mann aus Stageira* zugenommen hatte – Aristoteles und seine Familie standen immerhin unter dem Schutz von Philipp von Makedonien. Damals war Aristoteles dreizehn Jahre in der Fremde geblieben und hatte schon aus diesem Grund Platons Akademie nicht übernehmen können. Ich mache das deutlich, um Gerüchten entgegenzutreten, die behaupten, Platon und Aristoteles seien verfeindet gewesen. Dies ist nichts als üble Verleumdung gegen zwei bedeutende Männer.

An Platon erinnere ich mich kaum. Ich weiß nur, dass man mir den alten Herrn mit weißem Haar gezeigt hatte, als ich noch ein Kind war. Ich besuchte die Akademie, als Speusippos** sie bereits leitete, und war dann zu Aristoteles übergewechselt, nachdem dieser bei seiner Rückkehr nach Athen seine eigene Philosophenschule gegründet hatte. Dort hatte ich dann eine Zeit lang die herrlichsten geistigen Freuden genossen, die man sich vorstellen kann. Ich habe sämtliche Aufzeichnungen zu den Vorlesungen aufbewahrt. Und seit ich nach dem Tod meines Vaters das Studium aufgeben musste, lese ich gelegentlich darin, um mich weiterzubilden und meinen Geist zu schulen.

Ja, ich hatte Aristoteles sicher gebührend bewundert, aber würde er sich überhaupt für mich interessieren? Ich hatte mich als Schüler nicht besonders hervorgetan. Wahrscheinlich erinnerte sich Aristoteles nicht einmal mehr an mich. Je näher ich dem Haus des Philosophen kam, desto dreister erschien mir deshalb mein Entschluss.

Der Haussklave empfing mich höflich und ging sofort

* *Stageira:* Aristoteles' Geburtsstadt im Osten der Chalkidike.

** *Speusippos:* griech. Philosoph, Neffe und Schüler Platons.

zu seinem Herrn, um mich zu melden. Als er zurückkam, bestellte er mir, sein Herr sei gerade beim Nachtmahl, würde mich danach jedoch sofort empfangen. Dann führte er mich in ein Vorzimmer und bat mich zu warten.

Die Geräusche des kleinen Hauses waren überall deutlich zu hören, und Stimmen aus dem angrenzenden Zimmer sagten mir, dass Aristoteles offensichtlich mit seiner Frau zu Abend saß. Es gab genügend Leute in Athen, die es sehr merkwürdig fanden, dass Aristoteles, der so lange in der Abgeschiedenheit der Akademie gelebt und sich offensichtlich ausschließlich für Bücher und philosophische Diskurse interessiert hatte, nach all den Jahren seiner mysteriösen politischen Missionen in der Fremde als verheirateter Mann nach Athen zurückgekehrt war. Aber nicht nur, dass er eine Frau mitgebracht hatte, sondern auch, dass es ausgerechnet eine Exotin war, die man sich nur schwer als Frau eines Philosophen vorstellen konnte, verwunderte viele. Sie hieß Pythias und war die Tochter des Hermias von Atarneos. Böse Zungen wollten wissen, Pythias sei gar nicht Hermias' Tochter, sondern vielmehr seine Konkubine gewesen, doch das will ich nicht glauben. Nach allem, was die Frauen so redeten, war sie hübsch, hatte einen dunklen Teint und eine fremde Haartracht. Außerdem hieß es, sie sei eine gute Hausfrau, zurückhaltend und verschlossen. Pythias hatte ihrem Mann nur eine Tochter geboren.

Während ich in dem freundlichen kleinen Zimmer mit den vielen Büchern wartete – Aristoteles besaß selbst Bücher, und zwar nicht nur drei, sondern gleich mehrere, die er zu Hause aufbewahrte –, wurde ich immer niedergeschlagener. Der Sklave behandelte mich durchaus höflich. Vermutlich hielt er mich für einen der jungen Herren aus dem Lykeion, der nach des Tages Arbeit einen abgebrochenen Diskurs mit dem großen Lehrer wieder aufnehmen wollte. Aber anstatt als kultivierter junger Mann hergekommen zu sein, um über schöngeistige Themen zu sprechen, war ich ein ungebetener Gast, nicht einmal mehr ein Schüler, sondern nur ein junger Mann in schlechter psychischer Verfassung und in einer völlig unphilosophischen Situation, der hoffte, mit dem Meister ein schmutziges persönliches Problem besprechen zu dürfen.

Dann ging die Tür auf, und Aristoteles kam herein. Das Lächeln, das er mir zuwarf, schien kaum darauf hinzudeuten, dass er mich arrogant zurückweisen würde. Auf seine Aufforderung hin setzte ich mich. Der hagere Philosoph nahm ebenfalls Platz und schob sich ein Kissen in den Rücken.

»Ich hoffe, Euch durch die Güte der Götter in guter Gesundheit zu finden, Herr«, begann ich zögernd.

»Danke, es geht«, antwortete er knapp. »Nur das Ischias, diese alte attische Krankheit, macht mir zu schaffen. Aber du, Stephanos«, begann er und sah mich aus seinen klugen, blauen Augen aufmerksam an. »Du siehst aus, als hättest du eine schlaflose Nacht hinter dir. Auch du leidest unter einigen attischen Übeln, wie mir scheint. Ich glaube, ich weiß, warum du zu mir gekommen bist.«

»Ach je!«, seufzte ich niedergeschlagen. »Ich weiß es ja selbst kaum. Ich hatte einfach nur das Bedürfnis, mit einem intelligenten Menschen zu reden, um endlich wieder klar denken zu können. Ein philosophisches Problem habe ich allerdings nicht. Außerdem wollt Ihr vielleicht auch lieber nicht mit mir sprechen ...«

»Ich bin auf dem Laufenden, Stephanos«, entgegnete Aristoteles gelassen. »Glaube nicht, dass ich mich im Lykeion vergrabe und keine Ahnung habe, was in Athen passiert. Ich weiß, dass Boutades ermordet worden ist und dass man deinen Cousin beschuldigt, die Tat begangen zu haben. Ich nehme an, dass du als sein Verteidiger auftreten wirst. Was liegt also näher, als dass du zu mir, deinem alten Lehrer der Rhetorik und anderer Zweige der Philosophie, kommst? Es ist sogar sehr vernünftig. Und ich...« Er lachte. »Ich bin kein so hoch geachteter Mann in Athen, dass ich es mir leisten könnte, mit dir gesehen zu werden. Darauf hast du doch angespielt, nicht wahr?«

Aristoteles schüttelte den Kopf, und die kahle Stelle inmitten des spärlichen rötlichen Haarkranzes glänzte im Schein der Lampe. Er sah wirklich nicht besonders respektierlich aus. Plötzlich wurde mir klar, dass er wahrscheinlich der beste Freund war, den ich in Athen hatte.

»Ich verstehe, welchen Kummer dir das alles macht«, fuhr er ernster fort. »Aber du irrst, wenn du meinst, es sei kein philosophisches Problem. Angst, Schmerz und Wut sind für Tiere, Menschen und, wie man sagt, sogar auch für Götter ganz natürliche Empfindungen. Aber das menschliche Wesen kann sein Denkvermögen benutzen, und das ist das beste und wirksamste Mittel gegen das Böse, das wir Sterblichen besitzen. Also wirst du deinen Kopf anstrengen müssen. Aber zur Entspannung bekommst du erst mal einen Schluck Wein. Trinken wir, während wir uns unterhalten.

Und jetzt erzähle mir der Reihe nach, was du weißt«, forderte Aristoteles mich auf, nachdem uns Wein eingeschenkt worden war und wir ein kurzes Trankopfer dargebracht hatten. »Lege das Problem dar, als müsstest du eine Geometrieaufgabe lösen.«

Ich berichtete ihm genau, wie zuvor meiner Tante Eudoxia, was geschehen war, beschrieb jedoch alles noch ausführlicher und genauer. Ich begann damit, wie es zu meiner Anwesenheit im Todeszimmer gekommen war, wie ich die Leiche gesehen hatte, was Telemon und Polygnotos berichtet hatten, und endete mit dem Stück Horn, das ich im Hof gefunden hatte. Aristoteles hörte aufmerksam zu und bat mich, das Horn genauer zu beschreiben.

»Ah, ich weiß, was es ist«, sagte er schließlich. »Es ist die Spitze eines kretischen Bogens – eine ziemlich primitive Waffe, aber offensichtlich ganz nützlich. Ist Philemon je in Kreta gewesen?«

»Ja«, musste ich zerknirscht zugeben. »Er hat Athen damals auf einem Schiff verlassen, das Weizen nach Kreta gebracht hat. Das weiß jeder in der Stadt.«

»So, tatsächlich«, murmelte Aristoteles. »Das ist natürlich eine Tatsache, die sich die Ankläger sicher zu Nutze machen werden. Sei nicht gleich niedergeschlagen, Stephanos. Wir müssen uns alle wichtigen Fakten vergegenwärtigen. Nur ein erbärmlicher Rhetoriker erscheint vor Gericht, ohne sich vorher auf die Argumente der Gegner vorbereitet zu haben. Es wäre eine schlechte Taktik, sich einfach überraschen zu lassen. Tatsache bleibt Tatsache. Wirklich, Stephanos, ich werde dich nicht hintergehen und weitererzählen, was du mir anvertraut hast. Aber eines muss ich wissen: Ist Philemon zurückgekommen? Ist er wieder in Athen gewesen? Verzeih mir, aber nur die Wahrheit kann uns weiterhelfen.«

»Nein«, entgegnete ich empört. »Ich weiß, dass er nicht zurückgekehrt ist – nicht *einmal* in den vergangenen zwei Jahren. Wenn er hier gewesen wäre, dann hätte er es mich oder wenigstens Tante Eudoxia wissen lassen. Er hätte sie bestimmt besucht – sie ist schließlich seine Mutter und krank –, und ich weiß, dass er das nicht getan hat.«

Ich berichtete Aristoteles von meinem Gespräch mit Tante Eudoxia.

»Und sie ist der Meinung«, schloss ich, »dass sich Boutades' Familie nur so schnell wie möglich rächen möchte und Philemon die Schuld gibt, weil er aus einer zahlenmäßig kleinen, nicht sehr wohlhabenden Familie stammt und schon einmal wegen Totschlags verurteilt worden ist.«

»Eine weise Frau«, bemerkte Aristoteles. »Ich habe wirklich Achtung vor deiner Tante Eudoxia.«

»Aber vor allem kennen Tante Eudoxia und ich Philemon«, fuhr ich fort. »Wir sind sicher, dass er so etwas Schreckliches nicht einmal tun würde, um Herrscher über Athen zu werden oder sein Leben zu retten.«

Aristoteles schüttelte den Kopf. »Vor einem Gericht, vielleicht ausgenommen dem des Hades, haben solche Beteuerungen kein Gewicht. Und in der Unterwelt nimmt man an, dass Wahrheit keinen Beweis braucht und die Rhetorik an ihrem Ende angelangt ist. Aber ich habe diese Frage nicht gestellt, um dich zu entmutigen«, fuhr er fort. »Wir müssen in diesem Moment als Rhetoriker und Rechtsgelehrte denken. Was deinen Cousin persönlich betrifft, so hast du den schwachen Trost, dass, wie der Prozess auch ausgehen mag, ihm als Verbannten, der irgendwo fern von Athen lebt, auch der schlimmste Richterspruch nichts anhaben kann. Solange Philemon nicht nach Athen kommt, ist er sicher. Wie willst du ihn benachrichtigen?«

»Ich kann ihn gar nicht benachrichtigen. Ich wünschte, es wäre möglich, aber ich habe nicht die geringste Ahnung, wo er ist. Vielleicht hört er von der üblen Verleumdung – aber der Gedanke, dass er die schlechte Nachricht allein und fern der Heimat erfahren könnte, ist schrecklich.«

Aristoteles trank einen Schluck Wein und starrte ins Feuer.

»Also«, sagte er dann. »Deine Hypothese ist, dass Philemon es nicht getan hat. Alles Weitere erklärst du, wie es deine Tante bereits vorgeschlagen hat, damit, dass Philemon nicht hier war, es also auch nicht getan haben konnte. Wenn wir davon ausgehen, dass deine Hypothese richtig ist, dann ergibt sich daraus eine interessante Schlussfolgerung: Wenn Philemon es nicht gewesen ist, dann muss ein anderer der Mörder sein. Irgendjemand hat Boutades schließlich umgebracht. Objektiv betrachtet, ist das der springende Punkt. Versuche also herauszubekommen, wer Boutades getötet hat, beweise, dass diese Person schuldig ist, und deine Theorie ist richtig. In der Zeit vor dem Prozess hast du Gelegenheit, den Täter herauszufinden und kannst gleichzeitig Zeugen suchen, die beweisen können, dass Philemon nicht in Athen gewesen ist.«

»Ich ... ich soll das tun?« Beinahe hätte ich mich an meinem Wein verschluckt. »Das ist ja eine Aufgabe für einen Herakles. Wie kann ich einen flüchtigen Mörder finden, der sich schneller als der Nachtwind bewegt? Der Täter kann inzwischen doch sonst wo sein. Und vielleicht kennen nur er und die Götter seine Schuld. Welche Chance sollte ich haben, ihn in diesen wenigen Wochen zu fassen?«

»Ich habe ja nicht behauptet, dass es tatsächlich möglich *ist*«, entgegnete Aristoteles. »Aber es *könnte* möglich *sein*. Und Zeit hast du genug, Stephanos. Also, hör zu.« Er hielt vier Finger hoch. »Bei der ersten Voruntersuchung«, begann er und berührte den kleinen Finger, »wirst du den Basileus und diejenigen kennen lernen, welche als Ankläger auftreten. Das geschieht schon in wenigen Wochen. Aber dann ...« Er zog am nächsten Finger. »... dann hast du bis zur zweiten Anhörung einen Monat Zeit. Ein weiterer Monat bleibt dir bis zur dritten Voruntersuchung ...« Er bewegte den Mittelfinger. »Und dann wiederum ein Monat bis zum Prozess. Du hast also fast vier Monate

Zeit, Stephanos. Jetzt steht die Sonne noch hoch am Himmel und die Tage sind heiß. Der Prozess findet erst nach der Wintersonnenwende statt. In vier oder auch drei Monaten kann man viel tun und eine ganze Menge Informationen sammeln.«

»Aber was sollte ich denn zu erfahren versuchen? Was soll ich tun?«, fragte ich hilflos wie ein Kind.

Aristoteles lächelte mir ermutigend zu und schenkte mir Wein nach. »Zuerst sollten wir versuchen nicht vom Thema abzuschweifen, sondern uns mit dem Wesentlichen zu befassen. Kommen wir also wieder auf das Wichtigste, auf den Mord selbst. Das, was du mir von jenem Morgen erzählt hast, ist wirklich äußerst interessant, Stephanos. Du hast deine Sache gut gemacht. Es ist ein Vorteil für die Verteidigung, dass wir, wenn auch nicht alles, so doch immerhin mehr wissen, als wenn du nicht dabei gewesen wärst. Natürlich ist die Tatsache, dass du im Todeszimmer anwesend warst, auch ein geringer Nachteil. Darauf muss ich hinweisen. Falls Polygnotos und seine Sippe darauf Wert legen, könnten sie dich mit dem Einwand von der Verteidigung ausschließen lassen, du hättest mit Philemon gemeinsame Sache gemacht. Ich glaube allerdings nicht, dass sie das tun werden«, fügte Aristoteles hinzu. »Irgendjemand muss schließlich Philemon verteidigen, und vom Standpunkt der Gegenseite aus gereicht es diesen zu größerer Ehre, wenn sie gegen einen Verwandten des Angeklagten, also einen Verteidiger im engsten Sinn, siegen. Jedenfalls wird es bezüglich dessen, was nach deinem Eintreffen im Todeszimmer geschehen ist, wohl keine Differenzen geben. Du weißt, dass damals niemand Philemons Namen in den Mund genommen hat, und kannst dafür Zeugen benennen.«

Aristoteles dachte kurz nach und schüttelte dann missmutig den Kopf. Sein rot schimmerndes Haar und der grau melierte Bart glänzten wie Funken im Licht. »Wirklich, ich wünschte, ich wäre selbst in diesem Zimmer gewesen.«

»Vertraut Ihr mir denn nicht?«, fragte ich leicht verletzt.

»Doch, natürlich. Aber verschiedene Personen nehmen auch unterschiedliche Dinge wahr, und zu viel Geschwätz trübt den Blick. Vergiss nie, dass du bei Geschehnissen, von denen man dir erzählt, nicht dabei gewesen bist. Einige, die mit dir in diesem Zimmer waren, behaupten jetzt sicher: ›Ich war dabei, als Boutades ermordet wurde.‹ Das ist natürlich dummes Zeug. Nur der Mörder ist dabei gewesen. Und es war allein Polygnotos, der den Toten entdeckt hat. Weisere Männer werden vielleicht sagen: ›Ich bin so gut wie dabei gewesen‹, doch auch sie wissen nur, was sie von anderen gehört haben. Was hast du wirklich gesehen, Stephanos? Beschreibe mir das Zimmer mit Möbeln und allem Drum und Dran.«

Ich tat es.

»Wie hat Boutades auf dem Fußboden gelegen? Und wo genau hatte ihn der Pfeil getroffen?«

Ich beschrieb Aristoteles auch das und zeigte ihm zur Veranschaulichung schaudernd die Stelle an meiner Kehle, wo bei Boutades der Pfeil gesteckt hatte.

»Aha! Also genau in der großen Halsader«, bemerkte Aristoteles eifrig. »Der Schuss ist tatsächlich ein Volltreffer gewesen. Und es ist überall Blut gewesen, sagst du? Armer Boutades, dann müssen seine halb fertigen Abrechnungen auf dem Tisch blutverschmiert gewesen sein ...«

»Nein«, widersprach ich. »Auf dem Tisch ist kein Blut gewesen. Da bin ich ganz sicher. Aber dafür war jede Menge Blut auf dem Fußboden. Das Blut hatte auch Boutades' Schuhe und Haare rot gefärbt.«

»Du hast ein ausgezeichnetes Gedächtnis und bist ein

guter Beobachter. Es war dumm von mir, anzunehmen, auf dem Tisch sei Blut gewesen. Das muss ich mir notieren.«

Und Aristoteles schrieb es tatsächlich mit seinem Griffel auf eine Wachstafel. Als er meinen fragenden Blick auffing, sagte er:

»Keine Angst, ich werde nichts aufschreiben, das andere auch verwenden könnten. Ich mache mir über alles Notizen. Es ist eine Art nervöser Angewohnheit von mir, aber sicher besser, als Fingernägel zu kauen. Außerdem halten einen die Leute dann für schrecklich weise. Und es ist angenehm, als klug zu gelten. Es gibt einem unbeschränkte Macht über andere. Aber sprich doch weiter. Wo ist an Boutades' Pantoffeln das meiste Blut gewesen?«

»Eigentlich überall... doch besonders hinten an den Fersen.«

»Hm, dann ist er ›nicht trockenen Fußes zu den Gestaden des Styx gekommen‹«, antwortete Aristoteles mit einem Zitat aus einer Elegie. »Sehr scharfsichtig. Sag mal, hat Boutades noch aus seiner Halswunde geblutet, als du ihn gesehen hast? Oder ist das Blut bereits rostrot und verkrustet gewesen?«

»Als ich den Raum betreten habe, lief noch ein Tropfen Blut an seinem Hals entlang«, antwortete ich nachdenklich. »Aber beim Verlassen des Zimmers hatte selbst die Blutlache auf dem Fußboden bereits zu trocknen begonnen.«

Das Gespräch über diese Dinge verursachte bei mir leichte Übelkeit, doch Aristoteles schien das alles mit demselben kühlen Interesse zu analysieren, mit dem er sich über die Proportionen eines Dreiecks unterhalten mochte. Dabei fiel mir ein, dass Aristoteles' Vater Arzt gewesen war und der Philosoph selbst gute medizinische Kenntnisse besaß. Und ich nehme an, dass Ärzte im Allgemeinen alles, was mit dem menschlichen Körper zusammenhängt, wesentlich kühler und sachlicher sehen als die meisten von uns.

»Schade, dass ich keinen Blick auf den Leichnam werfen konnte«, bemerkte Aristoteles wehmütig. »Ja, der Tod des Boutades ist wirklich interessant. Warum musste er eigentlich sterben? Menschen töten ihre Mitmenschen meistens aus vier Gründen: aus Zufall, Zwang, Gewohnheit oder Vorsatz. Zufall kann kaum der Grund gewesen sein, es sei denn, der Mörder hätte einen anderen als Boutades töten wollen und nur einen verhängnisvollen Fehler begangen. Das ist möglich, aber unwahrscheinlich. Die Gewohnheit oder eher die Manie, harmlose Bürger mit Pfeil und Bogen zu erschießen, wäre so auffällig, dass sie kaum lange unentdeckt bleiben könnte. Aber der Mörder konnte durch einen Hintermann gezwungen worden sein, die Tat auszuführen, die der andere längst geplant hatte. Damit sind wir auch schon bei der vierten Möglichkeit: dass nämlich jemand den Wunsch hegte, Boutades tot zu sehen, gleichgültig, ob derjenige den Mord nur geplant oder auch selbst begangen hat.«

»Vielleicht haben wir es auch mit einem Wahnsinnigen zu tun«, warf ich ein.

»Möglich, dass die Begierde zu töten völlig irrational gewesen ist. Irrationale Motive sind meistens wesentlich schwieriger zu erkennen – obwohl sie oft logisch erscheinen. Der emotional und überlegt Handelnde sieht in seinem Opfer vielleicht den Staatsfeind, den Mörder seines Vaters oder einen Verschwörer, der nach seinem Leben trachtet. Dabei verrät sich der wahnsinnige Täter meistens durch unbedachte Äußerungen. Wir müssen jedenfalls auch damit rechnen, dass die Anklage vor dem Richter behauptet, Philemon hätte Boutades in einem Anfall geistiger Umnachtung erschossen.«

»In diesem Fall bliebe uns nichts anderes übrig, als aufzuzeigen, dass Philemon geistig normal ist«, entgegnete ich. »Aber dazu wird es nicht kommen, denn wir beweisen ja, dass Philemon gar nicht in Athen gewesen ist…«

»Tante Eudoxias Beweisführung.« Aristoteles runzelte die Stirn. »Es ist immer schwierig, eine Negation zu beweisen: Philemon ist nicht hier gewesen. Philemon ist nicht verrückt. Philemon hatte kein einleuchtendes Motiv… Aber sprechen wir lieber wieder von Boutades und davon, warum er getötet worden ist. Der Wunsch zu töten scheint mir hier eher rationale Ursachen zu haben. Ganz allgemein kennen wir drei Kategorien von Beweggründen: den Wunsch sich zu rächen, sich zu schützen und sich zu bereichern. Zorn, Angst und Habsucht. Drei mächtige Leidenschaften. Boutades' blutüberströmter Leichnam ist wichtig. War der lebende Boutades auch so interessant? Offensichtlich ja, denn jemand hasste ihn stark genug, um ihn zu töten. Ich glaube, wir dürfen annehmen, es ist Hass, wenn man die materiellen Güter eines Menschen über sein Leben stellt. Boutades hat sich ausgezeichnet. Wir beide haben unser Gespräch heute Abend so begonnen, als sei Philemon der Held unserer Geschichte. Doch solltest du Recht behalten, dann ist er keineswegs die zentrale Persönlichkeit. Es ist besser, wir behandeln Boutades als Hauptperson. Und als solche verdient er unsere besondere Aufmerksamkeit. Du erinnerst dich doch sicher an die Rhetorikübungen in der Schule. Ihr wurdet meistens aufgefordert, über die Qualitäten, Taten und den Charakter einer literarischen Figur eine Rede zu halten. Und ich bin sicher, dass du augenblicklich einen kurzen, klugen Abriss über den weisen Odysseus oder den lüsternen und grausamen Aigisthos geben könntest. Jetzt ist Boutades allerdings vielleicht wichtiger für dich als jene zwei. Und was kannst du mir über seinen Charakter, seine Taten und Qualitäten sagen?«

Ich antwortete, ohne zu überlegen:

»›Boutades war ein Trierarch, von Adel und hoch geacht;
der seine Pflicht aufs Beste stets vollbracht.‹«

»Was ist denn das?«

Ich wiederholte dümmlich die ganze stümperhafte Ballade, die sich mir ganz gegen meinen Willen eingeprägt hatte. Aristoteles hörte amüsiert zu.

»Ausgezeichnet! Knapp und bündig und ungenau, wie wir das in der Poesie und der Geschichte so oft finden. Ist Boutades wirklich ein so geachteter Mann gewesen? Hat er tatsächlich seine Pflicht bestens erfüllt? Was hat er eigentlich getan oder nicht getan? Irgendetwas in seinem Leben könnte zu seinem Tod geführt haben.«

»Ich weiß nicht, wie ich etwas über ihn in Erfahrung bringen soll«, sagte ich hilflos. »Ich kann doch nicht in sein Haus gehen und Fragen stellen.«

»Natürlich nicht. Aber ein Hauswesen ist wie ein Sieb«, entgegnete Aristoteles. »Tropfen für Tropfen vom Leben eines Menschen sickert durch. Und ein so einflussreicher Mann wie Boutades stirbt nicht, ohne Spuren zu hinterlassen. Halte Augen und Ohren offen und versuche mehr über den wirklichen Menschen und nicht über die Figur in einer Ballade herauszubekommen.«

»Aber ich brauche doch einen bestimmten Anhaltspunkt«, erwiderte ich.

»Warum greifst du dir nicht einen Aspekt seines Lebens heraus?«

»Meint Ihr vielleicht sein Amt als Trierarch?«

»Ja, eine gute Idee.«

»Das wäre eine Möglichkeit. Wenn es stimmt, was man so hört, dann hat es bei der Trierarchie viele Schwierigkeiten gegeben, bis ...«

»Ausgezeichnet, Stephanos! Du fängst an, selbstständig zu denken. Bevor es dir dein Taktgefühl verbot weiterzusprechen, wolltest du doch sagen: ›... bis Euer Erzfeind Demosthenes wieder mit gerechter Hand Ordnung im Schifffahrtswesen geschaffen hat.‹ Ich leugne nicht, dass Demosthenes ein fähiger Mann ist, und begrüße seine gerechten Reformen. Aber das ist in Kriegszeiten gewesen. Inzwischen hat Demosthenes keine Macht mehr, die Stadt ist ruhig, und es gibt für die Bürger genug Möglichkeiten, ihren Reichtum zu mehren. Alte Übel haben sich wieder eingeschlichen. Die Anhänger der Oligarchie* geben die Hoffnung so schnell nicht auf. Vielleicht lohnt es sich, einiges über Boutades und die Trierarchie herauszufinden. Und das Sammeln von Informationen wird deinen Horizont erweitern.«

»Ich tue, was ich kann«, murmelte ich. Wenigstens hatte ich jetzt das Gefühl, einen Anfang gemacht zu haben. ›Boutades und die Trierarchie‹. Das klang wie das Thema des ersten Schulaufsatzes.

»Und merk dir, Stephanos. Sei vor allem diskret. Übereifer ist so ärgerlich wie lästige Fliegen. Lautes Summen und Brummen wird Boutades' Familie gar nicht gern hören. Gehe gut gelaunt deinen täglichen Pflichten nach. Und bei der ersten Voruntersuchung verhältst du dich bescheiden und demütig, wie sich das für einen jungen Mann gehört. Dadurch erwirbst du dir die Sympathien des Basileus und bietest der Gegenseite keinen Grund zur Verstim-

* *Oligarchie:* Herrschaft einiger weniger.

mung. Gutes Benehmen ist eine sehr wirksame rhetorische Taktik. Was willst du bei der ersten Anhörung vorbringen?«

»Das, was Tante Eudoxia vorgeschlagen hat, nämlich, dass er nicht hier war.«

»Gut, für den Anfang reicht das. Deine zweite und wichtigere Aufgabe wird es sein, Zeugen für Philemons Abwesenheit zu finden.«

Er seufzte. »Ein Negativum zu beweisen ist ein mühsamer, steiniger Weg der Logik. Die Spur des Positiven ist so viel heißer und aufregender, obwohl sie nicht weniger Mühe erfordert. Ich fürchte allerdings sowieso, dass die Prozedur lange dauern wird. Lass den Mut nicht sinken, wenn du bei der ersten Anhörung noch keinen Zeugen für Philemon beibringen kannst. Sie ist schließlich nur eine Formalität. Demütiges Benehmen und der Einwand, dass Philemon nicht in Athen war, das dürfte fürs Erste genügen. Inzwischen fängst du heimlich und unauffällig damit an, dich mit Boutades' Leben zu beschäftigen. Sag mir alles, was du herausgefunden hast. Ich will jede Kleinigkeit wissen, auch wenn sie gar nichts mit dem Mord zu tun zu haben scheint.«

»Dann darf ich also wiederkommen?«

»Wann immer du willst«, antwortete Aristoteles freundlich. »Ich freue mich schon darauf, meine Notizen vervollständigen zu können.«

Ich warf einen Blick auf seine Wachstafel. Darauf standen nur wenige Worte in folgender Anordnung:

Kreta
Tisch
blutige Pantoffeln
Zorn Angst Habsucht

»Das ist nicht viel«, sagte ich enttäuscht.

»Ich habe schon mit weniger Notizen Vorlesungen gehalten. Es ist so etwas wie der rote Faden der Ariadne. Ein Rhetoriker ist schließlich ein wahrer Sohn des Theseus, Vater von Athen. Er führt uns durch ein Labyrinth, bis wir endlich der Wahrheit gegenüberstehen.«

Wir standen auf und gossen den Rest des Weines ins Feuer. Die schweigenden Augenblicke des Gebets waren sehr beruhigend.

»Ich wünschte, ich hätte an jenem Morgen an deiner Stelle diesen Spaziergang gemacht«, riss Aristoteles mich aus meinen Gedanken. »Ich hätte das Zimmer wirklich gern gesehen. Aber vielleicht ist es gut, dass es anders gekommen ist. Wer weiß, möglicherweise hätte man mich der Komplizenschaft mit dem Mörder beschuldigt. Eine einmalige Gelegenheit, um einen Freund Makedoniens loszuwerden!«

Diese Vorstellung erschien mir ungeheuerlich, und ich widersprach heftig: »Nein, wirklich, das ist absurd! Boutades und seine Familie sind immer erklärte Anhänger Makedoniens gewesen. Sie nutzen jede Gelegenheit, um positiv über Alexander zu sprechen.«

»Gut gesagt, Stephanos. Du weißt mehr über das öffentliche Leben, als ich dachte. Vielleicht weißt du sogar mehr, als du selbst denkst. Ich habe dich heute Abend erst richtig kennen gelernt. Du bist loyal und scharfsinnig. Aber pass auf, dass die eine Eigenschaft die andere nicht behindert. Leb wohl für heute. Versuche zu schlafen.«

Sein Lob und seine Fürsorge waren ermutigend. In jener Nacht schlief ich tief und fest und fühlte mich am nächsten Morgen so gut wie seit Tagen nicht mehr. Je eingehender ich jedoch über mein Gespräch mit Aristoteles nachdachte, desto klarer wurde mir, dass ich eigentlich noch nichts Konkretes erreicht hatte. Aristoteles hatte mir keine praktische Hilfe angeboten. Er würde mich bei meinen Erkundigungen nicht tatkräftig unterstützen. Dafür hatte ich jetzt wenigstens eine genaue Vorstellung davon, was ich tun konnte. Außerdem hatte Aristoteles mir die Sicherheit gegeben, dass ich ein gutes Urteilsvermögen besaß. Nur ärgerte es mich, dass er wiederholt betont hatte, wie gern er selbst im Todeszimmer gewesen wäre. Was hätte er schon sehen können, das mir nicht aufgefallen war? Sicher nichts.

V

Anhörung und Gerede

In den folgenden Tagen gewöhnte ich mich an eisige Blicke und geringschätzige Gesten und zeigte den Athenern eine heitere, gefasste Miene. Meine gespielte Zuversicht blieb nicht ohne Wirkung. Die feindselige Haltung mir gegenüber milderte sich zusehends. Die Blicke waren nicht mehr so eisig, und die Gesten der Geringschätzung wurden weniger. Trotzdem war ich voll Angst, und die zur Schau getragene Heiterkeit lastete bald wie die schwere Maske eines Schauspielers auf mir. Für Philemons Verteidigung tat ich nur insofern etwas, als ich mich bemühte, öffentlich präsent und akzeptabel zu bleiben, um meine Position vor Gericht zu stärken. Die Zeit verrann.

Dann, eine Woche nach meinem Gespräch mit Aristoteles, geschah etwas. Nichts Weltbewegendes, aber immerhin etwas. Rein zufällig kam mir die erste Information zu Ohren. Nachdem ich meinen täglichen Auftritt in der Agora leidlich überstanden hatte, schlenderte ich ziellos über den Marktplatz und blieb schließlich am Stand eines Schusters stehen. Während ich den scharfen Geruch des Leders einatmete und mir träge überlegte, ob ich mir ein Paar neuer Sandalen kaufen sollte, hörte ich aus dem hinteren, durch eine über ein Seil gespannte Haut abgetrennten Teil des Standes Stimmen. Dort schienen sich Sklavinnen, die sich in der Öffentlichkeit ja zeigen konnten, angeregt zu unterhalten. Ich nahm an, dass sie darauf warteten, dass der Schusterjunge ihnen Sandalen anmessen würde. Die Frauen redeten mit städtischem Akzent, und ich vermutete, dass es Sklavinnen angesehener Familien sein mussten, wenn sie Schuhe für sich anfertigen lassen konnten.

Ich wollte schon wieder weitergehen, als ich einen bestimmten Namen hörte, und mein Schritt stockte. Ich blieb wie angewurzelt stehen. Eine der Frauen hatte die Stimme gesenkt und gefragt: »Wie kommt ihr denn jetzt im Haus des Boutades zurecht?«

»Oh, Zeus!«, stöhnte die andere aus vollem Herzen. »Wir sitzen praktisch zwischen zwei Stühlen. Der junge Herr hält alles in Ordnung, wir können über ihn nicht klagen – aber wer lebt schon gern in einem von Blut befleckten Haus? Ich bete zu Athene, dass ich nie wieder eine solch schreckliche Arbeit wie das Reinigen dieses Zimmers verrichten muss. Und uns wird allen angst, wenn wir nur an diese Gerichtsverhandlung denken. Manche behaupten, dass alle Sklaven als Zeugen erscheinen müssen, andere sagen, es würde nur dieser arme Junge aufgerufen … für einen Sklaven bedeutet das furchtbare Qualen. Aber so will es das Gesetz. Athene sei Dank, dass ich zu jener Zeit auf dem Landgut gewesen bin und nicht zum Verhör gerufen werden kann. Aber dieser arme Junge! Er wird jeden Tag schmäler …«

»Das Gesetz ist eine böse Sache«, stimmte die Freundin mitfühlend zu.

Es folgte eine kurze Pause, dann ertönte die herbe Stimme einer offensichtlich älteren Sklavin: »Was ist mit Boutades' Frau? Trägt sie ihren Kummer mit Fassung?»

»Das kann man wohl sagen.« Die Sklavin aus Boutades' Haus schien nur allzu bereitwillig Auskunft zu geben. »Oh, sie nimmt den Schicksalsschlag wirklich gelassen hin. Schon am dritten Tag nach dem Begräbnis musste ich ihr heimlich ein saftiges geröstetes Ferkel besorgen, was der verstorbene Herr ihr zu essen strikt verboten hatte. Sie ist über das in Honig gebratene Fleisch regelrecht hergefallen. Alles an ihr triefte von Fett... einen hübschen Anblick hat sie geboten, die trauernde Witwe. Aber ich habe den Mund gehalten und sie nicht verraten. Der Herr hat uns schon kurz gehalten. Warum sollte sie um ihn weinen? Keine Frau verträgt das Maß an Beschimpfungen, das sie über sich hat ergehen lassen müssen. Hässlich und unfruchtbar hat er sie genannt und sie geschlagen. Ihr ist es schlechter ergangen als den Sklaven. Nie hat sie ein neues Kleid bekommen. Gerade in den letzten Jahren ist er unvorstellbar grausam zu ihr gewesen. Sie hatte ihm keinen Erben geboren, und damit war sie für ihn erledigt.«

»Ah, so sind viele Männer«, warf die zweite ein. »Vor allem die, die so viel zu vererben haben wie Boutades. Nicht mal eine Tochter haben sie gehabt. Aber dein verstorbener Herr und deine Herrin sind doch keine jungen Leute mehr gewesen – sie müssen sich doch im Lauf der Zeit an diesen Zustand gewöhnt haben.«

»Sag das nicht. Du hast nicht gehört, was ich gehört habe«, entgegnete die Sklavin. »Sie waren nicht mehr jung, das stimmt – er mit seinem dicken Bauch und seinen kranken Eingeweiden, und sie mit ihren Magenkrämpfen – sie hat übrigens ihre Schweinefleischorgie teuer bezahlt –, und trotzdem haben sie gestritten, als hätten sie gerade erst damit angefangen. Die letzten Monate sind die schlimmsten gewesen. Im Sommer hat es eine furchtbare Szene gegeben. Ich habe gehört, wie sie zänkisch gesagt hat. ›Ah, du machst dich in deinem Alter noch zum Narren!‹« Die Sklavin äffte die schrille Stimme einer feinen Dame nach. »›Willst du Schande über dich und die ganze Familie bringen? Es fällt dir reichlich spät ein, an ein Kind zu denken… und es ist nicht einmal dein eigenes. Anstatt deinen ganzen Besitz zum Fenster hinauszuwerfen, wäre es besser, du würdest ein paar Münzen für eine gute Hure ausgeben, die dein Geld gern für das nimmt, was du sowieso nicht mehr schaffst.‹

Ich habe gelacht, als ich sie den Herrn so verspotten hörte, aber dann hat er üble Beschimpfungen gegen sie ausgestoßen, die ich lieber nicht wiederholen möchte. Anschließend bekam sie von ihm solche Prügel, dass ich dachte, sie sei verletzt, und das Lachen ist mir im Hals stecken geblieben. Ein loses Mundwerk muss eine Frau immer teuer bezahlen. Zu Hause ist der Herr von jeher unausstehlich gewesen. Ah, wie sagt noch das Sprichwort der Sklaven: ›Des Herrn Benehmen sei dir kein Beispiel.‹«

»Armes Ding«, erklärte ihre Freundin. »Na, jetzt hat sie's besser. Die Witwenschaft hat auch ihre guten Seiten.«

»Ich finde es einfach schändlich«, warf die dritte ein. »Eine Dame sollte sich anständig benehmen. Sie ist eine schlechte Frau.«

»Nein«, widersprach Boutades' Sklavin wohl überlegt, »das würde ich nicht sagen. Ich bin schließlich ihre Dienerin. Sie war meistens leicht zufrieden zu stellen, und sie kann sogar recht großzügig sein. Aber jetzt ist sie wie ein Fähnchen im Wind, das sich ständig in eine andere Richtung dreht. Sie lacht und weint abwechselnd, ist mal todunglücklich und dann wieder ausgelassen und fröhlich. Aber ihre Heiterkeit wirkt immer steif und gekünstelt. Wisst ihr, dass sie gelacht hat, als man ihr sagte, dass Boutades ums Leben gekommen ist? Und vor allem als sie hörte, auf welche Weise? *Gelacht!* Alle Sklaven mussten sofort aus Leibeskräften zu jammern und zu klagen anfangen, um ihr Gelächter zu übertönen. Ich glaube, sie ist manchmal nicht mehr ganz richtig im Kopf. Sie hat sogar schon mit Polygnotos Streit gehabt, der doch immer ruhig und besonnen ist. Der Tod seines Onkel hat ihn schwer getroffen, aber er hat immer versucht freundlich zu ihr zu sein. Er hat für ein so wunderbares Begräbnis gesorgt, trotz der Umstände – das hätte doch jedem Frauenherz wohl tun müssen.«

»Worüber hat sie denn mit ihm gestritten?«

»Ich habe nicht alles gehört, aber angefangen hat es wegen irgendwelcher Möbelstücke. Sie hat ihm vorgeworfen, er könne nicht über alles frei verfügen. Alles Unsinn natürlich! Und das bereits einen Tag nach der Beerdigung. Dabei hatte sie von Polygnotos neue Sandalen und ein neues Kleid bekommen. Trotzdem hat sie gegeifert: ›Warum gibst du dem Kind nicht etwas und erfüllst die Wünsche deines Onkels? Zeus ist der Vater aller Waisen. Keiner in diesem Haus kann es sich leisten, die Wünsche der Götter zu missachten … keiner, hörst du? Ich weiß über den Jungen Bescheid, vergiss das bitte nicht.‹ Immer wieder hat sie etwas über einen ›Jungen‹ und Zeus gesagt.«

Ihre Freundin lachte. »Vielleicht hat sie einen Lustknaben von Polygnotos gemeint?«

»Möglich. Aber ich glaube eher, dass von einem Bastard ihres Neffen die Rede gewesen ist. Hätte Boutades je ein Kind gehabt, er hätte es sofort adoptiert, das weiß ich bestimmt. Aber er hatte seine Zeugungskraft längst verloren. Jedenfalls ist Polygnotos verstimmt gewesen und hat ihr das Wort verboten. Aber ihr seht daraus, wie ungeschickt sie sich benimmt – mit dem Neffen Streit anzufangen, von dem sie jetzt abhängig ist …«

»Na, das sind ja schöne Verhältnisse«, bemerkte die ältere Sklavin. »Selbst bei den alten Familien ist das Leben in Athen nicht mehr das, was es früher war. Ein Glück, dass ich jetzt die meiste Zeit auf dem Land bin. Das Leben ist dort auch billiger. Habt ihr gesehen, was jetzt auf dem Markt für Kohl verlangt wird?«

Von da an drehte sich die Unterhaltung nur noch um Nahrungsmittel und Einkäufe. Frauen haben immer nur fünf Gesprächsthemen: Nahrungsmittel, Kleider, Sex, Kinder und Skandale. Allerdings war *ich* diesmal Nutznießer des Weibergeschwätzes. Ich hoffte, nicht zu auffällig lange am Stand des Lederhändlers stehen geblieben zu sein, und während ich langsam weiterging, dachte ich über das Gespräch der Frauen nach. Aristoteles hatte Recht gehabt. So ein großer Haushalt ist wie ein Sieb.

Aber dadurch hatte ich Einblick in das Leben des Boutades, des guten Bürgers, bekommen, der offensichtlich zu Hause vulgär, streitsüchtig und brutal gewesen war und dessen Impotenz ihm in seinem eigenen Heim nur Spott eingebracht hatte. Ich dachte an die Worte seiner Frau: ›Willst du Schande über dich bringen? Es fällt dir reichlich spät ein, an ein Kind zu denken.‹ Hatte Boutades vielleicht versucht mit der Frau irgendeines Nachbarn ein Kind zu zeugen? Das jedenfalls wäre sicher ein Motiv für einen Racheakt gewesen. Das Benehmen von Boutades' Frau kam mir nicht nur widerwärtig, sondern auch reichlich merkwürdig vor. Allerdings musste ich als unverheirateter Mann eingestehen, dass ich nicht wusste, was man in einer Ehe zu erwarten hatte. Diese Frau hatte beim Tod ihres Mannes gelacht und sich heimlich an fettem Braten gütlich getan. Ich sah die schwarz verschleierte Frau, die mir bereits vom Begräbnis her bekannt war, plötzlich vor mir, wie sie, den Bogen in der Hand, die Sehne spannte und den Pfeil in die Kehle ihres Mannes jagte. Rache konnte süß sein, und auch Frauen waren zu Grausamkeiten fähig. Man denke nur an Medea. Ich hatte jetzt jedenfalls etwas, worüber ich nachgrübeln konnte.

Das heimlich belauschte Weibergeschwätz hatte auch Auswirkungen auf mein Privatleben. Ich wurde in meinem Umgang mit unseren Sklaven noch vorsichtiger. Von mir sollte niemand sagen, ich würde mich nicht vorbildlich benehmen.

Ansonsten fühlte ich mich von dem, was ich erfahren hatte, ermutigt, obwohl ich nicht viel damit anfangen konnte. Doch die Etioboutiden erschienen mir jetzt nicht länger unbesiegbar und mächtig. Und genau das machte es seltsamerweise für mich einfacher, ruhig und sachlich über diesen Mord und Boutades' empörte Verwandte nachzudenken. Es fiel mir jetzt leichter, eine zuversichtliche und gelassene Haltung an den Tag zu legen, und ich interessierte mich mehr für das Gerede der Leute. Zwei Tage später, als jemand in der Agora laut das Wort »Neuigkeiten« ausrief, lief ich zu der Gruppe, die sich um den Mann versammelt hatte, ohne die bösen Blicke der anderen zu fürchten. Allerdings schenkte man mir auch kaum Beachtung. Dazu war jeder viel zu brennend an Kriegsnachrichten interessiert.

Der Bürger, der die Neuigkeiten angekündigt hatte, war Kleophoros – ein freundlicher Mann mit hellblauen Augen, rundem Gesicht und einem Doppelkinn. Jeder kannte ihn als gastfreundlichen Mann aus reicher Familie, der umfangreiche Handelsgeschäfte betrieb. Kleophoros war gerade in die Agora gestürmt und sonnte sich offensichtlich in der Aufmerksamkeit, die man ihm schenkte.

»Na, was glaubt ihr?«, begann er. Er war der Typ, der eine Einladung zum Essen mit der Aufforderung einleitete: »Ratet mal, was es gibt.« »Ich habe Neuigkeiten aus Tyros. Mein Schiff aus Rhodos ist heute eingelaufen, und der Kapitän hat einen Mann von dort mitgebracht, der beim Kampf um Tyros dabei gewesen ist. Die Belagerung der

Stadt ist zu Ende – und zwar seit vergangenem Monat. Alexander hat wieder gesiegt.«

»Ach, tatsächlich?«, bemerkte der Bürger Theosophoros trocken. »Alexander scheint doch nichts als Siege zu erringen. Das kann man also kaum noch als Neuigkeiten bezeichnen. Es schreibt ja auch niemand in die Annalen, wann im Sommer die Sonne geschienen hat.«

Andere Zuhörer waren weniger skeptisch und forderten Kleophoros auf, mehr zu erzählen.

»Niemand weiß, wie hoch die Verluste der Stadt gewesen sind«, fuhr er fort. »Einige meinen fünftausend, andere zehntausend Menschen seien umgekommen... dabei wurden nur vierhundert von Alexanders Männern getötet. Alexander hat nach dem Sieg im Heiligtum von Tyros dem Herakles geopfert.«

»Dann ist er jetzt also auch König von Tyros«, sagte Theosophoros. »Hätten sie ihm gleich zu Anfang erlaubt, in ihrem Tempel zu opfern, hätten sie sich sieben Monate Belagerung erspart und wären vermutlich als freie Menschen im Bett gestorben.«

»Ist es besser, sich dem Feind zu ergeben, anstatt im Kampf zu sterben, um frei zu sein?«, warf der junge Mikon, mein ehemaliger Mitschüler, ein.

»Ihr Gott hatte sie verlassen«, behauptete Archimenos, ein adeliger Bürger, von dem man wusste, dass er ein erklärter Anhänger des makedonischen Königshauses war. Der grauhaarige Archimenos mit seinen dichten Augenbrauen und der schmalen Nase war von vornehmer Erscheinung und gehörte zu den Athenern, die meist auf Gesandtschaften fremder Staaten besonderen Eindruck machten. Seine Stirn war bis auf zwei senkrechte Falten über der Nasenwurzel, die ihm ein nachdenkliches Aussehen verliehen, glatt.

»Man sollte allerdings nicht vergessen«, fuhr Archimenos fort, »dass Alexander den äolischen und ionischen Städten die Demokratie gegeben und ihre eigenen Gesetze wieder eingesetzt hat. Ist es nicht gut, dass er gegen die persischen Tyrannen kämpft, die uns ja schließlich auch wieder gefährlich werden können? Athen hat Alexander den goldenen Lorbeerkranz geschickt – und das nicht nur als Anerkennung für seine Siege, sondern auch für seine Tugenden.«

»Die Götter mögen uns vor blindem Vertrauen in die goldene Krone der Athener bewahren«, warf Theosophoros ein. »Ich kann mich noch ziemlich gut daran erinnern, dass auch Demosthenes diese Auszeichnung von einem dankbaren Volk empfangen hat – und wie wir hören, soll er jetzt dafür vor ein Gericht gestellt werden. Der goldene Kranz ist nur ein erbärmlicher Schutz. Ein weiserer Mann sollte lieber um einen Hut gegen den Regen beten.«

»Nun«, meldete sich Kleophoros, der offensichtlich das Gefühl hatte, lange genug von der Unterhaltung ausgeschlossen gewesen zu sein, wieder zu Wort, »Tyros ist jedenfalls bezwungen, und Tausende marschieren nach Ägypten. Behaltet Alexander im Auge. Er wird bald über die alten Pyramiden springen. Die Küstenstädte scheinen schon Anstalten zu machen, sich zu ergeben. Nur von Gaza sagt man, dass es aushalten und kämpfen will. Ich nehme an, dass Alexander über kurz oder lang Schiffe braucht. Vielleicht wird unsere Flotte eingesetzt.«

»Das glaubt mein Vater auch«, erklärte Mikon. »Er sagt, dass Alexander unsere Flotte, auch wenn er sie vergangenes Jahr zurückgeschickt hat, nicht länger tatenlos in den Häfen liegen lassen kann. Jetzt, da Athen seine Treue bewiesen hat, wäre es doch Unsinn, die Flotte nicht auch einzusetzen. Mein Vater schätzt, dass die Flotte im Frühjahr auslaufen wird.«

»Ja, das habe ich mir auch schon gedacht«, stimmte Kleophoros zu. »Und die Besatzungen der Kriegsschiffe glauben ebenfalls, dass sie nächstes Jahr wieder in den Kampf ziehen werden. Doch unter uns ist einer, der viel besser über Angelegenheiten der Flotte Bescheid weiß. Was hältst *du* von alledem, Archimenos?«

»Sicher ist gar nichts«, erwiderte Archimenos vorsichtig. »Alexander hat uns nicht um Rat gefragt. Allerdings gibt es viele Spekulationen. Ich würde soweit gehen zu behaupten, dass gewisse Möglichkeiten in Betracht gezogen werden. Zum Beispiel könnten wir aufgefordert werden, diesen neuen Schiffstyp mit den fünf Reihen von Ruderern übereinander zu bauen, den man bereits in Syrakus besitzt. Vielleicht lässt Alexander die Flotte zur Zeit ruhen, weil er sie erst noch modernisieren möchte.«

Kleophoros nickte weise. »Piräus wäre genau der richtige Ort für den Bau einer neuen Flotte. Ich würde gern eines der modernen Schiffe sehen. Wir leben in einer so herrlich aufregenden Zeit mit so vielen Neuerungen.«

»Wir sollten uns vor vorschnellen Schlüssen in Acht nehmen«, warnte Archimenos. »Vielleicht ist es so, vielleicht auch nicht.«

»Falls es allerdings so ist, wäre es eine große Befriedigung für uns«, erklärte Theosophoros. »Es wäre eine einmalige Gelegenheit für die Trierarchie, zu zeigen, wozu sie fähig ist. Neue Schiffsplanken und was sonst noch zur Schifffahrt gehört – und alles beschafft von unserer patriotischen Organisation. Es spricht wirklich für Athen, dass es bei uns nicht nur die Bürgerpflicht, sondern auch ein Privileg der Reichen ist, für Ausrüstung und Besatzung eines Kriegsschiffs zu sorgen. ›Wie die Amme zum

Kind, so der Trierarch zum Schiff‹, heißt es doch bei uns. Wir leben wirklich in aufregenden Zeiten, wie mein Freund Kleophoros schon bemerkte. Allerdings kann es noch lange dauern, bis Alexander eine Flotte von Athen fordert. Was uns betrifft, ist er vielleicht besonders vorsichtig.«

»Aber warum denn?«, fragte Mikon.

»Wie schnelllebig die Zeit doch ist. Wir können uns kaum noch erinnern, dass es noch vor wenigen Jahren wegen des Makedoniers einen Aufruhr in dieser Stadt gegeben hat. Und erst kürzlich war da die kleine Episode mit König Agis von Sparta, der versucht hat, Schiffe und Geld für den Kampf gegen Alexander aufzutreiben. Da Alexander ein vernünftiger und umsichtiger Mann ist, könnte er fürchten, dass Agis' Gesinnung ein wenig auf die Flotte Athens abgefärbt hat.«

»Sparta!«, stieß der junge Mann hervor. »Unsere alte Feindin. Die Spartaner sind auf der Seite der Perser, also ist es doch klar, dass wir es mit den Makedoniern halten. Unsere Feinde haben sich gegen uns verbündet. Was wollen wir noch mehr? Agis ist nicht unser Freund. Er ist mit Agesilaos nach Kreta gesegelt, hat dort die Städte erobert und sie gezwungen, dem Bündnis mit Persien beizutreten. Aber wir sind keine kretischen Banditen und würden auch nie auf kretischen Schiffen kämpfen.«

»Habt Ihr je eines der neuen Schiffe gesehen?«, wandte ich mich hastig an Archimenos, um von dem für mich peinlichen Thema Kreta abzulenken. Einige der anderen sahen mich an, als bemerkten sie meine Anwesenheit erst jetzt und seien darüber nicht begeistert, doch Archimenos antwortete mir höflich, dass er von diesen neuen Fünfdeckern nur durch jemand anders gehört habe. Ich hatte dabei den Eindruck, dass Archimenos über die politische

Richtung, die das Gespräch nahm, nicht sehr glücklich war. Die Gruppe begann sich langsam zu zerstreuen, doch ich blieb bei Archimenos. Kleophoros' Bemerkungen hatten mich daran erinnert, dass dieser Mann selbst ein Trierarch war. Schon deshalb erschien mir die Gelegenheit äußerst günstig, mit meinen Erkundigungen über Boutades' Verhältnis zur Trierarchie zu beginnen. Archimenos ging freundlich auf alle meine Fragen über die Bedeutung des Sieges über Tyros und seine Auswirkungen auf den Handel ein, die für mich rein taktischen Wert hatten. Ich behauptete sogar, selbst am liebsten bei der Schlacht um Tyros dabei gewesen zu sein, was eine Lüge war, denn ich dachte die ganze Zeit nur an Philemon. Nach allem, was ich wusste, könne er bei Tyros gekämpft haben. War er vielleicht dabei verletzt oder sogar getötet worden? Eine Lüge nach der anderen ging glatt über meine Lippen. Ich sagte auch, dass ich mich als Freiwilliger zur Flotte melden würde, falls sie auslaufen sollte, denn ich merkte, dass diese Art jugendlicher Begeisterung dem Mann gefiel. Ich bewunderte den Fleiß der Trierarchen, schwelgte in der Bewunderung für eine gebildete, weise Aristokratie, die Athen groß gemacht hätte, und dann – nachdem ich mich durch dieses Lügengespinst mühsam meinem eigentlichen Thema genähert hatte – bemerkte ich schlau, dass vermutlich auch er, Archimenos, den Tod des Boutades tief betrauere.

»Ja, du hast Recht«, erwiderte er. »Es ist schrecklich. Und Boutades ist ein hoch geschätzter Mann gewesen… ein wirklich hoch geschätzter Mann.«

Das war natürlich eine für meine Begriffe wenig ermutigende Antwort, doch ich ließ nicht locker.

»Ich habe allerdings gehört«, begann ich, »dass es innerhalb der Trierarchie Probleme mit Boutades gegeben haben soll – es heißt, er habe seinen Beitrag nicht in voller Höhe bezahlen wollen ...«

Archimenos musterte mich ernst. »Du solltest auf derartiges Geschwätz nichts geben. Der verstorbene Boutades – Friede sei mit seinem Schatten – ist ein Mann gewesen, dem das Gemeindewohl immer sehr am Herzen gelegen hat. Es gibt kaum einen Trierarchen, auf den wir weniger hätten verzichten können. Boutades hat stets bezahlt, was er schuldig war, hat gegeben, so viel er konnte, und das Wohl unserer Stadt war sein Lebensinhalt.«

Diese gesetzten Worte standen in krassem Gegensatz zu dem, was die Sklavin über Boutades gesagt hatte – es war fast, als hätten die beiden über zwei völlig verschiedene Menschen gesprochen. Archimenos' kleine Rede hatte wie ein Nachruf geklungen. Beim Reden hatte er wiederholt die Stirn in Falten gelegt, und die Rillen über der Nasenwurzel waren tiefer geworden. Meine respektlosen Anspielungen schienen sein Missfallen erregt zu haben. Und ich hatte plötzlich selbst das Gefühl, mich ungehörig verhalten zu haben, und war eingeschüchtert. Es wollte mir einfach nicht gelingen, frei und unvoreingenommen über Boutades zu reden, und es war klar, dass ich Geringschätzung dafür ernten musste, wenn ich über das vermeintliche Opfer meines Cousins schlecht redete. Ich beteuerte also schnell, dass Boutades' Großmut in der Stadt wohl bekannt sei, dass die Armen, die er so zahlreich gespeist hätte, ihren Wohltäter sehr vermissen müssten, und endete, wie ich hoffte, höflich mit einem Kompliment für Archimenos' eigene Wohltätigkeit. Noch beim Abschied zuckte Archimenos' Stirn, als arbeiteten darunter rastlose, unsichtbare Strömungen.

Dieser Vorfall hatte mich erneut mutlos gemacht. Ich hatte nichts weiter getan, als mich möglicherweise selbst als Feind des Boutades zu offenbaren – und das war natürlich nicht gut. Und ich hatte lediglich erfahren, was sowieso jeder wusste, nämlich, dass Boutades ein gewissenhafter Bürger und die Säule der Trierarchie gewesen war. Aristoteles hatte sich offensichtlich getäuscht. Weder in Boutades' Leben noch in seiner Arbeit war ein interessanter Anhaltspunkt für unsere Sache zu finden. Bei dem Versuch, Unstimmigkeiten zwischen Boutades und der Trierarchie aufzudecken, war wohl eher der Wunsch Vater des Gedankens gewesen.

Ich hatte allen Grund, niedergeschlagen zu sein. Die erste Voruntersuchung stand kurz bevor, und alles, was ich vorbringen konnte, war Tante Eudoxias Rechtfertigung für ihren Sohn.

VI

Zwischen Prytaneion und Piräus*

Der Tag der ersten Anhörung kam. In meinen besten Chiton gekleidet, lief ich durch die Menschenmassen in den schmalen Gassen auf der Nordseite der Akropolis, wo die ärmeren Bürger und Sklaven ihrem Tagewerk nachgingen. Blicke schienen meinen Rücken zu durchbohren, und ich fühlte mich unendlich einsam und allein, als ich die kalte offizielle Halle des Prytaneion betrat. Normalerweise kommen alle männlichen Verwandten in einer Gruppe, um ihren Sprecher zu unterstützen und selbst einige Anmerkungen zur Sache zu machen. Mein jüngerer Bruder konnte mich jedoch in diesem Fall kaum begleiten, denn ein siebenjähriges Kind ist dabei nicht erwünscht. Polygnotos war mit einer großen Anzahl gut gekleideter und sehr wohlhabend aussehender Freunde und Verwandten eingetroffen. Ich war allein.

Der Basileus behandelte uns alle mit förmlicher Höflichkeit. Nach den Trankopfern nahm die Partei des Anklägers zu seiner Rechten Aufstellung, während er mich auf seine linke Seite winkte. Dann wiederholte der Basileus die Tatsachen, die in diesem Falle bekannt waren, um festzustellen, in welchen Punkten bei den Parteien Übereinstimmung herrschte. Die wichtigsten Einzelheiten von Boutades' Tod wurden aufgezählt. Polygnotos und seine

* *Prytaneion:* Gemeindehaus; Sitz der 50 Ratsmänner (Prytanen) und des jeweils für einen Tag gewählten Staatspräsidenten.

Verwandten machten ihre Aussagen, denen ich zustimmte, nachdem ich gewissenhaft darauf geachtet hatte, dass sich keine Ungenauigkeit oder Unwahrheit eingeschlichen hatte. Eine Zeit lang war alles klar und einfach. Diese Aufnahme der Tatsachen war für mich wie eine Art Medizin. Mein Herz schlug langsam ruhiger, und der Schweiß in meinen Handflächen begann zu trocknen. Das war gut so, denn bald sollten die Dinge wesentlich unangenehmer für mich werden. Nachdem wir übereinstimmend festgestellt hatten, an welchem Tag und auf welche Art und Weise Boutades von einem über die Mauer entflohenen Mann getötet worden war, fragte der Basileus: »Wer wird der Tat beschuldigt und aus welchen Gründen?«

Polygnotos antwortete: »Ich klage Philemon, Sohn des Lykias von Athen, an, der bereits einmal des Totschlags schuldig war und ein Gesetzloser dieser Stadt ist.«

»Verwandter des Philemon, stimmst du dieser Beschuldigung zu, oder erhebst du Einwand?«

»Ich erhebe Einwand.«

»Warum klagst du Philemon an, und wie wurde dir seine Schuld bekannt, Polygnotos?«

Eutikleides antwortete an Stelle von Polygnotos: »Philemon ist ein bekannter Mörder, ein Verzweifelter. Jeder weiß, dass er vor zwei Jahren mit dem Schiff nach Kreta geflohen ist. Dieser schreckliche Mord ist mit einem kretischen Bogen begangen worden. Ein Mann wie Philemon, verarmt und skrupellos, braucht Geld. Boutades bewahrte in seinem Haus eine große Summe und wertvollen Schmuck auf. Es ist deshalb möglich, dass Philemon nach der Bluttat Boutades bestehlen wollte, jedoch gestört worden ist. Vielleicht hat er den ehrenwerten Bürger auch gehasst. Und dann...« Eutikleides sah mich düster und triumphierend an. »...dann ist er auf der Flucht gesehen worden.«

»Wer hat ihn gesehen?«

»Der Bürger Telemon.«

Telemon trat mit selbstgefälliger Miene vor. Er war gut gekleidet und sorgfältig zurechtgemacht.

»Ich, Telemon von Athen, habe Polygnotos' Schreie gehört, als ich gerade das Haus des Boutades betreten wollte. Ich wandte mich dem Fenster zu und entdeckte eine dunkle Gestalt unter den Bäumen. Wir sind sofort hinausgelaufen – trotz meines lahmen Beines bin ich noch recht schnell, wenn es sein muss –, und da habe ich den Bösewicht gesehen, wie er über die Mauer sprang. Er hatte ein Tuch über Haare und Gesicht gelegt, doch im Sprung löste sich die Vermummung, und ich habe Philemon erkannt. Ich sah ihn nur einen Herzschlag lang..., aber er ist es gewesen. Daran besteht kein Zweifel.«

»Ich bezweifle es sehr wohl«, erklärte ich. »Ist es nicht noch dunkel gewesen? Und zwar besonders dunkel in jenem Teil des Gartens? Wie konnte Telemon den Mann also so deutlich sehen?«

»Ha, ha! Natürlich ist es nicht hell gewesen... jedenfalls nicht so hell wie am lichten Tag«, ließ sich Telemon gut gelaunt vernehmen. »Aber der Morgen graute, meine Herren. Es stand also Licht genug zur Verfügung, um ein hässliches Gesicht in einer Pfütze zu sehen – wenn man nur hinschaut!«

»Ich bezweifle es trotzdem«, erklärte ich. »Telemon hat bereits ein ehrenwertes, fortgeschrittenes Alter erreicht, und seine Augen sind nicht mehr die besten.« Plötzlich kam mir eine Idee. »Möchtet Ihr, ehrenwerter Basileus, einen wohl bekannten Bürger unseres Standes auswählen, um Telemons Urteilsvermögen zu überprüfen? Das Prytaneion ist in seinem Innern nicht hell. Lasst die Fenster verdunkeln und führt den Bürger in jene Ecke der Halle neben der Tür. Dann werden wir sehen, ob Telemon ihn auf diese kurze Entfernung erkennen kann.«

Telemon war sichtlich verletzt. »So etwas ist bei der Vorverhandlung nicht üblich, mein Junge.«

»Richtig, diese Art der Beweisführung wird erst beim Hauptprozess angewendet«, belehrte mich der Basileus. »Aber Ihr, der Ihr von Boutades' Familie seid, habt jetzt Kenntnis von einem formellen Einwand der Verteidigung.«

»Der ist unerheblich«, entgegnete Eutikleides. »Wir werden noch andere Beweise vorbringen. Philemon ist es gewesen.«

Ich wandte mich direkt an Polygnotos: »Hast du, der du zusammen mit Telemon in den Obstgarten gelaufen bist, Philemon ebenfalls gesehen?«

Polygnotos seufzte tief und erwiderte meinen Blick freundlich. »Was kann ich sagen? Jedenfalls bin ich entschlossen, keinen Eid darauf zu leisten. Natürlich sind wir schnell gerannt – das Herz ist mir schwer gewesen, und meine Sinne waren verwirrt. Ich habe den gemeinen Mörder über die Mauer springen sehen, aber Gesicht und Gestalt haben mir zu diesem Zeitpunkt nichts bedeutet. Doch als Telemon mir erzählte, dass es Philemon gewesen sei, habe ich mich an Einzelheiten erinnert und wusste, dass er Recht haben muss. Trotzdem kann ich es nicht beschwören, denn ich habe ihn damals nicht sofort erkannt.«

»Das nenne ich gerecht … und großmütig«, bemerkte der Basileus.

Es blieb mir nichts anderes übrig, als mich vor Polygnotos zu verbeugen und mich dann weiter an Telemon zu halten.

»Ich selbst bin dabei gewesen, als man den Leichnam gefunden hat« sagte ich. »Ja, ich traf fast gleichzeitig mit

Eutikleides im Todeszimmer ein und habe gehört, wie Telemon und Polygnotos von ihren Erlebnissen berichtet haben. Dabei hat jedoch keiner von beiden den Namen des Mörders genannt und auch mit keinem Wort erwähnt, der Bösewicht sei erkannt worden. Ich weiß noch, dass Telemon sagte, er habe den Mörder nicht genau gesehen. Stattdessen beschrieb er ihn damals folgendermaßen: ›Weder groß noch klein, weder dick noch dünn… jedenfalls nicht nackt.‹ Ist es nicht so gewesen?«, fragte ich Eutikleides.

Dieser nickte: »Ja, so war es.«

»Warum hat Telemon dann sein Wissen verschwiegen?«

»Nun«, begann Telemon, scharrte mit den Füßen und warf mir stirnrunzelnd einen giftigen Blick zu. Die Bemerkung über sein Sehvermögen hatte er mir offensichtlich nicht verziehen. »Nun, es ist, wie du sagst.«

»Richtig«, mischte Eutikleides sich ein. »Du bist schließlich dabei gewesen.«

Es entstand eine kurze Pause.

»Eigentlich ist es recht seltsam, dass der einzige Verwandte des Mörders am Ort des Verbrechens gewesen ist, findet ihr nicht auch?«, fuhr Eutikleides schließlich fort. »Und das bereits kurz nachdem der Mord begangen worden war.«

Mit dieser Bemerkung von Eutikleides rückte die Gefahr beängstigend nahe, vor der Aristoteles mich gewarnt hatte. Mein Mund war trocken, und meine Knie zitterten leicht, als ich mich an den Basileus wandte: »Vor den obersten Göttern und Euch, Ihr achtbaren Herren, versichere ich, dass ich von diesem gemeinen Verbrechen weder Kenntnis noch irgendein anderes Interesse gehabt habe als das, meinen Cousin zu verteidigen. Ich bin ein junger Mann, der die Gesetze wenig kennt und in der Rede noch ungeübt ist. Ich vertraue auf Eure Weisheit und Autorität, denn ich begreife nicht ganz, was eben gesagt worden ist. Klagt mich jemand an?«

»Oh, Stephanos«, erwiderte der Basileus. »Deine Bürgerrechte als Athener macht dir niemand streitig, und es gibt, wie du sagst, Weisere, dich in die Gesetze einzuführen.«

Dann wandte er sich an die Gegenseite: »Es ist unzulässig, den Sprecher der Verteidigung erst nach Verhandlungsbeginn der Komplizenschaft zu bezichtigen, es sei denn, es gäbe triftige Gründe dafür. Will irgendjemand den Verteidiger anklagen?«

»Nein«, wehrte Polygnotos würdevoll ab. »Wir akzeptieren sein Wort, dass er nicht an dem Verbrechen beteiligt gewesen ist, und haben auch nie etwas anderes behauptet. An jenem schrecklichen Morgen ist schließlich halb Athen in unserem unglücklichen Haus zusammengekommen. Seine Anwesenheit ist für uns also nichts Ungewöhnliches. Wir sagen nur Folgendes: Da der Verwandte des Mörders unter uns gewesen ist, hielt es der taktvolle Telemon für besser, vorerst zu verschweigen, was er gesehen hatte.« Polygnotos warf mir einen Blick zu und fuhr in zwanglosem Ton fort: »Es ist dir sicher bewusst, dass du andernfalls in eine sehr unangenehme Lage geraten wärst.« Dann richtete er das Wort erneut an den Basileus: »Vielleicht war es falsch, das schreckliche Geheimnis damals nicht zu lüften – aber vergesst bitte nicht, dass wir alle völlig durcheinander gewesen sind. Wir haben nur auf die angemessene Gelegenheit gewartet, um unsere Beschuldigung vorzubringen, die ja eine sehr ernste Sache ist.«

»Ja, das verstehen wir«, stimmte der Basileus zu. »Hörst du das?«

»Ja, ich habe es vernommen und antworte, dass das Wort achtbarer Männer natürlich akzeptiert werden muss. Vielleicht haben sie aber einen Mann gesehen, der

Philemon ähnlich ist – das tückische Zwielicht verleitet zu den seltsamsten Irrtümern. Philemon kann es nämlich nicht gewesen sein. Ihr wisst, dass er unter Androhung der Todesstrafe aus Athen verbannt worden ist. Er war seit zwei Jahren nicht mehr in der Stadt. Keiner von uns, nicht einmal seine kranke Mutter, hat ihn je wieder gesehen. Philemon hatte außerdem keinen Grund, Boutades zu hassen, und er würde nie einen Diebstahl begehen. Im Übrigen scheint es kaum ein Raubüberfall gewesen zu sein, da nichts gestohlen worden ist. Philemon kann es nicht gewesen sein, denn er war ja gar nicht da. Dies ist das erste Mal, dass wir Grund haben, dankbar dafür zu sein, dass er in der Verbannung lebt.«

»Hast du vor, uns darzulegen und zu beweisen, dass dieser Philemon nicht in Athen war und nicht der Schuldige sein kann?«

»Ja, ich werde Beweise dafür erbringen.«

»Männer aus der Sippe des Boutades, ihr hört, was die Verteidigung sagt. Der Angeklagte war abwesend.«

»Wir haben es gehört und entgegnen, dass wir Beweise vorlegen werden, dass Philemon zur Tatzeit in Athen gewesen ist. Wir werden diese Beweise erbringen – aber erst im Prozess.«

»Möchte eine der beiden Parteien noch etwas sagen? Nein? Dann sollt ihr im nächsten Monat zur zweiten Voruntersuchung vor mir erscheinen. In dieser werden sämtliche Aussagen wiederholt und neue Beweise vorgebracht. Damit ist die Anhörung zu Ende.«

Nie ist ein kleiner Junge glücklicher über das Zeichen für das Ende des Unterrichts gewesen als ich in diesem Augenblick. Schweren Herzens ging ich die Anhöhe hinunter. Jeder Schritt brachte mich dem Moment näher, in dem ich Tante Eudoxia von der Anhörung erzählen musste.

Drei Tage nach der ersten Voruntersuchung durcheilte erneut eine traurige Nachricht die Stadt, die den Leuten reichlich Gesprächsstoff lieferte. Boutades' Frau hatte sich selbst getötet. Sie lag vollständig bekleidet im Bett, den Giftbecher neben sich, und wurde von ihrer Lieblingssklavin gefunden. Man nahm allgemein an, dass sie sich mit Schierling vergiftet hatte. Der bedauernswerte Vorfall zeigte uns allen, dass das Haus der Etioboutadiden noch immer unter einem unglücklichen Stern stand. Doch dieser Selbstmord hatte auch seine gute Seite, denn er war praktisch eine Art Achtungserweis für Boutades, den seine Frau scheinbar nicht überleben wollte. Viele fanden diese Handlungsweise richtig und meinten, dass es in den besseren Familien eben doch noch eine vornehme Gesinnung bei den Frauen gebe. Polygnotos erzählte, dass Boutades' Gemahlin seit dem Tod ihres Mannes untröstlich und geistig verwirrt gewesen sei, und richtete ihr im Rahmen dessen, was einer Frau zukam, ein sehr schönes Begräbnis aus. Sie hatte schließlich eine typisch weibliche Form des Freitodes gewählt, indem sie den Giftbecher getrunken anstatt zum Dolch gegriffen hatte.

Über diesen Selbstmord entstanden mehr Gerüchte, als Tatsachen bekannt wurden, denn das Ereignis war schrecklich genug, um Interesse zu wecken, hatte jedoch nicht diesen ominösen Beigeschmack, der das Gerede über den Mord an Boutades in Grenzen gehalten hatte. Ich grübelte lange über die Angelegenheit nach, und es schien mir, als sei ein weiterer Faden zum wahren Charakter des Boutades zerrissen, obwohl ich seine Frau weder gekannt noch je Gelegenheit gehabt hatte, sie kennen zu lernen.

»Ihr Selbstmord hat mich in einer Weise überrascht, wie das nie der Fall gewesen wäre, wenn ich die Sklavinnen beim Lederhändler nicht belauscht hätte«, erklärte ich

Aristoteles. Ich hatte ihn besucht, um über die wenig ermutigende erste Anhörung beim Basileus zu berichten – und ertappte mich dann dabei, wie ich ihm all die konfusen Gedanken darlegte, die mich in den vergangenen Wochen bewegt hatten. »Die hoch gewachsene, schwarz verschleierte Dame, die einen goldenen Ring in das Grab ihres Mannes wirft, ja, sie ist wirklich das Musterbeispiel einer Trauernden gewesen und könnte tatsächlich Selbstmord begangen haben. Aber was ist mit der Frau, die ständig mit Boutades gestritten und ihn wegen seiner Impotenz verhöhnt hat? Was ist mit der Frau, die in einem Haus der Trauer fetten Schweinebraten bestellte? Warum hätte sie, an deren Lippen noch das Fett des Festmahls klebte, Boutades' Schatten mit dem Giftbecher zutrinken und sich aufmachen sollen, ihn in der Unterwelt zu suchen?«

»Tja, warum?«, wiederholte Aristoteles. »Der Mensch ist ein rätselhaftes Wesen. Ein Außenstehender hat es schwer, eine Ehe zu beurteilen. Vielleicht ist sie verzweifelt gewesen, weil ihr Leben ohne die Streitereien mit ihrem Partner leer und inhaltlos geworden war. Unsere Gewohnheiten sind oft stärker, als wir ahnen. Es ist natürlich auch möglich, dass sie ihren Mann tatsächlich geliebt hat – einige häusliche Auseinandersetzungen beweisen nicht das Gegenteil. Du bist, was die Beziehungen zwischen Mann und Frau betrifft, noch unerfahren, Stephanos. Ich dagegen bin ein alter Ehemann, der voller weiser Sprüche über das Thema Ehe steckt.«

Er lachte verschmitzt, denn wenn er auch alt sein mochte, so war er doch noch kein alter Ehemann.

»Aber das gebratene Spanferkel«, widersprach ich. »Ein Freudenfest?«

»Wer sagt, dass sie den Braten aus Freude gegessen hat?«, entgegnete Aristoteles. »Es könnte genauso gut eine hysterische Anwandlung, eine kindische Reaktion darauf sein, dass sie plötzlich tun und lassen konnte, was sie wollte. Vielleicht hat sie sich oft gesagt: ›Ich würde Spanferkelbraten essen, wenn es mir mein Mann nicht verbieten und wenn er nicht behaupten würde, ich bekäme davon Verstopfung.‹ Tja, und dann, als ihr Mann es ihr nicht mehr verbieten konnte, war sie praktisch gezwungen, sich ihren lang gehegten Wunsch zu erfüllen. Aber du hast dir darüber sicher auch schon selbst Gedanken gemacht.«

Ich warf einen Blick zur Zimmertür hinüber und senkte die Stimme, obwohl Aristoteles' Frau und seine Bediensteten in einem anderen Teil des Hauses waren.

»Nun, mir ist wirklich ein schrecklicher Gedanke gekommen«, sagte ich. »Und dieser Selbstmord scheint wie der eine Schenkel eines Dreiecks zum anderen zu passen. Warum begehen Menschen Selbstmord? Aus Schuldgefühlen und Todesangst. Ich hatte den Verdacht, dass sie – seine Frau – die Mörderin ihres Mannes war, und jetzt glaube ich tatsächlich, dass es so gewesen sein könnte. Zuerst hat sie Freudenfeste gefeiert, aber dann ist die seelische Belastung so groß geworden, dass sie sich vergiftet hat, ohne vorher ein Geständnis abzulegen. Vermutlich hatte sie Angst, sich zu verraten, wenn sie noch länger leben würde.«

»Das ist eine Möglichkeit«, stimmte Aristoteles gelassen zu. Meine Theorie schien ihn kaum zu beunruhigen. »Der Mensch ist zu allem fähig. Aber, Stephanos, eine Frau hat, offen gestanden, viele gute Möglichkeiten, ihren Mann umzubringen. Es genügt eine Mahlzeit mit giftigen Pilzen, Eisenhut in der Suppe oder ein Tuch, unter dem der Schlafende erstickt. Warum sollte sie ein so blutiges Gemetzel veranstalten? Außerdem hassen die meisten Frauen den Anblick von Blut und offenen Wunden.«

»Klytämnestra nicht«, warf ich ein.

»Nein, aber für Klytämnestra hat ja auch Aigisthos die schmutzige Arbeit getan. Ich glaube allerdings nicht, dass beim Mord an Boutades ein Aigisthos im Spiel gewesen ist. Und welche Frau ist schon eine gute Bogenschützin? Wir könnten sämtliche Frauen in Athen auffordern, ihre Männer mit Pfeil und Bogen zu erschießen, und es würde kaum einer einen Kratzer abbekommen.«

»Trotzdem könnte sie es getan haben«, erklärte ich stur. »Vielleicht hat sie den Schuss aus nächster Nähe abgegeben. Möglicherweise hat sie eine Blutfehde oder einen Racheschwur vollstreckt. Vielleicht musste er in seinem Blut sterben. Und danach durfte sie nicht weiterleben, weil alles zu schrecklich gewesen ist.«

»›Vielleicht musste er in seinem Blut sterben‹«, wiederholte Aristoteles. »Nicht schlecht, Stephanos. Aber überlege doch. Wir können gar nicht wünschen, dass Boutades' Frau die Mörderin ist, oder? Sonst sind nämlich unsere Hoffnungen, Philemon von diesem Verdacht rein zu waschen, endgültig zunichte gemacht. Deine Theorie besteht aus zu vielen vagen Vermutungen. Ich jedenfalls bin noch immer der Meinung, dass nur ein Mann diese Bluttat begangen haben kann. Und die erste Voruntersuchung hatte wenigstens den Vorteil, dass die Frage deiner Komplizenschaft zwar aufgeworfen, doch sofort wieder fallen gelassen worden ist.«

»Aber jetzt ist doch alles schlimmer als zuvor«, widersprach ich. »Ich scheine mir Eutikleides zum Feind gemacht zu haben. Außerdem behauptet die Gegenseite plötzlich, Philemon gesehen zu haben. Das ist ungeheuerlich. Ich weiß, dass Telemon auf diese Entfernung und im Halbdunkel sein Gesicht unmöglich erkannt haben kann.«

»Da bin ich ganz deiner Meinung. Und im Lauf des Prozesses können wir versuchen, diese Zeugenaussage zu entkräften. Dein Vorschlag, Telemons Sehvermögen überprüfen zu lassen, war gut. Schade, dass du ihn schon so früh gemacht hast. Wir müssen uns jetzt auf zwei Dinge konzentrieren: erstens auf Philemons Abwesenheit während der Tatzeit; und zweitens auf Boutades und die Informationen, die wir über ihn bekommen können. Falls es tatsächlich eine Blutfehde gegeben hat, sollten wir uns näher mit Boutades befassen, um Gewissheit zu erlangen.«

»Wo sollten wir uns über Boutades erkundigen? Es gibt keine Möglichkeit, noch mehr über ihn herauszufinden«, wehrte ich ab.

Aristoteles schenkte mir Wein nach.

»Mir ist ein Ort eingefallen, wo wir nach der Wahrheit suchen können – in Piräus. Dort treiben sich zurückgekehrte Seeleute herum, die andere Reisende kennen. Einer von ihnen hat vielleicht Philemon gesehen oder von ihm gehört. Und dann sind dort Schiffe und Männer, die mit Schiffen zu tun haben, und von ihnen werden wir Auskünfte über Boutades und die Trierarchie erhalten. Ich habe das Gefühl, dass uns diese Seeleute helfen könnten, eine Verteidigungsstrategie für Philemon aufzubauen.«

»Ich könnte hingehen und Fragen stellen«, erwiderte ich.

»Mit deiner Fragerei würdest du nichts erreichen, Stephanos«, erklärte Aristoteles. »Ein Mann von vornehmem Stand und mit guter Erziehung, der sich höflich vorstellt und um Auskünfte bittet... nein, das hat keinen Sinn. Sie würden dein Geld einstecken, dich zuvorkommend behandeln und dir nur das erzählen, was bei den Behörden keinen Anstoß erregen kann. Einige würden dich auch sicher sofort als den Verteidiger bei diesem Fall erkennen. Das Herz voller Misstrauen und Angst und das Bild von Folterungen vor Augen, wären sie nur darauf bedacht, dir wenig nützliche Informationen zu liefern. Du musst mit den Leuten über Belanglosigkeiten plaudern … wenigstens am Anfang. Verkleide dich. Geh wie Odysseus in einer Maske nach Piräus.«

»Ich soll mich verkleiden wie ein Schauspieler? Aristoteles, so etwas kommt doch nur in berühmten Geschichten, aber nie im wirklichen Leben vor.«

»O doch, im wirklichen Leben kommt das sehr wohl vor. Wie, glaubst du, schleust Alexander seine Spione durch feindliches Gebiet? Dabei fällt mir ein, dass ich dir unbedingt einmal von meinen Reisen durch Asien erzählen muss. Ich verlange ja nicht, dass du dich in einen anderen Menschen verwandelst. Zieh dir das Gewand eines Bauern an, schmiere etwas Erde unter deine Fingernägel und wandere so nach Piräus. Benimm dich wie ein gewöhnlicher Mann und rede wie das einfache Volk … aber auf keinen Fall zu viel. Du bist ein Mann aus dem Umland von Athen, der einen entfernten Verwandten in Piräus besuchen möchte. Geh in eine Taverne, trink stumm deinen Wein und tu so, als seist du ein müder Bauer, den vom langen Weg die Füße schmerzen. Leider kannst du das nur zwei- oder dreimal machen, denn du willst ja nicht zu einer bekannten Gestalt werden. Aber falls du dieses Spiel länger betreiben willst, kannst du auch regelmäßig als Gemüsehändler nach Piräus gehen«, schlug Aristoteles vor, der von seiner Idee begeistert zu sein schien.

»Aristoteles, ich werde in Piräus *kein* Gemüse verkaufen«, entgegnete ich mit Bestimmtheit.

»Wie du willst. Du würdest dich dabei ohnehin nicht besonders geschickt anstellen. Das Schlimme an dir ist, dass du so schrecklich respektabel bist, Stephanos. Ich dagegen«, fuhr Aristoteles fort und sah sich zufrieden in dem eleganten Zimmer um, »ich bin gebildet, aus vornehmer Familie und gewissermaßen auch wohlhabend. Aber ich bin kein Athener und auch nicht sonderlich respektabel. Wenn ich müsste, würde ich einen perfekten Gemüseverkäufer abgeben. Vergiss nicht, dass es deine heilige Pflicht als Athener, als Familienoberhaupt und Mann ist, Philemon zu verteidigen. Nichts, auch nicht das personifizierte Böse, könnte dich in deiner Ehre verletzen. Ist denn Odysseus ein ehrloser Mann gewesen? Geh nach Piräus und sage niemandem etwas davon. Die Gegenseite darf davon nichts erfahren... Halte diese Ausflüge deshalb auch vor deiner Familie und den Bediensteten geheim. Aber versuche ein-, zweimal dein Glück in Piräus.«

Wir standen auf und ich schickte mich an, mich zu verabschieden.

»Merke dir die Dinge, die du siehst und hörst, genau, und versuche die einzelnen Eindrücke nicht miteinander zu vermischen. Und lächle ab und zu. Das gehört zum Spiel. Ich erwarte mit Spannung deinen Bericht.«

Ich murmelte, dass ich seine Zeit nicht allzu häufig in Anspruch nehmen wollte, und sagte das nicht nur aus reiner Höflichkeit. Es ärgerte mich, dass ich zu meinem Meister gekommen war, nur um mit der Anweisung weggeschickt zu werden, mich als Bauer oder Gemüseverkäufer zu verkleiden.

»Oh, ich nehme mir immer Zeit, anderen zuzuhören«, erwiderte Aristoteles milde.

Kurz vor Sonnenaufgang marschierte ein Bauernjunge im rauen, handgewebten Hemd und in zerfetzten Schuhen in Richtung Piräus. Das war ich. Ich hatte fast eine Woche gebraucht, um mich zu entschließen, Aristoteles' Rat zu befolgen. Weitere drei Tage hatte es gedauert, bis ich mir, ohne mich irgendjemandem anvertrauen zu können, die nötige Verkleidung besorgt hatte. Jetzt, da ich mich auf den Weg gemacht hatte, kam ich mir ziemlich dumm vor. Die kaputten, fremden Schuhe drückten, und ich musste langsam gehen. Nachdem ich Athen verlassen und das offene Land erreicht hatte, bückte ich mich am Straßenrand, grub mit den Händen einige Büschel des harten Grases aus und rieb mir mit den Wurzeln die Hände ein. Dabei brachen mir ein oder zwei Fingernägel ab. Anschließend fuhr ich mit den schmutzigen Händen über mein Gesicht. Es hatte geregnet, die Erde war feucht und fühlte sich unter meinen Fingernägeln geradezu widerlich an. Kurz nachdem es hell geworden war, begutachtete ich das Ergebnis meiner Verkleidungskünste in einer Pfütze und war einigermaßen zufrieden. Beim Weitergehen wünschte ich mir nichts sehnlicher, als ein heißes Bad zu nehmen.

Als ich das nach Fisch riechende Piräus erreichte, schlenderte ich sofort zum Hafen hinunter. Es war Anfang des Winters und die Zeit, in der die Schiffe vor den schweren Stürmen im Heimathafen Schutz suchen. Dort werden alle nötigen Ausbesserungsarbeiten durchgeführt, damit die Schiffe im Frühjahr wieder auslaufen können. Überall am Strand lagen Boote wie umgeklappte Muscheln auf dem Trockenen. Die größeren und wertvolleren Schiffe befanden sich am anderen Ende des Hafens in primitiven Schuppen, und ganz kleine Boote schaukelten an Leinen an der Mole. Es wimmelte von Seeleuten, und überall hörte man Hämmern und Sägen.

Ich schlenderte mit offenem Mund und möglichst dämlichem Gesichtsausdruck am Strand entlang. Meine Neugier war nur zum Teil gespielt, denn ich war noch nie zuvor in unserem großen Hafen gewesen. Als ich schließlich zu einer freien, sonnigen Stelle an der Hafenmauer kam, setzte ich mich plump wie ein Bauer nieder. Die Sonne war kraftlos, der Himmel wolkenverhangen, und über dem Meer hing eine Dunstschicht. Die Farben des Sonnenaufgangs waren verschwunden und hatten das Meer als glatte, riesige graue Fläche zurückgelassen. Durch den Dunst sah ich einige Fischerboote dicht vor der Küste bei der Arbeit. Zu meiner Linken erkannte ich die Umrisse des schroffen Felsens von Sounion mit dem großen Tempel, der allerdings nur als verschwommener weißer Fleck sichtbar war. Schließlich schweifte mein Blick wieder zu der Stelle unweit von meinem Standort, wo gerade ein Handelsschiff überholt wurde. Der Geruch des Meeres mischte sich mit dem von Holz und Teer, der in kleinen Eimern über dem Feuer kochte.

An dem Handelsschiff arbeiteten zwei Männer und ein Junge. Sie hatten mir zuerst freundlich zugenickt, beachteten mich jedoch nicht weiter. Ihre Unterhaltung war anfangs ziemlich uninteressant. Sie riefen sich lediglich Arbeitsanweisungen, Flüche oder derbe Späße zu oder machten Bemerkungen über andere Schiffe und deren Besatzungen. Dann sagte der jüngere Mann plötzlich: »Meinst du, der hübsche Segler wird im Frühjahr schon bei Alexander sein?«

»Möglich«, antwortete der andere. »Seine Hoheit aus dem Norden wird für seine großen Kriege schnelle Schiffe brauchen... und Athen hat bei weitem die besten. Ah!«, seufzte er und klopfte gegen die Bordwand. »Du wirst den Kampfeslärm bald wieder hören, mein Mädchen. Du Trottel!«, schrie er plötzlich den Jungen an. »Bring mir gefälligst den Teer! Und verschütte nichts! Sonst koche ich dich in Teer und verkaufe dich als Würstchen!«

»Es ist schon so lange her, seit ich das letzte Mal an einem Kampf teilgenommen habe, dass ich das Kriegshandwerk schon fast verlernt habe«, sagte der Jüngere. »In diesem Jahr bin ich immer nur mit dem Weizenfrachter zwischen Kreta und Piräus hin und her gependelt. Damit ist viel Geld zu verdienen, denn Athens Speicher sind leer. Der Händler braucht sich um seine Geschäfte keine Sorgen zu machen. Und nie haben verdammte Fremde versucht uns in den Grund zu bohren.«

»Ach!« Der Älteste spuckte aus. »Das ist doch Weiberarbeit. Ich hätte Lust, mal mit den Persern zu kämpfen. Was ist mit dir, Bauernbengel?«, wandte er sich an mich. »Hättest du nicht Lust, deiner staubigen Ackerfurche Lebewohl zu sagen und dir die Welt auf einem Schiff anzusehen?«

Ich starrte ihn eine Weile mit offenem Mund an, als müsste ich angestrengt nachdenken.

»Tja, das wär schon ein aufregendes Leben«, stimmte ich schließlich zu. »Aber Athen ist gut genug für mich. Außerdem«, fügte ich nach einer Pause hinzu, »außerdem gehen nicht viele Athener zu Alexander. Eigentlich ist's ja nicht unser Krieg, oder …? Der geht eigentlich nur die Makedonier was an.«

»So, meinst du?«, entgegnete der Ältere, während er mithilfe des anderen eine alte Planke durch eine neue ersetzte. »'ne Menge Leute schließen sich jetzt Alexanders Heer an. Manche kämpfen gegen die Perser um des Ruhmes willen, einige, um reiche Beute zu machen, und wieder andere, weil das Kriegshandwerk abwechslungsreich und natürlich recht einträglich sein kann. Da gibt es manchen mutigen Jungen, der zu Hause wegen eines Diebstahls oder einer Schlägerei in Schwierigkeiten geraten und in die Fremde gezogen ist, wo er sich dann hat anmustern lassen.«

»Aber aus Athen sind das nicht viele«, erklärte ich eigensinnig. »Ich kenne keinen Einzigen.«

»Na, deine ›tollkühnen‹ Nachbarn bleiben sicher lieber auf ihrer Scholle sitzen, mein Freund. Aber es gibt ja noch andere. Ganz Asien hat im vergangenen Sommer von solchen Leuten gewimmelt. In Ephesos habe ich gleich vier oder fünf getroffen. Der eine, ein Einäugiger, hieß Demokles. Er stammte von einem Bauernhof am Stadtrand von Athen und hatte Frau und vier Kinder zurückgelassen.« Wie zur Bekräftigung klopfte er mit seinem Hammer gegen das Holz. »Und dann war da noch ein großer Bursche namens Philemon. Der Junge sprach recht gebildet und freundlich. Er war aus der Stadt. In einer der Tavernen am Hafen hat er mich zu einem Becher Wein eingeladen. Dabei hat er mir erzählt, dass er in der großen Schlacht gekämpft hat und wieder zum Heer stoßen will. Ihn hat interessiert, was es Neues in Athen gab.«

Es war zu schön, um wahr zu sein. Mein Herz raste, doch ich verzog keine Miene.

»Und was hat dieser Bursche auf dem Kerbholz gehabt?«, fragte ich.

»Bei 'ner Prügelei in einer Taverne hat er unabsichtlich einen Mann getötet... das hat er wenigstens behauptet. Aber so was kann schließlich jedem passieren. Er musste allerdings aus Athen verschwinden. Der Bursche war das Musterexemplar eines Soldaten... hoch gewachsen und muskulös. Für einen Seemann war er eigentlich zu groß. Trotzdem hatte er sich die Überfahrt nach Kreta auf der Ruderbank verdient.«

»Mir ist ein friedliches Leben lieber«, seufzte ich. »Ich bin weder ein Dieb noch ein Raufbold. Feine Freunde hast du dir da angelacht. Diesem Philemon möchte ich nicht nachts auf der Straße begegnen.«

»Tja, wenn du nur unter einem Baum sitzen und warten willst, bis dir die Oliven in den Mund fallen, dann ist das

Kriegshandwerk natürlich nichts für dich«, bemerkte der andere Mann sarkastisch.

»Dieser Philemon ist kein schlechter Kerl gewesen«, erklärte der ältere Seemann. »Unter uns gesagt, mein Freund, ich glaube, er ist der Bursche, um den zurzeit in der Stadt so viel Aufhebens gemacht wird.« Er deutete in die Richtung, in der Athen lag. »Allerdings ist mir nicht ganz klar, wie er zurückkehren konnte. Ich habe ihn schließlich erst vor zwei Monaten getroffen, und da ist er in Richtung Osten unterwegs gewesen. Beim Wein hat er mir verraten, dass seine alte Mutter noch in Athen lebt und er sie vermutlich nicht wieder sehen wird … Und für ein altes Weib hätte er als Gesetzloser sein Leben sicher nicht aufs Spiel gesetzt. Und warum sollte er alte Männer in ihren Häusern umbringen, wenn es Kriege gibt? Wenn ihr mich fragt, dann ist er ostwärts in den Kampf gezogen und nicht nach Athen zurückgekehrt. Aber mich geht das Ganze ja nichts an.«

»Genau«, stimmte der Jüngere zu. »Man sollte stets einen großen Bogen um das Gesetz und die Reichen aus der Stadt machen, das ist meine Meinung.«

Mein Herz hüpfte vor Freude. Ich sagte nichts mehr über Philemon, blieb jedoch auf meinem Platz sitzen, hörte den beiden weiter zu und bewunderte ihr Schiff. Dann wurde ich gesprächiger und erzählte, dass ich nach Piräus gekommen sei, um einen Freund zu besuchen, der leider nicht zu Hause gewesen war, und dass ich auf dem Bauernhof meines Vaters im Norden von Athen arbeite. Schließlich überredete ich sie, mit mir in der nächsten Taverne einen Becher Wein zu trinken. Der Wein war furchtbar dünn, und in dem stickigen Raum, in dem es nach Schweiß, Teer und Trockenfisch stank, hätte ich mich beinahe daran verschluckt. Doch dafür bekam ich, ohne Fragen stellen zu müssen, heraus, wie die beiden Männer hießen, wohin und mit welchem Schiffsführer sie während des Sommers unterwegs gewesen waren. Das war wichtig, damit ich sie später wieder finden konnte. Natürlich lag mir hauptsächlich daran, den Älteren nicht aus den Augen zu verlieren, denn er hatte schließlich Philemon gesehen. Er war Pelieus, der Seemann, Sohn eines Seemanns, der im Sommer auf einem Schiff gesegelt war, das Waffen und Vorräte zu den neu eroberten Küstenstädten gebracht hatte.

Nachdem ich mich von den beiden getrennt hatte, wusste ich nicht recht, wie ich den Rest des Tages verbringen sollte, da ich erst in der Dämmerung nach Athen zurückkehren wollte. Ich schlenderte durch Piräus, versuchte nicht aufzufallen und döste schließlich am einsamen Kiesstrand friedlich vor mich hin. Ab und zu spielte ich mit dem Gedanken, eines der kleinen Häuser der Aphrodite aufzusuchen, die es in Piräus so zahlreich gibt, aber ich konnte mich nicht dazu überwinden, ein Mädchen zu nehmen, das nach gebratenem Tintenfisch roch. In der Dämmerung dieses Herbstabends verließ ich Piräus und wanderte pfeifend, mit wunden Füßen und einen Stock mit zwei Fischen in der Hand, wie ein Bauer, der auf dem Markt gewesen war, zurück nach Athen.

Als ich am nächsten Tag gründlich über meinen Ausflug nachdachte, war das ursprüngliche Hochgefühl verflogen. Natürlich hatte ich einiges erfahren und sogar einen möglichen Zeugen gefunden, von dem ich nur hoffen konnte, dass er den Winter über in Piräus bleiben würde. Doch dieser Seemann würde bestenfalls widerwillig bezeugen, dass er Philemon nicht lange vor dem Mord in Ephesos gesehen hatte. Die Anklage konnte entgegnen, dass Philemon trotzdem noch genügend Zeit gehabt hatte, nach

Athen zurückzukehren. Ich selbst war überzeugt, dass Philemon ostwärts gezogen war, wie es der Seemann vermutet hatte. Obwohl uns dieser Mann aus Piräus ein wertvolles Mittel in die Hand gegeben hatte, die Beschuldigungen gegen Philemon in Zweifel zu ziehen, reichte seine Aussage für eine endgültige Entlastung dennoch bei weitem nicht aus. Noch mehr durch Zufall über Philemons gegenwärtigen Aufenthaltsort herauszufinden, wäre wahrscheinlich zu viel verlangt gewesen. Trotzdem gab ich die Hoffnung nicht auf, denn die Götter schienen mir zum ersten Mal wohlgesonnen.

VII

Tavernen und schadhafte Schiffe

In den folgenden Tagen schwankten meine Hoffnungen wie ein Boot im Wind. Ich erkannte klar, dass die Ankläger noch immer am längeren Hebel saßen. Sie waren jederzeit in der Lage, aus für uns positiven Beweismitteln etwas Negatives zu machen. Wenn wir nur ganz allgemein vorbringen konnten, dass Philemon in Asien war, war es für sie keine Schwierigkeit, den Spieß umzudrehen und zu behaupten, Philemon kämpfe als Freiwilliger im persischen Heer, das die wankelmütige Küstenstädte in ihrer Auflehnung gegen Alexander unterstützte. Wir hatten weder einen Beweis, dass Philemon Soldat war, noch dass er für Alexander focht, und das konnte die anderen dazu verleiten, das Gegenteil anzunehmen. Aus diesem Grund kam ich zu dem Schluss, die Angelegenheit vorerst unerwähnt zu lassen. Ich würde uns nur noch mehr Schwierigkeiten einhandeln, wenn ich diese vagen Behauptungen bei der zweiten Voruntersuchung vorbrachte.

Trotz meiner ursprünglichen Abneigung gegen Aristoteles' Vorschlag brannte ich jetzt darauf, erneut in meine Verkleidung zu schlüpfen. Ich musste mehr wissen, und eine unsichtbare Macht zog mich wieder nach Piräus. Eine Woche später bereits war ich abermals entlang der langen Mauern* auf dem Weg nach Piräus. Diesmal mied ich vor-

* Durch die so genannten *langen Mauern* war der Verbindungsweg von Athen nach Piräus gesichert.

sorglich alle Plätze, an denen ich bei meinem ersten Aufenthalt in der Hafenstadt gewesen war. Es erschien mir unklug, meinem Seemann so schnell wieder in die Arme zu laufen. Ich schlenderte durch die schmutzigen Gassen, kundschaftete einen neuen Teil der Hafenanlagen aus und setzte mich dann in eine Taverne. Dort lernte ich allerdings nur einige neue Obszönitäten kennen.

Ein paar Tage später war ich aber schon wieder dort. Ich kam mir wie ein Mann vor, der sich ständig über den sauren Geschmack des jungen Weines beschwert und trotzdem nicht aufhören kann, ihn zu trinken. Diesmal ging ich zu dem »Kantharos« genannten Hafenviertel, in dem die Athener Flotte lag, und sah mir die großen Schiffe an. Dabei fiel mir auf, dass sich einige Schiffe in sehr schlechtem Zustand befanden. Eine große Kampftriëre lag wie eine verletzte Kuh auf der Seite. Die Rumpfspanten waren teilweise verrottet, und das Heck war eingebrochen. Ich überlegte träge, dass man dort eigentlich mit neuen Spanten und Teer zu Werke gehen sollte.

Gegen Mittag saß ich dann in einer düsteren Taverne, trank dünnen Wein und kaute lustlos an in ranzigem Öl gebackenen Sprotten. Die Schankwirtschaft schien ausschließlich Seeleuten vorbehalten zu sein, und ich fühlte mich ein wenig fehl am Platz. Um nicht aufzufallen, starrte ich dumpf und teilnahmslos auf den mit Spänen und Stroh bedeckten Boden. Am Nebentisch feierte eine Gruppe von Seeleuten, denen ich zuerst jedoch keine Beachtung schenkte, da sie sich in gedämpftem Ton unterhielten und dadurch kaum auffielen. Ich horchte erst auf, als einer von ihnen plötzlich einen Namen aussprach, der mehr als alles andere mein Interesse erregen konnte.

»Boutades … Sollen seine Gebeine doch verrotten! Die Planken sind aus dem billigsten, kaum abgelagerten Kiefernholz gewesen. Schon nach zwei Fahrten haben sie zu faulen begonnen und sich nach allen Richtungen aufgeworfen. Der Teer muss erst noch erfunden werden, der diesen Haufen Brennholz hätte zusammenhalten können. Unser Schiffsführer weiß, was ich meine.«

»Was habt ihr dann gemacht?«

»Ah... wir haben's mit einem alten Segel wieder zusammengeflickt und uns beeilt, in den Hafen zurückzukommen. Poseidon sei Dank, wir haben's geschafft. Ich bin nach Sounion gewandert und habe geopfert. Aber wenn wir mit Mann und Maus abgesoffen wären, dann bestimmt nicht wegen Sturms oder schwerer See. Ich hab noch nie ein Schiff erlebt, das so wasserdurchlässig war.«

»Es ist wirklich ein Skandal«, bekräftigte ein älterer Mann mit dunklem Teint und sicherem, bestimmtem Wesen, den ich für den Schiffsführer hielt. »Aber es bringt nichts, schlecht von einem reichen Bürger zu reden. Also haltet den Mund und werft nicht mit Namen um euch. Das Andenken eines Toten ist heilig... aber ein Schiff auszuschicken, das schon bei der ersten größeren Welle auseinander bricht wie eine Nussschale... nein, das können wir nicht hinnehmen! Hier, wo wir unter uns sind, kann ich es ja sagen...« Er beugte sich zu den anderen hinüber und senkte die Stimme zu einem heiseren Flüstern: »Ich bin sogar persönlich bei ihm gewesen. Ja, ich bin zu ihm gegangen, um ihm meine Meinung zu sagen.«

Die anderen betrachteten ihn amüsiert und bewundernd.

»Ich wette, er hat dich zum Essen eingeladen.«

»Hast du ihn zu einer Freifahrt auf unserem hübschen, undichten Kahn eingeladen?«

»Oh, er ist sehr freundlich gewesen... der fette Glatzkopf. ›Du befindest dich im Irrtum, mein Freund‹, hat er im geschraubten Ton der reichen Adeligen, die sich ihre Kehle mit Butter schmieren, gesagt. ›Du musst dich in dieser Angelegenheit an den Bürger Archimenos wenden. Die ‚Aphrodite' ist im Augenblick sein Schiff. Ich bin sicher, dass er das Schiff für dich gut ausgerüstet hat.‹«

»Bist du dann auch bei Archimenos gewesen?«

»Ja, ich hab's mir reichlich überlegt und bin dann einen halben Tag in seinem Hof herumgesessen. Seine Sklaven haben alles versucht, um mich abzuwimmeln... aber gegen Abend hat er mich schließlich empfangen. Er ist mir natürlich weit überlegen gewesen, wie er da in seinem schönen Zimmer saß – das von Boutades ist allerdings noch vornehmer gewesen –, während ich in Hitze und Staub gewartet habe. ›Nun, mein Freund, was gibt's? Ich bin sehr beschäftigt.‹ So hat er mich empfangen, und ich habe meine sämtlichen Beschwerden über das Schiff vorgebracht.

›Uns fehlen zwanzig Ellen Seil auf der ‚Aphrodite'‹, habe ich ihm gesagt. ›Und das, was wir haben, ist so morsch wie mein Überwurf.‹

Da hat er nur geringschätzig gelächelt, aber dann habe ich ihm nach und nach von den fehlenden Fußstützen und gebrochenen Rudern, dem brüchigen Segel und den morschen Planken erzählt, und da ist der gute Archimenos zuerst blass und dann gelb im Gesicht geworden. Zitternd ist er aufgestanden und hat wie ein altes Weib gezetert: ›Die Götter mögen mich beschützen! Ich werde wahnsinnig! Wollen sie mich ruinieren? Dieser Mann hat mich hereingelegt, und ich habe nichts gegen ihn in der Hand. Athene, hilf mir!‹ Er hat sich die Haare gerauft, und sein Gesicht zuckte furchtbar. Aber bevor er in Tränen ausgebrochen ist, hat er mich schleunigst weggeschickt.

›Scher dich fort!‹, hat er mich angeschrien. ›Glaubst du, ich bin aus Holz, Teer und Segeltuch gemacht?‹

›Dann bin ich also als Schiffsführer auf der ‚Aphrodite' entlassen und muss mir eine andere Arbeit suchen?‹, habe ich ihn gefragt.

›Ja, verschwinde! Verschwinde!‹, hat er gebrüllt. Damit war die Sache für ihn erledigt.«

»Aber wieso denn?«, erkundigte sich der Jüngste am Tisch. »Ich dachte, Boutades ist Trierarch und für die ›Aphrodite‹ verantwortlich.«

»Was wirklich dahinter steckt, werden wir wohl nie erfahren«, antwortete der Schiffsführer. »Aber es sieht so aus, als hätte der Trierarch Boutades eine Schuld bei Trierarch Archimenos getilgt, indem er diesem entweder einen Anteil an der ›Aphrodite‹ oder das ganze Schiff übergeben hat. Das wäre ein rein privates, nobles Abkommen unter Freunden. Was Archimenos aber offensichtlich nicht geahnt hat, war, dass das Schiff seines Freundes in sehr schlechtem Zustand war. Es könnte natürlich sein, dass der Mann, der sich vorgenommen hatte, bei diesem Tauschgeschäft einen saftigen Gewinn zu erzielen, sein Schiff von vornherein mit dem schlechtesten und billigsten Material hat ausrüsten lassen.«

»Tja, da spart man natürlich 'ne Menge. Die Schiffsausrüster würden uns oft genug schlechte Ware unterschieben, wenn wir ihnen nicht genau auf die Finger sehen würden«, warf einer der Männer unter Gelächter ein. »Aber ist es nicht ein toller Spaß, dass sich ein Trierarch selbst betrügt?«

»Ich finde das gar nicht lustig«, entgegnete der Jüngste wütend. »Dabei setzt man schließlich Menschenleben aufs Spiel. So was ist ein Verbrechen!«

»Ich find's trotzdem spaßig«, stieß sein Freund noch immer lachend hervor. »Stellt euch doch vor, da verkauft ein Trierarch sich selbst ein schlechtes Seil!«

»Diese Trierarchen sind manchmal schon tolle Kerle«, bemerkte der Schiffsführer.

»Kann man denn nichts tun? Eine Beschwerde beim Antip …«

»Sei still, du Dummkopf. Behaltet für euch, was ihr heute erfahren habt. In der Stadt kommt ihr sonst nur in Schwierigkeiten. Und wer wirft schon gern mit dem Namen eines Mannes um sich, der auf so grausame Art ums Leben gekommen ist. Im Übrigen wissen wir sowieso nicht, woher der Wind weht … König Agis hat seine Schiffe wieder ausgeschickt … Zur Zeit scheint jeder in eine andere Richtung zu rudern. Aber lasst die Politiker nur machen, und sucht euch Arbeit für den Winter.«

»Im Frühjahr läuft die Flotte sicher aus«, erklärte der junge Mann im Brustton der Überzeugung.

»Ja, es sieht ganz so aus«, stimmte der Schiffsführer zu. »Ich hoffe es wenigstens. Aber setzt euch ja nicht auf einem von Archimenos' Schiffen auf die Ruderbank«, fügte er augenzwinkernd hinzu.

Dann rief ein anderer plötzlich: »Trinken wir noch mal auf deinen neugeborenen Sohn, Paulos!«

Wein wurde eingeschenkt, und bald war nur noch das belanglose Geschwätz fröhlich zechender Freunde zu hören.

Am Anfang der folgenden Woche ging ich zu Aristoteles, um ihm von meinen Ausflügen nach Piräus zu berichten. Besonders die Sache mit Archimenos beschäftigte mich seit Tagen. Schließlich hatte dieser wichtige und angesehene Mann Boutades mir gegenüber als »hoch geschätzten, patriotischen und freigiebigen« Bürger gepriesen. Und

Archimenos, dessen Worte wie ein Nachruf auf einen Helden geklungen hatten, hatte noch im Sommer wütend geschimpft, dass derselbe alte Freund ihn betrogen habe. Vielleicht war ich nicht der Einzige, der mit einer Maske herumlief.

Aristoteles war an jenem Abend in bester Stimmung und zeigte mir ein napfartiges Trinkgefäß mit zwei Henkeln, das ihm einer seiner Studenten geschenkt hatte. Es ärgerte mich, dass er sich für meine Erlebnisse überhaupt nicht zu interessieren schien, denn bei meinem letzten Besuch war er schließlich ganz besessen von der Idee gewesen, dass ich in Piräus Gemüse verkaufen sollte. Jetzt dagegen wollte er sich offensichtlich mit mir nur über Töpferwaren unterhalten.

»Dieses Stück kommt aus dem fernen Poseidonia*«, erklärte er mir. »Deshalb ist es so interessant. Töpferwaren aus den Kolonien sieht man selten. Die Bemalung ist ein wenig plump, aber dafür recht farbenfroh.« Er drehte das Gefäß in seiner Hand. Auf der Außenseite war ein Dionysos im klassischen, ernsten Stil und eine Zecherszene im komischen Stil zu sehen. Das Ende der Gruppe von Zechern bildete dabei ein tanzender älterer Mann mit glühenden Augen und verzerrten Gesichtszügen.

»Ein lustiges Geschenk, was?«, sagte Aristoteles. »Ein bisschen vulgär, aber amüsant. Ich glaube, bei dem alten Burschen da hat Eubolos sich an mich erinnert gefühlt. Eine Liebesbezeigung ist diese Gabe jedenfalls nicht. Früher habe ich Skulpturen von Zeus und Ganymed bekommen. Pass auf, ich stelle die Schale hier hin«, fügte er hinzu und platzierte sie auf einen kleinen Tisch, wo sie vom Feuer beleuchtet wurde. »Neben die flache Flasche in der

* *Poseidonia:* Paestum an der italienischen Küste.

Form einer Ente passt sie ausgezeichnet. Diese Ente kommt ebenfalls von weit her... aus Volterra. Dort machen sie aus irgendeinem unerfindlichen Grund lauter Sachen, die wie Enten oder Hühner aussehen. Ziemlich hässlich,was? Die Tasse ist noch hübscher. Weißt du eigentlich, dass sie dort anderen Ton verwenden als wir? Das Material ist heller, bräunlicher... fast wie bei den Etruskern. Hast du schon einmal etruskische Vasen gesehen? Wusstet du, dass sie dort gar nicht aus richtigem rotem Ton sind, sondern dass die roten Figuren darauf nur aufgemalt sind?«

»Nein«, antwortete ich schroff. Dann erinnerte ich mich meiner guten Manieren und fügte hinzu: »Ihr habt wirklich einige sehr schöne Stücke.«

»Ja, das habe ich. Diese Pelike* zum Beispiel ist eine Schönheit.« Er deutete auf eine herrlich bemalte Vase. Die Szene darauf zeigte einen jungen Mann, der ein weißes Pferd durch ein Gewirr von Frauen und Männern führte. »Etwas überladen, aber reizvoll. Sie ist ziemlich alt. Sie hat schon meinem Vater gehört. Außerdem ist sie attisch. Ich habe auch einen Weinkrug aus rotem Ton. Ein altmodisches Stück, aber es ist der einzige brauchbare Weinkrug in diesem Haus.« Aristoteles deutete auf einen kleineren Weinkrug. »Die Jagdszene darauf ist zugegebenermaßen ziemlich schlecht. Außerdem sieht er zwar wie attische Keramik aus, ist aber in Wirklichkeit korinthisch. Hast du gewusst, dass der korinthische Ton gelb und nicht rot ist wie der unsere? Deshalb können die korinthischen Töpfer keine richtigen roten Figuren im Brennverfahren machen. Die Sachen sehen zwar wie die unseren aus, sobald sie übermalt sind, aber das Material ist verschieden.«

* *Pelike:* bauchiges oder schlankes Gefäß mit zwei Henkeln aus gebranntem Ton.

»Nein, das habe ich nicht gewusst«, musste ich zugeben. Um Keramik hatte ich mich noch nie gekümmert. Wir besaßen auch keine wertvollen Stücke zu Hause.

»Du solltest dich wirklich mehr für Keramik interessieren, Stephanos«, sagte Aristoteles. »Krüge und Vasen können mit ihrer Bemalung amüsant und lehrreich sein. Alles, auch Gebrauchskeramik, ist interessant und regt zu den verschiedensten Überlegungen an. Was macht den attischen Ton eigentlich so geschmeidig? Und warum geben wir den Wein in den qualitativ besten Krug? Natürlich, weil dadurch der Geschmack verbessert wird.«

»Boutades hatte eine wunderschöne Amphore«, erinnerte ich mich. »Ich habe sie in seinem Haus gesehen.«

»Nun, Boutades muss natürlich ein paar sehr wertvolle Stücke besessen haben. Das ist klar, oder? Von allem nur das Beste. Außerdem hat er sicher einige herrliche Töpferwaren geerbt... Preisamphoren zum Beispiel, die ein erfolgreicher Chorege überreicht bekommt; Geschenke der Familie und Gaben von Abhängigen. Wir Makedonier haben nur wenige Erbstücke... aber Alexander... oh, der könnte ein ganzes Haus mit den schönen Vasen füllen, die er in den vergangenen Jahren von Bewunderern aus Athen bekommen hat... und Antipater* nicht minder.«

»Alle vermutlich mit Szenen von Achilles und Herakles«, bemerkte ich. Der Wein hatte mich gesprächiger gemacht.

»Ja, es sind einige darunter gewesen«, stimmte Aristoteles zu. »Polygnotos wird sich sicher viele Sympathien erwerben, wenn er sein Stück von Herakles auf die Bühne bringt. Wie ich höre, verlaufen die Vorbereitungen sehr er-

* *Antipater:* maked. Feldherr und Statthalter Alexanders während dessen Asienfeldzug.

folgreich. Der Autor hat sogar einige neue Verse eingefügt, die Alexanders jüngste Siege preisen.«

Ich dachte wieder an die Bemerkung, die jemand über Herakles' und Chirons Schicksal gemacht hatte, sagte aber nichts.

»Ich sollte dir übrigens mitteilen, dass man Antipater hinterbracht hat, hinter dem Mord könnte eine persische Verschwörung stecken. Es heißt, man wollte Athen in Angst versetzen und sich gleichzeitig eines der einflussreichsten Bürger unter den Anhängern Makedoniens in der Stadt entledigen«, fügte Aristoteles plötzlich ernst hinzu.

»Oh«, murmelte ich düster, »das fehlt mir gerade noch. Philemon als Verräter und Handlanger der Perser.«

Aristoteles überraschte mich, denn ich hatte erst kürzlich überlegt, dass die Gegenseite behaupten könnte, Philemon kämpfe für die Perser. Vielleicht sollte ich Aristoteles gegenüber vorsichtiger sein. Ich war plötzlich düsterer Stimmung und fragte mich insgeheim sogar, ob ich ihm wirklich wie einem Freund vertrauen konnte – ihm, der ein Freund Antipaters war, der Geschenke von Studenten bekam und in seinem Haus sitzen und sich an Wein, Keramik und Büchern erfreuen konnte. Es lagen Welten zwischen uns, und ich wusste selbst nicht mehr, warum ich zu ihm gekommen war.

»Mach kein so finsteres Gesicht, Stephanos... ich bin nicht Antipater, und ich laufe nicht zu Antipater und hinterbringe ihm alles, was ich höre.« Aristoteles schien Gedanken lesen zu können, und er sah mich durchdringend und ein wenig ärgerlich an, so, als sei ich ein schwieriger Schüler.

»Verzeiht«, murmelte ich und betrachtete verlegen meine Füße. Es entstand eine Pause.

»Ich habe mich sehr dumm benommen«, fuhr ich schließlich unbeholfen fort. »Der Charakter des Bauernjungen, dessen Rolle ich gespielt habe, muss auf mich abgefärbt haben.«

»Ah, du bist also schon auf der Jagd nach Informationen gewesen.« Aristoteles' Interesse schien geweckt. »Erzähl mir von deiner Rolle als Bauernjunge, Stephanos. Deine Seele scheint allerdings unberührt geblieben zu sein. In dieser Beziehung ist offensichtlich alles in Ordnung.«

Ich zuckte mit den Schultern. »Jedenfalls bin ich dreimal in Piräus gewesen, und bei meiner Rückkehr habe ich immer wie ein ganzer Fischstand gerochen. Ich habe sogar Fisch gekauft und ihn nach Hause gebracht. Inzwischen wird mir allein bei dem Gedanken an Sprotten und Tintenfisch speiübel.«

Aristoteles lachte. »Ausgezeichnet. Wenn du kein Gemüse verkaufen kannst, dann kaufe Fisch. Aber erzähle. Wo bist du gewesen? Du hast sicher nichts erfahren, oder?«

Obwohl ich mir noch wenige Augenblicke zuvor vorgenommen hatte, Aristoteles gegenüber vorsichtiger zu sein, berichtete ich ihm nun bereitwillig, was ich erlebt hatte. Aristoteles verstand es ausgezeichnet, mir sanft alle Informationen zu entlocken. Ich glaubte allmählich zu wissen, warum er früher Gesandter – und auch Spion – in Asien gewesen war.

»Ich habe also dreierlei herausgefunden«, schloss ich. »Nichts besonders Hilfreiches, aber auch nichts völlig Nutzloses. Vor allem weiß ich jetzt etwas über Philemon.«

»Hm, ja. Du bist jetzt dreimal in Piräus gewesen. Ein viertes Mal solltest du es nicht wagen. Der Krug geht so lange zum Brunnen, bis er bricht. Und doch ist der Brunnen der Hort der Wahrheit.«

»Und ich habe wieder etwas über Boutades erfahren«, fuhr ich fort. »Allerdings ist mir noch nicht klar, was ich damit anfangen soll. Die Sache ist reichlich verwirrend. Habt Ihr bemerkt, dass alles, was ich zufällig durch das Gerede der Leute über Boutades gehört habe, negativ ist? Und dennoch hatte er einen ausgezeichneten Ruf. Ich frage mich langsam, ob Boutades nicht ein Mann gewesen ist, den viele so sehr hassten, dass sie ihm den Tod wünschten.«

»Ich dachte, das hätten wir schon längst festgestellt«, seufzte Aristoteles. »Obwohl du ganz erpicht darauf gewesen bist, aus Boutades' Frau eine Mörderin zu machen. Und was ist das Dritte, das du erfahren hast?«

»Das Dritte? Nun, die Sache mit Archimenos natürlich. Der Mann muss Boutades aus tiefstem Herzen gehasst haben – dabei hat er nach dessen Tod so schöne Worte für ihn gefunden. Was ist nur mit diesen Schiffen passiert?«

»Ich glaube, der Schiffsführer hatte mit seiner Vermutung wahrscheinlich Recht. Diese Aristokraten sind wie Enten auf einem Teich... an der Oberfläche heiter und schön, doch unterm Wasserspiegel paddeln sie mit aller Kraft und verursachen die seltsamsten Wirbel und Strömungen.«

Er schwieg einen Augenblick und fügte dann hinzu: »Was mir an der Sache wichtig erscheint, ist, dass es offensichtlich um eine große Summe Geldes ging. Und Geld hat schon vorher eine Rolle gespielt. Boutades' Frau hatte keine neuen Schuhe. Der Mann ist, was seinen Haushalt betraf, äußerst sparsam gewesen. Sollte Boutades gar nicht so reich gewesen sein, wie wir alle angenommen haben? Brauchte er vielleicht plötzlich Geld? Oder ist er schon so lange arm gewesen, dass er sparen, ja sogar betrügen musste, um seine gesellschaftliche Stellung zu halten?«

»Aber Polygnotos, sein Erbe, ist nicht arm«, entgegnete ich. »Er hat zwei kostspielige Begräbnisse ausgerichtet und trägt sämtliche Auslagen für die Theateraufführung. Und dabei hat er weder etwas von Boutades' noch von seinem eigenen Grundbesitz verkauft.«

»Das stimmt. Natürlich hat Polygnotos von seinem Vater ein stattliches Vermögen geerbt. Trotzdem hast du Recht. Er scheint so reich zu sein, wie man es erwartet hat. Das ist etwas verwirrend. Hat Boutades vielleicht nur aus einem geheimen Groll gegen den alten Bekannten heraus gehandelt? Oder fühlte Boutades sich bereits so arm, dass er sich gezwungen sah, Archimenos etwas derart Schändliches anzutun?«

»Es ist nicht nur schändlich, sondern auch verbrecherisch gewesen«, fügte ich hinzu. »Denkt nur an die armen Seeleute.«

»Ich bezweifle, dass Boutades' Vorstellungsvermögen soweit reichte, sich die Not von Menschen aus Fleisch und Blut auf einem lecken Schiff oder das Schicksal eines schlecht manövrierbaren Schiffes beim Kampf zu vergegenwärtigen. Doch sein Moralgefühl muss ihm gesagt haben, dass es nicht recht war, einen anderen Trierarchen so gemein zu betrügen.«

»Ja, und denkt nur, wie Archimenos sich gefühlt haben muss… wie er sich gefühlt *hat*«, warf ich eindringlich ein und lehnte mich wie der Schiffsführer in der Taverne über den Tisch. »›Dieser Mann hat mich hereingelegt, und ich habe keine Handhabe gegen ihn.‹ Aus diesen Worten sprechen Wut und Verzweiflung. Wenn wir der Geschichte des Seemannes glauben können, dann hat sich Archimenos sogar in Anwesenheit eines Fremden niederer Herkunft völlig vergessen. Trotzdem hat er den Seinen, soweit wir wissen, nichts von diesem gemeinen Betrug erzählt. Möglicherweise hat er sich geschämt. Seine Familie hat trotz ihrer adeligen Herkunft wenig Freunde. Ihr erinnert Euch sicher, dass sein Vater und sein Onkel in dem Verdacht standen, Feinde Makedoniens zu sein. Also konnte er nichts gegen Boutades unternehmen. Außerdem ist er ein strenger, steifer Mensch. Wie sehr muss sein Blut in Wallung geraten sein … umso mehr, als er seine Gefühle nicht zeigen durfte. Meint Ihr, dass Archimenos …«

Als ich mich in meiner Erregung nach vorn beugte, stieß ich mit dem Knie gegen den Fuß meiner Trinkschale. Das Gefäß fiel mir aus der Hand und zerbrach. Roter Wein spritzte über den Fußboden. Ich fühlte, wie ich vor Scham dunkelrot wurde.

»Oh, Aristoteles! Das … das tut mir sehr Leid«, stotterte ich und begann die Scherben aufzusammeln. »Bitte, erlaubt mir, dass ich Euch eine neue Schale …«

»Ach was, es ist ja nichts passiert«, beruhigte Aristoteles mich lächelnd. »Diese Schale war eigentlich ein sehr billiges Stück … Das spricht natürlich nicht für die Art, wie ich meine Gäste bewirte. Schade, eine bessere Schale wäre mit einem eindrucksvolleren Knall zerbrochen. Mach dir nichts draus. Es ist unwichtig. Pythias und ich zerbrechen öfter etwas. Sobald wir uns langweilen, werfen wir mit Tongefäßen, um bei guter Laune zu bleiben.«

»Der Fußboden«, begann ich zerknirscht.

»Das ist nicht der Rede wert. Der Haussklave muss den Fußboden morgen sowieso reinigen.«

Die Weinflecken erinnerten mich an die Blutlachen auf Boutades' Fußboden. Auch damals hatten fleißige Haussklaven alles gereinigt.

»Sieh her«, forderte Aristoteles mich auf und hielt eine Scherbe gegen das Feuer. »Erinnerst du dich, was ich dir über die verschiedenen Tonarten gesagt habe? Dieses

Bruchstück besteht durch und durch aus rotem Ton. Die Schale war zwar etwas dickwandig und hatte eine plumpe Form und ein langweiliges Muster, aber ihre attische Herkunft ist unverkennbar. Von der feinsten bis zur billigsten Keramik … das Ausgangsmaterial ist immer dasselbe. Wäre der Ton aus Etrurien gewesen, hätten wir das an der hellbraunen Farbe und der gröberen Körnung erkannt.« Damit warf er die Scherbe ins Feuer.

Aristoteles befasste sich gern mit Belanglosigkeiten dieser Art. Kleine Besonderheiten der Dinge faszinierten ihn. Das war für einen Philosophen ziemlich ungewöhnlich, denn man erwartete eigentlich von ihm, dass er sich nur mit den wirklich bedeutenden Sachen wie Schönheit und Gerechtigkeit beschäftigte. Für mich allerdings sah eine Tonscherbe wie die andere aus. Trotzdem war mir klar, dass Aristoteles dieses Gespräch begonnen hatte, um mich über mein plumpes Benehmen hinwegzutrösten und meine Verlegenheit zu überspielen. Während ich die Scherben in meiner Hand betrachtete, fiel mir plötzlich etwas ein.

»Ich habe vor gar nicht langer Zeit auch eine Scherbe gefunden«, begann ich. »Ich hatte es bis jetzt völlig vergessen. Es ist an jenem verhängnisvollen Tag in Boutades' Haus … oder vielmehr in seinem Garten vor dem Fenster gewesen. Die kleine Scherbe hat dort auf der Erde gelegen. Sie stammte vermutlich von irgendeinem Haushaltsgegenstand. Damals dachte ich, ein Sklave müsste kurz zuvor ein Gefäß zerbrochen, die Scherben hinausgetragen und dabei ein Stück verloren haben. Das ist alles.«

»Kurz zuvor? Du meinst, es sei kurz zuvor passiert? Warum?«

»Nun … ich weiß nicht recht. Vielleicht, weil die Bruchstelle noch scharf gewesen ist und die Scherbe nicht in der Erde festgetreten war.«

»Hast du das Fundstück irgendjemandem gezeigt?«

»Nein... die anderen waren bereits dabei, den Hof zu verlassen. Ich habe die Scherbe aufgehoben und damit ein wenig herumgespielt.«

»Hast du sie dann wieder weggeworfen?«

»Vermutlich... halt, nein! Ich muss sie mitgenommen haben. Wie dumm von mir! Ich erinnere mich, dass ich über die Bedeutung des Zeichens oder Buchstabens nachgedacht habe.«

»Über welches Zeichen oder welchen Buchstaben hast du nachgedacht?«

»Es hat fast wie ein kleines Kreuz ausgesehen«, erwiderte ich. »Ungefähr so.« Ich zeichnete es mit dem Finger auf dem Fußboden nach. »Vermutlich ist es das Zeichen eines Töpfers gewesen.«

»War es nahe der Bruchstelle?«

»Ja, es verlief ursprünglich darüber hinaus. Das Stück muss irgendwo aus der Mitte herausgebrochen sein.«

»Falls es aus einem qualitativ guten Gefäß stammt, ist die Scherbe vielleicht ein Teil einer Inschrift. Ist der Ton dick oder dünn gewesen?«

»Dünn... dünner als dieser hier«, antwortete ich unüberlegt und wurde sofort wieder rot.

»Stephanos, falls du diese Scherbe wieder finden solltest, würde ich sie mir gern ansehen. Ich liebe Rätsel dieser Art. Es wäre schon etwas, eine Inschrift aus nur zwei Strichen herzuleiten. Das könnte interessanter sein, als den ganzen Krug aus Poseidonia zu betrachten.«

»Sicher ist die Scherbe längst weggeworfen worden«, seufzte ich. »Aber ich werde trotzdem nachsehen.«

Nachdem ich mich höflich verabschiedet hatte, verließ ich Aristoteles' Haus. Ich war froh, denn mein ungeschicktes Benehmen war mir äußerst peinlich. Außerdem fühlte ich mich erleichtert, die Weinflecken auf dem Fußboden nicht mehr ansehen zu müssen, die im Schein der Flammen etwas anderem zu ähnlich gewesen waren.

Doch was das Schlimmste war: Ich hatte Angst bekommen. Im selben Augenblick, in dem ich, der ich sonst nie Geschirr zerbrach, eine Trinkschale zu Boden gestoßen hatte, hatte mich ein seltsames Grauen erfasst. Es war beinahe so, als hätten mir die Götter oder irgendeine dunkle Macht der Unterwelt gerade in dem Moment, in dem ich Archimenos' Namen ausgesprochen hatte, einen Wink gegeben. Und Aristoteles hatte auf meine unvollendete Frage nicht geantwortet. Hatte ein unsichtbarer Gott ihm die Lippen verschlossen? Doch anstatt ermutigt zu sein, hatte ich Angst bekommen. Auch wenn die Götter mir den Mörder gezeigt haben sollten, wusste ich doch immer noch nicht, was ich tun konnte. Vor Gericht war dieser Vorfall als Beweis nicht zu gebrauchen. Und falls mir dadurch angedeutet worden war, ich müsse meinen Verdacht beweisen, wusste ich genauso wenig wie zuvor, wie ich das bewerkstelligen sollte.

VIII

Blut und Beleidigungen

Weil ich nichts Besseres zu tun wusste, machte ich mich am nächsten Tag daran, die kleine Tonscherbe zu suchen. Zuerst war ich nur mit halbem Herzen bei der Sache, denn ich nahm an, dass das nichts sagende Stück längst weggeworfen worden war. Doch je länger ich mich damit befasste, desto interessierter wurde ich. Wer etwas sucht, möchte schließlich auch fündig werden. Ich sah also in meinen Kleidern, in sämtlichen Gefäßen, unter Möbeln und in sauberen, leeren Ecken nach, wie das alle tun, die etwas suchen. Schließlich ging ich in die Gemächer der Frauen hinüber.

Im Zimmer meiner Mutter durchwühlte ich ihre Kleidertruhe, hob die Deckel sämtlicher Glas- und Tongefäße hoch und kramte schließlich in dem schönen, verzierten Buchsbaumkästchen herum, das mein Vater meiner Mutter kurz vor seinem Tod geschenkt hatte. Von der Tonscherbe allerdings fand ich keine Spur. Doch dann entdeckte ich den älteren, schon etwas abgegriffenen Schmuckkasten meiner Mutter und öffnete ihn. Und dort lag unter Plunder – wie gebrochenen Fibeln, Milchzähnen eines Kindes und Haarlocken – die gesuchte Tonscherbe.

Ich hatte sie gerade herausgenommen und in meinen Ärmel gesteckt, als meine Mutter plötzlich im Türrahmen stand.

»Stephanos, was machst du denn da? Was suchst du in meinem Schmuckkasten?«

Während ich mir hastig eine Ausrede ausdachte, lächelte ich unsicher wie ein Kind, das man beim Naschen entdeckt hatte. »Ich wollte, offen gestanden, nur nachsehen, was du zum nächsten Festtag als Geschenk brauchen könntest.«

Sie wurde rot, lächelte geschmeichelt, sagte jedoch: »Stephanos, mein Sohn, du sollst für mich kein Geld ausgeben. Ich brauche nichts.« Sie legte die Hand auf meine Stirn und musterte mich besorgt. »Fühlst du dich gut, mein Kind? Du weißt, der Onkel der Frau deines Onkels mütterlicherseits hat aus Kummer den Verstand verloren. Ich habe allerdings vergessen, ob das mit dem Verlust seines Vermögens oder mit seinem schrecklichen Rheumatismus zusammenhing. Er ist jedenfalls ganz seltsam geworden…«

»Keine Angst, Mutter«, versicherte ich ihr. »Ich bin bei klarem Verstand.«

»Nun gut, mein Lieber«, fuhr sie offensichtlich beruhigt fort. »Aber lass dich nicht mehr in den Frauengemächern sehen. Stell dir vor, was unsere Bediensteten dazu sagen würden. Es macht keinen guten Eindruck. Hoffentlich wirst du in deinem Alter nicht schon so ein rastloser Schnüffler, der seine Nase in alle Haushaltsangelegenheiten steckt. Wenn du nicht aufpasst, wirst du genauso schlimm wie Boutades.«

»Boutades?«

»Ja, wie Boutades«, seufzte sie und setzte sich aufs Bett. »Natürlich höre ich sonst nicht auf das, was die Sklaven reden… aber hast du gewusst, Stephanos, dass Boutades in den letzten Jahren recht merkwürdige Angewohnheiten entwickelt hat? Der Gute hat zum Beispiel angefangen, alles Mögliche zu zählen.«

»Zu zählen? Was denn?«

»Nun, er hat die Truhen und Kästchen seiner Frau durchstöbert und sämtliche Juwelen und andere Schmuck- und Zierstücke gezählt. Außerdem hat er Listen über alle vorhandenen Möbel, das Geschirr und andere Haushaltsgegenstände angelegt. Natürlich möchte jeder Mann gern wissen, was mit seinem Geld geschieht und was er besitzt, aber das ist doch seltsam, oder? Nachdem er dann alles aufgeschrieben hatte, hat er noch Geschirr dazugekauft … zum Beispiel zwei kleine Amphoren und zehn Trinkschalen der besten Qualität. Die neuen Sachen kamen ebenfalls auf seine Liste. Die Frauen hatten langsam genug von Boutades' Schnüffeleien …«

»Vielleicht hatte er sonst nichts zu tun und wollte sich beschäftigen«, warf ich ein.

»Ist es bei dir so, Stephanos?«, entgegnete sie. »Weißt du nicht, was du tun sollst? Oh, geh lieber ins Bad oder in die Agora, bevor du Allüren wie eine Hausfrau bekommst. Das passt nicht zu dir.«

»Die Gefahr besteht sicher nicht«, wehrte ich ab.

Sie strich mir mit der Hand das Haar glatt. »Stephanos, du siehst so schrecklich müde aus … Oh, Lieber, ich hätte den Namen dieses Mannes nicht erwähnen dürfen.« Seit Boutades nach Ansicht meiner Mutter so schamlos gewesen war, uns mit dem Mord an ihm in Verbindung zu bringen, betrachtete sie ihn als persönlichen Feind der Familie. Ich gab ihr einen Kuss.

»Ich kann mir sowieso nicht vorstellen, dass du je ein so gemeiner Mensch werden würdest, wie Boutades es gewesen ist«, fügte sie hinzu. »Als er seiner Frau vergangenes Frühjahr einige schöne Schmuckstücke geschenkt hat, sagte er ihr gleich, dass sie nicht erwarten dürfe, die Sachen bei ihrem Tod auch als Grabbeigabe zu erhalten … dafür seien sie viel zu wertvoll. Stell dir das mal vor! Ein einfacher Blumenkranz von meinem teuren Sohn wäre mir lieber als der herrlichste Schmuck, der nicht aus Liebe gegeben wird.«

Ich betrachtete meine Mutter besorgt, denn mir wurde bewusst, dass ich mich in den vergangenen Wochen wenig um sie gekümmert hatte. Der Tod ihres Mannes hatte sie schon schwer genug getroffen, und jetzt, da sich dunkle Wolken über unserem Haus zusammengebraut hatten, wurden sie und meine Tante von den anderen Frauen der Stadt sicher gemieden.

Sie fing meinen Blick auf, wusste ihn jedoch offensichtlich nicht zu deuten, und tätschelte mir die Hand.

»Mach dir keine Sorgen, Stephanos… geh und amüsier dich. Vor dem Schlafengehen bekommst du heute einen besonderen Kräutertrank von mir, und ich werde ein paar Honigkuchen backen. Tante Eudoxia isst sie so gern.«

Damit eilte sie hinaus, achtete jedoch darauf, dass ich vorausging und die Gemächer der Frauen in der gewohnten Ordnung zurückließ. Ich nahm die kleine Tonscherbe mit in mein Zimmer und versteckte sie dort an einem sicheren Ort. Sie war zwar wertlos, doch ich hatte viel Mühe darauf verwendet, sie zu finden. Dass mir das schließlich gelungen war, hatte ich nur der Angewohnheit meiner Mutter zu verdanken, nichts wegzuwerfen. Sie musste die Scherbe irgendwo vom Fußboden aufgelesen und zu dem übrigen Plunder in ihr Kästchen gelegt haben. Warum sie das getan hat, habe ich sie weder damals noch zu einem späteren Zeitpunkt gefragt. Meine Wissbegier hätte sie nur verwirrt.

Als ich in die Agora ging, war ich verhältnismäßig guter Laune. Gegen Mittag schlenderte ich zum Markt hinunter, um mir etwas zum Essen zu kaufen. Es war ein kühler Tag, und ich hatte Hunger. An einem Stand, wo gebratenes

Fleisch verkauft wurde, blieb ich stehen. Während ich noch überlegte, was ich kaufen sollte, traten zwei Männer neben mich. Es waren der wie immer kritisch dreinblickende Theosophoros mit seinem vorstehenden Kinn und der adelige Bürger Archimenos. Archimenos sah noch hagerer und kahlköpfiger aus als sonst, und die beiden Falten über seiner Nasenwurzel wirkten beinahe wie ein düsteres Mal auf seiner Stirn. Die beiden hatten mich von hinten offenbar nicht gleich erkannt. Seit der ersten Anhörung vor dem Basileus wurde ich von den meisten noch auffälliger geschnitten als vorher.

Ich war keck genug, die beiden höflich zu grüßen, Archimenos nickte mir nur kurz zu, doch Theosophoros sagte: »Ach, Stephanos, der junge Rechtsgelehrte. Schade, dass dein Vater so früh sterben musste... Wirklich schade«, erklärte er kopfschüttelnd. »Wir alle bedauern deinen armen, herrenlosen Haushalt. Ich weiß nicht, warum deine Mutter nicht besser auf dich aufpasst. Sie sollte dich an einem so kühlen, windigen Tag nicht aus dem Haus lassen.«

»Ja, die Ärzte klagen sehr über die vielen Erkältungskrankheiten, welche die Witterung und der schlechte Einfluss der Sterne mit sich bringen«, ließ sich nun auch Archimenos vernehmen.

Ich weiß selbst nicht, was mich in diesem Moment veranlasst hat, Dinge zu sagen, die ich lieber für mich behalten hätte. Natürlich hatte ich viel über Archimenos nachgedacht, und jetzt, da ich ihm endlich wieder gegenüberstand, wollte ich die Gelegenheit nicht ungenutzt verstreichen lassen. Ihre beleidigenden Anspielungen auf meine Jugend und meine Unfähigkeit, das Oberhaupt einer Familie zu sein, konnte ich nicht widerspruchslos hinnehmen. Mit gespielt freundlicher Miene warf ich dem

Fleischverkäufer eine Münze zu, griff nach einer gebratenen Wurst und begann genüsslich zu essen.

»Ja, es ist, wie Ihr sagt, ein kühler Tag, meine Herren«, antwortete ich gelassen. »Es gibt Philosophen, die behaupten, der Wind würde die üble Laune vertreiben. Aber alles hat seine Vor- und Nachteile. Ein solcher Wind ist gut für die See und schlecht für die Seeleute, wie ein Sprichwort sagt.« Ohne Archimenos aus den Augen zu lassen, fuhr ich fort: »Also, wenn ich ein Seemann wäre, dann würde ich bei diesem Wetter im Hafen bleiben … ebenso wie ich nie ein Schiff betreten würde, von dem ich nicht weiß, ob es sicher ist. Gute Segel und starke Planken können allerdings jedem Wetter trotzen, nicht wahr, Trierarch?«

Ich bildete mir ein, in Archimenos' Augen ein nervöses Blinzeln gesehen zu haben. Er musterte mich düster.

»Man sollte nicht zur See fahren, wenn die Taue schlecht und die Planken morsch sind«, führte ich weiter aus. »Odysseus' Floß dürfte allerdings aus gesundem Holz gewesen sein, oder? Trotzdem hat er damit Schiffbruch erlitten und musste um sein Leben schwimmen. Ihr erinnert Euch doch sicher? Aber man kann wohl kaum behaupten, Kalypso habe ihm schlechtes Material gegeben.«

Ich weiß nicht, warum meine Gedanken ausgerechnet um Odysseus und sein Schicksal kreisten. Möglicherweise hatten mich die Beleidigungen der beiden Männer daran erinnert, wie die Freier Telemachos behandelt hatten. Jedenfalls hätte ich schwören können, dass Archimenos bei meiner anzüglichen Bemerkung leichenblass geworden war, während Theosophoros, der nichts von alledem verstand, nur gereizt sagte: »Du redest Unsinn, Stephanos. Kein Seemann würde bei diesen Herbststürmen aufs offene Meer hinausfahren.«

»Aber ich dachte ja auch nur an Odysseus«, entgegnete

ich ernst. »Er muss doch immer während der Herbststürme unterwegs gewesen sein… deshalb hat er so oft Schiffbruch erlitten. Ich habe das Epos erst kürzlich wieder gelesen.«

Damit wandte ich mich an den Fleischverkäufer. »Gib mir noch ein Stück von dieser Wurst, guter Mann. Wenn es nichts ausmacht, schneide ich es mir selbst ab.«

Der Verkäufer gab mir das Messer. Und dann tat ich – von den Göttern oder einem inneren Dämon getrieben – etwas sehr Seltsames. Während ich mir ungeschickt ein Stück Wurst absäbelte, schnitt ich mir absichtlich in den Finger. Es war nur eine kleine Wunde, die jedoch stark blutete. Blut tropfte auf die Theke, auf die Wurst, lief über mein Handgelenk und tropfte auf die Steine. Ich ließ die Wurst fallen.

»Ach du liebe Zeit, was hab ich nur gemacht!«, rief ich und steckte den blutenden Daumen in den Mund. »›Und die guten Speisen fielen zur Erde‹«, zitierte ich aus dem Teil der Odyssee, wo der Kampf mit den Freiern begonnen hatte. Und jetzt gab es keinen Zweifel mehr: Archimenos war leichenblass.

»›Und der Boden war mit Blut besudelt‹«, zitierte ich weiter und fügte dann hinzu:

»›*Traget jetzo die Toten hinaus und befehlt es den Weibern;*
Und dann reinigt wieder die zierlichen Sessel und Tische
Von der Erschlagenen Blute mit angefeuchteten Schwämmen.‹

Du hast doch hoffentlich einen angefeuchteten Schwamm, oder?«, fragte ich den Verkäufer. »Auch wenn du keine zierlichen Sessel und Tische besitzt. Wisch das Blut auf.

Hier, das macht dir vielleicht Beine.« Damit warf ich mit arroganter Miene eine Drachme auf die Theke, und der Mann gehorchte.

Als ich mich von dem Fleischverkäufer abwandte, sah ich gerade noch, wie Archimenos gefährlich schwankte. Er war wie ein Seekranker grau-grün im Gesicht und musste sich an der Theke festhalten, um nicht umzufallen. »Ich kann kein Blut sehen«, krächzte er heiser.

»Oh, ich bin nicht schwer verletzt«, versuchte ich ihn gelassen zu beruhigen. »Es ist nur ein Kratzer. Schade, wenn ein schönes Mädchen hier wäre, würde ich mich vor ihr verbeugen und sagen. ›Ein kleines Opfer für *Aphrodite*!‹« Dabei betonte ich absichtlich das letzte Wort und machte mit meiner blutigen Hand eine galante Geste.

In diesem Moment sank Archimenos bewusstlos – oder beinahe bewusstlos – zu Boden. Ich machte einen Schritt auf ihn zu, doch Theosophoros, der seinen Freund sofort gestützt hatte, schrie mich wütend an: »Bleib ihm vom Leib! Geh nach Hause und werde wieder nüchtern. Hat dir denn dein Lehrer keine Manieren beigebracht?«

»Wie Ihr wünscht«, entgegnete ich ungerührt. »Wer hätte schon gedacht, dass ein Mann wie ein Mädchen ohnmächtig wird? Ich glaube, nicht einmal einer Frau würde so etwas passieren.« Ich sagte das laut und deutlich, weil ich hoffte, Archimenos würde mich vielleicht noch hören.

Hätte ich diese unklugen Worte nicht gesagt und hätte ich mich nicht wie ein dummer Junge benommen, wären mir einige Schwierigkeiten und Gefahren erspart geblieben. Doch als ich damals den Marktplatz verließ, empfand ich nichts als eine ungeheure Selbstzufriedenheit, weil ich glaubte, zum ersten Mal zurückgeschlagen zu haben. Ich hatte zwar noch immer keine Beweise, aber dafür das Gefühl, dass sich mein Omen bestätigt hatte. Die Geschichte von den schadhaften Schiffen war Archimenos offenbar sehr nahe gegangen. Und all das, was von seinem Freund für das wirre Geschwätz eines Betrunkenen gehalten worden war, hatte für den Trierarchen durchaus einen Sinn ergeben. Die finanzielle Einbuße und die Sorgen, die er wegen der »Aphrodite« gehabt haben musste, hatte er noch nicht überwunden. Aber es war nicht nur das gewesen… Der Anblick meines Blutes und die Anspielungen auf die Odyssee… Hatten diese Dinge ihn vielleicht deshalb so tief getroffen, weil er damit an seine Rache gegen einen Mann erinnert worden war, der ihn schändlich hintergangen hatte? Warum sonst hätte er ohnmächtig werden sollen? Normalerweise schwinden einem Mann beim Anblick einer kleinen, blutenden Schnittwunde nicht die Sinne. Aber für einen Mörder könnte die Erinnerung an eine mit Pfeil und Bogen ausgeführte blutige Rache in Verbindung mit dem Anblick echten Blutes zu viel gewesen sein. Ja, Archimenos schien tatsächlich große Angst zu haben.

Wie dumm ist es damals doch von mir gewesen, an die Furcht von Archimenos und nicht an meine eigene Angst zu denken.

Am Tag der zweiten gerichtlichen Voruntersuchung hatte ich wieder einen klaren Kopf. Die Männer der Gegenseite waren in neuen Winterkleidern aus bester Wolle erschienen und sahen noch wohlhabender und einflussreicher aus als sonst. Der korpulente Eutikleides wirkte in seinen dicken wollenen Überwürfen wie ein Symbol bürgerlicher Würde und Ordnung. Selbst Telemon machte in seiner guten Kleidung einen ernsteren, nicht allzu dümmlichen Eindruck. Polygnotos, etwas hagerer als früher, aber noch immer gut aussehend, legte plötzlich das Gehabe eines reiferen, verantwortungsbewussten Geschäftsmannes an den Tag und kam mir jetzt wesentlich älter vor. Mir fiel auf, dass er diesmal als Bediensteten den rothaarigen Sklaven aus Sinope mitgebracht hatte, den ich kurz nach dem Mord gesehen hatte, als er atemlos von der Verfolgung des Täters zurückgekehrt war. Dabei erinnerte ich mich der Bemerkungen, die über den Jungen gefallen waren. Offensichtlich schien jetzt niemand mehr die Absicht zu haben, den Mord einem oder mehreren Sklaven anzulasten. Ich konnte auch keine Anzeichen dafür erkennen, dass der rothaarige Sklave ausgepeitscht worden wäre, weil er den Mörder hatte entwischen lassen. Im Gegenteil. Er trug einen neuen Chiton, sah kräftig und wohlgenährt aus und machte einen fröhlichen, gut gelaunten Eindruck. Als ich an ihm, der gehorsam vor der Tür wartete, vorbeikam, seufzte ich unwillkürlich. Wäre dieser Mord das Werk eines Sklaven gewesen, wie viel glücklicher hätten ich und die Meinen sein können!

Zuerst verlief alles so, wie ich es erwartet hatte. Die bekannten Tatsachen wurden wiederholt. Ich bekräftigte noch einmal, dass Philemon zur Tatzeit nicht in Athen hatte sein können. Als man zum nächsten Punkt der Tagesordnung überging, überlegte ich noch krampfhaft, ob ich meinen Seemann, den möglichen Zeugen für Philemons Abwesenheit, überhaupt erwähnen sollte. Doch dann kam mir die Gegenseite bereits zuvor. Als sich der Basileus an die Ankläger mit der Frage wandte, ob sie neue Beweismittel vorbringen könnten, antwortete Eutikleides laut und vernehmlich: »Ja, Euer Ehren.«

Ich starrte ihn gespannt an.

Eutikleides räusperte sich. »Wir haben, was die Aktivitäten des Beschuldigten betrifft, neue Beweise, die... hm... die den Beteuerungen der Verteidigung widersprechen.« Er warf mir einen scharfen Blick zu. »Wir haben einen Soldaten aus Alexanders Heer gefunden, der erst vor wenigen Wochen verwundet aus dem Krieg heimgekehrt ist. Er ist ein armer Mann, jedoch aus unserem Geschlechterverband. Er hat uns erzählt, dass Philemon, der Beschuldigte, in der großen Schlacht bei Issos gekämpft hat, allerdings nicht auf makedonischer, sondern auf persischer Seite.«

Eutikleides machte eine Kunstpause, um seiner Aussage besondere Wirkung zu verleihen. Tatsächlich hätte er nichts Schrecklicheres über einen Menschen sagen können. Meder*-Freund war das schlimmste Schimpfwort, das wir Athener kannten. In der Vergangenheit waren ganze Familien wegen so genannter »Meder-Liebe« in die Verbannung geschickt worden. Für die Perser zu kämpfen, galt als Hochverrat. Und auch Alexander hatte nach der Schlacht von Granikos deutlich gezeigt, was er von solchen Leuten hielt, als er die sofortige Hinrichtung aller Griechen befohlen hatte, die für Darius gekämpft hatten. Philemon konnte nicht mit Milde rechnen, wenn auch nur annähernd bewiesen werden konnte, was Eutikleides behauptet hatte. Da die Gegner von Alexander ihre Meinung nicht frei äußern durften, fehlte ein gesundes Regulativ für die Massen. Jeder Athener, ob von niederer oder hoher Geburt, konnte Philemon nach Herzenslust verleumden. Ich hatte das Gefühl, in einen Sack eingenäht worden zu sein, in dem ich weder atmen noch mich bewegen konnte.

»Nach dem Sieg über die Perser«, fuhr Eutikleides fort, »sind viele dieser ehrlosen Söldner von Darius abgefallen, und wie andere Überläufer ist auch Philemon westwärts zu den vom Krieg unberührten Städten gezogen.«

Er muss geahnt haben, dass ich mich fieberhaft an Daten

* *Meder:* indoeuropäisches Viehzüchtervolk aus dem Hochland Persiens.

zu erinnern versuchte und Zeitspannen ausrechnete, denn er fügte hinzu: »Die Schlacht bei Issos hat vor über einem Jahr stattgefunden. Philemon hatte also mehrere Monate Zeit, um zurückzukehren. Unser Zeuge, der Soldat, hat in der Stadt Sidon wieder von ihm gehört … Damals war Philemon bereits mit dem Schiff nach Griechenland zurückgesegelt. Er hat von einer Verletzung eine Narbe über dem Auge und ist deshalb vielen noch gut in Erinnerung.«

Es dauerte eine Weile, bis ich meine Stimme wieder fand. »Wo ist dieser Zeuge … euer Soldat? Führt ihn vor!«

»Euer Ehren«, sagte Eutikleides. »Wir haben uns entschieden, den Zeugen zu diesem Zeitpunkt noch nicht vorzuladen. Er ist verwundet und krank … die kühle Witterung macht ihm zu schaffen. Aber er wird in einer späteren Sitzung erscheinen. Inzwischen haben wir seine Aussage schriftlich festgehalten. Das Schriftstück werden wir Euch überreichen.«

»Wie heißt dieser Zeuge?«, erkundigte sich der Basileus.

»Verzeiht, Euer Ehren.« Eutikleides sah mich an. »Ich weiß, es ist unzulässig, Namen zu verschweigen, aber wir müssen die Gefahren bedenken, die einem geschwächten Kriegsverletzten drohen, der sich allein seiner Haut nicht wehren kann. Wir wollen ihm nicht unnötig Feinde machen«, fügte Eutikleides mit einem bedeutsamen Seitenblick auf mich hinzu. Er tat gerade so, als wäre ich ein Raufbold, der jeden mit einem Holzknüppel niederschlug, der ihm unter die Augen trat. »Wir werden den Namen nennen, sobald der Mann für sich selbst sprechen kann.«

»Ja, so ist es«, ergänzte Polygnotos. »Nehmt dies lediglich als eine Absichtserklärung. Wir hielten es nur nicht für richtig, dieses neue Beweismittel zu unterschlagen und dadurch den ordnungsgemäßen Verlauf der Voruntersuchung zu stören.«

»Nun gut«, sagte der Basileus. »Was hältst du davon, Stephanos?«

»Ich halte es für eine ungeheuerliche Behauptung«, erklärte ich so bestimmt wie möglich. »Und dazu wird sie auch noch von einem Namenlosen erhoben. Euer Ehren, wie soll ich die Aussage eines Schattens widerlegen? Aber falls dieser Mann vor Gericht doch noch erscheinen wird, wie will er dann beweisen, dass es tatsächlich Philemon gewesen ist, den er gesehen hat? In Zeiten wie diesen ist es wirklich nicht schwer, den Namen eines Mannes in den Schmutz zu ziehen, der fern der Heimat lebt. Alles, was wir von Philemon wissen, ist, dass er fortging und fortblieb ... Doch er war nie der Mann, der gegen die Griechen kämpfen würde.«

Irgendjemand, vermutlich Telemon, kicherte. Ich hatte mir meinen letzten Satz nicht überlegt. Schließlich war Philemon wegen des Kampfes mit einem Griechen in die Verbannung geschickt worden.

Hastig fuhr ich fort: »Ich werde diese Behauptung nicht als Beweismittel anerkennen, solange der Zeuge nicht persönlich vor Gericht erschienen ist oder ein entsprechendes Dokument unterzeichnet hat. Ich akzeptiere, dass es sich um eine Absichtserklärung handelt. Aber ich kann meinen Cousin unmöglich gegen einen Mann verteidigen, der vor diesem Gericht gar nicht existiert.«

Mehr fiel mir dazu einfach nicht ein. Hätte ich darzulegen versucht, dass die Möglichkeit, dass Philemon für Darius gekämpft hatte, noch lange nicht bedeuten musste, dass er Boutade ermordet hatte, so wäre das eine grenzenlose Dummheit gewesen. Vom rein logischen Standpunkt aus war es natürlich vollkommen richtig, aber rhetorisch hätte ich dadurch praktisch zugegeben, dass Philemon ein Verräter war. Und genau dem musste ich um jeden Preis entgegentreten. Langsam kamen mir Zweifel, ob ich die Geschichte meines Seemanns je würde gebrauchen können. Vorerst war ich wie hypnotisiert von den neuen Beschuldigungen der Ankläger. Wurde Philemon erst einmal von der Volksmeinung als Verräter abgestempelt, dann genügte das schon, um sein Vermögen einziehen zu lassen und ihn für immer in die Verbannung zu schicken und möglicherweise sogar eine Belohnung auf seinen Kopf auszusetzen.

Im nächsten Moment erkundigte sich der Basileus, ob die beiden Parteien noch etwas vorzubringen hätten, und als wir verneinten, wurde die zweite Anhörung geschlossen. Mir war das nur recht, denn ich hätte mich keine halbe Stunde mehr auf den Beinen halten können. Ich zitterte am ganzen Körper.

Wir defilierten durch die kleine Menge der Schaulustigen aus dem Saal. Polygnotos verschwand, begleitet von seinem rothaarigen Sklaven aus Sinope, und Eutikleides hastete mit flatternder Kleidung, umringt von einigen wichtigen Klienten, die ihn bereits erwartet hatten, den Berg hinunter. Als ich meinen Heimweg einschlagen wollte, lief ich Telemon in die Arme.

»Du siehst schlecht aus«, bemerkte er. »Eine schlimme Sache für dich. Sehr schlimm.«

Ich biss die Zähne zusammen und unterdrückte einen Fluch. Mitgefühl von denen, die wir hassen oder denen wir misstrauen, ist gänzlich unerträglich.

»Danke, mir geht es ganz gut«, entgegnete ich und ging, so schnell ich konnte. Doch der hinkende Alte schien fest entschlossen, mit mir Schritt zu halten, und plauderte munter weiter, als seien wir auf dem Heimweg von einer Festlichkeit.

»Dort drunten läuft schon Eutikleides. Ein viel beschäftigter Mann ist der gute Eutikleides. Er versteht sein Geschäft, findest du nicht auch? Deshalb war die Anhörung auch so schnell vorbei. Ein anderer hätte alles viel mehr in die Länge gezogen. Und sieh dir nur den klugen Polygnotos an. Dabei ist er noch so jung. Weißt du, dass er neue Olivenhaine anlegt? Er wird seinen Besitz bald mehren. Ich habe ihm kürzlich vorgeschlagen, das Haus erweitern zu lassen, und da hat er mir anvertraut, dass er genau das vorhat, sobald er sein Amt als Chorege erfüllt haben wird.«

»Ich hoffe, die Vorbereitungen für das Drama machen Fortschritte.«

»O ja! Diese herrlichen Kostüme! Keine Kosten werden gescheut. Alexander wird sehr zufrieden sein. Ich glaube zwar kaum, dass er bei der Aufführung anwesend sein wird, aber die ihm zu Ehren eingeflochtenen Verse bei der Geschichte von Herakles werden ihm gefallen. Weißt du, ich glaube, Polygnotos ist genau die Sorte junger Athener Adeliger, die Alexander mag. Und Alexander wird alles daransetzen, sich Athen auf lange Zeit als verbündete Stadt zu sichern. Antipater hat Polygnotos zu sich eingeladen… und Polygnotos wird ihn aufsuchen, sobald er aus Korinth zurück ist.«

»Polygnotos reist nach Korinth?«

»Ja, geschäftlich. Er muss Geld eintreiben, das man seinem Onkel schuldete. Heute noch will er aufbrechen… gewissenhaft wie er ist. Und er ehrt das Andenken seines Onkels… verzeih, dass ich davon anfange, aber Polygnotos hat den herrlichsten Grabstein anfertigen lassen, den man sich vorstellen kann. Er ist aus dem besten Marmor. Auf der Vorderseite sieht man Boutades mit seiner Frau im Halbrelief und darunter befindet sich eine Inschrift über Leben und Taten des Boutades. Technophilos, der bekannte Bildhauer, hat den Stein in seiner Werkstatt angefertigt. Die Leute kommen in Scharen dorthin, um sich das Grabmal anzusehen. Es ist wirklich ein Kunstwerk. Schau's dir doch auch mal an. Es ist gar nicht einfach gewesen, den Marmor zu beschaffen.«

Ich nickte schweigend.

»Tja, um auf Antipaters Einladung zurückzukommen«, fuhr Telemon fort. »Es sieht ganz so aus, als hätte Polygnotos Gelegenheit, in der hohen Politik mitzumischen. Er ist klug und weiß viel... Ich habe ihm gesagt: ›Polygnotos, die Sterne stehen günstig. Selbst nach dieser scheußlichen Mordsache... Antipater will sich mit intelligenten, vernünftigen Männern umgeben – einer davon ist zum Beispiel dieser Lehrer Aristoteles. Mit dem ist er eng befreundet.‹ Ich könnte mir denken, dass sich Polygnotos und Aristoteles ausgezeichnet verstehen würden. Er kennt ihn ja schon vom Lykeion her. Du bist doch auch dort gewesen, oder? Aber ich vergesse, dass du für das Studium nicht viel Zeit gehabt hast. Schade.«

Der Kopf tat mir weh. Ich wusste nicht, worauf es dieser geschwätzige Telemon eigentlich anlegte, aber mir war jedenfalls klar, dass unser – oder besser sein – Gespräch kein Zufall sein konnte. Vielleicht hatte Eutikleides ihn beauftragt, mit mir zu reden, vielleicht war er auch von selbst auf diese Idee gekommen. Mir kam der Verdacht, dass Telemon möglicherweise doch nicht ganz der Tölpel war, für den ich ihn gehalten hatte. Er zeigte mir immerhin, wie die anderen Athener die Hauptakteure in diesem Streitfall sehen mussten: Da war auf der einen Seite der arme Stephanos, dessen Familie ausschließlich aus Frauen und einem Cousin bestand, der dazu verurteilt worden war, in der Verbannung zu leben; und auf der anderen Seite war der bekannte und beliebte Polygnotos, der von seiner ganzen Sippe unterstützt würde. Ich hatte vor dem Basileus angedeutet, dass sein Zeuge möglicherweise gar nicht existierte, aber ich wusste, dass es diesen Mann gab. Irgendjemand in dem weit verzweigten Geschlechterverband würde sich finden, der die gewünschten Informationen lieferte. Und der schrecklichste Gedanke dabei war, dass möglicherweise sogar stimmte, was dieser Zeuge behauptete. Ich konnte keinen Eid darauf leisten, dass Philemon nie für die Perser kämpfen würde. Zweifel beherrschten mich, und das Leben war bitter.

»Du bist so schweigsam, Stephanos«, bemerkte Telemon schließlich besorgt.

»Ja, ich habe über das nachgedacht, was du eben gesagt hast.«

Und das war die Wahrheit. Alles, was Telemon gesagt hatte, war als die unmissverständliche Warnung zu verstehen: Lass uns in Ruhe. Mach dir nicht erst die Mühe, deinen Verwandten zu verteidigen; es ist sowieso aussichtslos. Vor dem Basileus war mir das bereits durch die Beweisführung angedeutet worden, und jetzt hatten sie Telemon vorgeschickt, um es mir noch deutlicher zu machen. Indem er mir den Glanz ihres Geschlechts vor Augen hielt, hämmerte er mir ein: Du bist schwach, sie sind stark! Und stark waren sie tatsächlich.

Selbst meine Freundschaft mit Aristoteles erschien mir plötzlich in einem anderen Licht. Vielleicht hatte Telemon mich absichtlich daran erinnert, wie gefährlich meine Bekanntschaft mit dem Mann aus Makedonien werden konnte. Es war schließlich unwahrscheinlich, dass sich dieser Freund Alexanders für einen Soldaten von Darius einsetzen würde. In dieser finsteren Stunde schien nichts mehr mein zu sein, was einst mein gewesen war. Ich sollte später in noch größere Angst versetzt werden, aber in diesem Moment hatte ich das Gefühl, es könne schlimmer nicht mehr kommen. Die Welt drohte meinen kraftlosen Fingern zu entgleiten, und ich musste dem tatenlos wie ein Schatten zusehen. Wer hätte je gedacht, dass es einem Narren wie Telemon gelingen würde, einen Mann mit Worten zu töten?

Am Fuß der Akropolis entdeckte ich zwei mir bekannte Männer. Sie hatten mit einigen Schaulustigen gesprochen, die gerade im Gericht gewesen waren. Theosophoros und Archimenos blieben stehen und maßen mich mit kalten Blicken. Als wir vorbeikamen, tat der vornehme Archimenos etwas sehr Erstaunliches. Er rief nämlich plötzlich: »Meder-Liebchen! Arschkriecher des Darius!«

Diese Worte rissen mich aus meiner Lethargie, und ich muss ihm eigentlich dankbar dafür sein. Nicht nur die Beleidigungen an sich waren schockierend, sondern auch die Tatsache, dass nicht ein ordinärer Straßenjunge, sondern ein achtbarer Bürger sie in den Mund genommen hatte. Versteckten Sarkasmus konnte ich darin kaum entdecken.

Theosophoros war da schon eher der Alte. Als ich näher kam, bemerkte er lediglich: »Cousin des Philemon, lass uns doch mal deine persischen Kunstwerke und Teppiche sehen … du hast sie zu lange vor uns verborgen gehalten.«

Telemon ließ mich achselzuckend stehen und ging seiner Wege.

Ich sagte: »Diese Beleidigungen sind deiner nicht würdig, Theosophoros. Ich habe genauso wenig persische Kostbarkeiten wie du … und genauso wenig Gründe, sie zu besitzen.«

Archimenos trat einen Schritt vor, schnitt eine Grimasse und zeigte seine Zähne. Er sah plötzlich wie ein grinsender Totenschädel aus, und die beiden senkrechten Falten über der Nasenwurzel wirkten wie ein hässliches Kohlezeichen auf seiner Stirn. »Aha!«, sagte er mit kehliger Stimme.

»Seht euch den unverschämten Abkömmling eines Geschlechts an, das mit den Medern gemeinsame Sache macht! Persisches Königsliebchen!« Diesmal benutzte er anstatt »Liebchen« einen noch schlimmeren Ausdruck.

»Bürger Archimenos, das ist ...«

»Na und?«, fiel er mir ins Wort. »Was willst du tun? Sag es doch Alexander. Darius' Liebling!« Er machte eine obszöne Geste mit den Fingern. »Warum kämpfst du nicht für die Ägypter? Die fechten so was im Bett aus. Ha! Ha! Stoß dir das Schwert in den Bauch!«

Archimenos hüpfte vor Aufregung auf und ab, und seine Wangen röteten sich. Ich wandte mich von den beiden ab und murmelte: »Es ist sinnlos, vernünftig mit euch reden zu wollen.«

»Ha! Eutikleides wird dir schon Vernunft beibringen. Er hat mehr Beweise, als es Trauben in diesem Sommer gegeben hat.«

Theosophoros versuchte Archimenos fortzuziehen, doch dessen grausame Freude machte sich immer wieder in schrecklichem Gelächter Luft. Und das, was Archimenos bewegte, schien tatsächlich weniger Hass als Freude, vielleicht auch eine gewisse Erleichterung zu sein.

»Stoß dir das Schwert in den Bauch!«, wiederholte er, als ich weiterging. Theosophoros drängte ihn in die entgegengesetzte Richtung, doch Archimenos schrie weiter mit brüchiger Stimme: »Stoß dir das Schwert in den Bauch!«

Und da wusste ich plötzlich, dass er verrückt war.

Nun, die Wahnsinnigen freuen sich wenigstens manchmal ihres Lebens. Ich aber war einigermaßen normal, und jede Lebensfreude schien verflogen. Ich schlich nach Hause und legte mich ins Bett. Dort, wo mich niemand sehen oder hören konnte, weinte ich leise vor mich hin.

IX

Familienangelegenheiten

Ich weiß nicht, was mich dazu trieb, wenige Tage später wieder nach Piräus zu wandern. Ich hatte keinen bestimmten Plan und machte mir auch keine besonderen Hoffnungen. Vielleicht zog mich unbewusst das Gefühl in die Hafenstadt, dass ich dort ein paar Mal Glück gehabt hatte. Falls dies tatsächlich der Grund gewesen ist, sollte ich furchtbar enttäuscht werden.

Das Jahr ging jetzt spürbar auf den Winter zu. Obwohl die Sonne vereinzelt durch die Wolken schien, wehte ein kalter Wind. In einen schäbigen Umhang aus ungebleichter Wolle gehüllt, mischte ich mich unter das gemeine Volk der Hafenstadt und schlenderte über den Markt. Nicht, dass es an diesem schmutzigen Ort, wo der Boden morastig und mit Mist und Fischabfällen bedeckt war, etwas Interessantes zu sehen gegeben hätte. An den Ständen wurden nur billige Nahrungsmittel und grobe Keramikgefäße für die Armen feilgeboten.

Ich erinnere mich noch genau, dass ich vor einem kleinen Stand Halt gemacht hatte, an dem faulig riechendes Gemüse verkauft wurde. Ein Sonnenstrahl, der auf die grün-gelben Blätter fiel, musste auch mein Gesicht erhellt haben. Jedenfalls zupfte mich plötzlich jemand am Ärmel.

»Mein Herr! Mein Herr!«

Als ich mich umdrehte, sah ich neben mir ein zahnloses Weib mit runzligem Gesicht. Ihre von dicken blauen Venen durchzogene Hand mit der braun gefleckten Haut der alten Leute hielt meinen Arm umklammert. Es war keine besonders saubere oder gar schöne Hand.

»Weib, scher dich fort!«

»Herr! Meine Herrin bittet Euch, zu ihr zu kommen.« Die Alte senkte die Stimme und zischte: »Eure Verwandte braucht Eure Hilfe.«

»Ich weiß von keiner…«

»Psst!«, zischte sie und legte einen Finger auf die Lippen. »Ich habe Euch schon einmal in Piräus gesehen und auf Eure Rückkehr gewartet. Ich kenne Euren Namen und will Euch alles erzählen… Aber nicht hier. Kommt!«

Angst erfasste mich. Archimenos' Beschimpfungen waren noch frisch in meinem Gedächtnis, und plötzlich schoss mir der Gedanke durch den Kopf, die merkwürdige Alte könne mich in eine Falle locken. Doch als ich sie genauer betrachtete, sah sie fast wie eine der Schicksalsgöttinnen aus, und der Schicksalsgöttin gehorchen alle Männer. War ich nicht außerdem nach Piräus gekommen, um das Unbekannte zu entdecken? Allerdings hatte ich offen gestanden nichts in derartiger Verkleidung erwartet und hoffte inbrünstig, nicht auch noch ihre Knoblauchausdünstung und ihren fauligen Atem riechen zu müssen. Schließlich schüttelte ich zwar ihre Hand ab, antwortete jedoch: »Gut, ich komme.«

»Folgt mir… Aber unauffällig. Seid vorsichtig.«

Sie drängte sich durch die Menschenmenge, und ich folgte ihr in einigem Abstand. Das allerdings war gar nicht so einfach, denn von hinten sah sie wie alle armen, alten Frauen aus, wie ein formloses Bündel von Lumpen. Nachdem wir das Menschengewühl auf dem Marktplatz hinter uns gelassen hatten, führte sie mich mit einer für ihr Alter erstaunlichen Behändigkeit durch ein Gewirr von Straßen und schmutzigen, stinkenden Gassen, an brachliegendem

Land und ärmlichen Hütten vorbei. Ich folgte ihr wie Theseus dem Faden durchs Labyrinth. Sie sah sich nicht einmal nach mir um. Mit ihr als Orpheus wäre Eurydike frei gewesen. Allerdings hatte ich den Eindruck, sie führe mich anstatt heraus immer tiefer in die Unterwelt hinein. Schließlich blieb sie vor einem kleinen, schäbigen Haus stehen. Die Wände waren ungekalkt und rissig, und in der Gasse davor lag überall Unrat.

»Kommt rein«, forderte mich die Alte auf, und ich betrat einen kleinen Raum mit rußgeschwärzten Wänden. In einem kleinen Kohlebecken brannten ein paar Olivenkerne, und in der Luft hing der unverwechselbar scharfe Geruch eines nahe gelegenen Aborts. Doch trotz allem schien hier eine gewissenhafte Hausfrau am Werk zu sein. Auf einem Tisch stand, gefällig arrangiert, peinlich sauberes Geschirr. Außerdem gab es zwei hölzerne Hocker und einen Ledersessel, der schon bessere Tage gesehen hatte. Das Holz war sorgfältig poliert. Der Durchgang zum angrenzenden Zimmer war durch einen gewebten Bildteppich, der Penelope an ihrem Webstuhl zeigte, verhängt. Der Vorhang war alt und zerschlissen, jedoch geschickt ausgebessert worden. Durch ein schmales, hohes, halb offenes Fenster drangen etwas Licht und frische Luft herein. Es war zwar keine schöne Behausung, doch einen wirklich schäbigen, tristen Eindruck machte sie nicht. Meine Angst, ich könnte in eine Falle gegangen sein, war verflogen, doch ich wusste nicht recht, was ich von alledem halten sollte.

»Setzt Euch«, sagte die Alte und führte mich zu dem Ledersessel. »Möchte der Herr vielleicht etwas essen oder trinken?«

»Nein, danke«, wehrte ich hastig ab.

»Oh, aber Stephanos, der Sohn des Nikiarchos, muss in

unserem Haus etwas zu sich nehmen. Ich werde Wasser heiß machen. Bevor Ihr geht, müsst Ihr unseren Kamillentee probiert haben.«

Damit stellte sie einen Wasserkessel auf das Kohlebecken und wandte sich dann wieder an mich.

»Der Sohn des Nikiarchos wird sich sicher wundern, warum ich ihn hierher gelockt habe. Man hat Euch mir beschrieben. Vor einigen Wochen habe ich Euch dann in Piräus gesehen – den vornehmen Bürger unter den Lumpen erkannt. Er versucht vielleicht Philemon in dieser Verkleidung zu helfen, habe ich mir gedacht. Warum sollst du ihn also nicht ansprechen? Ihr liebt Euren Verwandten und helft Philemon, Sohn des Lykias, in seiner schwierigen Lage, oder?«

»Ja, das ist richtig«, antwortete ich.

»Wir glauben, dass Ihr nichts unversucht lassen werdet, um ihm und den Seinen zu helfen. Stimmt das?«

»Ja, es gibt nichts, was die Götter gutheißen, das ich nicht für Philemon, meinen Cousin, tun würde«, bekräftigte ich. Plötzlich kam mir die Idee, die Alte oder einer ihrer Bekannten könnte über Beweise verfügen, die Philemons Sache helfen würden, und mein Herz begann vor Freude schneller zu schlagen.

»Verwandtschaft ist ein heiliges Band, Herr. Ich spreche für Eure Verwandtschaft. Ich bin Nousia, die alte Bedienstete, die als Bittstellerin zu Euch gekommen ist.« Damit warf sie sich vor mir nieder und umfasste meine Knie.

Ich zog sie verlegen auf die Füße. »Schon gut… wovon redest du eigentlich?«

Die alte Nousia schien ihre Rolle gut einstudiert zu haben und sie jetzt auch noch zu genießen. »Zuerst, Herr, schwört, dass Ihr uns – mir und einem anderen schutzlosen Weib – nichts antun werdet, auch wenn Ihr uns nicht helfen wollt.«

Ich überlegte. Eigentlich hatte ich nicht die Absicht, alten Frauen zu nahe zu treten, und versprach mir auch keinen Vorteil davon. Es kostete mich also nichts, dieses Versprechen abzugeben. Im nächsten Moment glaubte ich aus den Augenwinkeln zu sehen, wie sich der Penelopevorhang leicht bewegte.

»Gut, ich schwöre es«, sagte ich.

»Zeus sei gepriesen. Und jetzt hört mir zu.«

»Setz dich doch«, forderte ich sie freundlich auf, denn es war mir ein wenig unangenehm, dass sie so nah bei mir stand. Die Alte kauerte sich gehorsam auf einem recht bequem aussehenden Stoffbündel nieder. Fast wie eine Geschichtenerzählerin vor dem Feuer, dachte ich.

»Ihr kennt doch Euren Cousin Philemon, Herr«, begann sie. »Oder besser, Ihr habt ihn gekannt, nicht wahr?«

»Selbstverständlich.«

»Nun, der junge Mann hatte zwar ein heftiges Temperament, aber ein gutes Herz. Ihr allerdings habt vielleicht – oder sogar sicher – nicht alles von ihm gewusst. Offen gestanden, ich habe eine Überraschung für Euch. Was sagt Ihr, wenn ich Euch erzähle, dass Philemon verheiratet ist?«

»Philemon? Verheiratet? Aber er war doch nie …«

Sie lachte schrill, und langsam begann die Rolle aus dem Drama, die sie sich zugedacht hatte, abzubröckeln. Ihre gewohnte einfache Sprache gewann wieder die Oberhand und verdrängte die vornehmen Wendungen, um die sie sich zuvor bemüht hatte.

»Oh, aber jetzt ist er's. Für die Damen hatte Euer Freund Philemon schon immer viel übrig. Aber das, wovon ich rede, ist keine Tändelei gewesen. Philemon hat sich wie ein anständiger Herr benommen, der weiß, was er seiner vornehmen Herkunft schuldig ist. Deshalb hat er geheiratet, bevor er Athen verlassen musste – und zwar ein junges Mädchen aus gutem Haus und von Athener Abstammung. Und die Ehe ist gemäß den Bräuchen ganz legal geschlossen worden.«

»Das kann ich nicht glauben. Von einer Hochzeit müsste doch die ganze Familie gewusst haben. So etwas kann man doch nicht heimlich machen – dann ist es nicht rechtmäßig.«

Nousia runzelte die Stirn. »Die Hochzeit hat vorschriftsmäßig stattgefunden. Sagt mir ja nichts Schlechtes über die junge Dame, der ich seit ihrer Kindheit gedient habe. Und bringt sie ja nicht in Verruf. Sie ist Melissa, Tochter des Archias. Und sie ist als Jungfrau, rein wie eine Lilie, wie es sich für eine vornehme Braut in Athen gehört, in die Ehe gegangen. Wir können Euch das Hochzeitslaken mit dem Fleck darauf zeigen, falls Ihr es sehen wollt. Ihre Familie wusste Bescheid... Es hat vorher auch eine Verlobung stattgefunden, wie es Brauch ist. Dafür haben wir Zeugen. Allerdings hatte Philemon triftige Gründe, es seiner Familie nicht zu sagen. Die Hochzeit hätte unter normalen Umständen natürlich schöner sein können, aber es hatte alles seine Ordnung. Und jetzt, nachdem es passiert ist, sollte es zwischen den Familien keinen Ärger geben.«

Wie allen alten Frauen machte auch ihr das Geschwätz über Hochzeiten und Frauenangelegenheiten ausgesprochen Spaß. Sie nahm geistesabwesend eine Olive aus einer Schale und steckte sie in den Mund, bevor sie fortfuhr: »Natürlich hätte man sich über die Mitgift streiten können. Melissa besitzt eine anständige Mitgift, an die wir jedoch im Augenblick nicht herankommen. Philemon hat angenommen, dass sich alles zum Guten wenden würde – und da sein Vater tot war, war es nur richtig von ihm, jung zu heiraten und einen Erben zu zeugen. Tja, und dann ist Philemon nur wenige Wochen nach der Hochzeit in diesen hässlichen Streit in der Taverne geraten und musste Athen verlassen. Er hat uns unter falschem Namen hierher gebracht… und seitdem sind wir hier. Und…« Sie sah mich lächelnd an und lutschte an ihrem Olivenstein. »…und inzwischen hat Philemon einen Sohn… Euren Neffen. Er ist ein lieber, kräftiger Junge.«

»Wo ist diese Person?«, fragte ich. Um mich herum schien sich alles zu drehen.

»Dort drüben.« Die Alte deutete auf den Vorhang, der sich einen Spaltbreit geöffnet hatte, jetzt jedoch schnell wieder zufiel. »Sie ist eine achtbare, verheiratete Frau. Aber natürlich werdet Ihr sie erst sehen, wenn Ihr sie als Eure Verwandte anerkannt habt. Es wäre sonst nicht schicklich.«

Das war also das Dilemma. Solange ich diese Melissa nicht als rechtmäßige Frau des Philemon anerkannte, durfte ich keinen Blick auf sie werfen und konnte somit auch nicht selbst entscheiden, ob sie eine Hure, Geliebte oder Ehefrau war. Frauen haben wirklich eine äußerst geschickte Art, alles zu ihrem Vorteil zu regeln. Die Alte hatte mich schließlich doch noch in eine Falle geführt.

»Ihr seid ein freundlicher und gerechter Mann, Herr«, schmeichelte sie mir. »Es kann nicht Euer Wunsch sein, Angehörige Eurer Familie verhungern zu lassen. Bisher habt Ihr vor Gericht das Beste für Philemon getan, wie wir hören, aber mittlerweile haben die Dinge eine böse Wendung genommen… und was soll da aus uns werden? Was soll nur aus dem lieben kleinen Jungen werden, sagt?« Sie begann plötzlich auf ihrem Hocker hin und her zu wackeln und zu wehklagen: »Oh, oh! Wir werden alle verhungern oder in die Verbannung geschickt werden. Alte und Junge, alle werden sterben. Oh, Athene steh uns bei! Oh, weh mir!«

Ihr Gejammer verursachte bei mir starke Kopfschmerzen. »Also gut«, murmelte ich. »Ich will sie sehen.«

»Wen denn?«, erkundigte sich die Alte sofort und hörte abrupt zu jammern auf.

»Die Frau von Philemon«, antwortete ich resigniert. Mir war inzwischen eingefallen, dass mich mein Schwur nur dazu verpflichtete, diesen Frauen kein Leid anzutun, und das wollte ich auch nicht, gleichgültig, wie diese Melissa war. Und für die Behauptung, ich hätte sie als Verwandte anerkannt, gab es weder männliche noch weibliche Zeugen aus vornehmem Haus, sodass ich das später jederzeit widerrufen konnte.

Die Alte stand auf, ging zu dem Penelopevorhang hinüber und rief leise und mit zärtlicher Stimme: »Hört, Melissa, meine Herrin, Euer Verwandter will Euch, Frau des Philemon, sehen.«

Der Vorhang wurde langsam zur Seite geschoben, und eine Frau betrat den Raum. »Sei gegrüßt, Frau des Philemon«, sagte ich, und die Worte blieben mir beinahe im Halse stecken.

Sie war jung, schlank und sehr schön. Unter dem Schleiertuch, das sie um den Kopf geschlungen hatte, quollen dichte goldblonde Locken hervor. Zu meiner großen Enttäuschung sah sie ganz und gar nicht wie eine Hetäre* aus. Sie war einfach und schmucklos wie die Frau eines Bürgers gekleidet. Von der Schwelle aus musterte sie mich ernst aus ihren tiefblauen Augen, kam dann anmutig auf mich zu, kniete vor mir nieder und berührte leicht meine Knie.

* *Hetäre:* gr. Freudenmädchen; wurde nicht im rein negativen Sinn gebraucht, da Hetären z. T. gebildete, kultivierte Frauen waren.

»Als Verwandte und Bittstellerin komme ich zu dir, Stephanos, Sohn des Nikiarchos und Cousin meines Mannes Philemon«, begrüßte sie mich leise.

Ich zog sie auf die Füße. »Die Frau meines Cousins sei mir willkommen«, entgegnete ich, obwohl ich, abgesehen von ihrer Schönheit, auf diesen Anblick gern verzichtet hätte. Ich bedeutete ihr, sich zu setzen, und sie nahm gehorsam auf einem Hocker Platz. Die alte Nousia blieb kopfnickend hinter ihr stehen und strahlte. Seit Melissa im Zimmer war, kam mir alles hier noch schäbiger und die Luft noch stickiger vor. Sie war beinahe wie eine Lilie, die auf einem Haufen Unrat wuchs. Ob ich wollte oder nicht, ich empfand tiefes Mitleid mit ihr. Selbst wenn sie nur Philemons Geliebte war, würde ich dafür sorgen, dass sie etwas Geld bekam.

»Sag mir, Frau meines Cousins, woher kommst du? Und warum habt ihr geheiratet, ohne dass irgendjemand davon gewusst hat?«

Sie sah mich vorwurfsvoll an. »Ganz heimlich haben wir keinesfalls geheiratet. Und die Eheschließung ist rechtmäßig vollzogen worden. Doch wir sind vom Pech verfolgt. Lass mich dir alles erklären.« Zitternd atmete sie tief ein und begann zu erzählen: »Meines Vaters Name war Archias. Er war Athener, und obwohl wir alle das Bürgerrecht Athens besaßen, sind wir damals, als … als das Schreckliche passierte, in Theben gewesen. Ihr wisst von … von den Problemen der Stadt. Es war eine furchtbare Zeit … Soldaten haben getötet und gebrandschatzt. Ich verstehe nichts von Politik …« Sie machte eine Pause, und ich ahnte, dass sie sich hütete, etwas Schlechtes über die Makedonier zu sagen. »Ich weiß nur, dass wir fliehen mussten, um nicht zu sterben. Unser Haus wurde zerstört, und meine Mutter wurde getötet, noch ehe wir Theben verlassen hatten. Wie viele andere kamen wir nach Athen, unsere rechtmäßige Heimat. Bei unserer Ankunft haben Vater und ich Philemon zum ersten Mal getroffen. Er und ich sind damals beide noch Kinder gewesen, doch er hat uns Wasser gebracht, und das haben wir ihm nie vergessen. Mein Vater war krank. Schließlich haben wir bei einem Cousin auf einem kleinen Bauernhof an der Straße nach Sounion Unterschlupf gefunden. Drei Jahre später sind wir Philemon erneut begegnet. Ein Dieb hatte Vater und mich auf der Straße von Athen nach Sounion überfallen und uns unserer Bündel beraubt. Philemon ist zufällig in der Nähe gewesen, hat den Dieb gefasst und uns die Bündel zurückgebracht. Später ist Philemon oft bei Vater gewesen. Alles war ganz korrekt. Ich habe mit der Frau meines Cousins und Nousia in den Frauengemächern gelebt und Wolle und Leinen gesponnen.«

»Hatte denn dein Vater keinen Sohn?«, warf ich ein.

»Das ist auch so ein Problem. Ich hatte einen Bruder, aber ich weiß nicht, wo er ist. Ich fürchte, irgendwo in Sparta«, fügte sie kaum hörbar hinzu. »Und unser Geld und ganzer Besitz sind in Theben. Mein Vater hat mir immer eine reiche Mitgift versprochen, und wir haben Geld. Einen Teil davon hat Vater kurz vor dem Überfall auf die Stadt einem Freund gegeben, einem Bürger von Theben, der mit den Makedoniern zusammengearbeitet hat... Wir müssen also nur nach Theben zurückkehren und es uns holen, doch die Zeiten sind zu unruhig. Wir brauchen Geduld. Ich erinnere mich an einige schöne Amphoren, Silber und anderen Hausrat. Und dann ist da natürlich noch das Geld.«

»Hm«, murmelte ich. »Besitzt du Dokumente?«

»Irgendwo müssen welche sein«, antwortete sie. »Um Geschäfte habe ich mich nie gekümmert. Mit Philemon hat Vater viel darüber gesprochen… Ich nehme an, dass Philemon Bescheid weiß. Jedenfalls ist dieser Thebaner ein Ehrenmann… sonst hätte mein Vater ihm nie Geld und andere Dinge anvertraut.«

»Hm…« Ich hatte das sichere Gefühl, dass Philemon kaum je etwas von dieser Mitgift sehen würde – ob Melissa die Wahrheit sagte oder nicht.

»Aber als er spürte, dass er sterben würde, hat sich mein armer Vater schreckliche Sorgen gemacht«, fuhr Melissa fort. »Du musst verstehen, wir waren in einer sehr unglücklichen Lage. Mein Bruder diente nach allem, was wir wussten, König Agis, und was sollte aus mir werden? Vater hat sich deshalb entschlossen, mich Philemon zur Frau zu geben und ihn, für den Fall, dass sein Sohn getötet werden sollte, zum Erben einzusetzen. Philemon schien der Gedanke, mich zu heiraten, nicht unangenehm zu sein. Jedenfalls ist er nach reiflicher Überlegung einverstanden gewesen«, fügte sie ein wenig gereizt hinzu.

Armer Philemon, dachte ich. Kein vernünftiger Mann heiratet eine Frau nur wegen ihrer Schönheit. Überhaupt bekamen sich in einer wohl geordneten Familie, in der derartige Angelegenheiten den alten Bräuchen entsprechend geregelt werden, die Braut und der Bräutigam vor der Hochzeit nie zu sehen. Aber Philemon war nicht vernünftig… und ein Blick aus diesen blauen Augen – zusammen mit einer Mitleid erregenden Geschichte – war vermutlich zu viel für ihn gewesen.

»Es war nichts Unschickliches dabei«, erklärte Melissa trotzig, als hätte sie meine Gedanken erraten. »Ich weiß, in deinen Augen war die Hochzeit vielleicht nicht ganz so… so schön. Aber Vater und Philemon haben geahnt, dass es mit seiner Familie Schwierigkeiten wegen der Mitgift, meinem Bruder und den übrigen Widrigkeiten geben würde. Hätte Philemons Vater noch gelebt, wäre alles ganz anders gewesen.«

»Wie ist die Hochzeitszeremonie verlaufen?«

»Wir haben einen Ehevertrag aufgesetzt, und mein Vater hat Philemon das Versprechen gegeben, dass er die Mitgift bekommen würde. Mein Cousin und sein Freund sind unsere Zeugen gewesen. Dann haben wir geheiratet und im Haus meines Cousins gelebt.«

»Aber du hättest in Philemons Haus ziehen müssen! Erst dann wäre die Eheschließung ordnungsgemäß vollzogen gewesen«, entgegnete ich streng.

»Aber er wollte doch seine Mutter nicht mit alldem belästigen. Soviel ich weiß, ist sie alt und krank. Später hat er ihr die Geschichte, glaube ich, erzählt. Jedenfalls wollte er es tun. Außerdem wäre es viel einfacher gewesen, unsere Heirat bekannt zu geben, wenn wir das Geld gehabt hätten. Wir wollten nicht, dass es heißt, er hätte nicht standesgemäß geheiratet.«

»Und wann habt ihr vor, die Sache mit dem Geld zu regeln?«

»Sobald wieder Friede herrscht«, erwiderte Melissa. »Ein Teil des Geldes und der Familienschmuck – Gold- und Silbersachen, die nicht kaputtgehen können – sind im Garten unseres ehemaligen Hauses in Theben vergraben. Philemon fand es aufregend, einmal dorthin zu reisen und es auszugraben.«

Philemon fand es aufregend, die Sachen auszugraben, dachte ich bitter. Genau das sah ihm ähnlich.

»Wir haben ein paar Hochzeitsgeschenke bekommen«, fuhr Melissa fort. »Einige musste ich inzwischen verkaufen ... Nousia macht das alles für mich. Ich gehe so selten wie möglich aus dem Haus. Aber sieh dir diese Tasse und die Schale an ... sie gehören Philemon.«

Mein Blick schweifte zum Tisch. Die beiden Keramikgefäße stammten tatsächlich aus Philemons Haus und gehörten ihm. Ich hatte sie früher oft gesehen.

»Die werde ich bestimmt nicht verkaufen«, seufzte Melissa. »Wir scheinen wirklich nur Pech zu haben. Mein Cousin ist gestorben, und seine Frau musste zu ihrem Bruder zurückkehren. Und dann ist Philemon in Schwierigkeiten geraten. Kurz vor seiner Flucht hat er mich in dieses kleine Haus gebracht. Natürlich leben wir hier unter einem anderen Namen. Ich nenne mich Frau des Ephoros. Damals habe ich es noch nicht gewusst, aber als Philemon Athen verließ, bin ich schwanger gewesen. Das Kind ist jetzt fast eineinhalb Jahre alt. Als allein stehende Frau, die unter einem falschen Namen leben muss, konnte ich das Kind natürlich auch nicht der Phratrie und den Behörden melden. Er ist ein lieber Junge... warte, ich zeige ihn dir.«

Sie stand auf, verschwand im angrenzenden Raum und kehrte kurz darauf mit einem kleinen Jungen zurück, der auf unsicheren Beinen an der Hand seiner Mutter durchs Zimmer lief.

»Das ist dein Neffe«, sagte sie stolz, während die Alte hinter ihr zufrieden grunzte. Melissa schob den Jungen zu mir, doch das Kind klammerte sich an die Röcke der Mutter und musterte mich misstrauisch.

Damit befand ich mich bereits wieder in einer Zwickmühle. Falls ich das Kind berührte, erkannte ich es als legitimes Mitglied der Familie an. Melissa löste dieses Problem auf ziemlich unfaire Art und Weise, indem sie mir den Jungen einfach auf den Schoß setzte. Ich betrachtete ihn aufmerksam. Das Kind sah erstaunlich sauber und gut genährt aus. In seinem Gesicht waren bereits die Ansätze für eine robustere Schönheit als die seiner Mutter zu erkennen. Frauen und alte Männer behaupten, schon bei ganz kleinen Kindern Familienähnlichkeiten entdecken zu können, aber mir fehlte diese Fähigkeit. Der Junge hatte jedenfalls dichtes, lockiges Haar und braune Augen, und ich fand keine Anzeichen dafür, dass er nicht Philemons Sohn war. Im Gegenteil. Als der kleine Junge mit seiner winzigen und doch recht festen Faust auf mich einschlug, hatte ich den Eindruck, dass er tatsächlich Philemons Kind war. Verlegen gab ich den Jungen seiner Mutter zurück

»Es heißt Lykias«, sagte sie stolz.

Ich unterdrückte eine scharfe Zurechtweisung. Es war eine Unverfrorenheit, ein uneheliches Kind nach seinem Großvater zu nennen. Und selbst wenn der Junge ehelich war, durfte er noch keinen Namen haben. Schließlich war er weder von einem Familienoberhaupt anerkannt noch in einen Geschlechterverband oder eine Bürgerschaft aufgenommen worden. Mein Vertrauen schwand. In jedem Falle würde ich derjenige sein, der zahlen musste, um das Kind vor dem Verhungern zu bewahren, gleichgültig ob es nun ein ehelich geborener Sohn oder ein Bastard war.

»Pa-pa!«, stammelte das Kind und legte eine Hand auf mein Knie. »Wo Pa-pa?«

Die alte Dienerin strahlte. »Ah, Ihr erinnert ihn an seinen Vater. Er sieht die Ähnlichkeit.«

»Wirklich rührend«, bemerkte ich sarkastisch. »Nachdem er doch seinen Vater gar nicht kennt.«

Es entstand eine peinliche Pause.

»Pa-pa«, wiederholte das Kind energisch.

»Nun, er kennt seinen Vater«, behauptete die Mutter trotzig. »Er hat ihn schon oft gesehen. Wie, glaubst du, hätten wir sonst durchhalten sollen? Wovon, meinst du, hätten wir sonst leben können?«

»Soll das heißen, dass Philemon wieder hier in Piräus ... in Athen gewesen ist?«

»Psst! Leise! Natürlich ist er hier gewesen. Ich bin ja wieder schwanger. Siehst du das denn nicht?« Jetzt, da sie es erwähnte, fiel es mir endlich auch auf. »Ich erwarte sein zweites Kind. Aber er ist schon lange nicht mehr gekommen... und jetzt, da die Leute so furchtbare Dinge von ihm behaupten, darf er sich auf keinen Fall hier blicken lassen. Wir müssen uns alle noch mehr verstecken als zuvor.« Sie begann plötzlich zu weinen. Tränen rannen aus ihren großen blauen Augen. »Ich habe nichts mehr zum Leben«, schluchzte sie. »Wir brauchen Geld... Wie soll ich sonst meine Kinder ernähren?«

Die alte Nousia fing um der Gesellschaft willen ebenfalls zu schluchzen an.

Ich stand auf. Die stickige Luft im Zimmer und die beiden weinenden Frauen waren zu viel für mich.

»Oh, Ihr habt ja Euren Kamillentee noch nicht getrunken«, jammerte Nousia.

»Mach dir deswegen keine Sorgen«, wehrte ich ab. Dann sah ich die junge Frau an. »Wein doch nicht, dir wird nichts passieren. Hier ist fürs Erste etwas Geld...« Ich legte alle Münzen, die ich bei mir hatte, auf den Tisch. »In ein paar Tagen bringe ich mehr... und vielleicht auch ein paar Sachen«, fügte ich hinzu und sah mich im Zimmer um.

»Oh, danke«, sagten beide Frauen gleichzeitig. Nousia, die praktischer dachte, fügte hinzu: »Wann kommt Ihr wieder?«

»Erwartet mich in drei Tagen kurz nach Sonnenaufgang auf dem Marktplatz«, erwiderte ich und verpflichtete mich damit, auch Wort zu halten. »Aber bevor ich gehe, muss ich noch eines wissen...« Ich wandte mich direkt an Philemons blonde Frau: »Wann ist Philemon zum letzten Mal hier gewesen?«

Melissa trocknete ihre Tränen und antwortete dann bedächtig: »Ich habe ihn jetzt seit zwei Monaten nicht mehr gesehen... Seit dem Monat Boedromion nicht mehr.«

Ich stolperte aus dem Haus und lief hastig durch die düsteren Gassen von Piräus. Melissas letzte Worte hallten vielfach in mir nach: »Im Monat Boedromion – im Monat Boedromion« – also genau zu der Zeit, da Boutades ermordet worden war. Dabei war Philemons Abwesenheit zur Tatzeit das Einzige, dessen ich ganz sicher gewesen zu sein glaubte und worauf ich meine gesamte Verteidigung aufgebaut hatte. Das alles war jetzt wie ein Kartenhaus in sich zusammengefallen. Ich war der festen Überzeugung gewesen, dass Tante Eudoxias Einwand zwar schwer zu beweisen, aber immerhin wahr war. Jetzt musste ich davon ausgehen, dass das, was die beiden Frauen mir entweder auf Geheiß eines niederträchtigen Feindes oder aus eigenem Antrieb aufgetischt hatten, ein reines Lügengespinst war – oder vielleicht, mit Ausnahme der rechtmäßigen Eheschließung, die reine Wahrheit. Hatte sich Philemon zur Tatzeit tatsächlich in Athen aufgehalten, dann war meiner Verteidigung jede Grundlage entzogen und mir blieb nichts als meine persönliche Überzeugung, dass er mit dem Mord nichts zu tun hatte.

Die schreckliche Ungewissheit quälte mich. Es gab nur eine Person, welche die Aussage der beiden Frauen entweder bestätigen oder widerlegen konnte. Wie von den Göttern gehetzt, lief ich nach Hause, stürmte in das Zimmer, in dem meine Mutter und Tante Eudoxia müßig beisammensaßen und Honigkuchen aßen, packte die verblüffte Eudoxia am Arm, zerrte sie unsanft in den einzigen vornehmen Raum des Hauses, in dem ich in glücklicheren Tagen Gäste empfangen hatte, und schloss die Tür.

Vermutlich musste ich Tante Eudoxia wie ein Wahnsinniger vorgekommen sein, denn ich war noch nie so unsanft mit ihr umgegangen. Sie war bleich und verängstigt. Ich hatte ihre schmerzende Seite grob berührt, aber in diesem Augenblick empfand ich kein Mitleid. Ich ließ sie los, stellte mich ihr gegenüber hin und schoss meine Fragen mit leiser Stimme erbarmungslos auf sie ab:

»Tante Eudoxia, ich weiß alles. Philemon ist wieder in Athen gewesen, nicht wahr? Nicht wahr? Und zwar ausgerechnet im Boedromion, stimmt's? Antworte mir! Und spare dir Lügen und Ausflüchte! Bei Zeus! Ich will die Wahrheit wissen!«

Ich hoffte fast, sie würde empört und verwirrt leugnen, doch die Fassade schmerzlicher Gelassenheit fiel von ihr ab, und darunter kam die Angst eines lange verborgen gehaltenen schlechten Gewissens zum Vorschein:

»Oh... ja«, flüsterte sie kaum hörbar. »Ich weiß nicht, wie du es erfahren hast, Stephanos, aber... aber er ist wieder in Athen gewesen. Er war heimlich sogar mehrere Male hier, um seine alte Mutter zu besuchen. Ich dachte, wir hätten alles so geschickt verborgen gehalten. Aber jetzt... Oh, Athene! Und ich wollte es nicht einmal unter der Folter verraten.«

Weinend sank sie auf einen Stuhl. Ich war froh, dass sie sich mir wenigstens nicht zu Füßen warf. Davon hatte ich an jenem Tag wirklich genug.

»Das ist jetzt gleichgültig«, bemerkte ich. »Ob du's mir gesagt hast oder nicht – ich hab's herausbekommen. Ich weiß jetzt, dass Philemon zur... zu jener Zeit hier gewesen ist. Ich habe mit jemandem gesprochen, der es wissen muss.«

»Und wer ist das?«

»Natürlich Philemons Frau, wer sonst«, antwortete ich.

Daraufhin wurde Tante Eudoxia ohnmächtig.

X

Rätselhafte Schriftzeichen

Als mich Aristoteles zu meiner großen Überraschung zu sich rufen ließ, machte ich mich unwillig auf den Weg. Er hatte inzwischen natürlich von den Vorgängen bei der zweiten Anhörung erfahren und sagte, dass er sicher sei, nicht »jeder« glaube, dass Philemon für die Perser kämpfe. Ich entnahm daraus, dass sich die hohen Politiker ein endgültiges Urteil noch vorbehielten.

»Außerdem kommt dieser Beweis zu spät und ist im Übrigen unvollständig«, fuhr Aristoteles gut gelaunt fort. »Das Ganze scheint mir eher eine Hypothese als ein echter Beweis zu sein.«

»Ach ja?«, murmelte ich bitter. »Darüber habe ich mir vergangene Woche den Kopf zerbrochen. Jetzt habe ich andere Sorgen.«

»Warum? Gibt's was Neues?«

»Ja«, erwiderte ich tonlos. »Aber es ist… es ist eine reine Familienangelegenheit, und ich sollte eigentlich nicht darüber sprechen. Ihr seid sehr weise und wart freundlich zu mir, aber es handelt sich um eine sehr persönliche und äußerst verwirrende Sache, die allerdings schlimme Folgen haben kann.«

»Du wirst ja langsam ein ganz guter Rhetoriker, Stephanos. Du verstehst es, meine Aufmerksamkeit und Neugier zu erregen. Ich versuche bereits zu erraten, was dahinter steckt. Und wie geschickt du mir schmeichelst! Die Weisen haben stets den Ehrgeiz, auch für weise gehalten zu werden. Und was meine Freundlichkeit betrifft… nun, wir sind immer zu all denen besonders freundlich, die uns wegen der Tugenden loben, die zu besitzen wir nicht ganz sicher sind. Also jetzt, nachdem du mich so beeindruckt hast, solltest du mir endlich erzählen, was das für eine ernste und verwirrende Angelegenheit ist, von der du sprichst. Selbst wenn ich dir nicht helfen kann, hast du mein Versprechen, dass ich strengstes Stillschweigen darüber bewahren werde.«

Voller Schuldgefühle, weil ich ein schändliches Familiengeheimnis preisgab, berichtete ich Aristoteles, was ich von den Frauen in Piräus erfahren hatte.

»Ich weiß einfach nicht mehr, was ich von alldem halten soll«, schloss ich. »Manchmal glaube ich, dass es die Wahrheit ist. Dann wieder kommt es mir so vor, als seien nur Teile davon wahr… und Melissa sei Philemons Geliebte, nicht seine Frau. Und wer weiß, wer der Vater des Kindes ist, das sie erwartet? Aber was bedeutet es schon, wenn wir Philemon eine unliebsame Frau vom Hals schaffen? Das Wichtigste ist, dass sie behauptet, er sei im Boedromion hier gewesen. Vielleicht ist es auch eine gemeine List, um uns Geld zu entlocken. Daran habe ich natürlich auch gedacht.«

»Ja, das ist möglich«, stimmte Aristoteles zu. »Allerdings wäre es für die Frauen reichlich riskant, sich mit einer solchen Familie einzulassen. Verzeih mir, aber ihr seid nicht reich und in einen schrecklichen Verdacht geraten. Ein so schönes Mädchen wäre mit einem reichen Gönner viel besser beraten. Aber natürlich könnte sie eine Prostituierte und Ausgestoßene sein, die wegen ihrer Schwangerschaft ihren normalen Beruf nicht ausüben kann und deshalb verzweifelt irgendwo Hilfe sucht. In dieser Lage erzählt sie für Geld vielleicht alles, was man ihr sagt. Die Aussage einer Prostituierten kann man vor Gericht allerdings anfechten. Die Athener Richter haben mit Prostituierten nicht viel im Sinn – wenigstens nicht in aller Öffentlichkeit.« Aristoteles lachte wie ein Mann, der das Leben kannte. Ich fand sein Benehmen in diesem Moment äußerst ärgerlich.

»Athene beschütze uns!«, stieß ich verzweifelt hervor. Aristoteles schien noch immer nicht verstanden zu haben, worum es eigentlich ging. »Die Sache betrifft mich ganz persönlich. Ihr habt nicht begriffen ... Tante Eudoxias Beweis ist von Anfang an eine Lüge gewesen. Sie hat jetzt gestanden, dass sie wüste, dass Philemon hier war. Er hat sie mehrmals besucht ... auch in jenem verhängnisvollen Monat. Die einzige Tatsache, auf die sich meine Verteidigung stützte, war eine Lüge.«

Für eine kurze Zeit herrschte im Zimmer Totenstille.

»Jetzt seht Ihr, was das alles bedeutet«, fuhr ich schließlich niedergeschlagen fort. »Ihr werdet nun glauben, dass er schuldig sein muss. Ich kann Euch nur bitten, niemandem etwas davon zu erzählen und nichts gegen meine Familie zu unternehmen.«

»Glaubst *du* denn, dass Philemon schuldig ist?«, fragte Aristoteles unumwunden.

»Nein«, antwortete ich prompt. »Es klingt verrückt, aber ich bin mehr denn je davon überzeugt, dass er unschuldig ist.«

»Und warum?«

»Weil ich inzwischen wieder häufiger mit Philemons Charakter konfrontiert worden bin. Der echte Philemon ist draufgängerisch, impulsiv und gutmütig. Die Sache mit dieser Frau ... Es ist eine verzwickte Geschichte, aber es kommt mir alles so natürlich und auf merkwürdige Art normal vor. Und der kleine Junge hat genauso ausgesehen, wie Philemons Sohn aussehen könnte. Ich habe unaufhörlich versucht, vernünftig über die Angelegenheit nachzudenken, aber ich kann mich des Gefühls nicht erwehren, dass Melissa tatsächlich glaubt, rechtmäßig mit Philemon verheiratet zu sein. Sie scheint mir weniger eine Feindin als lediglich eine zusätzliche Belastung zu sein.«

»Und was hat Tante Eudoxia zu der Angelegenheit gesagt? Ich meine natürlich, abgesehen von ihrem leicht katastrophalen Geständnis.«

»Nun ... sie hat mir erzählt, dass Philemon einmal versucht hat, mit ihr über ein Mädchen zu sprechen, sie ihm aber das Wort abgeschnitten hat, weil sie nichts von seinen Weibergeschichten hören wollte. Nachdem ich ihr die Situation erklärt hatte, war sie zuerst ganz vernünftig und hat sofort gemeint, wir dürften die Frau auf keinen Fall anerkennen. Aber dann hat sie angefangen, über das Kind nachzudenken, und dabei ist ihr Herz weich geworden. Sie wünscht sich sehnlichst, vor ihrem Tod wenigstens noch den Sohn ihres Sohnes zu sehen. Melissa müsste ihr nur das Kind zeigen und herzerweichend weinen, dann könnte sie damit rechnen, innerhalb eines Nachmittags in die Familie aufgenommen zu werden.«

»Nein, dazu darf es auf keinen Fall kommen«, entgegnete Aristoteles bestimmt. »Dafür musst du sorgen. Halte das Mädchen von deiner Familie fern und pass auf, dass deine Familie – vor allem Tante Eudoxia – nicht von sich aus mit dieser Melissa Kontakt aufnimmt. Es darf nach außen hin keine Verbindung zwischen euch geben. Sieh zu, dass dein Weibervolk den Mund hält.«

»Aber was soll ich inzwischen tun? Ich kann doch unmöglich in Sounion nach diesen Verwandten suchen, um herauszufinden, ob tatsächlich eine rechtmäßige Ehe geschlossen worden ist oder vielleicht ganz Theben umgraben. Das würde mindestens einige Monate in Anspruch nehmen. Zum gegenwärtigen Zeitpunkt lässt sich einfach nicht feststellen, ob diese Ehe zu Recht besteht.«

»Hm.« Aristoteles legte nachdenklich die Fingerspitzen gegeneinander. »Aber dein Gefühl sagt dir also, dass sie Philemons Frau ist. Bei diesem Stand der Dinge solltest du lieber davon ausgehen, dass die junge Frau und das Kind tatsächlich zu Philemon gehören. Falls sie eine Hochstaplerin ist, die es nur darauf anlegt, Geld von dir zu erpressen, kannst du sie auf diese Weise zufrieden stellen. Und wenn sie Philemons Frau oder die von ihm getäuschte Geliebte ist, dann ist deine Familie verpflichtet, ihr zu helfen. Mir ist durchaus klar, dass ein gewisses Risiko dabei ist. Sie könnte immerhin einen Auftraggeber haben – das heißt, sie könnte von der Gegenseite gekauft worden sein. Aber du musst dieses Risiko eingehen. Schütze dich, indem du ihr nichts Schriftliches überlässt und darauf achtest, dass es für diese Transaktionen keine Zeugen gibt. Falls nämlich etwas schief geht, kann man sie als Zeugin ablehnen, und sie hat keinerlei Beweise dafür, dass du sie als Familienmitglied anerkannt hast. Dir bleibt jederzeit die Möglichkeit, zu behaupten, sie habe dir lediglich erzählt, dass sie ein uneheliches Kind von Philemon hat, und dass du ihr aus Mitleid geholfen hast. Diese Methode, Bürgern uneheliche Kinder unterzuschieben, wird allgemein nicht gern gesehen, sodass sich die Richter auf deine Seite stellen werden, falls der Ankläger eine so schmutzige Waffe gegen dich eingesetzt hat.«

»Ja, ich verstehe«, erwiderte ich. »Trotzdem habe ich das Gefühl, dass ihre Geschichte im Wesentlichen der Wahrheit entspricht. Es wäre also unrecht von mir, ihr nicht zu helfen. Wenn ich sonst schon nichts tun kann, dann sollte ich Philemon wenigstens darin unterstützen.«

»Sicher, Stephanos«, stimmte Aristoteles zu. »Aber heimlich, verstehst du? Heimlich! Geh auf keinen Fall mehr in dieses Haus. Ich rate dir, dich mit der Dienerin zu treffen und so viele Informationen aus ihr herauszuholen wie möglich. Achte peinlich genau auf jede Ungereimtheit, die beweisen kann, dass ihre Geschichte eine Lüge ist. Aber merke dir eines, Stephanos!« Aristoteles beugte sich mit ernster Miene vor. »Wenn die beiden tatsächlich Philemons Frau und sein Kind sind, dann sind sie in Gefahr. Du bist es also ihnen und Philemon schuldig, dich so vorsichtig wie nur möglich zu verhalten.«

»In Gefahr?«, wiederholte ich verdutzt.

»Ja, Stephanos, ja! Mir ist inzwischen klar geworden, dass du Melissa und den Ihren am besten hilfst, wenn du sie so schnell wie möglich aus dem Machtbereich Athens herausbringst. Gleichzeitig wäre es ein Prüfstein für Melissas Geschichte. Denn wenn sie dir die Wahrheit gesagt hat, dann wird sie bereitwillig gehen. Sollte sie dir aber eine Falle stellen wollen, würde sie sich natürlich weigern. In diesem Punkt kann ich dir helfen, Stephanos. Melissa und die Ihren sind in Makedonien am besten aufgehoben, bis sie sicher nach Athen zurückkehren können. Ich brauche bloß ein Wort zu den richtigen Leuten zu sagen, um einen Wagen und einige Führer aufzutreiben. Solange du das Geld für die Wagenmiete und die Wegzehrung aufbringst, ist alles Übrige ein Kinderspiel. Überlass das ruhig mir. Als Abreisetermin setzen wir… sagen wir den fünften Tag der zweiten Dekade fest. Das ist genau die Monatsmitte. Es dürfte sicher so lange dauern, bis alle Vorbereitungen erledigt sind, aber wir sollten die Sache nicht länger aufschieben.« Aristoteles' Gedanken überstürzten sich. Ich konnte kaum folgen.

»In Gefahr?«, wiederholte ich. »Warum denn in Gefahr?«

»Dein instinktives Vertrauen in diese Frau hat wohl teilweise auch auf mich abgefärbt. Entweder ist sie aus Gründen, die wir bereits besprochen haben, eine Gefahr für dich – und wenn wir sie fortschicken, sind wir das Problem los –, oder sie ist, wie du glaubst, Philemons Frau und als solche selbst in Gefahr. Irgendjemand hasst deinen Cousin Philemon, hasst ihn und alles, was ihm gehört, aus ganzem Herzen. Und jetzt hat er seinen Hass auch auf dich übertragen. Ich würde zu gern wissen, warum.«

»Jemand soll uns hassen? Aber das ist doch lächerlich. Philemon hat im Faustkampf einen Mann getötet – doch die Familie ist von uns entschädigt worden. Es sind einfache Leute, und sie haben uns nicht mit Rache gedroht. Und was mich betrifft: Ich habe nie jemandem etwas zu Leide getan – und dasselbe gilt für meinen Vater. Vielleicht ist mir jemand wegen eines unbedachten Wortes böse, aber ...«

»Nein, es ist niemand böse«, unterbrach mich Aristoteles. »Ich fühle deutlich, dass Hass im Spiel ist ... Und Hass ist tödlicher als Wut. Wut ist ein Gefühl, das im Laufe der Zeit vergehen kann, Hass niemals. Ist dir dieser Unterschied noch nie aufgefallen? Der wütende Mensch will dem Gegenstand seiner Wut wehtun, ihm Leid zufügen. Derjenige dagegen, der hasst, ist beherrscht und voll kalter Berechnung. Solange er sein Opfer vernichten kann, ist es ihm gleichgültig, ob dieses Schmerzen leidet oder nicht. Ein wütender Mensch hat schließlich möglicherweise Mitleid mit demjenigen, dem er etwas angetan hat. Doch wer hasst, ist zu Mitleid nicht fähig. Der echte, tiefe Hass hört auf persönlich zu sein. Zusammen mit den Naturgewalten wie Erdbeben und Gewitter ist Hass die tödlichste Sache der Welt. Ich habe das Gefühl, dass dein und Philemons Feind Hass und nicht nur Wut empfindet.«

»Aber wer... wer könnte uns so hassen?«, entgegnete ich verwirrt. »Wer sollte mich hassen?«

»Er hasst dich vielleicht nicht als Person«, erklärte Aristoteles, »sondern er hasst möglicherweise das, was du darstellst. So wie Menschen Leute hassen, die sich für eine politische Sache einsetzen, die ihnen zuwider ist.«

»Ah, ja«, murmelte ich und langsam begann mir ein Licht aufzugehen. »Das hätte ich beinahe vergessen. Erst gestern hat mich jemand gehasst.« Ich erzählte ihm von Archimenos' Beleidigungen und natürlich auch von Theosophoros' sarkastischen Bemerkungen, aber hauptsächlich von Archimenos' Obszönitäten. Als Aristoteles weiter in mich drang, konnte ich auch den Vorfall am Stand des Fleischverkäufers nicht länger verschweigen.

Aristoteles seufzte.

»Was soll ich nur mit dir machen? Die Jugend ist immer vorschnell und hitzig. Das ist wirklich sehr unklug von dir gewesen, Stephanos. Ich bitte dich, mach dir keine Feinde – oder wenn du sie schon hast, reize sie nicht noch mehr.«

»Mit Eurem Gerede über Hass habt Ihr mir wirklich Angst eingejagt«, gestand ich ernst.

»Ein bisschen Angst kann manchmal ganz heilsam sein. Wir lassen uns viel zu wenig von der Vernunft leiten. Aber was meinen Monolog über den Hass betrifft, so muss ich gestehen, dass er mir selbst ganz gut gefallen hat. Ich werde einmal eine Vorlesung darüber halten. Vielleicht trifft meine Analyse in diesem Fall nicht zu – aber ich glaube es eigentlich schon. Hass ist mit im Spiel. Die Frage ist nur, warum? Seltsam, wie so manches plötzlich herauskommt...« Dann fuhr Aristoteles in freundlicherem Ton fort: »Eigentlich wollte ich mit dir wieder über Keramikgefäße sprechen, aber stattdessen habe ich dir einen Vortrag über den Hass gehalten. Wie könnte man diese beiden

Dinge bloß miteinander verbinden? Vielleicht durch eine Szene des Hasses auf einer Vase? Ich hoffe übrigens, dass du nicht vergessen hast, mir diese kleine Tonscherbe mitzubringen, oder?«

Ich hatte es nicht vergessen, sondern das kleine Stück in Stoff eingewickelt mitgebracht. Der Gegenstand erschien mir jetzt völlig unwichtig, und ich gab ihn Aristoteles zögernd und ein wenig verlegen. Doch Aristoteles hätte sich über einen schön bemalten Krug nicht mehr freuen können. Er drehte und wendete die Tonscherbe in seinen langen, schmalen Fingern, hielt sie zuerst dicht an die Augen und dann weit von sich weg.

»Fühl die Bruchkanten«, forderte er mich auf. »Der Gegenstand muss erst, kurz bevor du diese Scherbe gefunden hast, zerbrochen sein. Es ist gutes Athener Material. Sieh dir nur den roten Ton und die schöne Glasur an.«

Ich konnte trotz allem nichts Schönes oder Besonderes an der Tonscherbe entdecken.

»Wenn Ihr an solchen Dingen Freude habt«, entgegnete ich sarkastisch, »dann kommt zu mir. Im Hof hinter der Küche findet Ihr einen ganzen Scherbenhaufen. Er enthält sämtliches Geschirr, das wir in den vergangenen zehn Jahren zerbrochen haben. Ich schenke Euch die Sammlung.«

»Oh komm, Stephanos, mach dich über deinen alten Lehrer nicht lustig. Ich glaube nicht, dass das das Zeichen eines Töpfers ist«, fügte er dann ernst hinzu. »Es sieht eher wie ein Buchstabe aus einer Inschrift aus. Stephanos, findest du nicht, dass das ein Buchstabe gewesen sein könnte?«

Ich sah gelangweilt über seine Schulter. Zuerst entdeckte ich an dem Zeichen nichts Neues, doch dann begann sich plötzlich ein Buchstabe daraus zu formen. Es sah wirklich wie der Teil eines Wortes aus. Und der Buchstabe, den ich jetzt erkannte, war ein Phi Φ, das man oft nur in Form eines einfachen Kreuzes, also so ψ oder so ↑ schrieb. Phi, der Anfangsbuchstabe des Namens Philemon.

»Es sieht wie ein ...«, begann ich ohne zu überlegen und hielt abrupt inne. »Ich ... ich bin nicht ganz sicher«, fügte ich schließlich lahm hinzu.

»Wenn es dir nichts ausmacht, dann möchte ich diese Scherbe behalten«, sagte Aristoteles.

Natürlich machte es mir etwas aus. Ich hätte die Scherbe am liebsten wieder mit nach Hause genommen, doch ich wagte nicht, ihm zu widersprechen. Es war besser, so zu tun, als sei diese Tonscherbe völlig unwichtig. Zum ersten Mal kam mir der Verdacht, dass auch jene Hornspitze eines kretischen Bogens absichtlich unter das Fenster gelegt worden war, um sie mit Philemon in Verbindung zu bringen. Möglicherweise war diese Scherbe ebenfalls als falsches Beweismittel gedacht gewesen. Ich versuchte angestrengt eine Erklärung für eine solche Handlungsweise zu finden. Ich jedenfalls würde kein Wort darüber verlieren.

»Ein Gefäß ist kein Gefäß mehr, sobald es zerbrochen ist«, erklärte Aristoteles lächelnd. »Bei dem Gedanken an Töpfe und Trinkschalen fällt mir ein, dass ich bald mit dem reichen Bürger Kleophoros zu Abend essen werde. Er ist ein sehr geachteter Mann und voller Klatschgeschichten und munterer Ideen. Ich sollte mich doch des Öfteren bei der besseren Gesellschaft sehen lassen. Man lernt dort wieder gute Manieren. Und außerdem haben derartige Einladungen bei reichen Männern ihre unbestreitbaren Vorteile – es wird zum Beispiel immer ausgezeichneter Wein serviert. Und du, Stephanos, vergiss nächste Woche nicht, die Abreise vorzubereiten. Geld für die Wagenmiete – alles andere erledige ich.«

Ich traf die alte Dienerin erneut am verabredeten Platz in der Nähe des Marktes. Sie war inzwischen nicht schöner geworden, und ich zögerte, sie um ein Gespräch unter vier Augen zu bitten. Doch sie kam mir zuvor. »Ich glaube, Herr, wir sollten irgendwo in aller Ruhe miteinander reden. Hier ist zu viel Trubel. Folgt mir zum Strand hinunter.«

Es war kein besonders schöner Tag für einen Spaziergang am Meer. Die Luft war kühl, und das Meer sah grau und trist aus. Der grobe Sand und die Kieselsteine knirschten unter unseren Schuhsohlen.

»Hier«, sagte ich und war froh, das Bündel loszuwerden, das ich die ganze Zeit unter meinem Überwurf verborgen gehalten hatte. »Da sind ein paar Kindersachen, eine Decke, Feigen, Käse und ein Glas Honig drin. Und hier ist etwas Geld.« Ich ließ die Münzen in ihre geöffnete Hand gleiten. Sie betrachtete jedes Geldstück eingehend und biss ungeniert hinein.

»Es ist nicht viel, aber für eine Weile sollte es für deine Herrin und das Kind reichen.«

Natürlich hatte ich nicht mehr geben können, weil ich für die Miete des Fluchtwagens eine größere Summe hatte vorstrecken müssen. Es hatte mich eine schlaflose Nacht gekostet, bis ich wusste, wie ich das Geld überhaupt aufbringen konnte.

Zu meiner Erleichterung kicherte die Alte beim Geschmack des Metalls zwischen den Zähnen und schien mit der Gabe durchaus zufrieden zu sein.

»Danke, Herr. Es ist ein Segen, wenn man weiß, dass man am nächsten Tag etwas zu essen haben wird. Und jetzt, da meine Herrin ihr zweites Kind bekommt und es Winter wird, braucht sie besonders viel Fürsorge. Natürlich ist es unschicklich für Euch, Herr, das Haus meiner

Herrin zu betreten, solange ihr Mann nicht da ist. Die Nachbarn könnten es falsch auslegen, da sie die Verhältnisse ja nicht kennen. Der Ruf einer Frau ist ein sehr kostbares, zerbrechliches Gut – besonders in einer verrufenen Stadt wie Piräus, wo eine vornehme Dame wie Melissa eigentlich nicht hingehört.«

»Pass auf«, warf ich hastig ein. »Deine Herrin, das Kind und du, ihr müsst fort aus Piräus – fort aus Athen. Ich möchte euch in Sicherheit bringen. Wie du selbst gesagt hast, ist das hier nicht der geeignete Ort für deine Herrin. Und im Augenblick hat es keinen Sinn, hier auf Philemon zu warten. Er kann jetzt unmöglich zurückkommen. Es dauert nicht mehr lange, bis der Prozess stattfindet, und die Frau eines Mannes, der wegen Mordes angeklagt wird, ist in einer schwierigen Lage. Willst du mir vertrauen? Ich habe einen Plan.«

»Ich hänge nicht besonders an Piräus«, erklärte die Alte und zog geringschätzig die Luft durch die Nase. »Und meiner Herrin bricht auch nicht das Herz, wenn sie diese Stadt verlassen muss. Aber ich durchschaue Euch besser als sie... Ihr wollt nicht, dass jemand erfährt, dass Philemon hier gewesen ist. Und es ist leichter für Euch, Philemon zu verteidigen, wenn Ihr uns los seid. Das ist verständlich. Aber Ihr führt doch hoffentlich keine Gemeinheit im Schilde, oder? Ihr spielt nicht zufällig mit dem Gedanken, die unbequeme Frau Eures Cousins in einen Hinterhalt zu locken, sie, das Kind und die Dienerin umzubringen und in eine Felsspalte zu werfen? So was soll schon passiert sein.«

»Bei Zeus, nein!«, widersprach ich ganz empört. »Ich schwöre bei Zeus, dem Beschützer aller Bittsteller, Fremden, Witwen und Waisen, dass mir ein solches Ansinnen völlig fremd ist. Für nichts auf der Welt würde ich so etwas tun. Ich schwöre, dass deine Herrin mir bedingungslos vertrauen kann.«

»Das ist auch besser so«, entgegnete die Alte mit rätselhaftem Blick und stieß einen Schwall von Flüchen aus. Soviel ich verstand, sollte mich eine schreckliche Rache der Götter treffen, falls ich Melissa ein Leid antun würde. Danach hellte sich ihre Miene auf.

»Ich vertraue Euch, mein Lieber – ich meine, mein Herr«, verbesserte sie sich hastig. »Das Wesen eines Menschen steht in seinem Gesicht geschrieben. Ich bin übrigens auch der Meinung, dass wir in diesen schlimmen Zeiten so weit wie möglich von Athen fortgehen sollten.« Die dunklen Augen in ihrem zerknitterten Gesicht musterten mich prüfend. »Ihr glaubt, dass es für meinen Herrn bös ausgehen wird, nicht wahr?«

»Ja.« Ich hatte keinen Grund, ihr das zu verheimlichen.

»Nun … ich finde, Ihr habt ein Recht darauf, alles zu erfahren. Seit wir uns entschlossen haben, uns an Euch um Hilfe zu wenden, bin ich der Meinung, dass Ihr alles wissen müsst.«

»Was gibt es denn?«, fragte ich geduldig und fürchtete insgeheim neue Enthüllungen. Entweder ging es erneut um eine Bettelei, oder ich musste mich auf einen neuen Tiefschlag gefasst machen. Große Götter … vielleicht gab es noch mehr Kinder?

»Ich bin dafür, es Euch zu erzählen; Melissa ist dagegen«, fuhr die Alte fort. »Ich handle also gegen ihren Willen – allerdings habe ich nie geschworen, nichts zu sagen. Inzwischen ist die Lage so verworren geworden, dass man sich den Kopf darüber zerbricht, ob da nicht doch irgendwo ein Sinn dahinter steckt. Melissa denkt nicht viel über diese Dinge nach – aber ich schon. Manchmal steckt man ein Bündel Wolle auf die Spindel, dreht und zieht die

Faser, aber es will kein rechter Faden daraus werden... und dann plötzlich kommt er und wird gleichmäßig und glatt bis zum Ende. Das ist wie im Leben.«

»Ja, sicher«, bemerkte ich trocken. »Ich bewundere deine praktische Philosophie.« Insgeheim fiel mir ein, dass man Untergebenen und Frauen gegenüber nicht ironisch sein sollte. »Aber was willst du mir erzählen?«

»Wenn ich's sage, dann verratet Ihr mich aber nicht meiner Herrin, nicht wahr?«

»Natürlich nicht«, erwiderte ich kurz angebunden. »Ich bin es inzwischen gewohnt, Geheimnisse zu bewahren.« Ich redete mit männlich ernster Miene – und wurde plötzlich rot. Hatte ich nicht Aristoteles alle Geheimnisse verraten?

»Nun gut«, seufzte die Alte zufrieden. »Ein vornehmer Herr weiß eben immer, was zu tun ist. Aber ich muss Euch bitten, mir nur zuzuhören und mich die Geschichte auf meine Art erzählen zu lassen.«

»Sicher«, versprach ich. Der Wind war plötzlich kühler geworden, und das Wasser schien noch um eine Schattierung dunkler zu sein. Eigentlich war ich kaum in der Stimmung, mir bei dieser Witterung eine lange Geschichte anzuhören. Wäre Homer zu den Lebenden zurückgekehrt und hätte an diesem trostlosen Strand zu mir gesagt: »Hört, ich habe ein neues Epos gedichtet«, dann hätte ich geantwortet: »Können wir dazu nicht irgendwo hineingehen?« Und sicher hätte ich hinzugefügt: »Oder verschieben wir es einfach auf morgen?« Doch jetzt musste ich am Strand auf und ab gehend ausharren und der krächzenden Alten zuhören, die ihren Bericht durch lautes Husten und Spucken untermalte. Aber es gab schließlich gute Gründe, warum wir dieses Gespräch im Freien führten.

Sie schnäuzte sich geräuschvoll und begann: »Ihr wisst nicht, wie der Angriff auf Theben gewesen ist – und die

Götter mögen Euch davor bewahren, es ja am eigenen Leib zu erfahren. Es kommt mir heute noch wie ein Wunder vor, dass ich am Leben geblieben bin. Vor acht Jahren ist das gewesen, aber ich erinnere mich so deutlich daran, als wär's erst vergangene Woche passiert. Dabei wünschte ich, ich könnt's vergessen. Ich erinnere mich noch deutlich an die bösen Omen, die der Katastrophe vorausgingen«, fügte sie hinzu. »Wir alle lebten wie in einem Angsttraum. Da tauchte zum Beispiel ein Spinnennetz im Tempel der Demeter auf – es war so groß wie ein Überwurf und glänzte herrlich und beinahe unnatürlich wie ein Regenbogen. Jeder ist hingegangen, um sich das Spinnennetz anzusehen, und dann haben die Seher gesagt, es sei ein Zeichen, dass die Götter die Stadt verlassen haben. Und bei Dirke lief eine merkwürdige Strömung über die Wasseroberfläche – eine blutfarbene Welle. Sie sagten, es bedeute Gemetzel. Nun, das Gemetzel hat auch bald stattgefunden, nachdem Alexanders Soldaten die Mauern gestürmt hatten. Es herrschten furchtbares Geschrei und unbeschreibliche Verwirrung. Manche von uns haben aus Versehen die eigenen Leute getötet. Wir sind einfach aus der Stadt gerannt – Melissas Eltern, das Kind und ich. Aber was ist das für eine Flucht gewesen! Es war ein Drängen, Schieben, Ausweichen und Stolpern. Das nackte Entsetzen hatte uns gepackt. Szenen haben wir gesehen! An den Straßenecken und auf den Wegen außerhalb der Stadtmauern türmten sich die Leichen. Nach einiger Zeit war Melissas Mutter ein Stück hinter uns zurückgeblieben, und sie wurde ergriffen. Ich habe gesehen, wie man sie getötet hat, konnte das Gesicht des Kindes aber noch rechtzeitig verhüllen. Melissa hat so nie erfahren, wie ihre Mutter gestorben ist. Das ist eines der Geheimnisse, die ich auf ewig bewahre. Trotzdem hat Melissa immer gespürt, dass der Tod ihrer

Mutter furchtbar gewesen sein muss. Oh, ihr Götter... eine Frau zu sein und keine Rache nehmen zu können!« Sie räusperte sich, spuckte in den Sand und fuhr fort: »Melissa hat auf dieser Flucht genug gesehen, um für ihr Leben gezeichnet zu sein. Den Göttern sei Dank, dass sie das alles lebend und frei überstanden hat – jüngere Kinder als sie sind getötet oder noch nach ihrer Mutter schreiend zum Verkauf in die Sklaverei zusammengetrieben worden. Melissa ist damals knapp zwölf Jahre alt gewesen. Sie hatte ihr Leben, ihre Freiheit, Gesundheit und Jungfräulichkeit behalten... Oh, ich weiß, wir waren vom Glück begünstigt! Aber all das zu bewahren bedeutet nicht, dass man je wieder so sein kann wie zuvor. Ich erzähle Euch das, damit Ihr begreift, warum Melissa so ängstlich geworden ist. Bis zu ihrer Hochzeit hat sie noch immer schreckliche Albträume gehabt. Sie besitzt die Bürgerrechte Athens, aber sie wird nie wie ein nettes, unbeschwertes Athener Mädchen sein, das dergleichen nicht erlebt hat. Sie ist viel leichter in Angst und Schrecken zu versetzen als andere. Ihr Mann hat ihr Mut und Sicherheit gegeben, und sie ist ruhiger, wenn ich bei ihr bin. Sie braucht mich... Man darf uns nicht trennen, zumindest so lange nicht, bis sie sorglos und rechtmäßig mit ihrem Mann leben kann. Trotzdem bete ich, dass ich bis zu meinem Tod bei ihr bleiben darf. Betet, Herr, dass Ihr nie die Vernichtung einer Stadt erleben müsst, welche die Götter verlassen haben.«

»Ja, das werde ich tun«, erwiderte ich nicht unbeeindruckt.

»Melissa ist, wie gesagt, damals zwölf Jahre alt und bereits fast so schön wie heute gewesen. Und sie war verhältnismäßig früh entwickelt. Ihr wisst von ihrer ersten Begegnung mit Philemon... Aber da ist noch jemand gewesen, den sie während unserer Flucht kennen gelernt hat. Sein Name ist…« Sie sah mich an. »Boutades.«

»Was?«

»Ja. Er ist einer der Bürger gewesen, die sich um die Flüchtlinge aus Theben kümmern sollten. Er hat Melissa bei ihrer Ankunft in Athen unverschleiert und mit offenem Haar gesehen. Ich erinnere mich noch gut an den Mann mit dem runden wohlgenährten Gesicht, der nie Gefahren oder Mühsal erlebt zu haben schien. Er ist von dem armen Kind sofort fasziniert gewesen und hat Melissa gebeten, seine Geliebte zu werden, und das auf ziemlich ungeschlachte Art und Weise. Solche Dinge stoßen in Kriegszeiten, da auch anständige Frauen heimatlos werden, den Tugendhaftesten unter uns zu. Das arme Mädchen hat geweint und sich verschleiert. Zum Glück ist ihr Vater dabei gewesen und hat Boutades eine Absage erteilt. Und ihr Vater war auch schlau genug, Boutades in die Irre zu führen, was unseren Aufenthaltsort anging, sodass er uns nicht finden konnte. Danach hat sie im Haus ihres Cousins gelebt, und alles war so, wie wir es Euch erzählt haben. Aber das Seltsame war, dass dieser Boutades Melissa nie vergessen konnte – das hat er wenigstens behauptet, als er sie schließlich wieder entdeckt hatte. Das ist Jahre später, nach ihrer Heirat, gewesen. Philemon lebte bereits in der Verbannung, und das Kind war geboren. Er schien völlig vernarrt in Melissa. Komisch, da er doch Geld genug hatte, um sich in einem der Häuser von Aphrodite Liebe zu kaufen oder sich ein Dutzend Frauen zu halten, wenn er wollte. Manchmal frage ich mich, ob er ganz richtig im Kopf gewesen ist. Aber ältere Männer werden oft kindisch und bestehen auf einem ganz bestimmten Spielzeug… Und das Merkwürdigste ist, dass er auch den Jungen lieb gewonnen hatte – dabei mögen Männer normalerweise keine kleinen Kinder. Wenn man die Liebe eines Mannes gewinnen will, dann hält man möglichst alles, was mit Windeln und Kindern zu tun hat, von ihm fern. Er hat sie erneut bedrängt, seine Geliebte zu werden, und hat versprochen, das Kind rechtmäßig zu adoptieren. Boutades hing an dem Jungen wie eine Großmutter oder ein junger Vater. Tja, und als Melissa das alles abgelehnt und ihm von ihrer Ehe erzählt hat, wollte er Philemon auch noch adoptieren und ihn und seinen Sohn in seinem Testament bedenken. Das hat er uns natürlich alles nur unter dem Siegel der Verschwiegenheit gesagt. Wir mussten ihn in einer kleinen, verlassenen Hütte treffen, und wenn er geschäftlich mit Melissa geredet hat, musste ich hinausgehen. Aber ich habe natürlich an der Tür gelauscht. Es ist nichts Unanständiges passiert … außerdem war er alt und dick, und Melissa hätte leicht weglaufen können. Alles hatte seine Ordnung, das versichere ich Euch«, bekräftigte sie, als sie meine düstere Miene sah. »Nun, dieses Angebot hat er gemacht – zweimal sogar.«

»Tatsächlich? Und Melissa? War sie froh darüber?«

»Ich glaube kaum, Herr. Natürlich hat sie abgelehnt. Aber beim zweiten Mal hat sie ihn schon viel ängstlicher abgewiesen. Das ist Mitte des vergangenen Sommers gewesen, und sie war damals in großer Geldnot und sehr niedergeschlagen. Philemon war lange nicht mehr bei uns gewesen, und wir hatten das Gerücht gehört, er sei tot. Seid nicht zu hart mit ihr. Vergesst nicht, dass sie nur eine Frau ist, deren Pflicht und Wunsch es ist, ihre Kinder gesund und in angenehmer Umgebung aufzuziehen.«

»Es freut mich zu hören, dass Melissa eine gute Mutter ist«, warf ich ironisch ein.

»Bedenkt, Herr«, entgegnete sie vorwurfsvoll, »bedenkt ihre Verzweiflung, ihre Not. Was soll eine junge Frau –

vielleicht sogar schon Witwe – tun, die niemanden hat, an den sie sich wenden kann? Zu Eurer Familie konnte sie nicht gehen, denn sie war ja nicht anerkannt. Und falls Ihr ebenfalls geglaubt hättet, dass Philemon tot ist, hättet Ihr sie leicht abweisen können. Oh, meine arme Herrin, sie hat oft geweint und wieder viele Albträume gehabt. Erinnert Euch, dass sie ängstlicher ist als andere. Theben gefallen – Mutter ermordet – Vater tot – und der Ehemann in der Verbannung oder ebenfalls tot.«

Die Alte hustete und fuhr dann stockend fort: »Sie – ich meine Boutades und Melissa – haben sich ein drittes Mal getroffen und dabei hat er ihr ein schriftliches Abkommen auf Wachstafeln überreicht. Er versprach darin, sie nach dem Tod seiner Frau zu heiraten, falls sie ebenfalls Witwe würde. Und er hat sogar gesagt, dass er nicht mit ihr schlafen wolle, solange sie sich keinem anderen hingebe. Wenn jedoch ihr Mann zurückkäme, wolle er ihn und den Sohn vielleicht adoptieren und für sie sorgen. Kein Mann hätte großzügiger sein können. Vermutlich hätte sie diesem Abkommen zugestimmt, doch dann ist Euer Cousin, ihr Mann, zurückgekehrt, und sie brauchte das Angebot nicht anzunehmen. Tja, und dann ist Boutades, wie Ihr wisst, ermordet worden.«

»Große Athene!«, entfuhr es mir. »Hat sie irgendjemandem von … von diesem Plan erzählt?«

»Natürlich nicht. Es ist alles streng geheim gewesen. Boutades hat ihr eingeschärft, dass niemand davon wissen dürfe, solange der Vertrag nicht rechtskräftig geworden sei. Melissa wollte auf keinen Fall, dass Ihr davon erfahrt, denn sie hat Angst, Ihr könntet uns deshalb verstoßen.«

»Wo sind diese Wachstafeln?«, fragte ich heiser. »Und was genau steht darauf?«

Ihre Augen blitzten wie die einer Eidechse.

»Oh, das weiß ich nicht, Herr. Melissa hat die Tafeln inzwischen sicher längst vernichtet. Und was darauf gestanden hat … Ich weiß nur, was ich Euch erzählt habe, Herr, ich kann nämlich nicht lesen.«

»Warum hast du mir das alles gesagt?«

»Weil ich glaube, dass Ihr Bescheid wissen sollt, Herr. Und weil … weil Ihr ein Bürger seid … Ich bin sicher, Ihr wisst, ob … ob Boutades ihr und dem Kind vielleicht etwas hinterlassen hat?«

»Nein, bestimmt nicht.« Ich war nicht sicher, ob diese Frau eine hinterlistige Alte oder eine Irre war.

»Aber schließlich hatte er vor, das Kind zu adoptieren. Vielleicht ist das sogar sein größtes Anliegen gewesen. Hat denn ein Kind nicht irgendeinen Anspruch? Oder Philemon? Melissa kann als Frau eines anderen keine Rechte geltend machen, aber was ist mit dem kleinen Lykias? Würdet Ihr Euch vielleicht in den nächsten Jahren für ihn einsetzen?«

»Nein, wirklich nicht«, entgegnete ich ärgerlich. »Boutades hat jedenfalls nichts dergleichen hinterlassen. Selbst wenn ihr diese Tafeln beibringen könntet, würde man sie vor Gericht abweisen, und Verachtung würde Melissas Familie treffen. Die Athener haben für solche Spielereien mit dem Vermögen eines geachteten Bürgers nichts übrig. Wäre das Kind rechtmäßig adoptiert worden, hätte es einen Anspruch gehabt. Aber bei dieser Geheimniskrämerei hat es nichts gewonnen. Jeder vernünftige Mann wird dir dasselbe sagen. Halte deshalb lieber deinen Mund und versuche die Sache zu vergessen.«

»Nun, Ihr müsst es wissen«, antwortete sie zweifelnd. »Wenn Ihr deswegen besorgt seid, werde ich niemandem davon erzählen. Ich habe Euch lange genug aufgehalten und sollte jetzt nach Hause zurückkehren. Meine Herrin wird sich sonst Sorgen machen. Vielen Dank für die großzügigen Geschenke. Wann wollt Ihr, dass wir die Stadt verlassen?«

Ich verabredete mich hastig erneut mit der Alten. Bei dieser Gelegenheit würde ich ihr dann den endgültigen Plan mitteilen, sagte ich. Sie erklärte sich ruhig zu allem bereit und entfernte sich. Ich folgte ihr in einigem Abstand. Als wir Piräus erreicht hatten, war ich so tief in Gedanken versunken, dass ich zuerst gar nicht merkte, was um mich herum vor sich ging. Doch dann erregte ein äußerst unangenehmer Anblick meine Aufmerksamkeit. Dicht vor mir erkannte ich einen von Archimenos' Sklaven, den ich oft gesehen hatte. Es war ein großer, hässlicher Kerl mit dem Geist eines jungen Stieres. Er starrte der Alten interessiert nach. Dann muss er auch mich entdeckt haben, denn er wandte sich hastig ab. Hatte er uns zusammen gesehen? Natürlich sagte ich mir, dass er genauso gut aus Zufall in Piräus gewesen sein konnte, und vielleicht war ich nur deshalb misstrauisch, weil ich ungern an Archimenos erinnert wurde.

Aber ich vermochte diese Fülle unangenehmer Gedanken kaum noch zu bewältigen. Zu viel war in letzter Zeit auf mich eingestürmt. Sagte die Alte die Wahrheit? Oder hatten sie und Melissa aus Eigennutz ein riesiges Lügengespinst um mich errichtet? Die alte Nousia war jedenfalls nicht auf den Kopf gefallen. Sie musste wissen, was für ein schreckliches Geschenk sie mir in die Hände gegeben hatte. Ich war immer davon ausgegangen, dass Philemon für den Mord an Boutades kein Motiv gehabt hätte. Jetzt hingegen... Nun, auch Nousia war sicher klar gewesen, dass sie mir ein Motiv für Philemon geliefert hatte – und zwar eines der ältesten Motive überhaupt: Mord aus Eifersucht; Rache für die verführte Ehefrau.

Ich fasste insgeheim den Entschluss, dieses Motiv um jeden Preis geheim zu halten. Boutades' Familie durfte nie davon erfahren, denn das würde ihr den Triumph vor Gericht sichern. Ich wollte weiterkämpfen und alle täuschen. Wenn mich die Frauen wie eine Milchkuh melken wollten, dann sollte es so sein. Ich würde bezahlen und sie mit allen mir zur Verfügung stehenden Mitteln aus Athen fortschaffen. Und ich musste all das auch gegenüber Aristoteles verschweigen, während ich sein Hilfsangebot skrupellos in Anspruch nahm. Das jedenfalls *konnte* ich ihm nicht erzählen.

Und dann war da noch diese unglückselige Tonscherbe mit dem verräterischen Schriftzeichen darauf. Vielleicht war sie tatsächlich Bestandteil einer Schale, die Philemon gehört hatte. Vielleicht war gerade sie der Beweis für eine furchtbare Wahrheit. Ich hoffte inständig, dass Aristoteles diese Scherbe nicht gegen uns verwenden würde. Schließlich war kaum anzunehmen, dass seinen scharfen Augen die wahre Bedeutung des Schriftzeichens entgangen war. Aber möglicherweise war er vernünftig und sah keine unmittelbare Verbindung zwischen einem Gefäß mit dem Anfangsbuchstaben von Philemons Namen und dem Mord. Ich konnte ihm nicht erzählen, was ich zuletzt erfahren hatte. Wenn er erst einmal wusste, dass Philemon ein so zwingendes Motiv gehabt hatte, würde er sich vielleicht gegen uns wenden. Das durfte nicht passieren. Dabei konnte ich es mir nicht einmal leisten, auf seine weitere Mithilfe zu verzichten, denn ich brauchte ihn, um die Frauen nach Makedonien zu schaffen und dort eine geeignete Unterkunft für sie zu finden. Ich würde zum Lügner werden… meinen besten Freund hintergehen. Was für einen Wert hatte noch das Gerede über Gerechtigkeit und Tugendhaftigkeit in der Akademie und im Lykeion? Es war nichts als Geschwätz. Ich kannte nur eine Pflicht, nämlich die, meinem Cousin zu helfen. Falls ich bei dem, was ich tun musste, zum schlechten Menschen wurde, dann sollte es eben so sein.

IX

Feuer und Dunkelheit

Mit dieser neu erworbenen Niedertracht, die sich wie eine trocknende Tonhülle um mich gelegt hatte, ging ich zu Aristoteles. Mein schlechtes Gewissen verdrängend, bat ich ihn, die Abreise der beiden Frauen mit dem Kind früher als geplant zu arrangieren. Aristoteles erwiderte darauf, dass das möglich sei, da die Heeresgesandten, die von Athen nach Pella reisten und sich bereit erklärt hatten, den Geleitschutz der Familie zu übernehmen, vermutlich schon am dritten, anstatt am fünften Tag der zweiten Dekade aufbrechen konnten. Außerdem versicherte mir Aristoteles, dass sich zwei vertrauenswürdige makedonische Sklaven, die nach Stageira zurückkehrten, um die Frauen und das Kind kümmern würden. Er hatte allen Betroffenen erzählt, dass die Reisenden Verwandte des Mannes seiner Schwester seien, die nach Hause wollten, und dass der Mann der Frau im Krieg gefallen sei. Die kleine Familie war also in bester Obhut, und die Reise würde kaum gefährlich sein. Seine umsichtigen Pläne erleichterten mein schlechtes Gewissen nur wenig.

Aristoteles berichtete mir weiter, dass die kleine Reisegesellschaft im Morgengrauen des dritten Tages von Aristoteles' Haus aus aufbrechen sollte. Ich würde Melissa und Nousia an einem verabredeten Treffpunkt abholen. Aristoteles schlug dafür eine verlassene Hütte unweit ihrer Behausung vor, und ich wurde rot, als ich daran dachte, was ich erst kürzlich über Begegnungen in verlassenen

Hütten erfahren hatte. Wenn ich mich nach Mitternacht mit den Frauen treffen und sie zu seinem Haus bringen würde, konnten sie, ohne Aufsehen zu erregen, abreisen, während ich bereits wieder in meinem Bett lag.

Aristoteles war mit der Organisation der Reise äußerst zufrieden. »Ich habe schon immer behauptet, dass der Philosoph nicht der unpraktischste, sondern eher der praktischste Mensch ist«, erklärte er selbstsicher. Dann erzählte er mir ausführlich von dem Festmahl im Haus des Kleophoros. Ich musste mir anhören, wer geladen gewesen war, was sie getrunken und worüber sie gesprochen hatten.

»Es heißt, das Grabmal für Boutades sei fast fertig. Es soll sehr geschmackvoll und natürlich vor allem groß sein. Ich muss es mir unbedingt einmal ansehen. Man hat übrigens auch viel über das Theaterstück geredet, das zum Fest des Dionysos aufgeführt werden soll. Die Maskenschnitzer haben mit der Arbeit begonnen. Die Musik ist angeblich auch sehr eindrucksvoll. Hoffentlich sind wir hinterher nicht alle taub. Nur hat der Schauspieler Timosthenes leider eine schlimme Erkältung. Er ernährt sich angeblich bloß noch von Honig und Kamillentee und ist von der Angst wie besessen, er könne für immer seine Stimme verlieren.«

»Es sind noch Monate bis zur Aufführung«, warf ich geistesabwesend ein und dachte insgeheim, dass ich bis zum Prozess nur noch wenige Wochen Zeit hatte. Ich fragte mich, wie ich mit meiner Angst und all diesen Lügen weiterleben sollte.

»Der Dichter hat übrigens schon ein Geschenk von Polygnotos bekommen«, fuhr Aristoteles fort. »Die Leute zitieren bereits aus seinem Stück. Man hat mir gestern Abend einige Verse vorgetragen:

›Oh, Chiron, gütiger Kentaur, deine Weisheit sei gepriesen.
Kunstvolle Erziehung lässt du angedeihen der hungernden Seele wie Regenschauer im früchtereichen Frühling.‹
Also, ich halte von dieser Dichtung offen gestanden nicht viel. Ein Kentaur ist schließlich kein Regenschauer, und der Frühling ist nicht reich an Früchten. Was hältst du davon?«

»Es steht mir nicht an, darüber zu urteilen«, erwiderte ich mit gelangweilter Bescheidenheit.

»Unsinn. Du solltest dich mehr mit Poesie beschäftigen. Ich finde, du machst einen niedergeschlagenen Eindruck und könntest etwas Aufmunterung gebrauchen.«

»Danke, mir geht's ganz gut«, erwiderte ich höflich. »Allerdings wird es mir noch besser gehen, wenn diese Leute erst einmal sicher auf dem Weg nach Makedonien sind.«

»Natürlich. Aber du kannst nichts erzwingen. Das Leben geht weiter. Weißt du eigentlich, dass man sich bereits eifrig Gedanken darüber macht, was Polygnotos zum Andenken an seine große Theaterveranstaltung anfertigen lassen wird? Man fragt sich, ob er sich möglicherweise für eine Vase mit Szenen aus dem Stück entscheiden könnte und wer ein solches Kunstwerk schaffen würde. Kleophoros hat mich wieder an die große offene Amphore erinnert, die Boutades' Vater – der bedeutende Boutades, der sogar noch einflussreicher gewesen ist als sein Sohn – zum Andenken an sein Amt als Chorege hat anfertigen lassen. Es ist ein sehr schönes Stück gewesen. Hast du es je gesehen?«

»Nein«, erwiderte ich schroff. Ich wollte längst gehen, doch Aristoteles plauderte unaufhörlich über Theaterstücke und Vasen, die er peinlicherweise mit Leuten in Verbindung brachte, deren Namen ich nicht hören wollte.

»Es ist tatsächlich ein kleines Kunstwerk. Damals wurde ein Stück über Herakles und Laomedon gespielt.

Die Szenen auf der Vase zeigen den Dichter Demetrios, den Leierspieler Charinos und in der Mitte den Flötenspieler Pronomos. Drumherum sind die Satyrn mit dem großen Satyr im Leopardenfell dargestellt. Es heißt, jede einzelne Figur sei von besonderer Schönheit… Herakles mit dem Löwenkopf, und Laomedon und Hesione. Ich muss diesen Weinkrug einmal sehen… Schon der Gedanke daran lässt mir das Wasser im Mund zusammenlaufen. Ich nehme an, dass sich Polygnotos mit einem einfacheren Stück begnügen wird. Schade, dass ich Boutades nicht gut genug gekannt habe, um ihn manchmal zu besuchen. Hörst du mir überhaupt zu, Stephanos? Hast du diese Amphore je gesehen?«

»Nein, ich habe Boutades auch zu wenig gekannt, um ihn besuchen zu können«, entgegnete ich. »Und das wird in Zukunft wohl auch für die Bekanntschaft mit Polygnotos gelten«, fügte ich bitter hinzu.

»Bist du sicher, dass du die Amphore nie gesehen hast?«, drängte Aristoteles. »Versuche dich zu erinnern.«

»Ja, ich bin sicher«, erwiderte ich ungeduldig. »Natürlich würde ich mich an derartige Vasenmalereien erinnern. Theosophoros besitzt eine ähnliche Amphore. Auf dieser sind mindestens sechs Satyrn mit haarigen Schwänzen zu sehen, die in einem Hain tanzen.«

»Das ist nicht zu vergleichen«, wehrte Aristoteles unwillig ab. »Ich wollte nur die Meinung eines anderen darüber hören. Kleophoros ist in seinem Lob reichlich unkritisch. Trotzdem muss man sagen, dass er langsam Geschmack entwickelt. Wir sind uns alle einig gewesen, dass die moderne Kunst dem alten Kunststil weit unterlegen ist. Es ist befriedigend, wenn das eigene Urteil von einem Mann wie Kleophoros bestätigt wird, der auf dem Gebiet der Kunst wirklich eine Autorität ist, meinst du nicht auch? Gegen den neuen Möbelstil hat er allerdings nichts. Sein Haus ist voll davon. Ich finde es ein wenig überladen. Jedenfalls habe ich auf den Stühlen Rückenschmerzen bekommen.«

Wie zutreffend ist doch die Redensart, dass wir mit denen, die wir verletzen, leicht ungeduldig werden. Es ist schwierig, mit einem Mann zwanglos zu plaudern, den man skrupellos hintergeht. Wenigstens ich empfand das so, da ich im Lügen noch nicht so geübt war. Jedenfalls nahm ich die erstbeste Gelegenheit wahr, um mich schnell zu verabschieden. Am nächsten Tag traf ich dann Nousia. Ich weihte sie in alles ein und überließ es ihr, sämtliche Vorbereitungen für den Auszug aus dem kleinen Haus zu treffen. Außerdem verabredeten wir, dass ich Melissa, sie und das Kind bei einem verlassenen Schuppen abholen sollte, den Nousia mir zeigte. Beim Anblick der schäbigen Hütte kam mir der Gedanke, dass Melissa dort auch Boutades getroffen haben könnte. Danach blieb nichts mehr zu tun, als zu warten.

Dann war die ereignisreiche Nacht da. Ich hatte eigentlich vorgehabt, vor meinem Aufbruch noch ein wenig zu schlafen, doch ich fand keine Ruhe. Früher als geplant machte ich mich auf den Weg. Eigentlich hatten wir verabredet, uns erst nach Untergang des Mondes zu treffen, doch ich redete mir ein, es sei besser, früher in Piräus zu sein.

Als ich die Hafenstadt erreichte, stand der Mond noch groß und hell am Himmel. Einige fallende Blätter segelten im Wind durch die Dunkelheit und streiften mein Gesicht. Die Häuser an den düsteren Gassen wirkten leer und verlassen, und meine Schritte hallten unnatürlich laut von den Mauern wider. Nur einmal störten einige Betrunkene den nächtlichen Frieden. Ich machte einen großen Bogen um sie, und dann war alles wieder totenstill.

Natürlich hätte ich, wie geplant, sofort zur Hütte gehen und dort warten sollen, doch mich hatte eine fieberhafte Unruhe erfasst, die mir das Warten unerträglich machte. Ich war plötzlich wie besessen von der Idee, Melissas kleine Behausung auf eigene Faust zu finden und die beiden Frauen zur Eile anzutreiben. Jede weitere Verzögerung erschien mir gefährlich. Wir hatten zwar vereinbart, uns in Piräus nie zusammen blicken zu lassen, doch diese Vorsichtsmaßnahme kam mir jetzt reichlich lächerlich vor. Wer sollte uns in dieser dunklen, menschenleeren Stadt schon sehen? Von einem blinden Eifer getrieben, beschloss ich, mich auf die Suche nach dem kleinen, schäbigen Haus zu machen. Und die Götter seien gepriesen, dass ich dies dank dieser seltsamen inneren Unruhe tatsächlich tat, die manchmal nicht menschliche Torheit, sondern das Werk der Götter ist.

Gerade als ich das Haus entdeckt hatte, hörte ich ein Geräusch. Es war der Klang von Schritten, jedoch nicht der meiner eigenen. Ich blieb kurz stehen, nur um dann umso schneller weiterzugehen. Im nächsten Moment sah ich vor dem Haus Melissas ein seltsames Flackern von Lichtern, die das Gebäude beleuchteten, als seien plötzlich vier Sonnen aufgegangen. Jeder einzelne Riss in den Mauern war wie am helllichten Tag deutlich sichtbar. Dann bewegten sich die flackernden Lichter erneut.

Der Lichtschweif einer Sternschnuppe zischte durch die Nacht, und ein lautes Knacken und Krachen zerriss die Stille. Aus dem Dach schoss eine Stichflamme wie der Schein einer Öllampe empor. Im Haus ertönten Schreie. Ich begann zu laufen und stieß plötzlich mit einem massigen Körper zusammen, der wild um sich schlug. Ich zerrte hastig meinen Dolch aus der Scheide, den ich vor meinem Aufbruch nach Piräus an mich genommen hatte, fuchtelte ein paar Mal damit herum und traf meinen Widersacher am Arm. Der unbekannte Gegner verschwand darauf in der Dunkelheit.

Ich rannte ins Haus. Dicker Qualm schlug mir entgegen, und auf den Fußboden brannte prasselnd einer der Feuerbälle. Ich bückte mich, erkannte, dass es eine mit Flachs umwickelte Fackel war, packte, was vom Griff noch übrig war, und schleuderte das Ding hinaus auf die Straße.

»Oh, Herr!«, keuchte Nousia zwischen zwei Hustenanfällen. Die Alte hielt sich krampfhaft an einem Tisch fest. Neben ihr stand mit aschfahlem Gesicht, ihr Kind in den Armen, Melissa.

»Kommt!«, befahl ich keuchend, und Nousia, die sich am schnellsten wieder gefasst hatte, packte hastig Körbe und Bündel. Melissa folgte ihrem Beispiel, und wir waren einander ständig gegenseitig im Weg. Dabei war es nicht dunkel. Im Gegenteil. Die erste Fackel hatte von oben bereits das Strohdach durchgebrannt, und auch die Fensterklappe hatte Feuer gefangen, sodass man beinah glauben konnte, greller Sonnenschein erhelle das Zimmer.

»Hier, das Kind!«, keuchte Melissa und drückte mir kurzerhand den Jungen in die Arme. Den Dolch in meiner Hand hatte sie offensichtlich noch nicht gesehen.

»Kommt!«, trieb ich die Frauen erneut zur Eile an. Das Dach war nur aus trockenem Seegras und billigem Stroh, und glühende Funken regneten bereits auf uns herab. In diesem Moment flog eine zweite Fackel zischend durch das Fenster. Mit einer Geistesgegenwart, die ich ihr eigentlich nicht zugetraut hätte, griff Melissa danach und schleuderte das Ding wieder hinaus. Dabei fing allerdings ihr Kleid Feuer, sodass Nousia hustend und zitternd mit einem Tuch die Flammen ersticken musste.

»Jetzt!«, schrie ich, denn wir konnten trotz offener Tür

und geöffnetem Fenster, durch das irgendjemand brennende Fackeln warf, kaum noch atmen.

Wir rannten alle drei gleichzeitig zur Tür. Melissas Kleid brannte noch immer, und ich sah aus den Augenwinkeln Nousias dürren Arm, der noch im Laufen, einem Dreschflegel gleich, mit einem Tuch auf den qualmenden Stoff einschlug. Ich war unendlich erleichtert, als wir endlich die Straße erreicht hatten, wo wir ohne brennendem Dach über dem Kopf wieder frische Luft zum Atmen hatten. Doch ehe ich mich's versah, machte Melissa abrupt kehrt und rannte ins Haus zurück. In der Annahme, sie müsse vor Schreck und Schmerz den Verstand verloren haben, drückte ich Nousia das Kind in die Arme und lief hinter ihr her. Ich hatte das Haus kaum erreicht, als Melissa mit triumphierender Miene, den Penelopevorhang in der Hand, ins Freie stolperte. Sie musste das alte Stück mit einem schnellen Ruck von der Stange gerissen haben. »Den durfte ich nicht zurücklassen«, murmelte sie. Ich zerrte sie stumm mit mir fort.

Dann sprangen wir zu dritt über brennende, auf der Straße liegende Fackeln und rannten davon. Melissa trug das Kind, während sich Nousia mit den Bündeln und Körben abmühte. Wir keuchten und stolperten, geschwächt von dem Rauch, den wir eingeatmet hatten, durch die finsteren Gassen. Nousia schien sich als Erste wieder einigermaßen erholt zu haben und lief schneller voraus. Ich nahm Melissa das Kind ab, um sie zu entlasten, kam jedoch selbst nur langsam vorwärts. Melissas Atem ging stoßweise, sodass ich fürchtete, sie sei verletzt. Wie drei groteske Gestalten aus einem Angsttraum stolperten wir durch die dunklen Gassen von Piräus auf unser Ziel zu. Der Mond war noch immer nicht ganz untergegangen.

Plötzlich ertönte dicht neben mir ein spöttisches Lachen. Der flackernde Schein einer Fackel tauchte aus der Dunkelheit auf und schob sich gleißend vor das fahle Mondlicht. Ohne zu überlegen, gab ich Melissa das Kind zurück. »Lauft! Lauft fort!«, schrie ich den Frauen zu und wandte mich dann gegen meinen unbekannten Angreifer. Die Fackel blendete mich, und sein Gesicht war im flackernden Lichtschatten nicht zu erkennen. Wahrscheinlich hatte er sich zusätzlich das Gesicht mit Ruß geschwärzt. Ich dagegen war im grellen Licht der Fackel umso besser zu erkennen.

»Oh, Stephanos!«, flüsterte eine Stimme.

»Wer ist da?«, schrie ich, doch niemand antwortete. Irgendwo in der Ferne begann ein Hund zu bellen.

Dann tauchte plötzlich auch links von mir eine dunkle Gestalt mit einer Fackel auf. Ich hatte das Gefühl, dass der Feind zu meiner Linken der Mann war, den ich bereits verwundet hatte. Halb von Sinnen vor Wut stürzte ich mich auf ihn und zielte mit meinem Dolch genau auf die Stelle unterhalb der Fackel, wo die Hand sein musste, die sie hielt... und meine Kühnheit wurde belohnt. Die Fackel fiel zu Boden, allerdings erst, nachdem sie mir noch einige Haare angesengt hatte. Ohne weiter darauf zu achten, sprang ich über die Fackel und ging erneut zum Angriff über. Ich wusste, dass mein Dolch sein Ziel nicht verfehlt hatte. Die Tatsache, dass der Widersacher zu meiner Rechten nicht näher kam, verlieh mir zusätzlich Mut, denn wenn dieser seinem Freund nicht helfen wollte, musste er feige sein. Ich drehte mich folglich um und lief, wütende Laute von mir gebend, auf die zweite Fackel zu. Das Licht begann sich flackernd zu entfernen. Ich begann zu rennen, und bald hörte ich am Klang der schnellen Schritte, dass mein Gegner vor mir davonlief. Den Dolch in der Hand folgte ich ihm. Ich merkte allerdings bald, dass mir wiederum der Fackelträger nachlief, den ich schon zweimal mit dem Dolch verwundet hatte. Ich hörte jedoch, wie seine Schritte nach einiger Zeit langsamer wurden und schließlich ganz verhallten. Ohne recht zu wissen, warum, erkannte ich ganz unbewusst am Klang der Schritte, dass der Mann hinter mir barfuß gelaufen war, während der Gegner vor mir Sandalen zu tragen schien. Beide waren jedenfalls schwer zu sehen, da sie offenbar dunkle Kleider anhatten. Keuchend rannte ich dem Mann in Sandalen hinterher... Er, ursprünglich der Verfolger, wurde nun selbst verfolgt. Es dauerte nicht lange, bis er die Fackel fortwarf, sodass wir in völliger Dunkelheit durch die Gassen der Stadt liefen. Der Mond war inzwischen untergegangen, und es herrschte undurchdringliche Finsternis.

Einmal versuchte mein Feind mich zu täuschen, indem er sich in einem Durchgang zwischen zwei Häusern versteckte, um mir aufzulauern und mich aus dem Hinterhalt anzugreifen. Glücklicherweise habe ich ausgezeichnete Ohren und vereitelte seinen Plan. Ich schlich lautlos auf die Hausecke zu und wirbelte dann so schnell herum, dass ich ihn um ein Haar gefasst hätte. Sein keuchender Atem war ganz nah, und ich konnte den Kerl beinahe berühren. Offensichtlich hörte er nicht so gut wie ich. Er entkam dennoch, rannte weiter, und ich lief erneut hinterher. Besonders bei Nacht ist Piräus der ungünstigste Ort für eine Verfolgungsjagd, den man sich vorstellen kann. Einmal rutschte ich auf Ziegenkot aus, und ständig stieß ich irgendwo an. Meinem Widersacher ging es nicht besser. Wir müssen wie zwei Kinder bei einem grotesken Spiel ausgesehen haben.

Ich wurde immer wütender, weil ich meinen Gegner nicht zu fassen bekam. Schließlich musste ich mir eingestehen, dass ich durch den Rauch, den ich eingeatmet hatte, doch ziemlich geschwächt war. Außerdem plagte mich im Unterbewusstsein das schlechte Gewissen, denn eigentlich hätte ich längst umkehren und die beiden Frauen in Sicherheit bringen müssen. Als offensichtlich wurde, dass mein Widersacher nichts anderes mehr als Flucht im Sinn hatte, zwang ich mich energisch zur Umkehr. Dabei hoffte ich, dass er eine Weile gar nicht merken würde, dass ich nicht mehr hinter ihm her war. Der Gedanke, dass er sich unnötig anstrengte, gefiel mir.

Nachdem sich das Jagdfieber in mir gelegt hatte, merkte ich erst, in welch jämmerlicher körperlicher Verfassung ich war. Mein Atem ging keuchend und stoßweise, und meine Beine trugen mich kaum noch. Außerdem hatte ich mich hoffnungslos verlaufen.

Ich stolperte lange durch das Gewirr schmaler Gassen und Wege, die irgendwo im Nichts endeten, bis ich endlich die Hütte gefunden hatte. An der Tür flüsterte ich: »Nousia?« Doch es war nichts als das leise Rauschen des Windes zu hören. Ich rief erneut halblaut nach der alten Dienerin und betrat dann die Hütte. Sie war vollkommen leer. Angst erfasste mich. Sollte man Philemons Frau und sein Kind – und natürlich auch Nousia – auf der Flucht ergriffen und getötet haben? Dabei hatte ausgerechnet *ich* ihren Schutz übernommen! Doch wo waren die Leichen? Und wo sollte ich bloß anfangen zu suchen?«

»Herr?«, sagte plötzlich eine leise Stimme, und jemand trat hinter der Hütte hervor.

»Oh Zeus! Nicht schon wieder!«, stöhnte ich und griff müde nach meinem Dolch.

»Herr, seid Ihr Aristoteles' Freund? Seid Ihr Stephanos, Sohn des Nikiarchos?«

»Ja, und wer seid Ihr?«

»Oh, Herr, ich dachte schon, Ihr würdet nie mehr kommen. Ich bin ein Sklave von Aristoteles und warte hier schon eine Ewigkeit auf Euch. Mein Herr hat zwei von uns ausgeschickt, um Euch zu helfen, falls Ihr in Schwierigkeiten geraten solltet.«

»Schwierigkeiten hat's genug gegeben«, seufzte ich. »Ich bin völlig erschöpft. Schließlich musste ich mich zweier Männer erwehren. Aber, o Zeus, weißt du, was aus den Frauen geworden ist?«

Im Stillen erwartete ich, dass er »Was für Frauen?« und »Wo sollen die sein?« oder etwas ähnlich Beruhigendes fragen würde, doch zu meiner Überraschung antwortete er: »Ja, ja. Die Frauen sind längst in Sicherheit, Autilos, der andere Sklave, ist mit ihnen schon vorausgegangen.«

»Wohin ist er mit ihnen vorausgegangen?«, wollte ich gereizt wissen. Ich war kindisch genug, beleidigt zu sein, weil man nicht auf mich gewartet hatte.

»Aber Herr, sie sind auf dem Weg zu unserem Haus. Aristoteles hat gesagt, wir sollen sie zu ihm bringen.«

»O du gütige Athene!«, murmelte ich dankbar und unglücklich zugleich. Ausgerechnet Aristoteles, den ich so schändlich hintergangen hatte, half mir bei diesem Unternehmen in einer Weise, die jede Erwartung übertraf. Hätte er das Geheimnis gekannt, das ich vor ihm hütete, hätte er das sicher nicht getan.

»Nun«, bemerkte der Sklave erstaunt, »schließlich sind es ja seine Verwandten ... oder die seiner Frau, nicht wahr? Und wenn sie's noch so eilig haben fortzukommen heute Nacht – oder besser heute Morgen – können sie kaum aufbrechen. Ihr hättet das Mädchen sehen sollen. Es ist völlig erschöpft. Irgendwo muss ein Feuer ausgebrochen sein. Kommt am besten jetzt mit mir zurück in die Stadt. Dann seht Ihr selbst, wie die Dinge stehen.«

Damit legte der Sklave fürsorglich eine Hand unter meinen Ellbogen, und ich stolperte auf ihn gestützt zurück nach Athen. Meinen Dolch hatte ich zum Glück längst in den Falten meines Chitons verborgen. Jeder, der uns auf den letzten Meilen gesehen hat, musste annehmen, ich sei ein betrunkener Zecher, den man nach einem feuchtfröhlichen Gelage nach Hause führte.

Als wir schließlich Aristoteles' Haus erreichten, dämmerte bereits der Morgen.

»Ich muss Aristoteles sprechen«, erklärte ich, als wolle ich einen Höflichkeitsbesuch machen.

»Der Herr schläft noch. Wascht Euch erst mal!«, befahl mir der Sklave nicht gerade höflich. Ich konnte nur hoffen, dass er keine Blutflecken an mir entdeckt hatte. Doch als er mich ins Bad führte und mich wusch, war ich beruhigt. An meinen Händen klebte nur Schmutz. Ich reinigte mein Haar besonders sorgfältig, um den Brandgeruch loszuwerden, und als das kalte Wasser über meinen Kopf rann, erwachten langsam meine Lebensgeister.

Als ich schließlich Aristoteles gegenübertrat, sah ich einigermaßen anständig aus. Der Sklave hatte mir sogar einen sauberen Chiton seines Herrn gebracht. Und der Mann, den ich belogen hatte, lud mich zu einem Frühstück mit warmem Wein und frischem Brot ein. Die Ankunft der fremden Leute in seinem Heim schien er gelassen hinzunehmen.

Ich erzählte ihm von dem Brand des Hauses, dem Kampf mit den unbekannten Männern und der Verfolgungsjagd durch das nächtliche Piräus. Er hörte mir aufmerksam zu und beruhigte mich dann bezüglich meiner Sorge um Philemons Frau. Pythias hatte ihm ihren Zustand beschrieben, und er hatte einige Mittel für sie zusammengestellt. Melissa schien eher erschöpft als ernstlich verletzt zu sein.

»Dem Jungen geht es gut«, fuhr er fort. »Ich habe ihn mir angesehen. Ein prächtiger kleiner Bursche. Meine Tochter wird mit ihm spielen. Und die alte Dienerin hat alles erstaunlich gut überstanden. Sie wollte gleich für ihre Herrin und das Kind sorgen, aber man hat sie gezwungen, sich ein wenig auszuruhen. Heute kann die Abreise allerdings auf keinen Fall mehr stattfinden. Wenn wir Glück haben, dann hat sich auch der Aufbruch von Antipaters Gesandten etwas verzögert. Mit dem gütigen Willen der Götter kann sich die kleine Reisegruppe in zwei Tagen auf den Weg machen. Ich habe den Wagen aus dem Hof schaffen lassen, damit er nicht unnötig Aufmerksamkeit erregt. Hier ist also alles in bester Ordnung. Den größten Gefallen, den du uns jetzt tun kannst, Stephanos, ist, nach Hause zu gehen und dich auszuschlafen.«

Aristoteles betrachtete mich nachdenklich. »Du hast vergangene Nacht viel Mut bewiesen, Stephanos. Fordere aber das Schicksal nicht unnötig heraus. Komm nicht mehr zu mir, solange die Frauen und das Kind hier sind. Vermeide es außerdem, nach Sonnenuntergang auszugehen, und benutze keine düsteren Gassen oder einsamen Wege. Ich möchte offen gestanden nicht, dass dir etwas zustößt.«

Danach verabschiedete ich mich. Noch bevor ich mein Haus erreicht hatte, schwanden meine nur momentan zurückgekehrten Lebensgeister, und meine Beine vermochten mich kaum noch zu tragen. Ich taumelte in mein Zimmer, warf mich auf mein Bett und sank sofort in einen Schlaf, der so tief und dunkel war wie der Lethe.

XII

Schwerter und Steine

Aristoteles hatte mich aufgefordert, so lange nicht mehr zu ihm zu kommen, wie seine so genannten »Verwandten« bei ihm waren. Seltsamerweise ärgerte mich das, obwohl ich eigentlich kein Verlangen hatte, die Frauen zu besuchen, und es außerdem nicht schicklich gewesen wäre, mit den weiblichen »Verwandten« eines anderen Mannes in den Gästeräumen seines Hauses zu sprechen. Trotzdem zerbrach ich mir ständig den Kopf darüber, was wohl dort vor sich gehen mochte, und stand Todesängste aus, Tante Eudoxia könne meine Gedanken erraten. Denn wenn sie von der Sache Wind bekam, würde sie mit Sicherheit sofort zu Aristoteles eilen, die Herausgabe Melissas – ihrer Schwiegertochter – und ihres Enkels verlangen, die beiden zu sich nach Hause bringen und damit eine zwielichtige Heirat sanktionieren und alle möglichen Gefahren heraufbeschwören.

Schließlich traf ich Aristoteles am dritten Tag nach der Flucht aus Piräus in einem Olivenhain in der Nähe des Lykeion, wohin er mich in einer verschlüsselten Nachricht gebeten hatte. Er redete mit leiser Stimme und ging dabei ständig auf und ab, wie es seine Art war.

»Sie sind fort«, erklärte er. »Kurz nach dem Morgengrauen sind sie, wie verabredet, aufgebrochen.«

»Verzeiht, dass ich mit meinen privaten Sorgen auch noch Euren Haushalt durcheinander gebracht habe«, sagte ich ehrlich zerknirscht.

»Oh, das war halb so schlimm«, wehrte Aristoteles ab. »Der kleine Junge ist bei allen beliebt gewesen. Mich hat er sogar ›Papa‹ genannt… besondere Unterschiede scheint er bei Männern nicht zu machen. Meine Frau und die kleine Pythias haben gern mit ihm gespielt.« Er seufzte. »Traurig, dass wir keine Söhne haben. Das ist der einzige Wunsch, der mir verwehrt geblieben ist.« Er starrte schweigend ins Leere.

Ich spürte, dass dies ein gefährliches Thema war. Ich hätte sagen können: »Warum adoptiert Ihr keinen Sohn?«, doch ich fürchtete, ich würde hinzufügen: »Ich kenne da einen erstaunlichen Fall…«

Aristoteles schreckte aus seinen Gedanken auf. »Nach allem, was Pythias mir von der jungen Frau erzählt hat, wird sie die Reise sicher gut überstehen. Sie hat kein Fieber und eine Fehlgeburt ist auch nicht zu befürchten. Pythias hat mit ihr gesprochen und einen guten Eindruck von ihr gehabt. Sie behauptet, die junge Frau sei kultiviert und bescheiden. Und die Meinung einer Frau über eine andere Frau ist meistens etwas wert. Außerdem hat Pythias mir erzählt, dass die alte Nousia mit Argusaugen über ihre Herrin wacht.« Er kicherte. »Unsere Sklavinnen sind von Nousia sicher nicht sehr angetan gewesen. Zuerst haben sie die arme Kreatur bedauert, aber das hat sich schnell geändert. Sie hat nach allen Richtungen gegeifert und auf die bescheidene Eleganz unseres Hauses herabgesehen, als sei sie vornehmere Häuser gewöhnt.«

»Ah, das kann ich mir gut vorstellen«, seufzte ich mitfühlend. »Diese Nousia ist eine schreckliche Alte.«

»Pythias hat sie eigentlich ganz gern gemocht. Nousias Treue zu ihrer Herrin hat sie sehr beeindruckt. Und vergiss nicht, wie bewundernswert sich die alte Dienerin in jener schrecklichen Nacht benommen hat.«

»Ja, das stimmt«, musste ich zugeben. Meine eigene Verhaltensweise bei diesem Abenteuer war mir, bei Tageslicht betrachtet, weniger eindrucksvoll erschienen. Ich war eben kein Herakles und hatte meinen Feind nicht vernichtet, sondern war stattdessen sinnlos durch dunkle Straßen und Gassen gelaufen.

Aristoteles schien meine schlechte Laune nicht zu bemerken und fuhr fort: »Pythias sagt, beide Frauen seien sehr stolz gewesen. Wir haben sie im makedonischen Stil eingekleidet. Melissa hat die Kleider und eine Felldecke nur angenommen, nachdem wir sie davon überzeugt hatten, dass die Sachen für ihre Sicherheit und die des Kindes notwendig seien. Feinere, vornehmere Dinge wollten sie um keinen Preis annehmen… Sie haben jede Andeutung, ihre eigenen Sachen könnten nicht ausreichen, sofort zurückgewiesen. Diese Haltung spricht für sie. Sie sind keine Bettlerinnen. Daraus schließe ich auch, dass die beiden nicht die Absicht hatten, auf unehrenhafte Art und Weise Geld von dir zu erpressen. Jedenfalls hat Pythias, als Melissa und Nousia geschlafen haben, die Gelegenheit genutzt und den Habseligkeiten der beiden einige notwendige Dinge hinzugefügt. Außerdem hat meine Frau einige Sachen geflickt und ausgebessert. Sie näht, flickt und webt wie eine Königstochter. Sie ist eine richtige Penelope. Ah, dabei fällt mir ein – hast du nicht einen gewebten Vorhang mit dem Bild der Penelope erwähnt? Pythias hat mir ebenfalls von dem guten Stück erzählt. Es war offensichtlich an einigen Stellen angesengt, und die Ecken sind ausgefranst gewesen. Sie hat den Vorhang gewaschen und heimlich geflickt, um Melissas Gefühle nicht zu verletzen. Der Stoff muss sehr gut gewesen sein, und Pythias meint deshalb, dass er einmal in einem vornehmen Haus gehangen haben muss.« Er lachte. »Man könnte sagen, dass gleich drei Penelopes unter meinem Dach gewesen sind. Die auf dem Vorhang, die blonde Frau mit ihrem Sohn, welche auf ihren Mann wartet, und meine dunkelhaarige, in allen Näh- und Flickarbeiten so geschickte Pythias. Ich würde einen armseligen Odysseus abgeben – obwohl ich in meiner Jugend viel gereist bin. Dein Cousin scheint eher ein solcher Typ zu sein. Aber zurückkehren sollte er jetzt lieber nicht.«

»Ich bin Euch zu großem Dank verpflichtet«, erklärte ich hastig. »Selbstverständlich werde ich Euch die Sachen bezahlen, die Ihr der Frau meines Cousins gegeben habt. Philemon wird mich natürlich entschädigen. Es hat also alles seine Ordnung.«

Aristoteles machte ein unglückliches Gesicht. »Ach, warum habe ich nur nicht den Mund gehalten? Es sind nur ein paar schäbige Sachen gewesen, die wir nicht mehr gebraucht und gern gegeben haben. Ich wollte dir nur klarmachen, dass die junge Frau sich ganz und gar nicht wie eine Bettlerin benimmt. Die Frauen haben weder gejammert noch sich überschwänglich bedankt oder unverschämte Andeutungen gemacht, sondern nicht einmal die Hälfte dessen angenommen, was wir ihnen angeboten haben. Und für geliehene Sachen kann ich mich unmöglich bezahlen lassen. Außerdem schäme ich mich, gestehen zu müssen, dass es nur alte, abgelegte Sachen gewesen sind. Aber wenn du darauf bestehst, dann gib mir fünf Drachmen dafür, und die Angelegenheit ist erledigt. Weißt du übrigens schon, dass ich in zwei Tagen mit Polygnotos speisen werde?«

»Oh?«, sagte ich nur, ohne sonderlich überrascht zu sein. Telemon hatte also Recht gehabt. Polygnotos war dabei, in Athen ein wichtiger Mann zu werden, und als solcher hatte er verständlicherweise den Wunsch, sich mit dem makedonischen Philosophen und Freund Antipaters gut zu stellen.

»Ja, ich fühle mich geehrt. Im Augenblick scheine ich zur guten Gesellschaft zu gehören. Hippomenes und Laios haben sich mir gegenüber sehr vorteilhaft über Polygnotos geäußert.«

Ich seufzte. Hippomenes und Laios gehörten zu Antipaters Vertrauten in der Stadt und waren Anhänger Alexanders.

»Die beiden erzählten mir, dass sie Polygnotos vor zwei Monaten zufällig vor den Toren von Korinth getroffen und die Heimreise mit ihm gemeinsam gemacht haben«, fuhr Aristoteles fort. »Sie waren von seinen vernünftigen Ansichten über Handel und Geschäfte und von seiner Arbeit als Chorege sehr beeindruckt. Bei diesem besagten Abendessen werden sie übrigens auch dabei sein. Es wird sozusagen ein Treffen auf höchster Ebene.«

»Hoffentlich amüsiert Ihr Euch gut«, erklärte ich höflich. »Das Geld für die Kleider der Frauen lasse ich Euch bringen. Und ich wäre dankbar, wenn Ihr es mich wissen ließet, sobald Ihr Nachricht von ihnen habt.«

Philemons bevorstehender Prozess wurde bei diesem Gespräch mit keinem Wort erwähnt. Wie konnte ich mehr Hilfe und Rat erbitten, nachdem ich schon so viel bekommen und bedenkenlos angenommen hatte? Es war leicht, hochmütig die Bezahlung einiger Kleidungsstücke anzubieten, aber wie sollte ich mich je für die großzügige Gastfreundschaft erkenntlich zeigen, die er völlig fremden Menschen in seinem Haus gewährt hatte?

Der Gedanke an die dritte gerichtliche Voruntersuchung, auf die ich noch in keiner Weise vorbereitet war, war beunruhigend. Ich wusste weder, was ich vorbringen sollte, noch was die Gegenseite im Schilde führte. Der

Qualm und der Rauch, den ich in dem kleinen Haus in Piräus eingeatmet hatte, schienen auch mein Denkvermögen beeinträchtigt zu haben.

Drei Tage nach der Abreise von Melissa und ihrem Kind erschien ich in der Agora und war bemüht, den Eindruck eines selbstsicheren, sorglosen Bürgers zu vermitteln. Das war kein angenehmes Unterfangen, denn es gab nur noch wenige, die sich dazu herabließen, ein paar Worte mit mir zu wechseln. In dieser Situation war es eine unendliche Erleichterung für mich, etwas Interessantes beobachten oder jemandem zuhören zu können. Ich lauschte gespannt einem Redner, der sich über die Bedeutung des Getreidehandels ausließ, blieb bei einer Schmiede stehen, wo Bronze gegossen wurde, und gesellte mich dann zu denen, die sich um den Ausrufer geschart hatten, der täglich in der Agora die Bekanntmachungen ausrief. Ich hörte mir die üblichen Belanglosigkeiten an – wie zum Beispiel die Beschreibung entlaufener Tiere und den Bericht über zwei gestohlene Weinkrüge. Ich war in Gedanken bereits woanders, als mich folgende Bekanntmachung erstaunt aufhorchen ließ:

»Hört her, Männer von Athen! Mit Erlaubnis des Antipater und des Basileus lässt der Philosoph Aristoteles bekannt geben, dass er Waffen jeder Art zu kaufen oder zu leihen wünscht. Es können alte und neue, fremde oder Athener Kriegswaffen oder Rüstungen sein. Sie sollen dem Studium des Kriegswerkzeugs dienen und unserem Heer im Osten helfen. Tragt Waffen und Rüstungen zum Haus des Aristoteles. Wer verkaufen will, wird entsprechend entschädigt. Der Preis richtet sich nach dem Wert der einzelnen Stücke. Hört her, Männer von Athen ...«

Ich traute meinen Ohren kaum, so merkwürdig kam mir diese Bekanntmachung vor, doch der Ausrufer wiederholte sie Wort für Wort ein zweites Mal. Sofort wurde die Bekanntmachung von vornehmen Bürgern und einfachem Volk gleichermaßen eifrig kommentiert.

»Ein Schwert ist ein Schwert«, bemerkte einer. »Was will er denn da noch groß studieren?«

»Diese Philosophen müssen vermutlich beweisen, dass sie für irgendwas gut sind«, meinte ein anderer.

»Jetzt führt Aristoteles schon in seinem Arbeitszimmer Kriege«, höhnte der Nächste.

»Für einen anständigen Preis kann er meine Frau bekommen… die ist inzwischen eine ziemlich aggressive Waffe geworden.«

Als ich die Agora verließ, sah ich zu meiner Überraschung den großen, kräftigen Sklaven von Archimenos bei einem Kastanienverkäufer an der gegenüberliegenden Ecke stehen. Da er mich nicht zu bemerken schien, musterte ich ihn interessiert. Sein Oberkörper und die Arme waren fast vollständig von seinem groben, handgewebten Chiton bedeckt, aber es war seine ungewöhnliche Verhaltensweise, die meine Aufmerksamkeit erregte. Er nahm die Kastanien nicht mit der rechten, sondern mit der linken Hand entgegen. Und dann entdeckte ich, dass seine rechte Hand und das Handgelenk dick mit einer Baumwollbinde und einem Lederschutz umwickelt waren. Der Bursche hielt die Hand merkwürdig steif. Ich dachte sofort an meinen Dolch.

Aber es war nicht mein kleiner Bronzedolch, den ich noch am selben Nachmittag für Aristoteles' Waffensammlung in dessen Haus brachte. Obwohl sich ein Athener innerhalb der Stadtmauern nicht bewaffnen sollte, war mir seit einigen Tagen der Gedanke, ohne diese Waffe ausgehen zu müssen, äußerst unangenehm. Ich hatte mich entschlossen, mir unter dem Vorwand, ihm irgendeine Waffe zu bringen, unauffällig Zugang zu seinem Haus zu verschaffen, um mit ihm reden zu können. Natürlich trieb mich die Neugier zu ihm, denn ich wollte wissen, was diese neue Laune von ihm zu bedeuten hatte. Ich nahm also das alte Schwert meines Großvaters, dessen Schneide bereits schadhaft war, und machte mich auf den Weg.

Als ich zum Haus des Philosophen kam, war der Vorhof bereits voller Menschen, und es herrschte ein ständiges Kommen und Gehen. Ich erkannte einige vornehme Bürger unter den Wartenden, aber die meisten waren einfache Leute. Der Sklave am Hoftor hatte gerade einen Raufbold hinausgeworfen, der wütend vor der Mauer auf und ab hüpfte und schrie: »Gebt mir meinen Speer zurück! Zum Hades mit euch! Ich will meinen Speer wiederhaben!«

»Erst wenn Ihr Euch beruhigt habt«, entgegnete der Sklave und ließ mich hastig ein. Als er die Tür wieder geschlossen hatte, strich er sich müde das Haar aus der Stirn. »Das ist jetzt heute Nachmittag schon der zweite Kampf. Es ist wirklich unmöglich, all diese ordinären Leute mit Waffen ins Haus zu laden. Warum sind die denn nicht beim Heer?«

Diese Bemerkung ärgerte mich. Der Sklave war Makedonier, und es war offensichtlich, dass er auf niedere Klassen der Athener herabsah. Das Schwert um die Hüften gegürtet, ging ich hochmütig an ihm vorbei und gesellte mich zu der Menge der Wartenden.

Wir sahen wie die geisteskranken Soldaten eines verarmten Königs aus. Kaum einer war wie der andere gekleidet oder trug dieselbe Waffe bei sich. Da war zum Beispiel einer mit einem riesigen alten Lederschild und ohne Schwert. Dafür hatte sein Nachbar ein veraltetes Krummschwert und dennoch weder Schild noch Rüstung. Ein muskulöser junger Mann hielt einen zierlichen Dolch in der Hand, während ein zwergenhaft kleiner, grauhaariger alter Mann ein großes persisches Schwert auf den Knien balancierte. Ein anderer hatte einen alten Helm in der Form eines Topfes aufgesetzt, der ihm ständig übers Gesicht rutschte, sodass er nichts mehr sehen konnte.

Im nächsten Augenblick ging die Haustür auf, und Aristoteles erschien mit Eutikleides im Türrahmen. Der Philosoph redete ernst mit dem ehrenwerten Bürger.

»Ich fühle mich sehr geehrt, Eutikleides. Es ist wirklich sehr großzügig von Euch.« Aristoteles' Blick schweifte geistesabwesend über die Menge der Wartenden. »Dieser gute Bürger«, richtete er dann das Wort an uns alle, »hat mir zu Studienzwecken die Waffen und Rüstungen angeboten, die sein Ururgroßvater in der Schlacht von Platää getragen hat. Es sind Stücke von hohem ideellem und materiellem Wert. Ihr, Eutikleides, leistet Eurem Vaterland damit einen großen Dienst. Selbstverständlich weiß ich, dass die Sammlung nur eine Leihgabe ist. Wer würde sich schon von solch herrlichen Erbstücken trennen? Ich danke Euch und Eurer Familie. Euer Großmut setzt ein Beispiel und empfiehlt Euch Alexander.«

Die kleine Menge im Vorhof hörte geduldig zu, wie immer, wenn Philosophen mit angesehenen Bürgern sprechen. Aristoteles hatte so etwas wie eine offizielle Dankesrede gehalten, die für meine Begriffe allerdings ein wenig zu schwülstig ausgefallen war. Eutikleides selbst wirkte jedoch entspannt und sehr zufrieden und schien sich in diesem öffentlichen Lob zu sonnen. Über das ganze Gesicht strahlend verließ er den Hof in Begleitung eines hinkenden, hageren Bauern, dem er mit herablassendem Lächeln leutselig den Arm bot. Der Eutikleides, den ich während der gerichtlichen Vorverhandlungen erlebt hatte, war wesentlich unangenehmer gewesen. Jetzt konnte ich zum ersten Mal verstehen, warum er bei einigen so beliebt war. Er war stark und reich, und man konnte im Rahmen jener guten Formen mit ihm verkehren, welche die Vielschichtigkeit des gesellschaftlichen Umgangs so angenehm vereinfachen. Noch während ich ihn aufmerksam beobachtete, wurde mir klar, dass es, wie es eine besondere Kost für die Gesundheit des Körpers gab, auch eine bestimmte Kost für das Wohlbefinden des Geistes geben musste. Ein Mann wie Eutikleides zum Beispiel schien regelrecht aufzublühen, sobald er Erfolg und Lob einheimste. Natürlich wünscht sich jeder Mensch diese Dinge, aber es gibt Menschen, die nur dann ihr besseres Ich zeigen, wenn sie sich dieser »Seelennahrung« ständig gewiss sein können. Meine Bewunderung für Eutikleides war zwar größer denn je, doch ich kam zu der Einsicht, dass man ihm am besten aus dem Weg ging, wenn er Misserfolg statt Erfolge serviert bekam.

Aristoteles schenkte mir nur insofern Beachtung, als er mich und einen anderen Bürger um etwas Geduld bat, um dann einige der Ärmeren unter den Wartenden vor uns zu sich zu rufen. Der Philosoph verschwand mit jedem seiner Besucher für kurze Zeit allein im Haus. Ich vermutete, dass er damit all jenen, die Geld für ihre Waffe verlangten, Peinlichkeiten ersparen wollte. Dieses Feingefühl schien mir allerdings fehl am Platz zu sein. Unter den Wartenden machten Hänseleien und Spekulationen über Sinn und Zweck von Aristoteles' Aktion weiter die Runde.

Einer behauptete sogar, Aristoteles habe vor, täglich einen Sklaven mit je einer anderen Waffe umzubringen, um festzustellen, welche am sichersten töte.

Die Reihe der Wartenden lichteten sich, und nachdem

der andere Bürger vor mir aufgerufen worden war, betrat ich mit dem Schwert meines Großvaters Aristoteles' Haus.

Aristoteles' Arbeitszimmer war wirklich sehenswert. Man hatte den Eindruck, sich in einer Waffenkammer aufzuhalten, die von einer ständig betrunkenen Hausfrau in Ordnung gehalten wurde. Lanzen, Speere und Wurfspieße lagen stapelweise in wildem Durcheinander auf dem Fußboden. Dazwischen steckten überall Schwerter und Dolche. Auf einem Tisch thronte wie eine seltsame Schale ein umgestülpter Helm. Ich stolperte über einen Brustpanzer aus Bronze und hätte mich dann beinahe auf ein Furcht erregend aussehendes altes rostiges Schwert gesetzt.

Aristoteles saß auf einem Wurfspieß und sprang sofort auf. »Ich werde die Stühle fortschaffen lassen müssen«, murmelte er, wanderte ruhelos zwischen seinen Schätzen hin und her und berührte mal die eine, mal die andere Waffe.

»Ist das nicht wunderbar?«, sagte er dann mit einer ausladenden Geste. »Sieh dir das alles an. Ich habe das Gefühl, allein gegen die ganze Stadt Krieg führen zu können. Das ist ein thrakischer Wurfspieß. Und das hier ein moderner makedonischer Schild – ein bisschen beschädigt –, wie er vom Fußvolk benutzt wird. Erkennst du den Unterschied zum alten griechischen Schild? Hier, der makedonische ist kurz und rund und wird mit Riemen am Körper befestigt, damit die Soldaten mit beiden Händen kämpfen können.«

Ich übergab ihm mein Schwert.

»Aha«, bemerkte er und betrachtete es eingehend. »Griechisch. Ungefähr fünfzig Jahre alt. Aber, Stephanos, eine Lederscheide darf man nie so trocken werden lassen. Die Schneide ist schon glanzlos und stumpf. Trotzdem ist es ein Stück Geschichte.«

»Wenn es Euch interessiert, leihe ich es Euch gern«, erklärte ich. Auf keinen Fall wollte ich, wie die meisten anderen, die mit mir im Hof gewartet hatten, Geld dafür nehmen.

»Wer hätte gedacht, dass es in Athen so viele Waffen gibt?«, rief Aristoteles begeistert. »Die Ausbeute übertrifft alle Erwartungen. Die Leute bringen mir nicht nur Waffen aus den Kriegen, die ihre Großväter und Urgroßväter mitgemacht haben, ich bekomme auch Waffen und Trophäen aus Alexanders Kriegen. Das hier zum Beispiel ist eine Sarisse, die schon bessere Tage gesehen hat.« Er deutete auf eine überlange Lanze, deren Eisenspitze allein schon mindestens einen Fuß maß. Der Schaft bestand aus einem Bronzerohr, das mit dünnen Zweigen sorgfältig umwickelt war. Die Waffe sah ziemlich gefährlich aus.

»Eigentlich sollte sich am Stilende noch ein Dorn befinden, aber der ist abgebrochen«, fuhr Aristoteles fort. »Sarissen kann man nämlich auch aufrecht in den Boden rammen, sodass sie, in Reih und Glied aufgestellt, als Bollwerk gegen den angreifenden Feind dienen. Hauptsächlich werden sie jedoch zum Angriff benutzt. Es ist also sowohl eine defensive als auch offensive Waffe... Intelligent ausgedacht, findest du nicht? Die Sarisse ist eine typisch makedonische Lanze. Am Anfang hat man wegen ihrer Länge allerdings Schwierigkeiten mit der Handhabung. Komm ja nicht an die messerscharfe Spitze.«

Aristoteles war aufgeregt wie ein Kind, das neue Spielsachen bekommen hatte. Ich nahm an, dass er in den kommenden Monaten vollauf mit diesen Waffen beschäftigt sein würde. Interessierte er sich überhaupt noch für meinen Rechtsfall?

»Die Sarisse hat der Mann aus dem Krieg mitgebracht, der mit Eutikleides hier gewesen ist. Ich glaube, er ist dieser ominöse Zeuge im Prozess gegen Philemon, der schwören wird, dass dein Cousin auf... auf der falschen Seite gekämpft hat. Es würde mich nicht überraschen, wenn du ihn bald wieder siehst. Eines ist allerdings sicher: Er ist tatsächlich im Krieg gewesen.«

»Oh«, murmelte ich mit düsterer Miene. An diesem Nachmittag in Aristoteles' Vorhof hatte ich die dritte Anhörung, die mir bald bevorstand, völlig vergessen.

Aristoteles hob einen Speer auf und ließ ihn ungeschickt fallen.

»Meine Hände und Arme sind heute nicht so kräftig, wie sie sein sollten«, seufzte er. »Ich habe gestern Abend wohl zu viel gegessen und getrunken. Es ist kein sehr philosophischer Abend gewesen, aber dafür waren Wein und Essen ausgezeichnet. Ich hatte dir doch erzählt, dass ich bei Polygnotos eingeladen war?«

»Ja.«

»Nur Männer der besten Gesellschaft sind anwesend gewesen – Eutikleides übrigens auch. Und bei dieser Gelegenheit habe ich endlich auch das berühmte Todeszimmer gesehen. Zum Glück mussten wir dort nicht speisen. Aber wir haben es uns angesehen. Es ist inzwischen vollkommen sauber und man hält regelmäßig Reinigungsopfer ab. Hippomenes hat gesagt, dass alles noch genauso ist wie zu Boutades' Lebzeiten, und Polygnotos hat geantwortet, dass er das Zimmer zum Andenken an seinen Onkel auch so belassen möchte. Unser Gastgeber hat gestanden, dass bei ihm jedes Ding seinen Platz habe, und hat dann frei nach Homer zitiert:

›*Sei mir, Boutades, gegrüßt, auch dort in den Häusern des Hades,*
Alles wird dir nun wahrlich erfüllt, wie ich es versprochen.«

Das war natürlich ein wenig traurig, aber dann haben alle schnell wieder damit angefangen, das Zimmer und seine Einrichtung zu bewundern. Während der unerfreulichen Zeit kurz vor und kurz nach dem Begräbnis hatte Polygnotos offensichtlich einige Sachen weggeschlossen, aber inzwischen steht alles wieder an seinem Platz. Ich bin offen gestanden trotzdem froh gewesen, als ich das Zimmer wieder verließ.«

Das Homerzitat, das, soviel ich wusste, den Versen entnommen war, mit dem Archilles Rache für einen Schatten schwört, wirkte auf mich nicht gerade ermutigend. Aristoteles probierte geistesabwesend einen thrakischen Helm auf und blieb dann nachdenklich in der Zimmermitte stehen. Seine Augen glitzerten unheimlich hinter dem Augenschlitz, und mit dem Nasenschutz in der Form eines Vogelschnabels sah der Philosoph wirklich recht merkwürdig aus.

»Ich kann mich einfach nicht erinnern, an welchem Platz jetzt in diesem Raum alles steht, wenn ich die Augen zumache«, erklärte er verwirrt. »So viel ist heute dazugekommen. Kann man sich besser die Sachen merken, die hier sein sollten, oder die, die nicht hierher gehören?« Er legte seine Hand einen Moment über den Augenschlitz des Helms. In dieser Haltung bot er einen geradezu grotesken Anblick. Dann nahm er die Hand wieder von den Augen und blinzelte.

»Ha! Ich wusste, dass ich etwas vergessen hatte. Zusammen mit deinem Schwert habe ich heute im Laufe des Nachmittags dreiundzwanzig Waffen bekommen. In Gedanken habe ich aber, abgesehen von meinen Einrichtungsgegenständen, nur zweiundzwanzig Waffen und Rüstungen gezählt. Natürlich hatte ich den Helm auf meinem Kopf nicht mitgerechnet. Trotzdem, das Ergebnis war nicht schlecht. Versuch du es auch einmal, Stephanos. Sieh dich um, schließe die Augen und sag mir dann, was alles im Zimmer ist.«

Da ich kein Spielverderber sein wollte, blieb mir nichts anderes übrig, als mitzumachen. Ich schloss die Augen und zählte die Gegenstände auf, an die ich mich erinnerte. Zwar brachte ich Lanzen und Speere etwas durcheinander und vergaß den Brustschild unter meinem Stuhl, bewies jedoch insgesamt ein gutes Erinnerungsvermögen.

»Nicht schlecht«, lobte Aristoteles und stülpte mir einen schüsselförmigen Helm über den Kopf. Er war zu groß und rutschte mir sofort über die Augen. »Das Gedächtnis ist die Mutter der Musen, Stephanos. In diesem Zimmer herrscht ein schreckliches Durcheinander. Ich hasse Unordnung. Ich werde alles aufräumen, sortieren und Listen davon anfertigen müssen.«

Ich lächelte. Aristoteles' Vorliebe für Listen und Kategorien war für seine Studenten eine ständige Quelle des Spotts. Bei einer Vorlesung im Hain des Lykeion gesellte sich einmal ein Straßenköter zu Aristoteles. Wir unterbrachen die Vorlesung und fragten ihn: »Aristoteles, zu welcher Gattung gehört dieses Wesen?« Unser Lehrer antwortete darauf schlau: »Zur Gattung der Studenten: Verhalten der Mutter beklagenswert; Vorfahren unbekannt; Manieren liebenswürdig; redet dazwischen, ohne gefragt zu werden; und besucht Vorlesungen, ohne sie zu verstehen.«

»Ich hasse Unordnung«, wiederholte Aristoteles. »Aber das Leben verläuft nun einmal nicht immer in geordneten Bahnen. Zu viel Ordnung darf man eben nicht erwarten. Aber da du ein gutes Gedächtnis hast, Stephanos, möchte ich jetzt von dir wissen, was du in Boutades' Zimmer gesehen hast, als du damals dort gewesen bist.«

»Aber das habe ich Euch doch schon einmal beschrieben«, antwortete ich.

»Das ist lange her. Erzähl es mir noch einmal.«

Ich kam mir dumm vor, aber mit den Helmen auf unseren Köpfen war das Ganze eher ein lustiges Spiel, und die Erinnerung an jenen verhängnisvollen Morgen war deshalb weniger schmerzlich, als ich angenommen hatte. Obwohl es schon einige Zeit her war, wusste ich alles noch ziemlich genau. Wie könnte ich das auch je vergessen?

Als ich geendet hatte, blinzelte Aristoteles erneut und schüttelte langsam den Kopf. Dann nahm er den Helm ab und starrte hinein, als suche er darin nach Bienen.

Plötzlich ertönte ein lautes Klopfen an der Tür, die bereits im nächsten Moment geöffnet wurde. Ein kleiner, untersetzter Mann im kurzen Chiton eines Handwerkers kam herein. Er hatte stämmige, muskulöse Beine, knochige Knie und lange kräftige Arme.

»Verzeiht, Herr, aber wollt Ihr mich nicht endlich empfangen? Ich warte schon eine Ewigkeit und habe nur wenig Zeit. Jetzt bin ich Eurem Sklaven einfach entwischt, denn eine Schmiede kann man nicht lange allein lassen.«

»Ah, ich verstehe«, erwiderte Aristoteles und strich sich das wirre Haar – oder das, was davon noch übrig war – glatt. »Hast du was zu verkaufen?«

»So ungefähr ist es, Herr. Ich hab schon Eurem Sklaven gesagt, dass Ihr todunglücklich wärt, wenn Ihr nicht bekommen würdet, was ich für Euch habe. Nicht viele werden Sachen wie diese anzubieten haben – jedenfalls nichts, das so eine Geschichte hat. Die Dinger sind ja noch ganz heiß von der letzten Schlacht, könnte man sagen.«

»So? Ist es eine wertvolle Waffe?«

»Wertvoll? Und wie!« Der Schmied warf mir einen kurzen interessierten Seitenblick zu. Ich hoffte, dass der Helm mein Gesicht soweit verdeckte, dass er mich nicht erkennen würde. »Wertvoll und tödlich«, fuhr er schließlich fort. »Wenn Ihr wollt, die tödlichste Waffe der Welt. Man muss sie nur zu benutzen wissen. So tödlich wie ein Blitzstrahl und dazu noch wesentlich leiser. Ich habe Euch zwei von der Sorte mitgebracht.«

»Wo sind sie?«, fragte Aristoteles, denn der Schmied trug keine erkennbare Waffe in der Hand.

»Psst!«, flüsterte er geheimnisvoll. »Ich hab sie gut eingepackt.« Er deutete auf einen großen Ledersack, den er neben sich abgestellt hatte. »Die Dinger stammen frisch aus der Schlacht um Tyros. Wollt Ihr sie kaufen, Herr? Vielleicht auch für Alexander, dem die Götter gnädig sein mögen. Natürlich würde ich sie Euch gern schenken, aber ich muss an meine Familie denken. Ich habe Frau und fünf Kinder. Deshalb muss ich die Stücke verkaufen. Richtig ist es eigentlich nicht, denn durch sie habe ich einen Schneidezahn und beinahe auch meinen Kopf verloren. Ich verlange also sechs Obolen ... nur drei das Stück.«

Aristoteles konnte seine Neugier kaum noch bezähmen, und mir ging es ebenso. Was hatte der Bursche in seiner Ledertasche? Mir kam der Gedanke, es könnte sich um giftige Schlangen handeln, aber ich hatte noch nie gehört, dass Alexander diese Tiere im Kampf gegen den Feind eingesetzt hatte.

»Von welcher Waffenart redest du, Mann? Sind sie lebendig?«, erkundigte sich Aristoteles, der offenbar denselben Gedanken gehabt hatte wie ich. »Ich möchte sie mir zuerst ansehen.«

»Nein ... lebendig sind sie nicht. Als lebendig kann man sie jetzt kaum noch bezeichnen«, erwiderte der Mann vorsichtig. »Ich möchte sie eigentlich auch gar nicht herzeigen – zumindest nicht, solange sie nicht verkauft sind. Vielleicht sollte ich mich erst gar nicht von ihnen trennen.« Damit schwang er den Ledersack über die Schulter. »Ich will Euch erst die Geschichte der Belagerung von Tyros erzählen.«

»Nein, danke, mein Freund, das ist nicht nötig«, wehrte Aristoteles ab. »Sagen wir vier Obolen, wenn du mich überzeugen kannst, dass es echte Waffen sind, die tatsächlich bei der Schlacht um Tyros benutzt wurden.«

»Ah, Ihr werdet überzeugt sein, wenn Ihr sie seht, Herr. Beim heiligen Herd des Zeus schwöre ich, dass sie aus der Schlacht um Tyros stammen.« Er betrachtete zufrieden die vier Obolen, die Aristoteles ihm gab, und steckte sie dann in den Mund.

»So, und jetzt zeig mir die Waffen«, forderte Aristoteles ihn auf.

Der Schmied stellte seinen Ledersack vorsichtig wieder ab, zog ihn auf, griff hinein und holte zwei... Steine heraus.

Aristoteles' Gesicht verzog sich langsam zu einem Lächeln. »Ja, natürlich«, murmelte er humorlos. »Steine. Steine sind tatsächlich tödliche Waffen.«

»Richtig«, stimmte der Schmied ihm zu. Damit übergab er Aristoteles feierlich die beiden runden, männerfaustgroßen Steine. »Die beiden sind mit Geschützen vor Tyros abgeschossen worden. Ich habe sie später vor den Löchern in der Mauer wieder aufgelesen. Äußerst tödliche Waffen, wirklich, Herr. Lanzen können brechen, Schwerter können verbiegen oder rosten, aber wenn diese Steine erst mal durch die Luft sausen, dann kann sie nichts mehr aufhalten. Sie brechen kaum und rosten nie. Habt Dank, Herr. Alles Gute!« Damit ging der Schmied, sich mehrmals verbeugend, rückwärts zur Tür. Im Türrahmen blieb er stehen. »Ich könnte Euch vielleicht noch größere...«

»Hör zu, Schmied«, unterbrach ihn Aristoteles, »mit Steinen hast du jetzt genug gespielt. Bemüh dich nicht um größere Exemplare. Du könntest dabei Schaden erleiden. Vergiss nicht, es sind gefährliche Waffen. Hast du mich verstanden?«

»Ja, Herr«, antwortete der Schmied mit kaum merklichem Augenzwinkern und machte die Tür zu.

Aristoteles brach in schallendes Gelächter aus. »Das ist einer der klügsten Männer in ganz Athen. Man sollte ihm ein öffentliches Amt anvertrauen... ihn zum Gesandten machen. Ich hätte nie gedacht, dass ich auf meine alten Tage noch mal gutes Geld für zwei ganz ordinäre Steine bezahlen würde – nicht für Marmor oder Porphyr, sondern für ganz gewöhnliche Steine. Ich habe eine der Grundregeln beim Abschluss eines Geschäfts missachtet: Kaufe nie etwas, das du nicht gesehen hast.«

Ich betrachtete die Steine neugierig. »Stammen sie wirklich aus der Schlacht um Tyros?«

»Das lässt sich jetzt nicht mehr feststellen, und es ist eigentlich auch unwichtig, Stephanos. Aber merk dir zwei Dinge: Erstens, kaufe nie Waffen in einem Sack, und zweitens, jeder gewöhnliche Gegenstand kann unter Umständen als Waffe benutzt werden. Dieser Mann hatte Recht. Solche Steingeschütze haben verheerende Schäden in Tyros und anderen Städten angerichtet. Es ist gut, dass mich jemand daran erinnert hat, dass es viele Arten von Waffen gibt. Vielleicht habe ich meine vier Obolen doch nicht ganz umsonst ausgegeben.«

Aristoteles nahm den Wurfspieß von seinem Stuhl, setzte sich und starrte gedankenverloren auf die beiden runden grauen Steine in seinen Händen. Ich musste ihn zweimal fragen, ob er schon etwas von den beiden Frauen gehört habe, bevor er antwortete: »Wie bitte? Oh ja! Gerade heute. Sie kommen gleichmäßig, aber langsam voran. Melissa und das Kind sind wohlauf. Mittlerweile müssten sie in Böotien* sein. Pella** dürften sie allerdings erst im kommenden Frühjahr erreichen.«

Aristoteles legte die Steine auf den Tisch und griff nach einem Wurfspieß, mit dem er einige Male auf einen imaginären Feind zielte. Als der Spieß durch die Luft sauste, entstand ein merkwürdiges, pfeifendes Geräusch, das mir Angst einflößte.

»Beim Wurfspieß wird die Kraft eines Männerarms benötigt, während ein Bogen oder ein Geschütz selbst Kraft und damit auch Schnelligkeit erzeugen. Bei größeren Entfernungen könnte allerdings die Treffsicherheit leiden. Was ist deiner Ansicht nach wertvoller?«

»Das kommt auf die Kampfbedingungen an«, erwiderte ich. »Beim Kampf Mann gegen Mann ist es nötig, dass man mit den eigenen Händen ficht, während bei der Belagerung einer Stadt zum Beispiel größere Entfernungen überwunden werden müssen.«

»Hm… ganz richtig.« Aristoteles zog aus einem Stapel von Wurfspießen und Lanzen einen mittelgroßen Gegenstand mit einer stumpfen Spitze heraus. »Das ist ein skythischer Pfeil, Stephanos. Ich möchte wissen…«, er stieß den Pfeil mehrmals ins Leere, »…ob man ihn auch als kleine Lanze verwenden könnte?«

Während ich Aristoteles bei diesen Drohgebärden beobachtete, lief es mir eiskalt über den Rücken. Von Pfeilen wollte ich am liebsten gar nichts mehr hören. Und in diesem Zimmer voller tödlicher Waffen kam mir selbst Aristoteles gefährlich vor. Kurz darauf meldete der Sklave sei-

* *Böotien:* an Attika angrenzende Landschaft in Mittelgriechenland.
** *Pella:* Hauptstadt Makedoniens.

nem Herrn, dass noch mehr Männer mit Waffen vor der Tür warteten. Ich stand sofort auf, um mich zu verabschieden.

»Die dritte gerichtliche Voruntersuchung findet in drei Tagen statt«, bemerkte ich nachdenklich. Aber Aristoteles schien nicht in der Stimmung zu sein, mir ausführliche Ratschläge zu erteilen.

»Ah ja, richtig. Sage ihnen, dass sie nicht beweisen können, dass Philemon in Athen gewesen ist. Falls dieser Soldat als Zeuge gegen dich auftritt, weise höflich darauf hin, dass die Krankheit sicher sein Denkvermögen beeinträchtigt hat. Aber vergiss nicht, dass dieser Mann dem Herr Alexanders einen ehrenvollen Dienst erwiesen hat, und verhalte dich dementsprechend respektvoll. Denk an all die jungen Männer, die wie Philemon aussehen. Versuche den Zeugen mit vielen und genauen Fragen zu verunsichern. Das ist im Augenblick alles, was du tun kannst.«

Als ich Aristoteles verließ, fuchtelte er noch immer stirnrunzelnd mit dem Pfeil in der Luft herum. Trotz der Furcht erregenden Gestik verabschiedete er sich gut gelaunt von mir:

»Lebwohl, Stephanos… und sage ja niemandem etwas von meinem letzten Kauf, sonst kannst du was erleben. Denk nur, welche üblen Witze man über mich erzählen würde. Aber jedes Mal wenn ich unerträglich selbstgefällig und arrogant bin, darfst du mir zuflüstern: ›Der Ledersack enthielt Steine.‹«

XIII

Die letzte Voruntersuchung

Am Tag vor der dritten Anhörung schlenderte ich gerade die breite Straße entlang, die unterhalb des südlichen Abhangs der Akropolis vorbeiführt und an der all die Stätten für unsere Festlichkeiten liegen, als mich plötzlich lautes Stimmengewirr aus meinen Gedanken riss.

»Es ist ja riesig!«

»Und diese herrlichen Marmorreliefs!«

Die Leute drängten an den Straßenrand. Neugierig geworden, wollte ich ebenfalls wissen, was es dort zu sehen gab, und folgte dem Beispiel der anderen. Auf der Straße kam ein von zwei Maultieren gezogener und von Sklaven geschobener Karren auf uns zu, auf dem in Strohballen verpackt und von weiteren Sklaven gehalten etwas Großes und Weißes stand, das in der fahlen Wintersonne wie frischer Schnee glitzerte. Als der Wagen langsam näher rollte, erkannte ich, dass das Weiße darauf ein Grabmal war, und ohne es noch genauer gesehen zu haben, wusste ich auch schon, um wessen Grabstein es sich handelte. Fasziniert drängte ich mich weiter nach vorn, um das Grabmal eingehender betrachten zu können.

Der Grabstein bestand aus einem kunstvoll bearbeiteten, strahlend weißen Marmorblock, auf dessen Vorderseite die Halbreliefs des sitzenden Boutades und seiner Frau in der Sonne glänzten. Es war wie ein Schock für mich, als plötzlich das Gesicht langsam an mir vorbeiglitt, das mir in meinen Wachträumen inzwischen so vertraut geworden war. Der Künstler hatte Boutades' plumpe Züge und Gestalt zwar seinem Schönheitsideal gemäß etwas verändert, und das hochmütige Wesen, das aus den blicklosen Augen sprach, hatte mehr Würde als im Leben, doch sonst war die Ähnlichkeit bis hin zur Haartracht frappierend. Nichts an diesem Bildnis verriet jedoch, welch schreckliches Ende dieser Mann gefunden hatte und zu welch furchtbarer Grimasse sich seine Züge im Tod verzerrt hatten. Neben Boutades war dessen hagere Frau abgebildet, wobei jede Linie ihres Körpers in dem herrlich fließenden Chiton Anmut und Demut ausdrückte. Sie sahen wie ein glückliches, wohlhabendes Paar mittleren Alters aus.

Dann schweifte mein Blick zu der Inschrift im Sockel des Grabmals, in der man Boutades' Rang, seiner Verdienste und Tugenden gedachte, und in der die Überlebenden, besonders der Neffe Polygnotos, der das Grabmal hatte anfertigen lassen, ihre Trauer zum Ausdruck brachten. Die Todesart der Verstorbenen wurde mit keinem Wort erwähnt. Ich war so in Gedanken versunken, dass ich gar nicht hörte, was um mich herum geredet wurde. Erst als das zustimmende, bewundernde Gemurmel der anderen in Missfallensäußerungen umschlug, erwachte ich. Ich sah, wie mein Nebenmann seinen Nachbarn anstieß und von mir fortzog. Aus einiger Entfernung musterten mich dann beide ängstlich und zornig zugleich.

»Er schändet das Grabmal!«, rief einer.

In diesem Augenblick merkte ich, dass mein Schatten über den weißen glänzenden Grabstein fiel und Boutades' Züge verdunkelte. Fast gleichzeitig erkannte mich einer von Boutades' Sklaven, die den Wagen schoben, und machte ein Zeichen zur Abwehr des Bösen. Ich war traurig und beschämt. In gewisser Weise entehrte ich durch meine Gegenwart diesen Grabstein tatsächlich und hätte sofort, nachdem ich den Wagen gesehen hatte, einen anderen Weg einschlagen müssen. O Boutades, dachte ich, ich kann dir nichts Böses mehr tun. Eher haben ein Schatten und dieses Marmorbildnis die Macht, mir Leid zuzufügen. Ich wandte mich hastig ab und machte einen langen Spaziergang, bevor ich es wagte, mich in der Agora sehen zu lassen. In Gedanken war ich jedoch noch immer bei diesem Grabstein, der inzwischen sicher längst das Dipylontor* zum Kerameikos passiert hatte. Jene weißen Marmorfiguren schienen mich mit ihrem Spott überallhin zu verfolgen.

Am Tag der dritten Anhörung wachte ich auf und spürte die ersten Anzeichen einer unangenehmen Erkältung. Ich fühlte ein Kitzeln in der Nase, ein Prickeln im Hals, und meine Stimme klang seltsam fremd, wie die gerissene Seite einer Leier. Jedes Wort strengte mich an. Das Einzige, was ich tun konnte, war, mich so warm wie möglich anzuziehen.

Meine Gegner vor Gericht wirkten beängstigend frisch und gesund. Eutikleides kam mir noch größer und feister vor als sonst. Polygnotos hatte wie immer klare Augen und rosige Backen, und bei seinem Anblick wurde mir erst richtig bewusst, wie ungesund gelblich meine Gesichtsfarbe und wie wässrig meine Augen sein müssten. An jenem Tag waren wir Musterbeispiele für Krankheit und Gesundheit. Polygnotos' Sklave aus Sinope, der erneut seinen Herrn begleitete, sah noch wohlgenährter aus als zuvor und strahlte übers ganze Gesicht, als habe man ihm etwas besonders Gutes zum Mittagessen versprochen. Telemon redete und gestikulierte wieder einmal für zwei.

* *Doppeltor* auf dem Weg zum Begräbnisplatz in Athen.

Am Anfang wiederholte sich das starre Zeremoniell der ersten und zweiten Anhörung, das ich teilnahmslos über mich ergehen ließ. Mein Kopf schmerzte, und mir war leicht schwindlig, doch das kam nicht nur von der Erkältung. Ich wusste, dass ich würde lügen müssen, und das machte mir Angst. Der Basileus half mir jedoch unbewusst, indem er schließlich sagte: »Können wir davon ausgehen, dass deine Verteidigung dieselbe geblieben ist, Stephanos? Bleibst du dabei, dass dein Cousin zur Tatzeit nicht da war?«

»Ja«, antwortete ich, und das war eigentlich keine Lüge, denn »sie« konnten ja tatsächlich davon ausgehen. Insofern brach ich den Eid, den ich vor den Göttern geschworen hatte, nicht ganz. Trotzdem konnte ich nicht sicher sein, dass mich die Götter nicht strafen würden. Sie wussten schließlich, dass ich hatte lügen wollen – und das in ihrem Namen. Die Götter lassen sich durch eine List nicht täuschen.

Die Verhandlung ging weiter. Ich war wie benommen. Dann hörte ich plötzlich, wie Eutikleides sagte: »Hier ist der Zeuge, den wir schon in der zweiten Anhörung zitiert haben.« Und damit schob er den kleinen, hageren Mann vor, der Aristoteles die Sarisse gebracht hatte.

Der ehemalige Soldat wurde als Sosibios vorgestellt. Er war ein Athener aus einem der ländlichen Distrikte der Stadt. Man berichtete von seinem Dienst im Heer des Alexander, und auf Eutikleides' mitfühlende Fragen hin erzählte der Mann, wie es zu seiner Verwundung gekommen war. Es hörte sich alles sehr ehrenwert an. Als der Basileus ihn weiter ausfragte, antwortete er bereitwillig. Dieser Sosibios hatte eine dünne, unangenehme Stimme und redete schnell und stockend zugleich. Die Umgebung schien ihn ein wenig eingeschüchtert zu haben, denn beim Reden zuckte ständig nervös ein Mundwinkel. Obwohl sein Benehmen in keiner Weise unpassend oder aufdringlich wirkte, war mir der Mann unsympathisch.

Er beschrieb ausführlich die Schlacht bei Issos und den Sieg über die flüchtenden Perser, was mich zu einem anderen Zeitpunkt und aus einem anderen Munde sicher interessiert hätte. Dabei berichtete er, dass er und ein anderer Fußsoldat in arge Bedrängnis geraten waren, als sie versucht hatten, den Reitern über den Fluss Payas zu folgen. Nachdem die feindlichen Soldaten den Fluss überquert hatten, leisteten sie Alexanders Männern am anderen Ufer erbitterten Widerstand.

»Und, meine Herren«, fuhr der ehemalige Soldat fort, »das Schlimmste war, dass die Perser, die uns am anderen Ufer so hart bedrängten, gar keine Perser, sondern Griechen gewesen sind. Sie schrien uns auf Griechisch schreckliche Gemeinheiten entgegen. Dabei habe ich Philemon von Athen gesehen. Zuerst auf der gegenüberliegenden Seite des Flusses und dann an unserem Ufer. Er hat gekämpft und geschrien, ja, so ist es gewesen.«

»Hast du ihn denn gekannt?«, erkundigte sich Polygnotos, und ich glaubte, aus seiner Stimme leise Zweifel herauszuhören. »Woher hast du gewusst, dass es Philemon war?«

»Ja, ich habe ihn gekannt … aus alten Tagen in Athen.«

»Und hast du ihn an jenem Tag bei der Schlacht noch einmal gesehen?«, fragte der Basileus.

»Ja. Wir sind später über den Fluss und haben die feige Bande verfolgt. Die Reiter hatten diesen verdammten griechischen Verrätern den Rückzug abgeschnitten. Und da sind sie natürlich gelaufen, so schnell sie konnten. Bereits am Abend hatte Alexander das gesamte persische Heer in die Flucht geschlagen.« Sosibios kicherte. »Darius ist in seinem Wagen eher davongeflogen als gefahren. Natürlich habe ich diesen Philemon wieder gesehen. Er ist schließlich vor uns davongerannt. Er hatte in einer Gesichtshälfte eine tiefe Wunde. Leider haben wir ihn nicht gefasst.«

»Bist du ihm später wieder begegnet oder hast von ihm gehört?«

»Begegnet bin ich ihm nie mehr, aber in Sidon habe ich erfahren, dass er auf dem Weg nach Hause... nach Athen dort vorbeigekommen ist. Ich habe bis zu meiner Verwundung bei Tyros weiter für Alexander gekämpft.«

»Ihr seht also«, ergriff Eutikleides das Wort, »dieser Mann hat Philemon gesehen, als dieser für die Perser gekämpft hat. Sosibios ist später verwundet worden und konnte an dem weiteren Vorstoß Alexanders nach Kleinasien nicht teilnehmen. Wir wissen inzwischen, wie sich Alexander an den griechischen Verrätern gerächt hat, die sich auf die persische Seite geschlagen hatten. Deshalb hatte sich dieser hinterhältige Bursche, Philemon, vermutlich auf den Heimweg gemacht. Er hatte also genügend Zeit, um bis zum Tag des Mordes an Boutades wieder in Athen zu sein.«

Ich musste nun ebenfalls den Zeugen ins Verhör nehmen, hatte jedoch keine Ahnung, wie ich das anstellen sollte. »Woher hast du gewusst, dass es Philemon war? Hat er dir seinen Namen gesagt?«

Sosibios zögerte und sah Eutikleides an. »Ja«, antwortete er schließlich. »Ich glaube, das hat er getan. In Sidon jedenfalls hat er einigen gesagt, dass er Philemon heißt.«

»Du glaubst es also, aber du bist nicht sicher. Du kannst dich nicht erinnern. Ist es nicht eigentlich so, dass du lediglich den Eindruck gehabt hast, dass dieser Mann in der Schlacht bei Issos Philemon gewesen ist? Du hast einfach einen Mann gesehen, der Philemon ähnlich gewesen ist.«

»Nein, ich habe ihn erkannt.«

»Na gut.« Ich konnte wieder klarer denken. »Beschreib ihn mir. Beschreib ihn mir, so genau wie du kannst.«

»Nun, er war groß…«

»Wie groß? Sehr groß? Riesig?«

»Nein, nicht ungewöhnlich groß. Aber eben groß und nicht klein. Gut gebaut, muskulös und gelenkig.«

»Welche Haarfarbe hatte er?«

»Braun.«

»Was für ein Braun?«

»Einfach braun. Jedenfalls nicht schwarz-braun. Sein Haar war ziemlich lockig.«

»Hatte er einen Helm auf?«, fragte ich ihn und erinnerte mich an mein letztes Gespräch mit Aristoteles.

»Hm… nein. Ich glaube nicht. Oder vielleicht einen kleinen Helm. Ich konnte ja schließlich seine Haare sehen. Der Helm hat den Kopf also kaum ganz bedeckt.«

»Welche Farbe hatten seine Augen?«

»Braun.«

»Beschreib mir seine Stimme.« Der Mann sah mich verblüfft an. Stimmen konnte man nicht beschreiben.

»Nun… es war die Stimme eines jungen Mannes. Laut und klar.« Er warf erneut Eutikleides einen Seitenblick zu. »Er sprach wie ein Athener«, fügte er hinzu.

»Sind dir sonst an ihm irgendwelche besonderen Kennzeichen aufgefallen? Hatte er ein Muttermal oder sonstige Schönheitsfehler?«

»Nein, Herr. Aber jetzt hat er eine Narbe – von der Wunde, die er sich an jenem Tag zugezogen hat.«

»Ah! Du meinst die Verletzung aus der Schlacht bei Issos. Was für eine Wunde ist das gewesen? Stammte sie von einem Schwerthieb, oder war es eher ein Riss oder ein Loch? Und wo hatte er sich verletzt? Am Ohr, am Auge, am Kinn?«

»An der Wange... am Wangenknochen entlang und dann abwärts.«

»Und auf welcher Gesichtsseite?«

Sosibios berührte mit beiden Händen zögernd sein Gesicht.

»Du kannst dich hier nirgends in einem Teich betrachten«, bemerkte ich gehässig. »Also, auf welcher Seite?«

Sosibios zögerte noch immer. »Ich glaube, auf der rechten Seite. Vielleicht war's auch auf der linken. Nein... nein, auf der rechten.« Eutikleides musterte seinen Zeugen sichtlich verärgert.

»Sosibios«, wandte ich mich mit eisigem Unterton in der Stimme an den ehemaligen Soldaten. »Wir wollen einmal dein Gedächtnis etwas auf die Probe stellen, um zu sehen, wie genau du eine Person beschreiben kannst. Sag mir zum Beispiel, wie Glaukon, der Sohn des Glaukon, und Euphrastion, der Sohn des Dekagones, aussehen, die du beide kennen musst.«

Glaukon und Euphrastion waren junge Athener aus guten Familien, die wegen ihrer athletischen Leistungen bekannt und gefeiert waren. Es gab praktisch niemanden, der sie nicht schon gesehen hatte. Außerdem waren sie ungefähr in Philemons Alter. Der Zeuge schien zuerst nicht bereit zu sein, meiner Bitte nachzukommen, doch dann schaltete sich der Basileus ein und forderte ihn dazu auf. Sosibios begann zögernd und stockend, die beiden jungen Männer zu beschreiben.

»Aha«, bemerkte ich, als er geendet hatte. »Glaukon ist also groß, aber nicht allzu groß, gut gebaut und hat braune Haare und braune Augen. Auf Euphrastion trifft praktisch dasselbe zu. Darauf läuft doch deine Beschreibung hinaus, oder? Außerdem sind beide muskulös und haben keine besonderen Kennzeichen. Du hättest noch hinzufügen können, dass beide wie Athener sprechen. Wer allerdings sollte die beiden jungen Männer auf Grund einer solchen Beschreibung jemals erkennen? Du hast nicht ein Charakteristikum genannt, das nur auf einen der beiden und auf sonst niemanden zutrifft. Und in einem Punkt hast du dich sogar gründlich geirrt. Euphrastion hat nicht braune, sondern schiefergraue Augen. Wenn man dir glauben wollte, könnte man allerdings meinen, er sehe genau wie Glaukon aus. Ich habe den Eindruck, dass für diesen Zeugen alle Männer in einem bestimmten Alter völlig gleich sind.« Ich wandte mich an alle Anwesenden: »Die Beschreibung des Mannes, den er Philemon nennt, trifft auf mindestens ein dutzend junger Athener zu ... wenn nicht sogar auf mehr.« Meine Kopfschmerzen waren verflogen, und ich fühlte mich plötzlich so gut wie schon lange nicht mehr.

»Wann hat die Schlacht bei Issos begonnen?«, fragte ich den Zeugen. »Zu welcher Jahres- und Tageszeit hat sie stattgefunden?«

»Ungefähr um diese Jahreszeit – nur ein wenig früher«, antwortete Sosibios. »Begonnen haben wir in der Mitte des Nachmittags.«

»Richtig«, stimmte ich zu. »Für den Beginn einer Schlacht ist das reichlich spät, aber Alexander hat bei der Aufstellung der Truppen besondere Sorgfalt walten lassen und sich Zeit genommen. Wie war das Wasser des Flusses?«, erkundigte ich mich.

»Eiskalt«, erwiderte der ehemalige Soldat mit Nachdruck.

»Ich kann mir vorstellen, wie schwer ihr es gehabt habt«, fuhr ich mitfühlend fort. »Kämpfend einen Fluss zu überqueren – das ist wirklich ein schwieriges Unterfangen. Und dabei musstet ihr auch noch warten, bis die Reiter drüben waren.«

»Ja«, stimmte Sosibios mir stolz zu. »Es war alles andere als einfach. Schon die Reiter hatten Schwierigkeiten. Die Pferde sind einfach im Schlamm stecken geblieben. Ihr könnt euch vorstellen, wie es da erst uns ergangen ist, als wir durch die Furt wollten.«

»War es denn dort sehr schlammig?«, fragte ich unschuldig.

»Schlammig? So viel Schlamm und Morast gibt es in Athen nicht einmal, wenn es einen Monat ununterbrochen geregnet hat. Ihr hättet sehen sollen, wie die letzten Reiter durch den Fluss sind. Auf diesem bodenlosen, glitschigen Untergrund war kein Halt mehr zu finden.«

»Die Furt ist also von der einen bis zur anderen Seite völlig aufgewühlt gewesen? Hinter den Pferdehufen und Soldaten muss der Schlamm ja nur noch so gespritzt sein. Hast du auch etwas abbekommen?«

»Natürlich, was denn sonst? Wir sind alle schmutzig gewesen. Eine Schlacht ist schließlich kein Spaziergang. Man konnte praktisch nicht mal in die Nähe des Flusses kommen, ohne...« Er hielt abrupt inne und überlegte angestrengt.

»...ohne von Kopf bis Fuß mit Schlamm bedeckt zu sein«, ergänzte ich. »Dasselbe muss auch für die feindlichen Soldaten gegolten haben, nicht wahr? Die Fußsoldaten, die euch angegriffen haben, nachdem die Reiter den Fluss überquert hatten, waren schließlich eine morastige Uferböschung hinunter- und die andere hinaufgeklettert und in der Mitte durch schlammiges Wasser gewatet.«

Sosibios nickte unglücklich.

»Wir haben es hier also mit einem Zeugen zu tun«, wandte ich mich direkt an den Basileus, »dessen Gedächtnis und dessen Genauigkeit bei der Schilderung seiner Erlebnisse sehr zu wünschen übrig lassen. Sosibios behauptet, einen jungen Mann erkannt zu haben, mit dem er nicht einmal flüchtig bekannt gewesen ist, sondern den er bestenfalls in Athen gesehen haben kann. Obwohl unser Zeuge so tut, als sei er seiner Sache sicher, beschreibt er den Mann nur dürftig und allgemein. Außerdem hat die Begegnung zwischen jener Person und Sosibios inmitten eines heftigen Kampfgetümmels stattgefunden, als unser Zeuge alle Hände voll damit zu tun hatte, sein Leben zu verteidigen und zu retten. Hinzu kommt, dass die Schlacht erst am Spätnachmittag eines Tages im Spätherbst begonnen hat. Trotzdem besteht der Zeuge darauf, denselben Mann später, also in der Dunkelheit oder bestenfalls in der Dämmerung, aus einiger Entfernung und von hinten wiedererkannt zu haben.

Und bitte bedenkt, dass zu dem Zeitpunkt, als Sosibios den jungen Mann aus der Nähe gesehen haben kann, dieser nach der mühsamen Flussüberquerung von Kopf bis Fuß mit Schlamm und Schmutz bedeckt gewesen sein muss. Schon aus diesem Grund konnte man ihn also wohl kaum von den anderen feindlichen Griechen unterscheiden. Dass tatsächlich Griechen auf persischer Seite gekämpft haben, wird niemand leugnen. Und die meisten dieser Griechen waren sicher kräftige, große junge Männer, die mit verzerrten, schlammverschmierten Gesichtern und schmutzverklebtem Haar schreiend gekämpft haben. Vielleicht hat der Zeuge Sosibios wirklich einen jungen Griechen in dieser Verfassung gesehen. Aber genau erkannt haben kann er ihn nicht. Der Rest ist Mutmaßung.«

»Aber er hat selbst gesagt, dass er Philemon ist«, warf Eutikleides ein. »Auf dem Weg durch Sidon hat er seinen Namen genannt.«

»Ah! Aber woher sollen wir wissen, dass dieser mysteriöse junge Mann, der durch Sidon gekommen ist, auch derjenige war, welchen Sosibios in der Schlacht von Issos gesehen hat? Ich kann mir nicht vorstellen, dass der Zeuge in diesem Fall Recht hat. Seine Beschreibungen sind reichlich vage. Vielleicht hat ein Mann in Sidon gesagt, dass Philomenes aus Orynthos da gewesen ist, und unser Zeuge hat sich verhört. Es gibt in Griechenland sicher hundert Männer mit dem Namen Philemon, die eine Narbe im Gesicht haben Möglicherweise hat ihn der Mann in der Schlacht auch entfernt an meinen Cousin erinnert... Wir haben ja erlebt, wie ähnlich sich alle Männer seiner Vorstellung nach sind. Und die einzige Person, die in Sidon Philemons Namen erwähnt hat, ist wahrscheinlich der Zeuge persönlich gewesen. Die Zunge vom Wein gelöst, hat er vermutlich, als er von einem Mann mit einer Narbe gehört hat, gesagt: ›O ja, Philemon.‹ Und damit hat er den Mann aus der Schlacht gemeint, der Philemon ähnlich gesehen hat. Nach und nach hat er sich dann eingeredet, dass die beiden ein und dieselbe Person gewesen sind. Dabei sprechen wir möglicherweise von drei verschiedenen jungen Männern. Schließlich behauptet der Zeuge ja nicht, den Mann mit der Narbe in Sidon getroffen zu haben. Ich stelle daher fest, dass es keinerlei logische oder vernünftige Anhaltspunkte dafür gibt, dass es sich bei dem jungen Mann um Philemon gehandelt hat. Es ist alles dummes Zeug«, schloss ich und versuchte zu lächeln.

Die Männer der Gegenseite schüttelten die Köpfe, sagten jedoch wenig. Eutikleides schien sehr ärgerlich zu sein und übernahm es als Einziger, mir zu entgegnen, dass die Angelegenheit im Prozess noch einmal zur Sprache kommen werde. Er erklärte weiter, dass die Partei der Ankläger hoffe, bis dahin einen Zeugen gefunden zu haben, der nicht nur wie Sosibios behaupten, sondern auch beweisen könne, dass Philemon zur Tatzeit in Athen gewesen sei.

»In diesem Fall«, fügte er spöttisch hinzu, »dürften die Einwände der Verteidigung gegen diesen Zeugen hier hinfällig werden.«

Damit war die Zeugenvernehmung beendet. Ich nieste dreimal kräftig, und alle wichen vor dem Sprühregen zurück, den ich verbreitete. Dann schloss der Basileus die Verhandlung. Meine Gedanken waren klar, doch ich hatte wieder Kopfschmerzen. Obwohl ich auf meine Leistung bei der dritten Voruntersuchung recht stolz war, wusste ich doch, dass meine Mittel erschöpft waren. Im Prozess würden mir nicht mehr Argumente zur Verfügung stehen, um die Aussage des Zeugen zu erschüttern, als diejenigen, die ich jetzt bereits ins Feld geführt hatte. Außerdem war der Zeuge im Prozess bereits durch den Misserfolg aus der dritten Anhörung gewarnt. Das Verhör konnte folglich einen völlig anderen Verlauf nehmen. Doch selbst wenn alles so gut gehen sollte wie an diesem Tag, war ungewiss, wie die Bürger im Areopag dazu stehen würden. Möglicherweise ergriffen sie moralisch Partei für den ehemaligen Soldaten, so vage und unlogisch seine Behauptungen auch sein mochten. Wenn man genügend Schmutz wirft, bleibt irgendetwas sicher kleben. Ich hatte schließlich selbst ein wenig mit Schmutz geworfen. Falls Eutikleides allerdings seine Drohung wahr machte, im Prozess einen Zeugen vorzuführen, der Philemon in Athen gesehen hatte, war unsere Sache so gut wie verloren. Noch einen Monat früher hätte ich diese Drohung auf die leichte Schulter genommen, doch inzwischen wusste ich, dass es in Athen oder zumindest in Piräus wahrscheinlich Leute gab, die Philemon gesehen hatten. Ich nieste erneut und ging hinaus. Meine Kehle war rau und wund. Ich dachte unwillkürlich an den erkälteten Schauspieler, der Angst hatte, seine Stimme zu verlieren. Jetzt konnte ich ihm das nachfühlen. Die Vorstellung, ich könnte vor dem Prozess heiser werden, um dann flüsternd vor die riesige Menge von Athenern treten zu müssen, war äußerst unangenehm.

An meinem Weg stand mit vom Wind verwehtem, spärlichem, grauem Haar mein Feind Archimenos. Er schien mich wie ein schrecklicher, immer wiederkehrender Albtraum zu verfolgen. Ich war auf der Hut, denn schließlich hatte ich so etwas schon einmal erlebt. Noch bevor er den Mund aufmachte, wusste ich, dass wir diese Szene wieder und wieder spielen würden... Und natürlich war da auch Theosophoros, unser altbekanntes Publikum. Ich jedenfalls war entschlossen, dieses ermüdende Spiel zu beenden – oder wenigstens etwas abzuändern. Dazu brauchte ich mehr Zuschauer. Ich blieb also dicht hinter der Gruppe um Polygnotos und ließ mich auch draußen auf dem Weg nicht abdrängen. Dicht vor mir sah ich Eutikleides' breiten Rücken mit dem fetten Nacken. Polygnotos und sein ergebener Sklave gingen neben ihm. Ich war nur gut drei Schritte hinter ihnen, als Archimenos mich ansprach. Insgeheim hoffte ich, dass er sich vor diesen achtbaren Bürgern schämen und sich seine widerlichen Anzüglichkeiten sparen würde. Ich legte auf eine Auseinandersetzung mit Archimenos wirklich keinen Wert und wusste, dass ich über den bösen Verdacht, den ich in meinem Innersten hegte, hier und jetzt auf keinen Fall sprechen durfte.

»Oh, Stephanos! Meder-Liebchen! Cousin eines Meder-Liebchens!«, zischte Archimenos leise und giftig.

Ich schwieg verbissen. Archimenos ging leichtfüßig wie ein Tänzer neben mir her.

»Was hast du hier noch zu suchen? Leg dich nicht bei den Mädchen, sondern lieber für die Perser ins Zeug, du Meder-Liebchen! Du kriechst den Persern doch sonst wo hinein! Aber pass auf, dass dich Alexanders Männer nicht bei den Persern erwischen und dich mit einem großen, breiten Schwert aufspießen!«

Ich war wütend und verlegen zugleich. Es war klar, dass die, die vor mir gingen, alles genau gehört haben mussten und sich vermutlich an meiner Schmach ergötzten.

»Ha! Ha! Stoß dir ein Schwert in den Bauch!«, schrie Archimenos genüsslich. Trotz der Scham und der Wut, die ich empfand, kam mir plötzlich eine Idee. Mein Zorn ließ sich kaum noch bezähmen, und ich erinnerte mich wieder an den Sklaven mit der verbundenen Hand.

»Mein Leben geht Euch gar nichts an«, entgegnete ich. »Ihr seid nichts weiter als eine vertrocknete Nussschale ohne Kern.« Meine Stimme war erstaunlich laut und deutlich, wenn auch etwas heiser. »Es gibt Leute, die es verstehen, vor der Gefahr davonzulaufen, stimmt's nicht? Tap, tap, tap, manche Füße laufen schnell. Diejenigen, welche ehrbare Bürger im Schutz der Dunkelheit angreifen, sollten sich lieber etwas vorsehen. Vergesst nicht, dass die, die im Dunkeln Unrecht tun, am Tag entdeckt werden. Jeder hinterlässt Spuren. Der Sklave, der die Fackel hält, könnte sich daran verbrennen. Und wer einem Sklaven vertraut, sollte wissen, wie wenig seine Verschwiegenheit wert ist. Gemeine Angriffe auf Hilflose im Dunkeln – das ist wahrlich etwas, worauf man stolz sein kann. Noch gibt es Gesetze in Athen. Denkt über das alles einmal nach. Geht nach Hause und besinnt Euch Eurer Manieren, sonst werdet Ihr bald Wärter brauchen, die Euren Wahnsinn im Zaum halten.«

»Ein Schwert in deinen Bauch!«, flüsterte Archimenos bereits weit weniger vergnügt.

Theosophoros mischte sich ein.

»Diese Unverschämtheit gegenüber einem angesehenen Bürger, der dein Großvater sein könnte! Vermutlich sind das die neuen Manieren der Perserfreunde, an die wir uns erst gewöhnen müssen.«

»Meder-Liebchen«, wiederholte Archimenos trübsinnig. »Gemeiner Hund!«

»Ja, wir werden einige Zeit brauchen, bis wir uns an diese barbarischen Sitten gewöhnt haben«, fuhr Theosophoros fort. »Komm, Bürger!«

Damit packte er Archimenos am Arm und führte ihn hastig die Straße hinunter. Er tat das nicht, weil Archimenos nicht gut zu Fuß war – der alte Herr schritt im Gegenteil sogar recht kräftig voran –, sondern um zu verhindern, dass er zu mir zurücklief. Wenn es mir auch gelungen war, wenigstens einige Spielregeln zu ändern, so hatte mir diese Szene dennoch keine Genugtuung verschafft. Archimenos' Anzüglichkeiten hatten mich in meiner Ehre als Mann verletzt. Dafür hatte ich Archimenos allerdings den Wink gegeben, dass ich wusste, wer Melissas Haus in Brand gesteckt hatte. Ich hoffte, ihn eingeschüchtert zu haben. Inzwischen war ich fast sicher, dass es Archimenos gewesen war, den ich durch die Straßen von Piräus gejagt hatte; die Frage war nur, warum er das alles getan hatte.

Ich ging nach Hause, um in Ruhe über alles nachzudenken, doch als ich dort ankam, hatte ich nur noch den Wunsch, mich ins Bett zu legen. Ich verbrachte den Rest des Tages damit, meinen Kopf über Schüsseln mit dampfendem Kräutersud zu halten. Am nächsten Morgen ging es mir ein wenig besser. Meine Mutter persönlich brachte mir das Frühstück und erzählte mir, um mich aufzuheitern, die neuesten Vorfälle aus unserem Haushalt, was mich langweilte. Schließlich fügte sie gnädig hinzu: »In der Stadt gibt es auch etwas Neues. Es wird dich vielleicht interessieren, Stephanos. Für mich jedenfalls ist alles Unglück, das ›dieses‹ Haus trifft, eine Befriedigung. Jetzt, da du gefrühstückt hast, will ich es dir erzählen.«

»Was willst du mir erzählen?«

»Einer der Sklaven, die Boutades gehört haben, ist tot. Es heißt, er sei im Parnes* in eine Schlucht gestürzt. Gestern Nachmittag hat Polygnotos ihn mit einer Botschaft weggeschickt. Er ist nicht zurückgekommen. Heute Morgen haben ihn Schäfer tot aufgefunden. Unser Sklave hat es mir erzählt.«

»Ja, es stimmt«, warf Tante Eudoxia ein, die leise ins Zimmer gekommen war, um sich an dem interessanten Gespräch zu beteiligen. »Einige behaupten, Räuber hätten ihn überfallen und getötet... Mir soll's recht sein. Jeder, der den Reichtum dieser Familie mindert, ist mir willkommen. Der Sklave hatte ein paar Münzen, die verschwunden sind. Aber die können ihm auch die Schäfer abgenommen haben. Die Schrifttafeln, die er dabeihatte, sind jedenfalls noch da. Die Schäfer haben die Leiche gerade in die Stadt gebracht – einige haben sie gesehen. Außer einer Verletzung am Kopf konnte man keine Spuren eines Kampfes entdecken. Er hat sich das Schädelbein gebrochen.«

»Ich glaube, dass er im Dunkeln gestolpert und hingefallen ist«, erklärte meine Mutter. »Wahrscheinlich hat er unerlaubterweise etwas getrunken. Diese Sklaven sind so leichtsinnig. Er ist nur so ein dummer Kerl aus Sinope gewesen. Vermutlich war er nicht einmal klug genug, um auf dem Weg zu bleiben.«

»Sie haben ihn unterhalb der Felswand gefunden«, meldete sich meine Tante wieder zu Wort. »Weil er nicht geblutet hat, haben sie zuerst gedacht, er sei noch am Leben.

* *Parnes:* 1413 m hohes Gebirge in Attika.

Aber als sie ihn angefasst haben, merkten sie, dass er schon eine Weile tot sein musste.«

»Polygnotos ist ziemlich verärgert«, erklärte meine Mutter zufrieden. »Die Sache hat ihn wirklich mitgenommen. Es ist schließlich sein Lieblingssklave gewesen, der ihn überallhin begleitet hat. Es heißt, Polygnotos hätte es zuerst gar nicht glauben wollen. Aber leider ist es nur eine Kleinigkeit«, seufzte meine Mutter. »Er wird sich eben einen neuen Sklaven kaufen. Athene weiß, dass ich ihm Schlimmeres wünsche. Ich wünschte, die ganze Familie wäre in eine Schlucht gestürzt – samt Eutikleides.«

»Mutter!«, protestierte ich. »Pass auf, dass die Götter dich nicht hören und bestrafen!«

»Sie haben es verdient«, entgegnete sie eigensinnig. »Uns das alles anzutun! Ich wünsche Polygnotos und seiner ganzen Familie, dass sie jeden Morgen eine andere schlechte Nachricht erfahren mögen.«

Wie ich schon gesagt habe, hatte meine Mutter die ganze Angelegenheit als gemeine persönliche Beleidigungen aufgefasst.

»Ah!«, seufzte Tante Eudoxia und legte die Hand feierlich auf ihr Herz. »Die Götter haben ihr Urteil über sie gesprochen.«

Ich hoffte inständig, dass dem nicht so war. Mir war nämlich inzwischen der Gedanke gekommen, dass möglicherweise dieser Sklave aus Sinope Boutades' Mörder gewesen sein könnte. Ich erinnerte mich noch gut, wie ich ihn am Morgen des Mordes gesehen hatte. Er hatte vom schnellen Laufen geschwitzt, war bleich gewesen und hatte am ganzen Körper gezittert. Wenn das kein ängstlicher Sklave ist, hatte ich mir noch gedacht. Falls der Bursche durch ein Gottesurteil gestorben war, was sollte ich dann beim Prozess machen? Wozu waren die Gesetze gut, wenn die Götter den Mörder schon vorher bestraften, sodass der Unschuldige keine Möglichkeit mehr hatte, sich von jedem Verdacht reinzuwaschen? Hätte ich nur früher daran gedacht, dann hätte ich den Sklaven als Zeugen vorgeladen. Unter der Folter hätte er sicher ein Geständnis abgelegt. Jetzt war er mir entwischt. Ich war über diesen Verlust genauso wütend wie Polygnotos. Was sollte ich tun? Ich hatte wieder einmal eine gute Idee zu spät gehabt.

XIV

Ein Tag auf dem Bauernhof

Als ich am nächsten Morgen aufwachte, fühlte ich mich bereits viel besser. Ich hatte mir schon vor einiger Zeit vorgenommen, an diesem Tag zu unserem Bauernhof hinauszugehen, und ich wusste, dass der Verwalter und seine Frau mich erwarteten. Unser Athener Haushalt brauchte Öl und Käse, und so machte ich mich auf den Weg, begleitet von einem unserer Sklaven, der in zwei großen Körben den Abfall aus der Küche trug, welcher als Dünger die Erde auf unseren Feldern verbessern helfen sollte. Auf dem Rückweg würde er den Maultierkarren mit der Ladung Käse und Öl schieben. Der Sklave mit seiner Last roch nicht besonders angenehm, sodass ich etwas Abstand hielt. Das allerdings hinderte ihn nicht daran, mit mir zu plaudern. Er ließ es sich nicht nehmen, mir die Geschichte des unglücklichen Sklaven aus Sinope zu erzählen und dessen Leiche mit dem eingeschlagenen Schädel eingehend zu schildern. Auf diese Weise musste ich mir alles noch einmal anhören.

Gegen Mittag erreichten wir schließlich unser Ziel. Die kraftlose Wintersonne schien vom wolkenlosen Himmel auf uns herab, und das Jahr näherte sich seinem kürzesten Tag. Der Bauernhof, ein einfaches Steingebäude, sah nach dem langen Marsch einladend aus. Ich freute mich schon darauf, mich am Feuer aus Olivenkernen und Zweigen aufwärmen und mit Dametas und seiner Frau Tamia Wein trinken zu können.

Dametas und Tamia kannte ich seit meiner Kindheit. Tamia musste damals noch recht jung gewesen sein, denn während der Krankheit meiner Mutter war sie meine Amme gewesen. Inzwischen allerdings kam sie mir mit ihrem runzligen Gesicht und ihrem fast zahnlosen Mund sehr alt vor. Dametas und Tamia hatten viele Jahre auf unserem Hof gearbeitet. Jetzt war Dametas ein betagter halb blinder Mann, und zum ersten Mal fiel mir auf, dass seine abgearbeiteten Hände leicht zitterten. Die Erkenntnis, dass ich mich bald nach einem neuen Verwalter würde umsehen müssen, war ein Schock für mich. Auch Tamia ging langsamer und unsicherer, als sie mich durch die Vorratskammern führte, in denen die Handarbeiten der Frauen lagerten. Ich sollte die Webarbeiten begutachten. Als Tamia das gewebte Tuch betrachtete, hielt sie es verdächtig nahe an die Augen, und bald sollte ich merken, dass sie auch nicht mehr gut hörte. Wenn ich etwas zu ihr sagte, versuchte sie die Bedeutung der Worte von meinen Lippen abzulesen, um ihr Gebrechen zu verbergen. Das Gespräch mit ihr deprimierte mich sehr, denn ich hatte sie sehr gern. Wie lange würde sie ihre Aufgabe auf dem Hof noch erfüllen können?

Ich hatte gehofft, dass mich der Besuch auf dem Bauernhof aufheitern würde, denn ich war immer gern dort gewesen. Doch jetzt war ich ein erwachsener Mann mit den Sorgen und Nöten eines Familienoberhaupts. Ich begutachtete die Schweine und die Felder. Der Sklave, der mich begleitet hatte, verteilte inzwischen den Kompost auf den Feldern und holte Holz. Dametas und ich unterhielten uns angeregt über Landwirtschaft und Tamia buk Honigkuchen, weil sie wusste, dass ich Halsschmerzen hatte. Als ich mit Dametas den Vorratsraum betrat, in dem das Öl lagerte, heiterte mich der Anblick der langen Reihen von

Vorratsgefäßen ein wenig auf. Das Öl, das ich probierte, schmeckte ausgezeichnet.

»Wir haben einen Teil der letzten Ernte aufgehoben, damit du dir die Oliven ansehen kannst«, erklärte Dametas. »Sie sind von den Bäumen mit der späten Sorte am Abhang des kleinen Hügels. Komm und sieh sie dir an. Ich weiß, wie gern du immer beim Pressen der Oliven dabei gewesen bist.«

Zu beobachten, wie die Oliven gepresst werden, war als Kind eine meiner Lieblingsbeschäftigungen gewesen, und mir wurde klar, dass ich für Dametas und seine Frau immer ein Kind bleiben würde. Trotzdem musste ich feststellen, dass ich diesem Arbeitsgang noch immer gerne zusah. Das Maultier lief geduldig im Kreis herum, die Steinscheibe drehte sich um ihre Achse, und dann gab es ein leises schmatzendes Geräusch, und die zerquetschte, entkernte Olive fiel in den Trog. Die auf diese Weise entkernten Oliven wurden mit ihrem Saft in Körbe umgefüllt. Ich folgte Dametas in das Nebengebäude, wo die Oliven gepresst wurden, und beobachtete, wie er das schwere Gewicht der Wipppresse auf den Korb legte. Tamia hob das eine Stockende der Presse, damit das Gewicht auf die Oliven gedrückt wurde. Öl tropfte zäh durch das Weidengeflecht in die darunter stehenden Tongefäße. Tamia drückte lächelnd fester, und ich fühlte, wie alle Sorgen von mir abfielen, während ich das herrliche Öl zuerst aus einigen wenigen, dann aus vielen Löchern des Weidenkorbes fließen sah.

Plötzlich fiel ein Schatten über die Presse. Ich drehte mich um. Im Türrahmen stand wuchtig, groß und korpulent der Bürger Eutikleides.

»Stephanos, Sohn des Nikiarchos?«, fragte er höflich.

»Ja. Oh, Eutikleides!« Ich lief hastig zur Tür, um ihn

draußen zu begrüßen, denn ich wollte nicht, dass er den Frieden der Arbeit hier störte.

Doch Eutikleides ließ sich so schnell nicht ablenken. »Es war eine gute Olivenernte in diesem Jahr«, erklärte er. »Aber ihr seid spät dran mit dem Pressen.« Obwohl er das verhältnismäßig höflich sagte, war ein leiser Vorwurf nicht zu überhören.

Tamia blieb bei der Presse, nickte dem Fremden zu und lächelte mit ihrem zahnlosen Mund.

Eutikleides und ich gingen hinaus. Es war schon später Nachmittag, und die blauen Schatten wurden länger.

»Ich bin gerade ganz in der Nähe bei einem Pächter gewesen«, erklärte Eutikleides. »Und als ich gehört habe, dass du hier bist, habe ich beschlossen, sofort mit dir zu sprechen. Die Sache ist nämlich dringend. Es geht um das Geld, das mir dein Vater noch schuldet. Ich muss dich bitten, die Schuld zu begleichen – und zwar so schnell wie möglich.«

»Aber mein Vater schuldete dir kein Geld«, widersprach ich spontan.

»Stimmt, Nikiarchos ist nicht mein Schuldner gewesen. Aber dafür schuldet er meinem Gastfreund Agesander Geld.«

Ich dachte angestrengt nach. Ich erinnerte mich, dass ich im Monat Boedromion, kurz bevor der Mord und der schreckliche Verdacht gegen meine Familie alles andere aus meinem Gedächtnis verdrängt hatten, unsere Bücher durchgesehen hatte. Damals hatte ich überlegt, wie ich das Geld auftreiben sollte, um die Tochter des Kallimachos zu heiraten. Inzwischen schien diese Hoffnung in weite Ferne gerückt zu sein. Natürlich hatte ich vorgehabt, zuerst unsere Schulden – darunter auch die bei Agesander – zu tilgen. Dann war allerdings der schlechte Weinberg nicht zu verkaufen gewesen. Agesander hatte mich nicht zur Bezahlung der Schuld gedrängt, und wegen der Sorgen um Philemon hatte ich die Angelegenheit vollkommen vergessen. Es ist eine Schande, eine Schuld zu vergessen, aber ein junger Mann, der gerade auf seine Hochzeit hatte verzichten müssen, neigt leicht zu der Ansicht, dass andere sich durchaus auch einige Annehmlichkeiten versagen können. Ich wurde rot und merkte, dass Eutikleides seine Überlegenheit genoss.

»Es ist richtig«, musste ich zugeben. »Wir schulden Agesander Geld.«

»Ja, und zwar zweihundert Drachmen«, erklärte Eutikleides prompt und machte gar nicht erst den Versuch, seine Genugtuung zu verbergen.

»Nein, so viel ist es nicht«, widersprach ich. »Agesander hatte meinem Vater hundertzwanzig Drachmen geliehen.«

»Ah, und was ist mit dem Zins? Du vergisst den Zins, Stephanos. Ein kurzfristiges Darlehen ist inzwischen zu einem langfristigen Darlehen geworden. Du schuldest uns jetzt auch eine stattliche Summe an Zinsen.«

»Aber es ist ein Abkommen unter… unter Freunden… und unter Bürgern gewesen.«

»Es war eine rein geschäftliche Angelegenheit, mein lieber Junge«, belehrte mich Eutikleides.

»Und warum kommt Agesander nicht persönlich zu mir? Ich sollte die Sache schließlich mit ihm besprechen.«

»Mein lieber Stephanos«, antwortete Eutikleides mit onkelhafter Nachsicht und hängte sich bei mir ein, während wir langsam weitergingen. Sein fester, bestimmter Griff ärgerte mich. »Natürlich hat dein Vater das Geld Agesander geschuldet. Aber Agesander ist ein Verwandter von mir und außerdem mein Gastfreund.* Bedenke, er hat

* *Gastfreund* war in Griechenland ein Mann, mit dem man eine Art Rechtshilfeabkommen hatte.

Verluste erleiden müssen, und um ihm zu helfen, habe ich ihm sämtliche Schuldscheine abgenommen, die er in Händen hatte. Auf diese Weise bin ich jetzt dein Gläubiger.«

»Du!«, schnaubte ich wütend.

»Benimm dich nicht wie ein Kind, mein Junge. Leider, fürchte ich, bist du noch ein Kind – ein eigensinniges, launisches Kind. Deshalb werde ich nachsichtig sein. Aber sieh dir diesen Bauernhof an!«, rief er verächtlich und machte mit seiner freien Hand eine ausladende Geste. »Er verfällt zusehends. Dieser alte Trottel, der mich eingelassen hat, ist völlig unfähig. Ein junger Mann in deinen Verhältnissen sollte sein Land selbst bestellen, um die Familie zu ernähren.«

»Mein Vater ist von ebenso vornehmem Stand wie du gewesen und lebte in ebenso guten Verhältnissen«, entgegnete ich hitzig. »Ich komme aus einer angesehenen Familie.«

»Auch mit angesehenen Familien geht es manchmal bergab. Du solltest die Dinge sehen, wie sie sind. Wer weiß«, fügte er selbstgefällig hinzu, »vielleicht wird meine Familie in den kommenden Jahrhunderten auch einmal so abgewirtschaftet haben wie die deine jetzt. Aber du hast ein hitziges Temperament und willst meinen gut gemeinten Rat nicht annehmen.«

Er musterte mich aus seinen kalten, schiefergrauen Augen. Die Kraft seiner Hand auf meinem Arm war für einen Mann seines Alters erstaunlich.

»Sei vernünftig, oder die Sache geht böse aus. Natürlich will ich das Geld. Du wirst mich bezahlen müssen.«

Obwohl ich mir dabei selbst zuwider war, begann ich zu betteln: »Aber bedenke doch, wie schwierig zurzeit alles für mich ist – und mein Vater ist noch nicht lange tot. Kannst du denn nicht noch ein wenig warten?«

»Hältst du mich für ein Weib, das sich durch Bitten und Flehen erweichen lässt? Leute wie du sind immer in Schwierigkeiten. Ich hasse Gejammer und Kriecherei – ihr seid wie Hunde! Glaube ja nicht, dass du mich überlisten kannst. Es könnte dir sonst noch mal Leid tun.«

»Du wirst also alles unternehmen, um das Geld von mir zu bekommen?«, entgegnete ich in unverschämtem Ton. Wut und Verzweiflung machten mich mutig. »Ich dachte immer, dass die echten Athener, deren Vorfahren in der Schlacht von Marathon gekämpft haben, Wucher jeder Art verabscheuen.«

Der Griff, mit dem er meinen Arm umfasst hielt, wurde noch fester.

»Komm mir nicht mit diesen dummen Sprüchen! Ich bin nicht hier, um mit dir zu streiten. Ich habe von Agesander die Schuld samt Zins abgelöst. Jetzt möchte ich natürlich von dir haben, was mir gehört. Du kannst dich nicht mehr im Schoß deiner Amme verkriechen. Ich bin kein Mann, mit dem man spaßt, Stephanos. Geh nach Hause zu deiner Mutter, und lass dich trösten... Aber vergiss nicht, du musst zahlen.«

Ich schluckte und versuchte vernünftig mit ihm zu reden.

»Hör zu«, begann ich so ruhig wie möglich. »Ich kann und will meine Schuld bezahlen. Komm, ich werde dir etwas zeigen.« Damit führte ich ihn in den Vorratsraum, in dem die Ölkannen standen. »Hier, die werde ich alle verkaufen. Schon allein damit kann ich einen Großteil der Schuld begleichen. Den Rest erhältst du, sobald ich... sobald ich noch andere Dinge verkauft habe.«

Das kostbare Öl, dachte ich insgeheim. Es sofort verkaufen und den Erlös einem Gläubiger aushändigen zu müssen, war furchtbar. Damit war ich das gesamte Öl zum

Kochen für meinen Haushalt und den Bauernhof auf einen Schlag los – und damit auch das Geld, mit dem ich die Vorräte für den Winter hätte kaufen wollen. Mir war klar, dass Eutikleides wusste, was das für mich bedeutete, denn er lächelte mit grimmiger Zufriedenheit.

»Nun gut. Aber die erste Zahlung erwarte ich schon bald.«

»Bis zum Ende der nächsten Dekade«, versprach ich.

»Aber danach hast du für den Rest nicht mehr lange Zeit«, warnte Eutikleides.

In diesem Moment ertönten ganz in der Nähe helle, spitze Angstschreie. Ich lief in die Richtung, aus der sie kamen, und zog Eutikleides ein Stück mit, bis dieser sich losriss. Neben dem Stapel Brennholz hinter dem Haus kauerte laut schreiend mein Sklave. Er hatte sich beim Holzhacken eine Fingerkuppe abgehackt. Es war kein schöner Anblick, aber Eutikleides schien das viele Blut nichts auszumachen. Im Gegenteil, er beobachtete die Szene einen Moment mit grimmiger Genugtuung und sah den Sklaven dann verächtlich an.

»Hör mit diesem Gebrüll auf!«, befahl er ihm grob, packte ihn bei den Schultern und schüttelte den armen Kerl, sodass dieser vor Schreck das Schreien vergaß.

»So muss man mit den Burschen umgehen«, erklärte mir Eutikleides. »Die sind hysterisch wie Weiber. Man muss sie zur Besinnung bringen. Der Kerl soll das nächste Mal besser aufpassen.«

Dann sah er mich an, und es war unschwer zu erraten, dass er dachte: »Was ist das doch für ein ungeordneter Haushalt, in dem sich Sklaven so dumm benehmen!«

Inzwischen hatten sich sämtliche Sklaven um uns herum versammelt. Auch Tamia war gekommen und erzeugte beruhigende Schnalzlaute mit der Zunge. Eutikleides ging hoch erhobenen Hauptes zum Hoftor. Ich folgte ihm nur widerwillig.

»Dieser Hof ist wirklich kein beschaulicher Ort«, bemerkte Eutikleides spöttisch. »Nirgends hat man auch nur einen Moment Ruhe.« Ich hatte eigentlich bisher nicht angenommen, dass Eutikleides auch ironisch sein könnte. Er hatte nie einen besonders witzigen Eindruck auf mich gemacht. »Vergiss deine Schulden nicht, Stephanos. Ich hoffe, dass ich dich nicht noch einmal daran erinnern muss.«

Ich beobachtete, wie dieser große und gefährliche Mann die Straße hinunterging. Es kam mir merkwürdig vor, dass ich noch vor kurzem zu verstehen geglaubt hatte, warum er bei manchen Leuten so beliebt war. Ausgerechnet er! Agesander allerdings musste ihn mögen – ihn, den großzügigen Gastfreund, der ihm Hilfe und Schutz gewährte. Aber Eutikleides war eben nicht nur der reiche, achtbare Bürger, für den ich ihn gehalten hatte. In diesem Mann steckte ein harter, unerbittlicher Wille – und die Freude an Grausamkeiten. Gerade daraus schöpfte er vielleicht die Kraft und die Stärke, die ihm die Dankbarkeit derer einbrachte, die er beschützte. Dieser Mann war auf eine sehr unangenehme Art wesentlich rühriger und lebendiger, als ich angenommen hatte. Andere mochten tun, was er wollte – aber sie machten das sicher nicht nur aus Achtung vor einem vornehmen, starken Bürger, sondern weil sie unter Druck gesetzt worden waren. Nie hatte ich ihn mehr gehasst, nie hatte ich so deutlich den politischen Führer in ihm gesehen wie an diesem Tag.

Aber warum war er gegen mich? Ich hatte das Gefühl, meine gesamte Familie sei von ihm vernichtet worden.

Müde lehnte ich mich gegen das Tor und versuchte nachzudenken. Angenommen, überlegte ich, Eutikleides hat Boutades aus irgendeinem Grund – vielleicht aus Habgier – ermordet? Natürlich kann er auch irgendein anderes geheimnisvolles Motiv gehabt haben. Hat Eutikleides möglicherweise Grund gehabt, sich an Boutades zu rächen? Ich erinnerte mich, dass Eutikleides kurz vor mir Boutades' Haus betreten hatte. Er hätte also durchaus Zeit gehabt, den Mord zu begehen, fortzulaufen und zurückzukehren. Doch Eutikleides war an jenem Morgen kein bisschen außer Atem gewesen. Aber hätte ihn das alles so angestrengt, dass er hätte außer Atem sein müssen? Sein harter Griff an meinem Arm hatte mir gezeigt, wie stark er war. Die Schmerzen und blutenden Wunden eines anderen schienen ihn völlig kalt zu lassen. Das hatte der Vorfall mit dem Sklaven gezeigt. Außerdem hasste er Gefühlsäußerungen. Infolgedessen wäre er sicher in der Lage gewesen, den Anblick eines alten Freundes oder Bekannten, der tot in seinem Blut lag, gefasst zu ertragen. Danach hatte er dann vielleicht mich, den schwachen Verteidiger, unter Druck gesetzt, um ganz sichergehen zu können, dass die Tat einem hilflosen Opfer angelastet wurde. Wer führte eigentlich die Partei des Anklägers? Eutikleides! Je länger ich darüber nachdachte, desto deutlicher wurde mir bewusst, dass Eutikleides der heimliche Drahtzieher bei den Voruntersuchungen gewesen war.

In diesem Fall wäre ich die einzige Schwachstelle in seinem schönen Plan. Aber selbst wenn er den Mord begangen hatte, was konnte ich gegen ihn unternehmen? Der Gedanke, er könnte der Mörder gewesen sein, gefiel mir ganz und gar nicht. Es machte alles nur noch komplizierter. Trotzdem blieb der Verdacht bestehen und bohrte in mir wie ein schmerzender Zahn, auf den man beißen wollte, um ihn zu beruhigen.

Ich nieste mehrmals. Meine Erkältung machte sich wieder unangenehm bemerkbar. Ich ging ins Haus, um mich ein wenig am Feuer zu wärmen.

Der Finger des verletzten Sklaven war inzwischen verbunden worden. Tamia kümmerte sich fürsorglich um ihn und hatte ihm Suppe gebracht. Der Mann sah ängstlich auf, als ich eintrat, atmete jedoch erleichtert auf, als er erkannte, dass ich allein war, und aß weiter seine Suppe. Was sollte ich mit dem Burschen nur anfangen? Er war sicher nicht in der Lage, den Wagen mit dem Öl und dem Käse nach Athen zurückzuschieben. Wahrscheinlich würde ich diese Aufgabe selbst übernehmen müssen.

Nachdem ich mich aufgewärmt hatte, ging ich, getrieben von einer merkwürdigen Unruhe, wieder hinaus, wanderte rastlos durch Schuppen und über die Felder und versuchte nachzudenken. Zwischendurch sagte ich Dametas, dass ich am Abend sowohl einige Sachen zum Verkauf als auch Vorräte für unseren Haushalt in Athen mitnehmen wolle. Der Alte nickte nur, denn er ahnte ja nicht, dass ich beinahe alles zu Geld machen musste und wir alle – Herr, Verwalter und Sklaven – im Winter den Gürtel beträchtlich enger zu schnallen hatten. Ich knirschte mit den Zähnen. Zweihundert Drachmen waren keine allzu große Summe. Aber wenn sie jemand wie ich sofort bezahlen musste, genügte sie. Verflucht sei der, der den Zins erfunden hatte! Erst in diesem Moment wurde mir klar, dass ich die Höhe der Summe durchaus hätte anfechten können. Doch jetzt, da ich dummerweise einverstanden gewesen war, die geforderte Schuld zu bezahlen, hatte ich keine Möglichkeit mehr, gerichtlich gegen Eutikleides vorzugehen. Davon abgesehen hätte mein Gläubiger auf einen solchen Protest vermutlich nicht sehr freundlich reagiert, und das Letzte, was ich jetzt noch brauchen konnte, war eine weitere gerichtliche Klage.

In düsterer Stimmung stapfte ich durch Garten und Felder und gelangte schließlich in den Olivenhain. Die Schatten wurden immer länger, und die knorrigen Bäume sahen im Halbdunkel besonders unheimlich aus. Plötzlich hörte ich ein Geräusch. Es klang so, als streife jemand an der Rinde eines Baumstamms entlang. Ich ging schnell in die Richtung, aus der das Geräusch gekommen war, blieb stehen, doch alles war ruhig. Langsam schlenderte ich weiter. Es dauerte nicht lange, und ich hörte erneut ein Geräusch. Diesmal klang es so, als sei jemand schnell von einem Baum zum anderen gelaufen. Ich hatte plötzlich das Gefühl, als würden sich Blicke in meinen Rücken bohren. Hastig drehte ich mich um und zwang mich, so leise wie möglich auf den Baum zuzuschleichen, hinter dessen knorrigem Stamm sich jemand zu verbergen schien.

Ich bewegte mich nahezu lautlos vorwärts, doch mein Schnupfen verdarb alles. Ich musste zweimal so kräftig niesen, dass es durch den ganzen Hain hallte. »Oh, Stephanos?«, flüsterte in diesem Moment eine Stimme. Als ich erneut diese Worte hörte, die mir noch in so unangenehmer Erinnerung waren, lief es mir eiskalt den Rücken hinunter. Wie dumm war es doch von mir gewesen, im Dunkeln allein hierher zu kommen! Ich hätte auf Aristoteles hören sollen. Selbst auf meinem eigenen Grund und Boden war ich nicht mehr sicher.

»Oh, Stephanos?«, ertönte es erneut spöttisch. Aber es war die Stimme eines jungen Mannes. Ich stand wie angewurzelt da. Dann raschelte es hinter einem knorrigen Baumstamm. Ich versuchte angestrengt die Dunkelheit mit meinen Blicken zu durchdringen. Zuerst sah ich nur verschwommen das helle Oval eines Gesichts, und dann erkannte ich die Gestalt eines Mannes, der langsam zwischen den Bäumen auf mich zukam. Der Mann war immer deutlicher zu erkennen, und dann – dann wäre ich beinahe ohnmächtig geworden. Vor mir stand in der Dämmerung mein Cousin Philemon.

»Willkommen, Stephanos! Wie geht es dir? Du bist ja ganz schön erkältet.«

Ich lief auf meinen geliebten Cousin zu, den ich seit über zwei Jahren nicht mehr gesehen hatte, und umarmte ihn unter Tränen.

»Was machst du nur hier?«, fragte ich flüsternd. »Bei Zeus, dem König der Götter und Menschen, bei Athene, der Göttin dieses Olivenhains, du solltest nicht hier sein! Weißt du denn nicht, dass dein Leben in Gefahr ist?«

Er hielt mich auf Armeslänge von sich weg und lächelte beruhigend. »Es ist eine ziemlich lange Geschichte. Ich bin ja so froh, dass du es bist, Stephanos, hatte ich doch keine Ahnung, wer da in den Hain gekommen war. Mir geht's gut. Ich bin Soldat gewesen und kann ganz gut auf mich aufpassen.«

»Warum bist du hier? Du bist ein Verbannter – und jetzt stehst du auch noch unter Mordanklage.«

»Ja, ja … ich weiß. Aber … nun … du wirst's nicht glauben, und wahrscheinlich bist du auch nicht begeistert … aber, ich habe eine Frau und …«

»Ja«, unterbrach ich ihn ungeduldig. »Ich weiß Bescheid.«

Er war völlig überrascht. »Was? Du weißt es? Und ich dachte, dich würde der Schlag treffen, wenn du es erfährst. Also, ich bin natürlich hergekommen, um nach meiner Frau und meinem Kind zu sehen. Außerdem wollte ich sie aus Athen fortschaffen. Nach allem, was ich so höre, könnten sie in arge Bedrängnis geraten.«

»Sehr richtig«, sagte ich energisch. »Aber Melissa und

dem Kind geht es gut. Ich habe sie bereits aus Athen weggebracht.«

»Na so was! Dann hätte ich ja gar nicht zu kommen brauchen. Du bist wirklich prima, Stephanos.« Seine Bewunderung war ehrlich gemeint. »Aber wie hast du es erfahren? Du bist so klug – und Melissa ist für eine Frau auch recht gescheit. Ihr zwei habt die Sache tadellos unter euch ausgemacht, was? Mir fällt ein Stein vom Herzen. Ich habe mir Sorgen gemacht. Wo sind sie denn jetzt?«

»Mit dem Willen der Götter ... auf dem Weg nach Makedonien.«

»Wie hast du ...«

»Für lange Erzählungen haben wir jetzt keine Zeit«, wehrte ich ab. »Wir müssen an deine Sicherheit denken. Du bist ein Verbannter, Philemon – und ganz Athen hält dich für einen Mörder und Überläufer. Du sollst für die Perser gekämpft haben, und was weiß ich noch alles ... Irgendjemand hat es auf dein Vermögen abgesehen und trachtet dir vielleicht sogar nach dem Leben ... Und du kommst einfach hierher! Es fehlte nur noch, dass du auf den Marktplatz gehst, dich rasieren lässt und dich angeregt unterhältst. Wir müssen dich so schnell wie möglich von hier fortbringen.«

»Nicht so hastig, Stephanos. Ich begreife gar nichts«, erwiderte Philemon. »Natürlich weiß ich, dass es gefährlich ist, hierher zu kommen. Aber wenn wir die Zügel fest in die Hand nehmen, werden wir die enge Kurve schon meistern.«

Das war typisch für Philemon. Er redete am liebsten in Bildern von Wagenrennen und anderen sportlichen Spielen.

»Die Zeit drängt, Philemon. Du musst fort. Es war heller Wahnsinn, hierher zu kommen. Warum hast du mir nicht einfach eine Nachricht zukommen lassen?«

»Ah, daran habe ich auch gedacht, aber mir ist einfach nicht eingefallen, was ich dir schreiben sollte. Außerdem wollte ich Melissa und den Jungen … und natürlich Mutter wieder sehen. Als mir klar wurde, dass Melissa und der kleine Lykias in Gefahr sein könnten, musste ich einfach kommen. Schließlich bin ich für sie verantwortlich. Außerdem bin ich schon mehrmals in Athen gewesen, und es ist nie etwas passiert.«

Während ich ihm zuhörte, wurde mir wieder klar, dass mein Cousin manchmal ausgesprochen dumm sein konnte. Er war mutig und draufgängerisch, aber eben auch ziemlich dumm.

»Auf deinen Besuch bei Tante Eudoxia wirst du diesmal verzichten müssen«, entgegnete ich streng. »Es geht ihr ganz gut. Ich werde nicht zulassen, dass du dich in der Stadt herumtreibst. Man würde dich ergreifen und noch vor Ende des Monats hinrichten. Nach deiner öffentlichen Ausstellung wirst du erdrosselt oder totgeschlagen … Das sind die üblichen Strafen für Mord. Allerdings ist es auch durchaus möglich, dass dich die aufgebrachte Menge in den Straßen schon vorher als vermeintlichen Überläufer und Verräter umbringt.«

Ich brachte die schrecklichsten Dinge vor, die mir gerade einfielen, um ihm Angst einzujagen. Freilich war es immer schwierig gewesen, Philemon einzuschüchtern. Er schien auch diesmal eher verwirrt als verzweifelt, fast so, als hätte er beim Versteckspiel verloren.

»Und was soll aus mir werden?«, fuhr ich fort. »Ich riskiere mein Leben, wenn herauskommt – oder auch nur der Verdacht entsteht –, dass ich dir Unterschlupf gewährt habe. Du wirst deshalb hier auf keinen Fall noch länger herumschleichen. Wenn *du* sterben willst … *ich* will leben! Ich habe bei den Voruntersuchungen für dich sprechen müssen und werde dich auch im Prozess verteidigen. Wenn Tante Eudoxia ihren kleinen Besitz und deine Frau und dein Kind eine Lebensgrundlage und ihren guten Namen behalten sollen, dann müssen wir am Leben bleiben!«

»Ach du liebe Zeit«, murmelte Philemon, »ich hatte mich schon so auf das Wiedersehen mit dir gefreut, Stephanos. Und jetzt bist du wütend auf mich. Reg dich nicht auf. Ich habe getan, was ich für richtig gehalten habe. Aber jetzt mache ich alles, was du willst.«

»Also gut, lass mich nachdenken ... Wo bist du heute gewesen?«

»Oh, nur in der Nähe von deinem Bauernhof. Ich habe mich drüben im Wäldchen versteckt und bin erst bei Einbruch der Dunkelheit hierher gekommen. Ich dachte, ich könnte in einem der Schuppen übernachten. Eigentlich bin ich immer gern hier gewesen – und außerdem kenne ich mich in der Gegend gut aus. Gestern um Mitternacht war ich in Piräus und konnte Melissa nicht finden. Das Haus war völlig ausgebrannt. Das war ein Schock, kann ich dir sagen. Dann bin ich hierher gekommen, weil ich mich erst in der Dunkelheit in die Stadt und zu dir wagen wollte.«

»Hat dich wirklich niemand gesehen?«

»Nein, nicht, dass ich wüsste.«

»Hoffen wir, dass du Recht hast. Aber was machen wir jetzt?«

»Kann ich über Nacht hier bleiben? Morgen ...«

»Morgen? Wir müssen noch heute Nacht fort!«

»Aber ...«

»Ach, halt den Mund und lass mich nachdenken!«

Er schwieg geduldig, während ich nieste, mir den Kopf hielt und überlegte. So hatte er schon in unserer Kindheit immer gewartet, bis ich mir wieder ein neues Spiel ausgedacht hatte.

»Hast du Geld?«, erkundigte ich mich schließlich.

»Ja, aber nicht viel. Ungefähr zehn Drachmen.«

»Das genügt nicht. Sag mal, kannst du reiten? Ich meine eine lange Strecke?«

»Ja, natürlich«, antwortete er stolz. »Ich bin schon als Kind geritten und habe es im Krieg noch besser gelernt. Außerdem habe ich mich eine Weile um die Pferde unserer Abteilung gekümmert.«

»Gut«, sagte ich. »Vorerst werde ich dich im Stall verstecken. Dann legst du dich heimlich auf einen Wagen, und wir hauen ab. Aber du musst dich vollkommen ruhig verhalten, du darfst nicht einmal flüstern, wenn ich es dir nicht ausdrücklich erlaube. Verstanden?«

»Ja, natürlich. Du machst genug Lärm für uns beide, Stephanos. Du niest ständig und schnaufst wie ein altes Pferd.«

Philemon hatte Recht. Jetzt begann ich auch noch zu husten. Dann bedeutete ich ihm, mir schweigend zu folgen, und führte ihn durch den Olivenhain, über ein Feld und in den Stall, in dem die Kühe und Ziegen untergebracht waren. Dort versteckte ich ihn im Stroh. Anschließend ging ich zu Dametas und sagte energisch: »Ich muss so viele Vorräte wie möglich zum Verkauf mitnehmen. Der Bürger, der heute hier gewesen ist, verlangt die Rückzahlung einer Schuld. Er hat mir eine ziemlich kurze Frist gesetzt.«

»Oje!«, seufzte Tamia. »Es ist dieser große Mann gewesen, nicht wahr? Er hat mir gleich nicht gefallen.«

Ich ging auf ihr Mitgefühl nicht weiter ein. »Ich habe nachgedacht und beschlossen, den größten Wagen und zwei Maultiere mitzunehmen. Wir laden zuerst die Ölkannen auf. Wickelt sie sorgfältig in Stroh. Den Käse und das Leinen können wir in die Zwischenräume stecken. Stellt den Karren dann vor dem Stall ab. Ich hole die Maultiere und kümmere mich dann um das Öl.«

Dametas entgegnete, es sei schon spät, und ich sollte auf dem Hof übernachten und erst am nächsten Morgen aufbrechen.

»Nein«, wehrte ich ab. »Ich mache mich noch heute Abend auf den Weg. Ich glaube, ich kann die Sachen zu einem guten Preis an einen Mann verkaufen, der in der Nähe von Megara lebt. Den Sklaven schicke ich mit einer Nachricht nach Hause.«

Danach sprach ich mit dem Sklaven mit dem verletzten Finger und trug ihm auf, meiner Mutter zu sagen, dass ich einige Dinge in Megara verkaufen müsse. Sie solle sich keine Sorgen machen, denn in vier oder fünf Tagen wolle ich wieder in Athen sein. Der Sklave wiederholte die Nachricht gewissenhaft.

»Falls jemand kommt, um eine Schuld einzutreiben«, fügte ich hinzu, »soll meine Mutter ihn vertrösten und ihm sagen, dass ich die Angelegenheit so schnell wie möglich erledigen würde.« Dann gab ich dem Sklaven als bestes Pflaster für seine Verletzung einige Obolen. Jetzt war ich froh, dass er mich wegen seines wunden Fingers nicht begleiten konnte. Als Bote war er mir in dieser Sache wesentlich nützlicher.

Ich suchte sorgfältig Ölkannen, Ballen von handgewebtem Leinen und Käse aus. Sklaven liefen eifrig hin und her und luden die Sachen auf den Wagen. Draußen war es inzwischen stockdunkel geworden, und die restlichen Waren mussten wir im Schein der Fackeln auf dem Karren verstauen. Zwischendurch nieste ich noch immer heftig. Wäre *ich* derjenige gewesen, der unter dem Stroh versteckt gewesen wäre, hätte mich selbst die schwerhörige Tamia entdeckt Anschließend ordnete ich die Ladung auf dem Wagen so, dass noch genügend Platz für Philemon blieb.

Als alles fertig war, aß ich einen Bissen und nahm den alten Wollumhang, den Dametas mir gab und der nach Mist roch und rau und schmutzig, aber dafür auch sehr warm war.

Jetzt kam der schwierigere Teil des Unternehmens. Dametas und Tamia begleiteten mich wie erwartet zum Wagen. Draußen schickte ich Tamia unter dem Vorwand, ein Glas Honig mitnehmen zu wollen, ins Haus zurück und bat Dametas, mir inzwischen das Hoftor zu öffnen. Kaum hatten die beiden Alten mir den Rücken zugekehrt, pfiff ich leise durch die Zähne. Philemon kam sofort. Ich schob ihn auf den Wagen und deckte ihn mit Stroh, Leinen und Käse zu. Als Tamia wieder aus dem Haus kam, war schon fast nichts mehr von Philemon zu sehen. Ich nahm das Glas Honig und steckte es etwas zu heftig in Philemons Kniekehle. Philemon stieß einen kleinen Schmerzenslaut aus, doch Tamia hörte nichts. Dann gab sie mir meine Wegzehrung. Gerade als Dametas zurückkam, entdeckte ich, dass Philemons rechter Fuß noch unter dem Stroh hervorschaute. Ich warf hastig ein Stück Leinen darüber. Langsam machten wir uns auf den Weg. Dametas leuchtete mir mit einer Fackel bis zum Hoftor, wo er sich mit vielen guten Wünschen verabschiedete. Ich führte die Maultiere auf die Straße hinaus. Es war gerade genügend Mondlicht vorhanden, um den Weg einigermaßen erkennen zu können, und ich sah, dass sich Philemons Fuß deutlich unter dem Leinentuch abzeichnete. Ich dankte den Göttern, dass die Augen meines Verwalters schwach waren und seine Frau fast blind und taub war.

XV

Die Reise nach Euböa

Langsam zogen wir die Straße entlang. Ich führte die Maultiere, und Philemon lag auf dem Karren. Ich hatte meinem Verwalter gesagt und meiner Mutter ausrichten lassen, dass ich ostwärts, über den Hymettos und in Richtung Megara gehen würde, und hoffte, dass man, wenn überhaupt, dort nach mir forschen würde, während ich längst die entgegengesetzte Richtung eingeschlagen hatte. Bei dem Gedanken an Eutikleides bekam ich weiche Knie. Wie viel würde ich ihm nach dieser Reise überhaupt zurückzahlen können?

Es war tatsächlich ein verzweifeltes Unternehmen, auf das ich mich da eingelassen hatte. Philemons und vermutlich auch mein Leben standen auf dem Spiel. Falls mein Plan gelang, musste ich günstigstenfalls damit rechnen, dass fast alles Geld, das wir besaßen, verloren sein würde. Und das nur, weil mein tollkühner Cousin unbedingt ins Verderben rennen wollte.

Nachdem wir ungefähr acht Stadia* zurückgelegt hatten, hielt ich an, damit Philemon frische Luft schnappen und seine Glieder ein wenig ausstrecken konnte. Außerdem wollte ich einen bequemeren Platz für ihn finden.

»Es ist verdammt eng«, beklagte er sich.

»Es gibt Schlimmeres«, entgegnete ich. »Diesmal werde ich dich besser verstecken.«

* *Stadion:* griech. Längenmaß von 600 Fuß.

Philemon erhob keinen Einwand, sondern fragte nur schüchtern: »Wohin gehen wir eigentlich, Stephanos?«

»Das erfährst du erst, wenn ich mir die Sache reiflich überlegt habe. Ich muss noch darüber nachdenken – falls du weißt, was nachdenken bedeutet.«

»Ich finde, du niest mehr als du denkst«, konterte Philemon.

»Jedenfalls muss ich dich möglichst weit von Athen fortschaffen«, erklärte ich.

»Möglichst weit? Auf diesem Karren? Herrje!«, klagte er. »Stephanos, was mache ich denn, wenn ich unterwegs mal muss?«

»Mach bloß nicht auf meinen Käse!«, entgegnete ich wütend. Dann fügte ich freundlicher hinzu: »Wenn du willst, dass ich anhalte, schiebst du das Honigglas dreimal hin und her. Aber melde dich frühzeitig. Du solltest dich beherrschen können.«

Kichernd kroch Philemon wieder unter Stroh, Käse und Leinen, und ich wanderte niesend und hustend weiter durch die Dunkelheit. Die Nacht war hell und eiskalt. Es war schon der Monat Poseidon*. In der reinen Nachtluft wurden meine Kopfschmerzen besser, und ich konnte nachdenken.

Zuerst war mir der Gedanke gekommen, Philemon durch Böotien zu bringen, bis wir Melissa und ihre Familie eingeholt hatten. Aber dabei hätte ich Athen zu lange fern bleiben müssen. Melissa und die anderen hatten einen viel zu großen Vorsprung. Es war also besser, Philemon allein hinter seiner Frau und seinem Sohn herzuschicken, denn auf diese Weise kam er auch wesentlich schneller vorwärts. Vor der Morgendämmerung stand mein Plan

* *Poseidon:* 6. Monat des griechischen Jahres. Ungefähr November.

fest. Ich hatte ihn mir mehrmals sorgfältig durch den Kopf gehen lassen und konnte keinen Fehler darin entdecken. Allerdings war er nicht ungefährlich – aber eine bessere Lösung gab es nicht.

Im Morgengrauen machten wir Halt. Ich versteckte Philemon in dichtem Gestrüpp und teilte Brot und Wein mit ihm. Es dauerte nicht lange, und zwei Bauern kamen vorbei. Sie beachteten mich kaum, und mir wurde bewusst, dass ich in Dametas' altem Umhang und mit den geröteten, wässrigen Augen selbst wie ein Bauer aussehen musste. Das brachte mich auf einen Gedanken.

Während ich gelassen mein Brot kaute, beugte ich mich näher zu dem Dickicht, in dem Philemon saß, und murmelte leise: »Wir gehen nach Euböa*, Philemon. Melissa und die anderen sind mit Antipaters Leuten auf dem Weg nach Makedonien. Bis zum Frühling müssten sie in Pella sein. In Chalkis kaufe ich dir ein Pferd. Du reitest am besten durch Thessalien nach Makedonien. Nenne dich Leander und erzähle, du seist ein verwundeter Soldat, der aus dem Krieg heimkehrt und nach seiner Frau sucht, die ihn für tot hält. Hast du verstanden?«

»Ja. Aber wie ist Mel …«

»Psst! Ich erklär dir alles später … das heißt, falls wir noch Zeit haben sollten.«

Dann sah ich mich aufmerksam nach allen Seiten um und half Philemon schnell auf den Wagen. Und als ich ihn diesmal zudeckte, entdeckte ich im ersten Licht des Morgens dicht neben dem Haaransatz an der Wange eine Narbe von der Länge meines Daumens. In traurige Gedan-

* *Euböa:* gr. Euboia, große Insel nordöstlich der Küste der mittelgr. Landschaften Lokris, Phokis, Böotien und Attika. Von Böotien nur durch einen schmalen Sund, den Euripos, getrennt.

ken versunken, machte ich mich mit meinem Gefährt wieder auf den Weg.

Unser Weg führte nun meistens bergauf. Ungefähr auf halber Strecke nach Dekelea* entdeckte ich eine verlassene Holzfällerhütte mit einer kalten Feuerstelle. Ich nahm die weiße Asche und rieb sie mir in die Haare, um mir das Aussehen eines älteren Mannes zu geben. Als ich mich dann in einer Pfütze betrachtete, war ich mit dem Ergebnis sehr zufrieden. Anschließend rieb ich Philemons Hände und Gesicht mit einer Mischung aus Öl und Asche ein, sodass er wie ein Bauer aussah. Außerdem war auf diese Weise seine Narbe unsichtbar geworden. Wir konnten uns danach an den Straßenrand setzen, ohne befürchten zu müssen, erkannt zu werden.

Durch Zufall traf ich dann am Stadtrand von Dekelea einen Bauern, der mir seinen alten, schäbigen Umhang für drei Obolen verkaufte, sodass ich noch einen Mantel für Philemon hinzubekam. Von da an konnte Philemon, wie ich in einen groben Umhang gehüllt, von Zeit zu Zeit neben dem Wagen herlaufen. Ihm machte es sichtlich Spaß, sich verkleiden zu können. Er war schon immer für neue Dinge zu begeistern gewesen.

Wir setzten unseren Weg so schnell wir konnten fort und machten erst Rast, nachdem der Mond aufgegangen war. Wir schliefen auf dem Stroh aus dem Wagen, das wir auf der Erde ausbreiteten, und deckten uns mit unseren groben Umhängen zu.

Ich wachte schon sehr früh wieder auf und starrte in den Himmel über uns. Der Orion verblich langsam im Morgengrauen im Westen, und ich erinnerte mich wieder an jene Zeit meiner Kindheit, in der ich in warmen Sommer-

* *Dekelea:* jetzt Tatoi. Attische Siedlung am Fuße des Parnes.

nächten oft mit Philemon im Freien übernachtet hatte. Morgens beim Aufwachen hatten wir dann über die Heldentaten gesprochen, die wir vollbracht hatten und die wir noch vollbringen wollten. Wie weit uns doch das Leben voneinander entfernt hatte! Und dennoch war es Philemon, der in diesem Augenblick neben mir lag.

»Bist du wach, Stephanos?«

»Philemon«, fragte ich unvermittelt. »Woher hast du diese Narbe an der Wange?«

»Die da? Von einem Schwerthieb. Nichts Ernstes. Ich habe dir doch erzählt, dass ich Soldat gewesen bin.«

»In welcher Schlacht bist du verletzt worden?«

»In der Schlacht bei Issos, am Fluss Payas.«

»In… *der* Schlacht? Oh, Philemon! Wie konntest du nur?«

»Was soll das heißen ›Wie konntest du nur‹? Natürlich konnte ich! Viele Griechen haben sich damals dem Heer angeschlossen. Ich eben auch. Und meine Gefährten sind die Besten gewesen. Das war damals eine große Schlacht… Ich wollte sie um nichts auf der Welt versäumt haben!«

»Besser als ein Faustkampf in einer Taverne war sie sicher.«

»Sei doch nicht so verknöchert. Du bist nur neidisch. Du hättest diese Perser laufen sehen sollen. Und Darius war der Erste, der Fersengeld gegeben hat. Ziemlich peinlich für einen König, was?«

»Dann… dann hast du gar nicht für die Perser gekämpft?«

»Wie bitte?« Er wurde wütend. »Natürlich nicht! Hast du das denn geglaubt?«

»Ich wusste ja selbst nicht mehr, was ich glauben sollte«, erwiderte ich und berichtete ihm von den Anschuldigungen, die bei der letzten Voruntersuchung gegen ihn erhoben worden waren. »Und dann habe ich gesehen, dass du doch eine Narbe hast«, fügte ich hinzu, »und hatte Angst, dass ...«

»Unsinn, in einer solchen Schlacht bekommt jeder etwas ab. Sosibios ... Ich kann mich nicht an ihn erinnern. Allerdings habe ich nicht in den ersten Angriffsreihen gekämpft. Doch die Perser haben wir auch so ganz hübsch gejagt. Nach der Schlacht hat Alexander einen Großteil der griechischen Truppen fortgeschickt. Schade, dabei hatte es gerade angefangen, interessant zu werden. Trotzdem ... für meinen Geschmack sind in diesem Heer zu viele Makedonier gewesen. Ich würde gern in ein panhellenisches Heer eintreten. Unser Offizier ist allerdings kein schlechter Kerl gewesen. Nach meiner Verwundung hat man mich als einen der Ersten entlassen. Später bin ich auch durch Sidon gekommen, das stimmt.«

Ich fragte ihn, ob er sich an diese Unterhaltung in Sidon erinnern könne.

»Ich weiß nicht«, antwortete Philemon. »Ich habe mit so vielen Soldaten und Seeleuten gesprochen, dass ich mich an Einzelheiten nicht mehr erinnern kann.« Er nannte mir den Namen seines makedonischen Offiziers, und ich prägte ihn mir ein.

Jetzt, da wir endlich in Ruhe reden konnten, wollte ich die Wahrheit wissen, obwohl diese an meiner Haltung nichts hätte ändern können. Und wäre Philemon ein siebenfacher Mörder gewesen – ich hätte alles, auch mein Leben, gegeben, um ihn zu retten. Trotzdem musste ich es wissen.

»Philemon ... hast du ... bist du dir klar darüber, dass Boutades Melissa ... flüchtig gekannt hat?«

»Ja. Aber ich wollte dich schon die ganze Zeit fragen, woher *du* eigentlich Melissa kennst.«

Ich erzählte ihm kurz von meiner Begegnung mit Nousia und Melissa. Meine Zweifel bezüglich der Rechtmäßigkeit seiner Ehe verschwieg ich allerdings.

»Das sieht Nousia ähnlich. Sie weiß immer einen Ausweg aus einer Klemme.« Philemon schien mit der alten Dienerin sehr zufrieden zu sein. »Es hat sich doch alles zum Guten gewendet. Ja, ich wusste, dass Boutades Melissa gekannt hat – und zwar nicht nur flüchtig. Aber da war nichts dabei. Er wollte Lykias adoptieren. Stell dir das nur vor!«

»Was hast du davon gehalten?«

»Oh, das Ganze ist mir reichlich spaßig vorgekommen. Ich kann verstehen, dass ein Mann wegen Melissa den Verstand verliert, aber Boutades ist offensichtlich auch ganz verrückt nach Lykias gewesen. Und als Melissa ihm dann erzählt hat, dass sie verheiratet ist, wollte er *mich* adoptieren. Oh, Stephanos, stell dir mich in eleganten Gewändern in Boutades' vornehmem Haus vor! Was hätte meine arme Mutter dazu gesagt? Boutades ist sehr höflich, ja richtig zuvorkommend gewesen, aber gemocht habe ich ihn trotzdem nicht. Für mich war er nicht mehr ganz richtig im Kopf. Deshalb habe ich seinen Vorschlag so höflich wie möglich abgelehnt.«

»Was? Soll das heißen, dass du persönlich mit Boutades gesprochen hast?«

»Ja. Wir haben uns einmal im vergangenen Sommer auf Ägina getroffen. Die Sache war streng geheim. Selbst die Frauen haben nichts davon gewusst. Ich hatte damals Angst, das Ganze könnte eine List sein. Deshalb habe ich auch die Insel erst gar nicht betreten. Wir haben uns auf einem Boot unterhalten. Aber Boutades wollte mich gar nicht hintergehen. Er ist sehr liebenswürdig gewesen und hat mir von seinen Reichtümern erzählt.«

»Er hat mit dir über seinen Besitz gesprochen?«

»Ja, und zwar in allen Einzelheiten. Boutades hatte sogar eine Liste dabei. Er war sehr stolz auf seine Sachen und hat immer wieder betont, wie wohlhabend er sei. Ich war erstaunt, wie viel er hatte. Er hat mir sogar aufgezählt, wie viel Geld er verliehen hatte.« Philemon kicherte verlegen. »Dabei hat er mir übrigens eine merkwürdige Geschichte erzählt. Demnach scheint vor ungefähr zweieinhalb Jahren einer seiner Freunde in Schwierigkeiten geraten zu sein … er hatte irgendein Sklavenmädchen von einem Bauernhof in der Nähe der Straße nach Megara angefallen und sie so heftig geschlagen, dass sie seitdem ein Krüppel ist. Unglücklicherweise ist sie die Lieblingssklavin der Familie gewesen, und Letztere hat eine saftige Entschädigung verlangt. Aber Boutades' Freund hatte sein gesamtes Vermögen in Schiffsladungen angelegt. Boutades hat ihm deshalb das nötige Geld geliehen. Es ist eine hohe Summe gewesen, denn die Gerichte sollten ja nichts von dem Überfall erfahren. Ein Teil der Schuld war noch immer nicht beglichen. Boutades hat in diesem Zusammenhang von einer ausgezeichneten Geldanlage gesprochen. Was hältst du davon?«

»Die Sache gefällt mir nicht.«

»Mir auch nicht. Scheußlich, wirklich scheußlich. Dieser Boutades muss reizende Freunde gehabt haben. Aber er war eben wohlhabend und einflussreich. Er meinte sogar, er könne bald auch einen Straferlass für mich erwirken. Ich sage dir, das war eine große Versuchung für mich.«

»Aber warum hätte er das für dich tun sollen?«

»Keine Ahnung. Ich weiß es wirklich nicht. Allerdings hat er ständig davon gefaselt, dass er Kinder haben wolle. Polygnotos ist noch nicht verheiratet, oder? Wie dumm von ihm! Ich habe meine Pflicht als guter Bürger bereits erfüllt. Überleg's dir, Stephanos. Gewissermaßen bin ich jetzt der Ältere von uns beiden... Ich habe schließlich Frau und Kind.«

»Philemon, ich werde dich jetzt etwas fragen, und du musst mir eine ehrliche Antwort geben. Ich verlange, dass du schwörst, die Wahrheit zu sagen. Als Gegenleistung werde ich schwören, alles in meiner Macht Stehende zu tun, um dich in Sicherheit zu bringen und deinen guten Namen in Athen wiederherzustellen.«

»Das klingt alles so schrecklich ernsthaft, Stephanos. Du verstehst sicher viel von den Gesetzen. Und du hast schon die ernste Stimme und den reichen Wortschatz eines Rhetorikers.«

»Schwöre!«, drängte ich ihn.

Im ersten Licht des Morgens schworen wir dann beide unseren feierlichen Eid.

»Also, hier ist meine Frage«, sagte ich und holte tief Luft. »Philemon, hast du Boutades umgebracht?«

»Nein!«, stieß Philemon aufgebracht hervor. Im fahlen Morgenlicht sah ich sein grimmiges Gesicht mit den wütend glitzernden Augen dicht vor mir. Dann stand er auf. »Beim Göttervater Zeus und allen Göttern, nein! Sogar *mein* Cousin glaubt also, ich hätte im Krieg für die Perser gekämpft und sei dann zurückgekommen, um einen alten Mann in seinem Zimmer umzubringen! Und das nur, weil der Mann mich adoptieren wollte und ich reiche Väter nicht leiden kann, was? Du bist mir ein feiner Cousin. Wofür hältst du mich eigentlich? Für ein Ungeheuer? Dafür würde ich dir am liebsten einen Faustschlag verpassen.«

Philemon stand kochend vor Wut über mir. Sobald ich aufgestanden war, versetzte er mir einen so kräftigen Stoß gegen die Brust, dass ich zu Boden fiel.

»Los, komm, kämpfe!« Er tänzelte, die Hände zu Fäusten geballt, wie ein Boxer vor mir auf und ab.

Ich umschlang seine Knie wie ein Bittsteller. »Friede! Bitte, Philemon. Es tut mir aufrichtig Leid. Aber wenn du mich jetzt niederschlägst, bin ich dir kaum noch eine große Hilfe.«

Er starrte mich einen Augenblick schweigend an, brach dann in schallendes Gelächter aus und half mir auf die Beine. Als wir uns gegenüberstanden, mussten wir beide so schrecklich lachen, dass wir uns wieder setzten. Ich war seit Monaten nicht mehr so glücklich gewesen. Das Schlimmste war für mich die heimliche Angst gewesen, mein Cousin könne tatsächlich ein Mörder sein.

»Also, Philemon«, begann ich schließlich, »unter Freunden und ohne Schwur ... Wo bist du in jener Nacht gewesen, in der Boutades ermordet worden ist? Warst du in Athen? Könnte dich dort jemand gesehen haben?«

»Unter Freunden, aber noch immer unter Eid sage ich dir, dass mich jemand einige Tage zuvor vielleicht in Athen gesehen haben kann, als ich meine Mutter besucht habe«, antwortete Philemon. »Oder in Piräus am Tag vor dem Mord«, fügte er hinzu. »Es ist merkwürdig, Stephanos. Ich hatte mir damals eigentlich vorgenommen, Mutter noch einmal zu besuchen, habe es mir dann aber anders überlegt und bin schon in der Abenddämmerung nach Hydra gefahren. Ich war nämlich plötzlich vorsichtig geworden.«

»Du und vorsichtig!«

»Ja, natürlich, schließlich bin ich jetzt Vater«, erklärte er mir eifrig. »Ich habe einige Freunde unter den Bootsverleihern. Nun ja, Freunde ist vielleicht zu viel gesagt. Es sind seltsame Kerle ... lichtscheues Gesindel. Ich vermute, dass einige von ihnen Spartaner, wahrscheinlich sogar Verbannte sind. Man stellt keine Fragen, und sie stellen auch keine Fragen.«

»Aber vielleicht können sie uns Beweise liefern. Nenne mir die Namen.«

»Stephanos, diese Leute würden niemals vor einem Gericht erscheinen. Aber warte… einer von ihnen heißt Pheidias und der andere Pheidippides. Ich glaube allerdings, dass es falsche Namen sind. Falls du mit ihnen sprechen willst, geh zu Simonides, dem Töpfer am Marktplatz. Sag einfach den Satz: ›Die Töpfe dürfen nur bei Vollmond gebrannt werden‹, und zeichne einen Baum in die Asche vor dem Brennofen. Simonides tut dann so, als handle es sich um einen Auftrag und fragt dich, wohin er die Töpfe liefern soll. Dann wird sich schon jemand bei dir melden. Wenigstens hat man mir das so erzählt. Ich bin Simonides nie persönlich begegnet. Auf den Marktplatz konnte ich mich nie wagen.«

Ich hätte mich gern noch länger mit meinem wiedergewonnenen Cousin und Freund unterhalten, aber es war inzwischen heller Morgen, und wir mussten weiter.

An jenem Tag wanderte ich glücklich neben dem Karren her und sang aus purer Lebensfreude laut vor mich hin. Tante Eudoxias Verteidigung war doch richtig gewesen – aber das wusste sie nicht einmal. Philemon hatte den Mord nicht begangen. Philemon war an diesem Tag nicht in Athen gewesen.

Es würde zu lange dauern, um alles zu erzählen, was wir auf unserem Weg erlebten. Es war jedenfalls eine anstrengende und unbequeme Reise, vor allem für Philemon. Je weiter wir uns von Athen entfernten, desto öfter holte ich ihn aus seinem Versteck im Wagen hervor, sodass er mit mir neben dem Wagen hergehen konnte. Besonders vorteilhaft war das auf steilen Bergstrecken. Und trotzdem blieben so kleine Dinge wie der Einkauf von Nahrungsmitteln gefährlich. Wir verbrachten auch die folgenden beiden Nächte auf dieselbe Weise wie die vorhergegangene. Eine Nacht lang regnete es, und meine Erkältung wurde wieder schlimmer. In jenen Nächten unterhielten wir uns lange und ausgiebig. Philemon erzählte mir von seinen Abenteuern, während ich ihm von den Vorgängern in der Stadt, den Gerichtsverhandlungen und Melissas Flucht berichtete, wobei ich nicht unerwähnt ließ, wie großzügig Aristoteles uns geholfen hatte.

Wir zogen durch ganz Attika und erreichten schließlich die Grenze von Böotien und den Sund Euripos. Philemon verbrachte die meiste Zeit wieder in seinem unbequemen Versteck auf dem Wagen. Nach anstrengendem Marsch auf der schmalen Küstenstraße kamen wir dann zu der großen Brücke nach Euböa. Ich hatte oft von diesem berühmten, achtzig Jahre alten Bauwerk gehört, das Böotien und nicht Athen die Herrschaft über Euböa gegeben hatte. Trotzdem war auch die Insel für einen Verbrecher aus Athen ein gefährliches Gelände – wenn auch nicht annähernd so gefährlich wie Attika selbst. Natürlich trieben wir seit dem Frieden, den uns die Makedonier gebracht hatten, Handel mit Euböa. Doch falls bekannt werden sollte, dass ein Mann aus Athen, der unter Mordverdacht stand, durch Euböa gezogen war und dort Hilfe und Unterstützung gefunden hatte, konnten die Athener jeden Bürger aus Euböa, der sich auf ihrem Gebiet aufhielt, ergreifen und ihm mit der Todesstrafe drohen. Keine der Nachbarstädte war deshalb daran interessiert, dass einer unserer Verbrecher fliehen konnte. Trotzdem war es dort sicherer als in Attika – schon deshalb, weil man Philemon in Euböa kaum vermutete. Aber wir mussten vorsichtig sein.

In der Morgendämmerung überquerten wir dann die

Brücke. Es war ein seltsames Gefühl, das Meer zu beiden Seiten zu sehen. Ich hatte so etwas noch nie erlebt.

Die große Stadt Euböas, Chalkis, die für ihr Metall verarbeitendes Handwerk berühmt war, sah im ersten Morgenlicht sehr eindrucksvoll aus. Auf der gegenüberliegenden Seite der Meerenge konnte ich auf einer Hügelkuppe eine böotische Stadt erkennen. Das musste Aulis, die berühmte Hafenstadt, sein, in der Iphigenie geopfert worden war. Ich stellte mir Agamemnons große Flotte im Sund vor, wie sie auf günstigen Wind gewartet hatte Wie waren die Frauen von Chalkis nach Aulis gekommen, um für das Opfer zu bitten und mit ihr zu klagen? Damals hatte es schließlich noch keine Brücke gegeben.

In Chalkis selbst machten wir nicht Rast, sondern zogen so unauffällig wie möglich weiter. Erst eine gute Stunde Fußmarsch hinter Chalkis fand ich einen versteckten Olivenhain und ließ Philemon aus seinem unbequemen Gefängnis.

Nachdem ich ihm Wein und etwas Käse gegeben und ihm eingeschärft hatte, sich nur im Schatten der Bäume aufzuhalten, machte ich mich mit dem Maultierkarren auf den Rückweg nach Chalkis, wo ich mich dann mit meinen Waren auf den Marktplatz stellte und rief: »Öl! Frisches, gutes Öl aus Attika!«

Das Geschäft ging gut. Bald hob ich Ölkanne für Ölkanne vom Wagen, erhielt dafür Geld und gab Wechselgeld heraus.

Es war ein seltsames Gefühl, in einer fremden Stadt zu sein. Chalkis war reich, aber die schönen Gebäude sahen anders aus als unsere, und manche Schriftzeichen in den Inschriften waren mir unbekannt. Vor meinem Ausflug nach Euböa war ich nie viel gereist. Ich wäre deshalb am liebsten durch die Stadt gewandert und hätte mir alles genau angesehen. Es kostete mich später einige Überwindung, auf die mir angebotenen Bronzewaren von den Handwerkern der Stadt zu verzichten.

Die Qualität des attischen Öls war so berühmt und unser Öl war so gut, dass ich mit dem Verkauf schneller fertig war, als ich angenommen hatte. Der Käse und das Leinen waren schon schwieriger an den Mann zu bringen. Einige der Käsekugeln waren beim Transport etwas gequetscht worden, und Leinen, das staubig und faltig ist, sieht nicht mehr sehr ansprechend aus. Trotzdem wurde ich nach einiger Zeit auch die restliche Ware los und konnte die Stadt verlassen. Dieses Mal gestattete ich mir den Luxus, mich auf den Karren zu setzen und mich von den Maultieren ziehen zu lassen. Auf dem Weg aß ich ein Stück von dem beschädigten, unverkäuflichen Käse.

Es war noch früher Nachmittag, als ich zu dem Olivenhain zurückkehrte. Mein Cousin saß unter einem Baum, und neben ihm stand die leere Lederflasche.

»Du bist lange fort gewesen«, sagte er.

»Aber nicht so lange, wie ich befürchtet hatte«, erwiderte ich. »Ich habe alles zu Geld gemacht. Jetzt kommt der schwierige Teil. Wir müssen ein Pferd kaufen. Das wird einige Zeit und Mühe kosten. Euböa ist leider nicht Argos.«

»So lange wird's vielleicht gar nicht dauern«, bemerkte Philemon. »Während du fort gewesen bist, habe ich mich hier ein wenig umgesehen. Dort drüben neben dem Bauernhof stehen Pferde in der Koppel.« Er deutete auf ein kleines Tal mit einem Bauernhof, der ungefähr zehn Bogenschüsse von unserem Hain entfernt lag. »Und eines der Pferde würde ein gutes Reittier abgeben.«

Ich band die Maultiere an einen Baum, und wir gingen zu dem Bauernhof hinüber. Erst als wir näher kamen, konnte ich die Pferde genauer sehen. Meine Augen waren nicht so gut wie die Philemons.

»Ich meine das schwarze«, erklärte Philemon. »Ein Wallach. Ich schätze, er ist ungefähr vier Jahre alt. Er sieht kräftig und schnell aus.«

»Ich finde den Wallach ziemlich zottelig und ungepflegt«, entgegnete ich. Das Tier hatte tatsächlich ein fleckiges Fell und eine zottelige Mähne.

»Das Fell ist unwichtig« belehrte mich Philemon. »Sieh dir lieber seine Bewegungen an. Ich habe seit meiner Soldatenzeit Erfahrung mit Pferden. Du kannst dich auf mein Urteil verlassen. Ich weiß, wovon ich rede.«

Ich kam zu dem Schluss, dass mir nichts anderes übrig blieb, als mich auf Philemon zu verlassen. Von Pferden verstand ich wenig. Reiche Leute, alte Männer, Kranke und Soldaten benutzten Pferde, um längere Wegstrecken zurückzulegen. Ich schärfte Philemon ein, zu schweigen und die Verhandlungen mir zu überlassen, besprach jedoch mit ihm, welchen Preis ich dem Bauern für das Pferd bieten sollte. Der Bauer schien reichlich erstaunt darüber, an diesem Wintertag plötzlich Pferdekäufer vor seiner Tür zu finden. Ich erklärte dem Mann, dass wir uns kein gutes Pferd leisten könnten, jedoch das offensichtlich Schlechteste unter den Tieren auf der Koppel ausgesucht hätten, da unser Pferd verendet sei und mein Bruder, der auf einem Bein hinke, unbedingt zu seinem Onkel nach Thessalien müsse. Philemon fing sofort an, sehr eindrucksvoll zu humpeln. Ich hoffte insgeheim, er würde nicht übertreiben. Der Bauer holte den Wallach aus der Koppel. Philemon sah ihm ins Maul und ritt einmal um das Feld herum. »Ja, er ist einigermaßen in Ordnung«, sagte er schließlich gelassen.

»Hör zu, Pheidias«, wandte ich mich an ihn. »Es hängt

von dir ab. Wir können uns auch noch woanders nach einem Pferd umsehen.«

Der Bauer, der sich mehr und mehr für das Geschäft zu interessieren begann, zählte eifrig sämtliche Vorzüge seines Pferdes auf. Nach lebhaftem Feilschen erwarben wir den Wallach schließlich für eine Summe, die dreißig Drachmen unter dem Preis lag, den ich eigentlich für das Tier veranschlagt hatte. Als wir den Bauernhof verließen, war Philemon bester Stimmung. Wir kehrten zu unseren Maultieren zurück, wo ich den leeren Karren bestieg, während Philemon auf dem Wallach neben mir herritt.

»Ich finde es großartig von dir, dass du mir das Pferd gekauft hast, Stephanos. Schade, dass der Wallach so erbärmlich aussieht, aber dem werde ich bald mit ein paar Bürstenstrichen abhelfen.«

»Tu das ja nicht«, entgegnete ich streng. »Füttere und behandle das Pferd gut, aber lass sein Fell so zottelig und ungepflegt, wie es ist. Auf diese Weise passt ihr besser zusammen.«

»Was soll das heißen? Also das ist doch eine...«

»Philemon, sei vernünftig«, unterbrach ich ihn ungeduldig. »Verstehst du nicht, was ich meine? Du bist ein hinkender, armer Mann, im groben Umhang eines Bauern. Und ein zotteliges, ungepflegtes Pferd passt eben zu einem Bauern. Hast du dich als einfacher Mann vom Land verkleidet oder nicht? Wenn du den Wallach so lange striegelst, bis sein Fell glänzt, dann sieht er aus wie das Streitross von Alexander höchstpersönlich. Es muss doch dann jeder annehmen, du hättest das Tier gestohlen. Und mach ja keine riskanten Kunststücke mit dem Pferd. Schone seine Hufe und Fesseln. Dein Leben hängt schließlich davon ab, ob es dir gelingt, eine lange Strecke mit diesem Pferd unerkannt zurückzulegen.«

Philemon schob trotzig die Unterlippe vor.

»Aber es ist wirklich ein Jammer …«

»Es wäre ein noch größerer Jammer, wenn man dich als vermeintlichen Dieb fassen und ins Gefängnis werfen oder dich erkennen und in Ketten nach Athen zurückschicken würde«, fiel ich ihm ins Wort. »Es darf einfach nichts schief gehen, hörst du? Dort vorn an der Wegbiegung werden wir uns trennen. Ich muss nach Athen zurück, und du wirst allein weiterreiten.«

Die letzte gemeinsame Wegstrecke legten wir langsam zurück, und Philemon war ungewöhnlich schweigsam und nachdenklich. An der Wegbiegung saß Philemon ab, und ich stieg vom Wagen.

»Hier« sagte ich und zeichnete hastig eine Landkarte in den Straßenstaub. »In diese Richtung musst du reiten, wenn du zur Meerenge von Artemision kommen willst. Setze dort über – aber ja nicht bei Sturm! Sobald du das Festland wieder erreicht hast, bist du in Thessalien. Reite weiter nach Larissa. Dort erkundigst du dich am besten, wie man das Olymposgebirge überquert. Ich rate dir allerdings, dich in Küstennähe zu halten. Hinter dem Olympos, in der Nähe der Mündung des Flusses Axios, liegt Pella. Dort wirst du wahrscheinlich Melissa finden. Aber suche unauffällig nach ihr. Ich werde versuchen, dir Geld nach Pella zu schicken, doch wahrscheinlich wirst du bis zum Frühling nichts von mir hören. Und reite den weiten Weg nach Makedonien nicht im Galopp. In Makedonien gibst du dich als Soldat namens Leander aus, der seine Frau sucht, die ihn bereits tot glaubt und wieder bei ihrer Familie lebt. Hier hast du Geld – mehr kann ich im Moment nicht erübrigen.«

Philemon wiederholte die Wegbeschreibung, die ich ihm gegeben hatte, dann löschte ich die Skizze mit dem

Fuß und streckte die Arme aus, um meinen Cousin zu umarmen.

»Stephanos ... ich habe nachgedacht. Du hast heute deinen Ölvorrat verkauft, um dieses Pferd zu erwerben und mir das Geld geben zu können. Und du hast dein Leben aufs Spiel gesetzt, um mich hierher zu bringen. O Stephanos! Ich und meine Kinder und Kindeskinder werden dir das nie vergessen. Ich finde nicht die richtigen Worte ...«

»Sag lieber nichts«, unterbrach ich ihn. »Bist du nicht mein Cousin? Du dankst mir am besten, indem du gut auf dich aufpasst.«

Traurig umarmten wir uns. Wir hatten beide Tränen in den Augen.

»Lebe wohl«, murmelte ich. »Ich bete für dich zu Zeus, dem Göttervater und dem Freund der Wanderer. Geh jetzt! Geh schnell! Ich bete, dass wir später einmal Zeit haben werden, über all diese Dinge in Ruhe zu reden.«

Philemon sprang elegant auf das Pferd und ritt davon. Der Wallach fiel in einen leichten Trab. Bald hatte Philemon eine ziemliche Strecke zurückgelegt, und Pferd und Reiter entfernten sich immer schneller. Philemon ritt wirklich gut. Dann sah er sich noch einmal nach mir um und winkte. Ich winkte zurück und starrte ihm nach, bis der Reiter im groben Umhang eines Bauern auf dem schwarzen Pferd nur noch ein kleiner Punkt in der Landschaft war. Die Götter allein wussten, wann ich ihn wieder sehen würde.

XVI

Rückkehr nach Athen

Da mir bald klar wurde, dass ich bei winterlichen Wegverhältnissen und bergiger Strecke zu Fuß schneller vorwärts kam als mit dem Maultierkarren, verkaufte ich gezwungenermaßen das Gespann noch in Euböa und wanderte nach Athen zurück. Das Wetter auf dem Rückweg war schlechter als beim Hinweg. Der Himmel war ständig wolkenverhangen, und es regnete und stürmte. In den Bergen erlebte ich sogar zweimal heftiges Schneetreiben. In Dekelea ließ ich mich rasieren.

Obwohl ich bei meiner Rückkehr nach Athen wieder verhältnismäßig sauber und normal aussah, war meine Mutter über meinen Anblick entsetzt. Ihre erste Frage galt verständlicherweise dem Öl, das ich verkauft hatte. Ich erzählte ihr daraufhin stockend und niedergeschlagen, dass der Karren umgestürzt, das Öl ausgelaufen und der Käse verdorben sei.

Meine Mutter spürte, wie unglücklich ich über unsere Lage war, und machte mir keine Vorwürfe. Ich war sehr gerührt, als ich sah, wie sie ihre besten Schmuckstücke heraussuchte, um sie, wie sie mir sagte, zu verkaufen. »Wir werden diesem ekelhaften Eutikleides sein Geld zurückzahlen«, erklärte sie energisch. »Er hat deinen Vater nie leiden können – und das nur, weil der ihn beim Wagenrennen besiegt hat, als die beiden noch jung gewesen sind.«

Außerdem machte meine Mutter einige kluge, aber auch einige weniger brauchbare Vorschläge, wie wir Geld sparen konnten. Es sah wirklich nicht gut für uns aus. Der Gedanke, dass Eutikleides an allem schuld war, machte mich rasend. Und trotzdem musste ich gerade diesen Gläubiger zuerst zufrieden stellen. Am Tag nach meiner Rückkehr ging ich zu seinem Haus und wartete geduldig wie ein Händler in seinem Hof, bis er mich rufen ließ.

»Du kommst reichlich spät«, begrüßte er mich kühl und hochmütig.

Ich gab ihm siebzig Drachmen. Es war genau die Summe, die ich nach dem Verkauf der Nahrungsmittel und des Maultiergespanns für mich zurückbehalten hatte. Mehr konnte ich zu diesem Zeitpunkt nicht aufbringen.

»Das ist nicht viel«, bemerkte Eutikleides verächtlich. »Ich habe eigentlich erwartet, heute – oder besser schon gestern – mindestens die Hälfte der Schuld zurückzubekommen.«

Mein Magen krampfte sich zusammen. Ich hatte gehofft, ihn mit siebzig Drachmen vorerst zufrieden stellen zu können.

»Mehr habe ich im Augenblick nicht«, entgegnete ich.

»Was? Du hast doch das Öl verkauft, oder?«

»Einige der Ölkannen sind mir auf dem Weg nach Megara zerbrochen.«

Sein Mund verzog sich zu einem geringschätzigen Lächeln.

»Das war sehr dumm von dir. So viel Leichtsinn verdient eigentlich keine Nachsicht, Sohn des Nikiarchos.«

»Auf der Straße nach Megara sind schon schlimmere Dinge passiert«, entgegnete ich hitzig.

In Eutikleides' Augen trat ein gefährliches Glitzern.

»Spar dir diese unpassenden Bemerkungen. Natürlich ist schon Schlimmeres passiert, aber das ist eine ernste Angelegenheit – und zwar für dich. Ob du nun dein Öl lieber verkaufst oder auf die Straße schüttest, ist mir gleichgültig. Ich will mein Geld trotzdem.«

Ich schluckte meinen Stolz hinunter und ließ den Kopf hängen.

»Du musst mir möglichst bald noch dreißig Drachmen bringen, damit ich wenigstens erst einmal hundert Drachmen habe«, erklärte Eutikleides. »Warte... ich gebe dir noch bis übermorgen Abend Zeit. Das ist ein großzügiges Angebot. Du hast sicher noch andere Sachen, die du verkaufen kannst. Es dürfte dir also nicht schwerfallen, die dreißig Drachmen zusammenzubekommen.«

Ich brachte zähneknirschend einige unaufrichtige Worte des Dankes heraus und hasste ihn mehr denn je. Erneut kam mir der Gedanke, dass er Boutades' Mörder sein könnte. War er auch der Mann von der Straße nach Megara? Es war offensichtlich, dass er mich und meine Familie nicht leiden konnte. Vermutlich hatte meine Mutter Recht. Eutikleides war nicht der Mensch, der eine Niederlage beim Wagenrennen gelassen hinnahm – im Gegenteil. Er würde dem Sieger die ihm zugefügte Schmach nie vergessen.

Trotz meiner Geldsorgen und meines Zorns gegen Eutikleides war ich guter Dinge. Mein Herz schlug immer dann vor Freude schneller, wenn ich daran dachte, dass Philemon die Flucht gelungen und er unschuldig war. Schon aus diesem Grund konnte ich der Versuchung nicht länger widerstehen, Aristoteles zu besuchen, obwohl mir dieser aufgetragen hatte, nicht mehr zu oft zu ihm zu kommen. Ich sagte meiner Mutter, dass ich wegen meiner Erkältung einen Arzt aufsuchen wolle, und verließ das Haus. Das war eigentlich keine Lüge, denn Aristoteles betätigte sich manchmal auch als Arzt.

Als ich ihm von meiner Ausrede erzählte, bestand er sofort darauf, mich zu untersuchen. Er sah in meinen Hals und schrieb mir einige Mittel auf. Dann musterte er mich prüfend und fügte hinzu: »Du scheinst dich in letzter Zeit ein wenig überanstrengt zu haben, Stephanos. Mit einer solchen Erkältung legt man im Winter keine langen Wegstrecken zu Fuß zurück – besonders nicht, wenn man auch noch eine Last zu transportieren hat.«

»Woher wisst Ihr das?«

»Oh, für einen Arzt ist das nicht schwer zu erraten. Du hast Gewicht verloren, und deine Haut ist von Sonne und Wind gebräunt. Außerdem sind deine Armmuskeln kräftiger als vorher, und du hast Schwielen an der rechten Hand.«

»Ach, ich glaube, Ihr habt erfahren, dass ich unser Öl zum Verkauf nach ... nach Megara gebracht habe«, entgegnete ich.

»Möglich, dass man mir das erzählt hat«, gab er zu. »Aber ich bin offen gestanden der Meinung, dass du eine viel längere Reise hinter dir hast. Und ich glaube, dass du dabei nicht erkannt werden wolltest. Hoffentlich sind die grob gewebten Kleider der einfachen Leute nicht zu unbequem für dich gewesen.«

»Wie habt Ihr das erraten?«, fragte ich verblüfft.

»Oh, das war ganz einfach. Du musst einige Tage lang nicht rasiert gewesen sein, Stephanos. Dort, wo dein Bart wächst, ist die Haut heller als im übrigen Gesicht. Und wenn du das Öl unter deinem richtigen Namen verkauft hättest, hättest du dich sicher täglich rasieren und waschen lassen. An der Straße nach Megara – und übrigens auch in anderen Gegenden – gibt es eine Menge Bart- und Haarschneider. Ich muss also annehmen, dass du dir einen Bart hast stehen lassen, um dein Äußeres zu verändern. Außerdem wolltest du vielleicht nicht gern bei Bartschneidern oder in anderen Läden gesehen werden. Ungewaschene und ungepflegte Bärte jucken und ziehen die Fliegen an – sehr wohl gefühlt kannst du dich also nicht haben. Und die Kleidungsstücke, die du noch vor ein paar Tagen getragen hast, scheinen nicht ganz frei von Ungeziefer gewesen zu sein. Die Insektenstiche sind auf deiner Haut noch deutlich zu sehen. Ich schließe aus alledem, dass du verkleidet warst und eine sehr lange Wegstrecke zurückgelegt hast. Deshalb kannst du kaum nur in Megara gewesen sein – wie du es den anderen erzählt hast.«

»Ja, das klingt wirklich alles ganz einfach«, seufzte ich.

»Es gehören lediglich eine gute Beobachtungsgabe und logisches Denken dazu, um solche Dinge herauszubekommen. Meine Neugier ist geweckt, und das Kombinieren macht mir Spaß. Ich frage mich also weiter, warum Stephanos in dieser kalten Jahreszeit und in schlechter körperlicher Verfassung eine so anstrengende Reise unternommen haben sollte. Es gibt darauf nur eine Antwort: Er konnte es sich nicht leisten, damit zu warten. Er musste diese Reise sofort und unter falschem Namen antreten. Ich finde meine Mutmaßungen offen gestanden sehr unterhaltsam.«

Ich hatte lange mit mir gerungen, ob ich Aristoteles von Philemons Flucht erzählen sollte, aber jetzt entschloss ich mich dazu, es zu tun. Aristoteles wäre mit seinen Mutmaßungen der Wahrheit ohnehin gefährlich nahe gekommen. Ich hatte den festen Vorsatz, ihm alles zu erzählen, und doch zögerte ich noch.

»Aristoteles«, begann ich ernst. »Ich möchte, dass Ihr eine Tatsache erfahrt, die für mich sehr erfreulich und gleichzeitig auch gefährlich ist. Ich muss Euch deshalb bitten, strengstes Stillschweigen darüber zu bewahren. Denn obwohl mein Gewissen vor den Göttern rein ist, habe ich gegen die Gesetze verstoßen. Aber vielleicht könnt Ihr es mittlerweile nicht mehr verantworten, vor dem Gesetz zu schweigen. Ich habe Euch schon viel zu viel erzählt.«

Aristoteles ging mit schnellen Schritten im Zimmer auf und ab. Es lagen noch immer Waffen herum, doch inzwischen hatte man sie sortiert und geordnet. Aristoteles berührte nacheinander stirnrunzelnd einen Speer, einen Helm und eine Trinkschale und wandte sich dann lächelnd an mich.

»Es ist gut«, sagte er. »Ich verspreche dir, dass ich dich zumindest nicht in deinem Tun behindern werde, falls ich dir nicht helfen kann. Ich bin bereit, das feierlich zu schwören. Genügt dir das?«

Nachdem er seinen Eid geleistet und ein Trankopfer dargebracht hatte, setzte er sich auf einen Stuhl und bat eifrig wie ein Junge, der eine neue Geschichte hören möchte: »Also, erzähle.«

Mir kam der Verdacht, dass seine Neugier größer war als sein Gerechtigkeitssinn. Ich war ein wenig erschrocken darüber, wie schnell er bereit war, das Gesetz zu umgehen. Und trotzdem war mir bei seinem feierlichen Schwur ein großer Stein vom Herzen gefallen.

»Ich habe Philemon getroffen.«

Aristoteles nickte. »Das habe ich mir fast gedacht – und zwar schon vor meinem Schwur. Ich kaufe wirklich nicht oft Steine im Sack. Du bist sehr leicht zu durchschauen, Stephanos. Aber bleiben wir beim Thema. Was hast du mit ihm gemacht?«

Ich erzählte Aristoteles alles – oder fast alles. Ich war bei der Auswahl der Tatsachen sehr vorsichtig. Aber jedenfalls berichtete ich ihm von meiner Begegnung mit Philemon, der Flucht nach Euböa, dem Kauf des Pferdes und dem Abschied.

»Das ist wirklich großartig«, lobte er zufrieden, als ich geendet hatte. »Du hast dich als sehr standhaft und einfallsreich erwiesen. Ich kann dir dazu nur gratulieren.«

Ich fühlte, wie ich vor Stolz rot wurde.

»Dein lieber Cousin allerdings scheint recht leichtsinnig und unüberlegt zu sein. Aber jetzt ist er also auf dem Weg zu seiner Frau und seinem Kind. Der einzige Nachteil an der ganzen Sache ist, dass du praktisch kein Geld mehr hast und jederzeit wegen Begünstigung eines Verbannten und mutmaßlichen Mörders vor Gericht gestellt werden kannst. Ich hoffe, dass dich niemand gesehen und erkannt hat oder jetzt beim Anblick deines ungleichmäßig gebräunten Gesichts Verdacht schöpft. Achte immer auf Kleinigkeiten, sie sind wichtig. Zum Glück sind die meisten Leute sehr unaufmerksam.

Das Merkwürdige an dir ist, dass du trotz deiner Geldsorgen, deiner Angst vor den Gesetzen und deiner verhältnismäßig schlechten körperlichen Verfassung guter Dinge… man könnte fast behaupten, in Hochstimmung bist. Du bist voller Zuversicht, obwohl jeder erwarten würde, dass du niedergeschlagen sein solltest.«

»Ja, das stimmt. Ich bin wirklich sehr froh«, antwortete ich spontan. »Philemon ist unschuldig. Das weiß ich jetzt ganz sicher. Er hat mit dem Mord nichts zu tun.«

»Aber mein lieber Stephanos!« Aristoteles war zum ersten Mal ehrlich überrascht. Er stand auf und begann erneut, im Zimmer auf und ab zu gehen. »Ich dachte, davon seien wir ausgegangen? Das ist ja wirklich hochinteressant. Komm, Stephanos, sag mir, seit wann du den Verdacht gehabt hast, Philemon könnte schuldig sein.« Aristoteles musterte mich aus seinen hellen, scharfen Augen.

Meine Selbstsicherheit war plötzlich verflogen. Ich hatte mir selbst eine Grube gegraben und war prompt hineingefallen. Ich hatte peinlich genau darauf geachtet, ihm nicht sämtliche Einzelheiten der Geschichte zu erzählen, aber jetzt musste ich ihm alles gestehen. Nur, was würde er von meinem falschen Spiel halten?

»Oh, Aristoteles«, murmelte ich niedergeschlagen. »Ich habe Euch großes Unrecht getan. Es hat mein Gewissen schon die ganze Zeit über belastet. Bitte, hört mich an…« Ich wollte vor ihm auf die Knie fallen.

»Lass diesen Unsinn und erzähl mir lieber, was los ist«, entgegnete Aristoteles. »Inwiefern hast du deinen armen alten Lehrer hintergangen?«

»Indem ich es zugelassen habe, dass Ihr der Frau und dem Kind zur Flucht verhelft, während ich von Philemons Schuld überzeugt gewesen bin«, erwiderte ich ohne Umschweife.

»Aha! Welch ein Betrug! Ich muss sagen, du erstaunst mich, Stephanos – das heißt, ganz so überrascht bin ich gar nicht. Aber wie bist du zu dem verwunderlichen Schluss gekommen? Und vor allem wann? Oder bist du von vornherein der Ansicht gewesen, dass Philemon schuldig ist?«

»Nein… nein, bestimmt nicht. Aber dann habe ich herausbekommen, dass er nicht nur im Monat Boedromion hier gewesen ist, sondern dass er auch ein Motiv gehabt hätte.«

»So? Und was für ein Motiv, wenn ich fragen darf? Er bringt doch nicht etwa aus Spaß alte Männer um, weil er sich im Krieg ans Töten gewöhnt hat?«

»Nein. Es ist etwas, woran Ihr nie gedacht hättet.« Ich berichtete ihm von Boutades' Adoptionsplänen und dem Angebot, das er Melissa gemacht und das diese sicher vor ihrem Mann geheim gehalten hatte.

»Deshalb glaubte ich damals, Philemon hätte ein Motiv

gehabt«, schloss ich. »Mord aus Eifersucht. Ich nahm an, er habe herausgefunden, dass ein anderer Mann versucht hat, ihm seine Frau und sein Kind abspenstig zu machen, und er sei nach Athen zurückgekehrt, um den hinterhältigen Verführer zu ermorden.«

»Hm«, murmelte Aristoteles, »ein sehr erfolgreicher Verführer scheint Boutades allerdings nicht gewesen zu sein. Anderenfalls hätte Melissa kaum in so ärmlichen Verhältnissen in Piräus gelebt. Diese Schrifttafeln, von denen Nousia gesprochen hat...« Er stand abrupt auf. »Wirklich, Stephanos! Du bist ein Dummkopf! Es ist ausgesprochen ärgerlich. Nur wegen deines dummen Verdachts ist uns diese Frau mit dem wertvollsten Beweismaterial entgangen, das wir uns hätten wünschen können. Gütige Athene, verleih deinen Untertanen Weisheit! Der Gedanke, dass sich diese wertvollen Tafeln wahrscheinlich zwei Tage lang in meinem Haus befunden haben, bringt mich zum Schwitzen. Aber bis zum Prozess ist nicht mehr viel Zeit. Es bleiben uns nur noch zwei Dekaden und zwei Tage. Nein, ich glaube, es hat keinen Sinn, einen Boten hinter Melissa herzuschicken.«

»Ich würde Euch nichts in die Hand geben, das Philemon belasten könnte«, protestierte ich. »Ich habe Euch schon genug überlassen... Denkt nur an die Tonscherbe, die ich am Tatort gefunden habe und auf der Philemons Name stand.

»Philemons Name?« Aristoteles schien ehrlich verblüfft zu sein.

»Nun, das Phi –«

»Was? Oh, du Dummkopf! Das ist kein Phi! In deinem Gehirn herrscht ja entsetzliches Durcheinander. Ist dir denn nicht aufgefallen... na, lassen wir das jetzt. Wir brauchen dringend diese Wachstafeln aus Melissas Besitz.

Erzähl mir aber erst den Rest der Geschichte. Was hat dich veranlasst, deine Meinung zu ändern, nachdem du doch fest überzeugt gewesen bist, dass Philemon aus Eifersucht den Mord begangen hat und du meinen Einfluss missbraucht hast, um der Frau eines mutmaßlichen Mörders zur Flucht zu verhelfen?«

Ich berichtete ihm von Philemons Entrüstung, als ich ihm die alles entscheidende Frage nach seiner Schuld und seinem Kriegsdienst für die Perser gestellt hatte. Als Aristoteles hörte, wie hitzig Philemons Reaktion ausgefallen war, lachte er herzlich. Die Vorstellung, dass Philemon mich niedergestoßen hatte, schien ihm zu gefallen.

Der Philosoph wurde jedoch sofort wieder ernst. »Und jetzt glaubst du, dass Philemon unschuldig ist, nur weil dieser Raufbold dir einen Stoß verpasst hat? Also deine Logik ist erstaunlich.«

»Nein, so ist es nicht«, widersprach ich heftig. »Ihr kennt Philemon nicht. Er hat einen feierlichen Eid geleistet – und er wusste, dass ich ihm, gleichgültig ob er schuldig oder unschuldig war, bis zu meiner letzten Münze und bis zu meinem letzten Blutstropfen helfen würde. Philemon ist vielleicht nicht gerade ein Philosoph, aber er ist ehrlich und aufrichtig. Nachdem ich einmal mit ihm gesprochen hatte, brauchte ich keinen Beweis mehr für seine Unschuld. Und da ist übrigens noch was...«

Ich erzählte Aristoteles von der Zusammenkunft zwischen Boutades und Philemon, und was Philemon dabei erfahren hatte.

»Ihr seht also, dass Philemon keine Rachegedanken hegte«, schloss ich. »Hätte Philemon Geld gewollt, dann hätte er sich von Boutades adoptieren lassen. Und wenn er adoptiert worden wäre, dann hätte ein Außenstehender vielleicht behaupten können, er sei zurückgekommen und habe Boutades ermordet, um dessen Vermögen zu erben. Aber wir wissen, dass es zu dieser Adoption gar nicht gekommen ist – er war nie Boutades' Erbe und wollte es auch nicht sein.«

»Das sagst du«, entgegnete Aristoteles. »Eine hübsche Geschichte, die allerdings niemand bezeugen kann.«

»Zeugen gibt es vielleicht schon«, erwiderte ich nachdenklich. »Philemon hat von einigen Freunden ... von Seeleuten gesprochen, die allerdings einiges auf dem Kerbholz zu haben scheinen. Lichtscheues Gesindel hat er sie genannt. Jedenfalls sind sie mit ihm in jener verhängnisvollen Nacht auf dem Schiff nach Ägina gewesen. Tante Eudoxias Behauptung war also doch richtig – auch wenn sie es selbst nicht gewusst hat«, fuhr ich fort und erklärte Aristoteles, wie ich mit diesen Seeleuten in Verbindung treten konnte. Aristoteles schüttelte den Kopf.

»Willst du wirklich Zeugen vor Gericht laden, die man fast als Seeräuber bezeichnen könnte? Diese Kerle würden vermutlich schleunigst in der nächsten Maueröffnung verschwinden und unauffindbar bleiben ... vorausgesetzt, es gibt diese Leute überhaupt.«

»Ich bin sicher, dass Philemon sie nicht nur erfunden hat. Warum versucht Ihr Philemon gerade jetzt schlecht zu machen, da ich weiß, dass er unschuldig ist? Wollt Ihr meinen Glauben an ihn erschüttern? Und wenn er noch so viel verleumdet wird, ich bin felsenfest davon überzeugt, dass er mit dem Mord nichts zu tun hat.«

»Ein guter Rhetoriker bedenkt auch die Einwände, die man gegen seine gerechte Sache haben könnte«, erinnerte Aristoteles mich nachsichtig. »Schon gut. Du hast deinen Cousin aufs Beste verteidigt. Ich werde nicht länger den Ankläger spielen. Aber findest du nicht, dass du eine kleine Strafe dafür verdient hast, dass du mich so schändlich hintergangen hast? Ach, diese Schrifttafeln! Wenn wir doch nur diese Tafeln bekommen könnten! Warum haben wir sie nicht? Warum hast du sie nur nicht an dich genommen? Wo sind sie überhaupt gewesen? Nein, warte, ich muss nachdenken!«

Eine Weile war es vollkommen still im Zimmer. Aristoteles spielte nervös mit einem Brustpanzer, auf dem das Bildnis des Achilles zu sehen war.

»Ich weiß, wo die Tafeln versteckt gewesen sind«, erklärte er unvermittelt. »Und wenn du scharf nachdenkst, dann kommst du sicher auch darauf.«

»Nein«, widersprach ich, »ich habe keine Ahnung.«

»Woran erinnert dich das hier?« Aristoteles hielt den Brustpanzer hoch.

»An den Kampf.«

»Ja, aber was ist mit der Figur darauf – dem Bild?«

»Achilles. Der Trojanische Krieg.«

»Ja und weiter?«

»Nun, an die Ilias.«

»Richtig. Und woran erinnert dich die Ilias? Was ist eng mit der Ilias verbunden?«

»Homer. Die Odyssee.«

»Na also. Es ist ein dummes Spiel, aber diese Figur des Achilles hat mich eben auf einen guten Gedanken gebracht. Du weißt doch jetzt sicher auch, wo die Wachstafeln versteckt waren.«

»Nein, leider nicht«, antwortete ich. Ich fühlte mich plötzlich wie in der Schule.

»Also, woran hängt Melissa offensichtlich so sehr, dass sie sogar in das brennende Haus zurückläuft, um es zu holen?«

»Oh! Am Penelopevorhang!«

»Richtig. Und genau dieser Vorhang, der handgewebte

Bildteppich, ist sicher am Saum beschwert gewesen, damit er im Wind nicht zu sehr hin und her weht. Aus diesem Grund näht man in den Saum von Vorhängen häufig Kieselsteine oder Tonscherben ein. Aber in diesem Fall... Oh, gütige Athene, Göttin der Kunstfertigkeit! Warum hast du zugelassen, dass uns dieses Stück Stoff entgangen ist? Aber warte einen Moment! Meine Frau hat den Vorhang ausgebessert, während Melissa geschlafen hat. Ich werde Pythias fragen, ob ihr vielleicht etwas aufgefallen ist.«

Aristoteles lief aus dem Zimmer. Es dauerte eine Weile, bis ich plötzlich draußen schnelle Schritte näher kommen hörte. Ich stand erstaunt auf, als mein Gastgeber in das Zimmer gerannt kam. Er strahlte übers ganze Gesicht.

»Die Götter haben sich endlich unser erbarmt!«, rief er aus. »Dank sei der großzügigen Athene, die meine geschickte Frau günstig beeinflusst hat. Sieh her!«

Er streckte seine Hände aus, in denen er eine ganze und drei zerbrochene Tontafeln hielt. Alle waren beschriftet.

»Hiermit zeige ich dir diese Schriftstücke«, sagte er triumphierend. »Als meine Frau den Vorhang stopfen wollte, ist ihr aufgefallen, dass der Saum besonders schmutzig und abgenutzt war. Sie hat deshalb unten ein Stück abgeschnitten und einen neuen Saum genäht, aber vergessen, diese Tontafeln wieder hineinzutun. Pythias ist gar nicht auf die Idee gekommen, dass sie wertvoll sein könnten, doch als sie merkte, dass die Tafeln vergessen worden waren, hat sie sie aufbewahrt. Melissa muss den Verlust inzwischen bemerkt haben.« Aristoteles legte die Täfelchen auf einen niedrigen Tisch und setzte die Bruchstücke sorgfältig zusammen. »Jetzt können wir sie endlich lesen«, seufzte er zufrieden.

Wir lasen eine Weile schweigend. Ich wurde jedoch bald ungeduldig, da ich den Text nicht recht verstand.

»Aha«, murmelte Aristoteles schließlich. »Das scheint eher ein Vertragsentwurf und noch kein rechtskräftiges Schriftstück zu sein. Auch Philemon wird wissen, dass eine Adoption erst dann rechtskräftig ist, wenn beide Parteien eine Willenserklärung unterzeichnet haben. Melissa kennt sich in diesen Dingen vermutlich nicht so gut aus. Es handelt sich hier lediglich um eine Absichtserklärung des Boutades, Philemon, den Sohn des Lykias, zu adoptieren und ihn als Erben und Philemons Sohn Lykias als Enkel einzusetzen. Gleichzeitig, schreibt er hier, will er für den Unterhalt und die Ausstattung von Philemons Frau aufkommen. Ich weiß nicht, ob das alle Tontafeln sind, die existieren, aber der Vertragsentwurf scheint vollständig zu sein. Boutades hat ihn eigenhändig unterzeichnet.« Aristoteles sah mich mit feierlicher Miene an »Ist dir klar, was das bedeutet?«

»Nun, es scheint das zu bestätigen, was Philemon mir gesagt hat«, erwiderte ich.

»Ja, richtig. Diese Tontafeln würden auch vor Gericht dem Argument Nachdruck verleihen, dass es einem Mann wenig einbringt, wenn er seinen zukünftigen Adoptivvater tötet bevor die Adoption rechtskräftig geworden ist. Aber natürlich könnte dieses Schriftstück gefälscht sein«, fügte Aristoteles vorsichtig hinzu. »Melissa wollte Philemon durch eine solche Fälschung vielleicht helfen. Aber warum dann die Umstände? Wären die Originale für Philemon in irgendeiner Art und Weise belastend gewesen, hätte man sie nur vernichten müssen. Es ist schließlich ganz einfach, diese Tafeln zu zerstören.« Er sah mich scharf an. »Wie würdest du das zum Beispiel anstellen?«

»Ich würde sie verbrennen oder sie zu Staub zermahlen«, erwiderte ich. »Noch einfacher wäre es, sie in einen Fluss zu werfen.«

»Stimmt. Die Vernichtung von Tontafeln ist also kein Problem. Nur Inschriften auf Marmor oder Bronze sind von dauerhaftem Wert. Allerdings wäre Ares auch in der Lage, diese Materialien zu zerstören. Schriftstücke sind immer etwas sehr Zweifelhaftes. Trotzdem werden wir diese Tafeln behalten. Wenn es dir recht ist, bewahre ich sie bei mir auf. Nach allem, was Pythias mir erzählt hat, müssen diese Tafeln schon längere Zeit in dem Vorhang eingenäht gewesen sein. Der Saum war bereits durchgescheuert. Das scheint mir ebenfalls ein Beweis dafür zu sein, dass diese Tafeln die Originale und keine Fälschungen sind. Melissa hatte ein gutes, aber kein sehr sicheres Versteck für die Schriftstücke gefunden. Einige Tafeln sind immerhin gebrochen.«

»Ja, bitte, behaltet die Tafeln bei Euch«, stimmte ich zu. »Da sind sie sicherer. Allerdings wissen nur die Götter, ob und wie ich diese Tafeln im Prozess zu unserem Vorteil verwenden könnte. Aber in meinem Haus gibt es bald keinen Platz mehr, wo ich diese Schriftstücke aufbewahren könnte. Wenn Eutikleides seinen Willen durchsetzt, sind wir alle bald so arm wie Melissa«, fügte ich hinzu. Ich hatte mir eigentlich vorgenommen, nicht über meine missliche Lage zu klagen, aber die ganze Aufregung um die Tafeln hatte meine Zunge gelöst.

»Warum? Was hat Eutikleides denn getan?«

Ich erzählte Aristoteles von den Schulden und Eutikleides' Verhalten. Außerdem gestand ich, welchen furchtbaren Verdacht ich seit jenem Tag auf dem Bauernhof gegen Eutikleides hegte. Ich sagte: »Und kurz nachdem ich Zeuge seiner Grausamkeit geworden war, hat mir Philemon von einer merkwürdigen Geschichte berichtet, die er von Boutades erfahren hatte. Demnach hatte ein reicher Mann ein Sklavenmädchen zum Krüppel geschlagen, das einer Familie gehört, die in der Nähe der Straße nach Megara lebt. Besagter Mann musste daraufhin zahlen … und Boutades hat ihm das Geld dazu geliehen, das jener allerdings noch immer nicht zurückgegeben hat.«

»Und du glaubst, dass Eutikleides dieser Mann ist?«

»Brutal genug ist er jedenfalls«, erklärte ich und berichtete von der Szene mit unserem Sklaven.

»Interessant«, bemerkte Aristoteles. »Wenn wir im Augenblick einmal davon ausgehen, dass sowohl Philemons als auch Boutades' Geschichte wahr ist, dann sagt uns dies ebenso viel über Boutades wie über den anderen Mann.«

»Wie meint Ihr das?«

»Nun, warum ist Boutades so darauf bedacht gewesen, seinen Freund zu beschützen? Er ist schließlich sogar soweit gegangen, diese Schuld nicht einmal in seinem Testament zu erwähnen. Ich erinnere mich noch genau an den Wortlaut von Boutades' letztwilliger Verfügung. Darin stand nichts darüber … Auch eine verschlüsselte Mitteilung wie ›Sorgt dafür, dass A oder B den Rest einer Schuld begleicht, über die nur er Bescheid weiß‹ wäre mir sicher aufgefallen. Falls etwas an dieser Geschichte dran ist, könnte man beinahe annehmen, dass Boutades selbst bei diesem Überfall dabei gewesen ist und die Sache verschwiegen hat, um nicht mit hineingezogen zu werden.« Aristoteles seufzte. »Als brutalen Schläger kann ich mir Boutades allerdings nicht vorstellen … es sei denn, er und sein Begleiter wären betrunken gewesen. Jedenfalls hat er offensichtlich genau über die Sache Bescheid gewusst. Und indem er seinem Freund Geld geliehen hat, hat er sich Macht über diesen Mann verschafft. Macht und Geld sind sehr angenehme Dinge. Wir wissen, dass Boutades in den letzten Jahren besonders nach Geld und Reichtum gestrebt hat. Es könnte doch sein, dass dieser

Freund Boutades regelmäßig eine Art Schweigegeld bezahlen musste.«

»Wenn es so gewesen ist, dann kann Eutikleides nicht der Attentäter an der Straße nach Megara gewesen sein«, wandte ich ein. »Eutikleides und Boutades waren die besten Freunde.«

»O du Unschuldslamm«, bemerkte Aristoteles spöttisch. »Zu der Kuh, die einem Milch gibt, ist man natürlich besonders freundlich. Ein Mann schädigt vielleicht seine Feinde, weil es ihm Genugtuung verschafft. Aber genauso gut kann er seinen Freunden Schaden zufügen, weil es einfach ist. Es ist immer etwas Schreckliches, auf Gedeih und Verderb von der Gnade eines anderen abhängig zu sein. Und wenn wir ein Unrecht begangen haben, dann sind wir aus Angst vor der Entdeckung denen ausgeliefert, die von unserem Geheimnis wissen. Wenn Boutades Philemon die Geschichte erzählt hat, dann lässt das darauf schließen, dass er seine Macht weidlich genossen hat und es unbedingt auch jemandem mitteilen musste.«

»Glaubt Ihr, dass Eutikleides einer solchen Tat fähig ist?«, drängte ich. »Meint Ihr, er könnte das Sklavenmädchen beinahe umgebracht haben?«

»Die meisten Menschen sind potenzielle Mörder, aber jeder auf seine charakteristische Art und Weise. Es gibt sicher Leute, die deinen Cousin Philemon für einen Mörder gehalten haben, bevor er in die Verbannung musste.«

»Aber das ist Totschlag bei einem fairen Kampf gewesen.«

»Natürlich. Dein Cousin scheint geradezu versessen darauf zu sein, andere Leute zum Kampf herauszufordern. Hoffentlich wird er im Lauf der Jahre vernünftiger und besonnener. Das Verbrechen auf der Straße nach Megara scheint mir allerdings auch eher die Tat eines jungen, hitzigen Mannes gewesen zu sein. Vielleicht handelt es sich dabei um eine Art Triebverbrechen, so merkwürdig das auch klingen mag.«

»Dann kann ich mir nicht vorstellen, dass Eutikleides …«

»Du hast mich falsch verstanden, Stephanos. Ich behaupte ja nicht, dass es unbedingt ein junger Täter gewesen sein muss, sondern dass er jugendliche Züge aufweist. In der Regel fügen Menschen anderen immer dann Schaden zu, wenn sie die Macht dazu besitzen – je nach Lust und Laune. Aber gerade dabei gibt es Unterschiede. Boutades ist nie der Typ des Raufbolds gewesen. Faustkämpfe in Tavernen haben nicht zu ihm gepasst. Er hat gern Druck auf andere ausgeübt, aber nur, wenn die Sache für ihn risikolos gewesen ist.«

»Und Eutikleides?«

»Eutikleides liebt auch die Anwendung von Gewalt, wie du ja selbst gesehen hast«, erwiderte Aristoteles. »Mach dir wegen des Geldes übrigens nicht allzu viele Sorgen. Ich glaube, wir können einen Käufer für deinen Weinberg finden.«

Als ich ihm verlegen danken wollte, machte er eine abwehrende Handbewegung und fuhr fort: »Eutikleides ist viel eher ein Mann aus Fleisch und Blut als Boutades. Er hat eine ausgezeichnete Selbstbeherrschung, die er allerdings fallen lässt, wenn er es für ungefährlich hält. Doch er ist ein Mann voller Leidenschaften. Und er liebt Macht und Autorität. Nimm dich vor ihm in Acht, Stephanos. Reize ihn nicht. Eutikleides hält sich für einen glücklichen Menschen. Und das Gefühl, glücklich zu sein, bringt nur eine Tugend hervor, nämlich die Dankbarkeit gegenüber den Göttern. Der glückliche Mensch – oder der, der sich dafür hält – wird riskante Dinge tun, ob sie gut oder schlecht sind, weil er sich seines Erfolgs sicher ist. Sobald er sich allerdings auf riskante Abenteuer einlässt, wird er sie sorgfältig planen, während der unglückliche Mensch eher dazu neigt, impulsiv zu handeln, da er der Vernunft misstraut. Die Beweggründe – Machtgier, Geld, Sex, Rache – mögen dieselben sein, doch die Handlungsweise ist verschieden. Das Alter eines Mannes, seine soziale Stellung und die Einschätzung, inwiefern er vom Glück begünstigt ist, bestimmen seine Handlungsweise. Verstehst du jetzt, Stephanos? Wenn wir uns lange genug mit einem Verbrechen auseinander setzen, können wir mit der Zeit auch die Persönlichkeit des Täters erkennen.«

»Ja, vermutlich«, antwortete ich höflich. Insgeheim jedoch hatte ich das Gefühl, dass Aristoteles über all seinen philosophischen Überlegungen einen sehr wichtigen Punkt außer Acht ließ. Er weigerte sich standhaft, mit mir über die Möglichkeit zu sprechen, dass Eutikleides Boutades' Mörder war, obwohl er selbst die Mutmaßung gehegt hatte, dass Boutades Eutikleides erpresst haben könnte. Ich dachte zwar auch nur ungern an Eutikleides, doch der Verdacht ließ mich nicht los. Ich fröstelte.

Aristoteles betrachtete mich mitleidig. »Geh nach Hause und trink den Molkentrank, den dir die Frauen deines Hauses zubereiten werden. Und ich... weißt du, was ich morgen tun werde? Am Nachmittag halte ich natürlich meine Vorlesung, aber am Morgen werde ich jemandem einen Besuch abstatten, der gar nicht zu Hause sein wird. Zumindest will ich sorgfältig darauf achten, dass er nicht zu Hause ist, wenn ich zu ihm gehe. Das hört sich seltsam an, nicht wahr? Kannst du was damit anfangen?«

»Nein«, antwortete ich ehrlicherweise und hustete.

»Du hast dich überanstrengt und leidest an Fieber. Dieser Zustand ist wegen seiner Auswirkungen auf das Gehirn in der Medizin wohl bekannt. Der Geist ist träge – oder ist er überaktiv? Jetzt habe ich es vergessen.«

Er lächelte unschuldig.

XVII

Aristoteles plant eine Reise

Unter dem Eindruck von Eutikleides' Forderung, den Rest der Schuld so schnell wie möglich zu begleichen, machte ich mich am nächsten Morgen auf den Weg, um einen Teil unseres wertvolleren Familienbesitzes zu verkaufen. Es brach mir das Herz, als ich die schönsten Schmuckstücke und Schminktöpfe meiner Mutter und unser hübschestes Tischchen auswählte, und war froh, dass mein Vater nicht mehr sehen konnte, wie sein Sohn die geliebte Frau beraubte.

Der einzige Vorteil bei dieser schmutzigen Angelegenheit war, dass ich wenigstens wieder einen Teil des Geldes zusammenbrachte, das wir dem kaltherzigen Eutikleides schuldeten.

Am Nachmittag besuchte ich die Sondervorstellung, die Aristoteles regelmäßig gegen ein geringes Entgelt für die Öffentlichkeit hielt. Ich tat dies hauptsächlich in der Hoffnung, später unter vier Augen mit ihm sprechen zu können und zu erfahren, was es mit der mysteriösen Andeutung über den Besuch bei einem Mann, der nicht zu Hause war, auf sich hatte. Gekleidet in meinen besten Chiton fühlte ich mich nach den demütigenden Erlebnissen des Vormittags wieder als gebildeter Athener Bürger. Schließlich sollte niemand von meinen Geldnöten erfahren. Wenn ich im Prozess im Areopag auftrat, musste ich ein Bürger mit tadellosem Ruf sein, der allen Achtung abverlangte.

Allerdings wollte es mir nicht gelingen, Aristoteles' Vorlesung über die Komödie aufmerksam zu folgen. Aristoteles kam mir merkwürdig fremd und distanziert vor, und obwohl seine Rede fesselnd und witzig wie immer war, verlor ich ständig den Faden.

Nach Abschluss der Vorlesung gesellte ich mich zu der kleinen Zuhörergruppe, die sich um den Philosophen geschart hatte, eifrig Fragen stellte und angeregt mit ihm über die alte und neue Komödie und die Verdienste von alten und neuen Dichtern diskutierte. Erst als die meisten dieser besonders eifrigen Zuhörer gegangen waren, ließ er sich dazu herab, von mir Notiz zu nehmen.

»Stephanos, Sohn des Nikiarchos, ich wollte dich wegen dieses Schwertes von deinem Großvater noch etwas fragen. Ihr wisst ja, dass ich mich neuerdings mit Waffengeschichte befasse«, wandte er sich erklärend an die anderen. »Und du, Eubolos, komm bitte auch mit. Da ist ja noch die Rüstung, die dein Urgroßvater in den Kriegen gegen Sparta getragen hat ...«

Damit führte er uns beide in sein Haus, wo er sich zuerst lange und ausführlich mit Eubolos unterhielt, ohne mich weiter zu beachten. Erst als Eubolos geschmeichelt das Haus verlassen hatte, hatte ich Gelegenheit, mit Aristoteles zu sprechen.

»Ich habe dich unter den Zuhörern gesehen«, begann er. »Wie hat dir die Vorlesung gefallen?«

»Die Vorlesung? Oh ... sehr gut«, antwortete ich höflich.

»Armer Stephanos! Dir steht nicht der Sinn nach Komödien. Du interessierst dich zweifellos mehr für den Besuch, den ich heute Morgen gemacht habe. Ich werde dir etwas zeigen ...«

»Einen Augenblick, Herr«, sagte in diesem Moment ein Sklave und steckte den Kopf zur Tür herein. »Da möchte Euch noch jemand sprechen. Der Mann will eine Waffe verkaufen und hat es eilig.«

»Gut, lass ihn herein«, erwiderte Aristoteles.

Kurz darauf betrat ein Mann das Zimmer. Ich erkannte ihn sofort. Er war der Schiffsführer, dessen Gespräch ich vor Monaten in Piräus belauscht hatte. Sein Blick glitt gleichgültig über mich hinweg, dann wandte er sich an Aristoteles.

»Verzeiht die Störung, Herr. Aber ich habe gehört, dass Ihr Waffen sammelt, um ein Buch schreiben und dem Heer helfen zu können. Deshalb bin ich gekommen, um das hier zu verkaufen.«

Im Gegensatz zu dem hinterlistigen Schmied hielt er den Gegenstand nicht versteckt, sondern legte ihn offen auf den Tisch.

»Aha«, murmelte Aristoteles. »Ein Bogen.«

Ich hasste den Anblick dieser Waffe, doch Aristoteles schien interessiert.

»Und er ist in gutem Zustand«, fuhr Aristoteles fort und ließ den Bogen langsam durch die Hände gleiten »Die Sehne ist noch gespannt. Woher hast du ihn?«

»Einer meiner Freunde, ein Seemann, hat ihn von einem Soldaten. Eine ungewöhnliche Waffe, nicht wahr, Herr? Für fünf Drachmen gehört sie Euch.«

Aristoteles musterte den Mann einen Moment prüfend. »Gut, du scheinst ein ehrlicher Mann zu sein. Ich werde deinen Preis bezahlen. Du hast nicht zufällig noch mehr von dieser Sorte?«

»Nein, Herr«, erwiderte der Schiffsführer würdevoll. »Warum sollte ich Waffen sammeln? Und, vor allem, warum jetzt, da es so aussieht, als würde unsere Flotte ewig im Hafen liegen bleiben, ohne zu kämpfen. Aber falls ich wieder in den Krieg ziehen sollte, hoffe ich wie ein anständiger Athener mit Lanze oder Schwert bewaffnet und nicht auf diese persische Ausrüstung angewiesen zu sein.«

»Wie Recht du hast«, sagte Aristoteles. »Ja, du hast wirklich Recht. Das ist ein persischer Bogen. Ich habe noch nicht viele Bogen in meiner Sammlung. Aber da offensichtlich auf beiden Seiten Pfeil und Bogen benutzt werden, ist es ein Kriegsgerät, mit dem ich mich genauer befassen sollte.«

»Vielleicht komme ich mal wieder an einen Bogen«, meinte der Seemann zweifelnd. »Manche haben diese Waffen von den alten makedonischen Bogenschützen als Erinnerungsstücke mitgebracht. Aber die sind meistens gebrochen und kaum von Wert. Warum lasst Ihr Euch keine neuen Bogen aus Makedonien bringen? Für kretische Bogen interessiert Ihr Euch wohl kaum, oder? Das sind ziemlich grobe Geräte, aber man hat sie trotzdem schon in der Schlacht verwendet.«

»Sicher«, stimmte ihm Aristoteles zu. »Hast du denn kretische Bogen zu verkaufen?«

»Nein, Herr. Da wendet Ihr Euch am besten an die Mannschaften auf den Weizenfrachtern. Aber ich nehme an, dass Ihr schon den kretischen Bogen des Bürgers Archimenos begutachten konntet.«

»Oh – Archimenos hat einen kretischen Bogen?«

»Ja, natürlich, Herr. Das heißt, er hatte ihn. Im vergangenen Frühjahr hat ihm ein Seemann aus Kreta eine solche Waffe geschenkt. Der Bürger Archimenos interessiert sich nämlich für Kriegsgeräte aller Art. Er hat ihn in dem großen Raum aufbewahrt, in dem er seine Geschäfte führt. Ich hatte... hm... hatte Gelegenheit, den Bogen dort einmal selbst zu bewundern.«

»Na so was!«, murmelte Aristoteles. »Nun, ich werde den Bürger Archimenos jedenfalls bitten, mir den Bogen einmal zu leihen. Sicher wird er ihn nicht verkaufen wollen. Vielen Dank für deine Hilfe. Falls du wieder mal etwas für mich hast, kannst du jederzeit zu mir kommen. Hier ist dein Geld.«

Aristoteles brachte den Seemann sogar zur Tür. Als wir wieder allein waren, wandte er sich an mich. Seine Augen leuchteten unternehmungslustig.

»Der Sache müssen wir nachgehen, Stephanos, und zwar sofort. Ich ruhe nicht, bis wir ihn gesehen haben... Stell dir vor, *er* hat einen kretischen Bogen!«

»Für mich ist diese Waffe ein böses Omen«, murmelte ich und machte ein Zeichen zur Abwehr des Bösen.

»Komm, bringen wir ein Dankopfer dar und machen uns dann auf den Weg«, drängte mein Gastgeber.

Es dauerte nicht lange und wir gingen auf der breiten Straße in Richtung Innenstadt davon.

»Ich will nicht zu Archimenos, ich will ihn nicht sehen«, sträubte ich mich.

»Du hast Recht. Es ist besser, ich begebe mich allein zu ihm. Sobald wir sein Haus erreicht haben, gehst du ein Stück weiter und wartest bei den Tempeln unterhalb der Akropolis auf mich. Hoffentlich ist er zu Hause.«

Kurz darauf erreichten wir bereits Archimenos' Haus unterhalb der Akropolis. Es war ein großes, vornehmes Gebäude, sah aber längst nicht so eindrucksvoll und pompös aus wie die Häuser von Boutades und Eutikleides im Wohnviertel der Aristokraten unterhalb des Musenhügels. Ich war froh, weitergehen zu können, denn ich hatte kein Verlangen, den Mann wieder zu sehen, der mich so furchtbar beleidigt hatte. Während ich auf Aristoteles wartete, opferte ich an mehreren Altären.

Als Aristoteles schließlich wiederkam, ging er an mir vorbei und nickte kaum merklich. Ich begriff, dass ich ihm unauffällig folgen sollte. Offensichtlich wollte er nicht, dass wir in dieser belebten Gegend zusammen gesehen wurden. Aristoteles legte ein atemberaubendes Tempo vor, sodass ich Mühe hatte, ihn bis zu dem unvollendeten riesigen Zeustempel aus der verhassten Regierungszeit des Peisistratos nicht aus den Augen zu verlieren. Dieser Tempel liegt ganz in der Nähe meines Hauses. Gras wächst im Umkreis des halb verfallenen Bauwerks. In der Nähe befindet sich ein bescheideneres Heiligtum des olympischen Zeus, in dem auch geopfert wird. Der Überlieferung nach standen an dieser Stelle Deukalion und Pyrrha, die letzten Überlebenden der Menschheit, und sahen zu, wie die Wassermassen der Sintflut langsam durch das Loch in den Felsen verschwanden. Dort sollen sie auch Steine über die Schulter geworfen haben, aus denen eine neue Menschheit entstand. Der Ort war ruhig und heilig.

Und in diesem stillen Hain hielt Aristoteles an. Kurz darauf hatte ich ihn eingeholt. Wir waren mutterseelenallein.

»Habt Ihr den kretischen Bogen?«, fragte ich aufgeregt.

»Nein, leider nicht. Stephanos, dieser Archimenos ist wirklich ein merkwürdiger Mann. Stell dir vor, er hat mich beleidigt – mich! Er hat mich offen einen ›Fremden‹ genannt.«

»Ist das alles?«, erwiderte ich unbeeindruckt. »Er kennt schlimmere Schimpfworte, glaubt mir.«

»Ich bin mit Archimenos eigentlich noch nie zusammengekommen«, fuhr Aristoteles fort. »Wir sind uns lediglich bei Festlichkeiten begegnet. Er hat sonst immer einen sehr korrekten, ernsten und etwas steifen Eindruck auf mich gemacht. So ist er auch am Anfang meines Besuches gewesen… aber dann! Ich glaube, dieser Mann ist in großen seelischen Nöten.«

»Was ist denn passiert?«

»Er hat mich in dem großen Raum empfangen, von dem

der Seemann gesprochen hat. Nach den üblichen Höflichkeiten habe ich von meiner Arbeit berichtet und dabei den patriotischen Wert der Angelegenheit besonders hervorgehoben. Zuerst hat er sich auch außerordentlich liebenswürdig und hilfsbereit gezeigt. Dann habe ich die Hoffnung geäußert, dass er als Spross einer reichen und geachteten Familie vielleicht einige Waffen im Besitz habe, die mich interessieren könnten. Archimenos hat daraufhin lang und überschwänglich von seinem Großvater erzählt. Ich habe übrigens den Verdacht, dass seine Familie während der Terrorherrschaft der dreißig Tyrannen einen schwerwiegenden politischen Fehler begangen hat, den die Nachfahren jetzt gern ungeschehen machen wollen. Aber lassen wir das. Unser Gespräch beschränkte sich jedenfalls auf Allgemeines. Dann sagte ich ihm, dass ich gehört hätte, dass er eine große Seltenheit, nämlich einen kretischen Bogen, besitze. Stephanos, der Mann ist vor meinen Augen leichenblass geworden.«

»Und?«

»Einen Moment lang hat er überhaupt nichts gesagt. Dann hat er behauptet, eine solche Waffe nicht zu besitzen. Ich habe erwidert, dass man mir das Gegenteil erzählt habe. Vielleicht habe ich etwas übertrieben, denn er schien den Eindruck zu haben, ich hätte von mehreren Seiten von diesem Bogen in seinem Besitz gehört. Schließlich hat er gemurmelt: ›Ach, Ihr meint das alte Ding!‹ Darauf habe ich geantwortet: ›Ja, schlecht verarbeitete Bogen werden schnell unbrauchbar, wenn man sie nicht pflegt. Ich nehme doch an, dass es sich bei diesem Bogen um eine echte kretische Waffe mit Hornspitzen handelt?‹

Daraufhin hat er Unverständliches vor sich hin gemurmelt und ist abwechselnd rot und blass geworden. ›Du widerlicher Metöke!‹, hat er mich dann plötzlich beschimpft.

›Ich weiß nicht, warum man dich überhaupt reingelassen hat. Ihr Fremden nehmt euch wirklich einiges heraus!‹

Ich blieb ruhig und habe ihn an meine Pflichten gegenüber Alexander erinnert. Da ist er aufgestanden und auf mich zugekommen und hat mir mit honigsüßem Lächeln erklärt, dass er mir gern helfen würde, der Bogen jedoch verschwunden sei. Daraufhin habe ich ihn gefragt, ob er ihn weggegeben habe. ›Nein, er ist mir vor einiger Zeit gestohlen worden‹, hat er geantwortet. Ich habe ihm mein Mitgefühl ausgedrückt, und er hat wiederholt, dass es sich um ein wertloses Objekt handle, das vermutlich ein Sklave entwendet habe. Ich habe daraufhin den Entrüsteten gespielt. ›Aber Bürger, der Sache hätte man nachgehen müssen!‹, habe ich gesagt. ›Ein bewaffneter Sklave ist gefährlich. Es ist ein Vergehen, so etwas nicht zu melden.‹ Auf diese Weise bedrängt, hat er entgegnet: ›Ich habe keine Ahnung, wer den Bogen genommen hat. Plötzlich, im vergangenen Sommer, war er verschwunden. Es war kein großer Verlust.‹

›Nein, das nicht‹, habe ich ihm zugestimmt. ›In Friedenszeiten braucht man in Athen eine solche Waffe nicht.‹

Archimenos hat die Stirn gerunzelt und irgendetwas gemurmelt. Ich habe mich daraufhin verabschiedet, aber auf dem Weg zur Tür habe ich noch gehört, wie er merkwürdige Selbstgespräche geführt hat. Ich habe hauptsächlich Obszönitäten mitbekommen, aber unter anderem hat er deutlich gesagt: ›Dieser verfluchte Bogen! Ich wünschte, ich hätte ihn nie gesehen.‹ – Das war es«, schloss Aristoteles. »Ich habe dir alles erzählt. Was hältst du davon?«

»Offensichtlich ist mein erster Verdacht – der gegen Archimenos – doch richtig gewesen«, antwortete ich. »Archimenos muss Boutades ermordet haben. Er hatte schließlich ein Motiv: Boutades hatte ihn mit dem Schiff schändlich betrogen. Außerdem besaß er die Mordwaffe – und hat sie später vernichtet. Nur die Bogenspitze ist abgebrochen und vor Boutades' Fenster zu Boden gefallen.«

»Die Waffe hat er tatsächlich besessen, davon bin ich überzeugt. Ich glaube mein Glücksspiel hatte Erfolg. Der Zufall lässt einen manchmal gewinnen. Wenn man nicht bereit ist zu spielen, werden die Würfel nie zu deinen Gunsten fallen.«

»Ihr seid doch kein Spieler«, widersprach ich überrascht.

»O doch! Aber ich spiele nicht mit Würfeln oder Steinen um Geld. In diesem Augenblick zum Beispiel habe ich einen Preis in meinem Ärmel. Und davon wollte ich dir heute eigentlich erzählen, als uns dieser interessante Seemann unterbrochen hat. Sieh her, was hältst du davon?«

Er streckte die Hand aus und zeigte mir einen winzigen Tonsplitter, der nicht größer als der Nagel an meinem kleinen Finger war.

»Was ist das?«, fragte er.

Ich betrachtete den Gegenstand pflichtgemäß. »Es ... es ist ein Tonsplitter«, erwiderte ich, »vermutlich von einer Schale oder einem Topf.«

»Ja, richtig. Und was noch? Was fällt dir dazu noch ein?«

Ich drehte den Tonsplitter nachdenklich zwischen den Fingern.

»So kleine Bruchstücke sagen einem gar nichts«, antwortete ich sarkastisch. »Sie können nämlich nicht reden. Sie gehören auf den Müllplatz. Die Scherbe ist so klein, dass man nicht einmal etwas darauf schreiben könnte. Sie stammt von einem Gefäß ... vielleicht von einem großen, rot bemalten und glasierten Gefäß.«

»Weiter! Fällt dir sonst nichts auf? Welche Farbe hat diese Scherbe?«

»Sie ist schmutzig gelb. Aber die rote Farbe ist ziemlich tief eingedrungen.«

»Der Ton ist also ursprünglich gelb gewesen?«

»Ja, das nehme ich an. Ich dachte zuerst, er sei wie üblich rot. Aristoteles, warum müssen wir uns jetzt unbedingt über Keramik unterhalten?«

»Gut, reden wir nicht mehr davon«, erwiderte er. »Vielleicht hast du Recht. Wenn du allerdings wüsstest, in wessen Haus ich ungebetenerweise eingedrungen bin, während der Besitzer abwesend war – und in welchem Zimmer ich kurz blieb, um ihm eine Nachricht zu schreiben... Aber lassen wir das. Mein armer Junge, du bist müde. Du solltest jetzt hauptsächlich auf deine Sicherheit bedacht sein.«

»Der Prozess ist wichtiger«, entgegnete ich bitter. »Darüber mache ich mir zur Zeit die meisten Sorgen.«

»Ich habe auch daran gedacht«, erwiderte Aristoteles. »Aber lass dich von unseren Verdächtigungen nicht zu sehr beeinflussen. Behalte einen klaren Kopf, bis ich zurückkomme.«

»Warum? Geht Ihr denn fort?«

»Ja. Habe ich dir das denn nicht erzählt? Ich muss geschäftlich weg. Morgen früh verlasse ich Athen. Ich sage jedem, der es hören will, dass mich meine Waffenstudien sehr in Anspruch nehmen. Ja, ich werde fortgehen. Einen Teil der Reise muss ich mit dem Schiff zurücklegen. Und das bei diesem Wetter! Ich fahre in den Süden, zum Isthmus von Korinth. Vielleicht sogar noch weiter. Bringe Poseidon ein Opfer für mich dar, während ich fort bin.«

»Das werde ich tun«, versprach ich höflich. »Ich wünsche Euch eine gute Reise und Eurem Unternehmen Erfolg.« Insgeheim machte ich ihm Vorwürfe, weil er mich einfach allein ließ. Natürlich war das dumm von mir, denn er war in keiner Weise für mich verantwortlich. Was hätte er außerdem für mich tun können?

»Ich bin selbstverständlich vor Prozessbeginn wieder zurück«, erklärte Aristoteles. »Wenn es dich beruhigt, dann werde ich dir bei deinen Verteidigungsreden helfen.«

»Was soll ich denn jetzt tun? Was soll ich wegen Archimenos unternehmen?«

»Nicht, Stephanos. Mach einen großen Bogen um Archimenos. Ich meine das sehr ernst. Bitte, sei vorsichtig. Nimm keine Geschenke an. Gehe, wenn es sich irgendwie vermeiden lässt, nicht allein aus – besonders nicht nachts. Meide einsame Orte. Denk daran, wie der Sklave aus Sinope gestorben ist.«

»Ihr meint den, der im Parnes ausgerutscht und abgestürzt ist?«

»Ich meine den, dessen Kopf im Parnes mit einem sehr harten Gegenstand in Berührung gekommen ist«, verbesserte mich Aristoteles. »Vergiss nicht, was dieser Schmied über die Wirksamkeit von Steinen gesagt hat. Entfernung bedeutet nicht Sicherheit. Sicher bist *du* erst wieder, wenn der Prozess vorbei ist.«

»Ich soll also wie ein Weib zu Hause sitzen und Däumchen drehen?«, entgegnete ich. »Was soll nur aus meinem armen Cousin werden?«

»Nun, du könntest einen Hinweis von deinem Cousin befolgen und versuchen seinen merkwürdigen Seeräuberfreunden eine Nachricht zukommen zu lassen. Nein... warte damit noch eine Weile. Falls einer von ihnen vor Gericht beschwören würde, dass sich Philemon in der Mordnacht zusammen mit ihm auf einem Schiff nach Ägina befunden hat, dann könnte das deiner Sache sicher helfen.

Doch bevor wir zu diesem Mittel greifen, müssten die Dinge schon sehr schlecht stehen. Ich hoffe auf bessere Argumente. Verstehst du denn nicht, dass wir dem Erfolg sehr nahe sind, Stephanos? Komm, wir beten zum Göttervater Zeus.«

Wir verrichteten in dem kleinen Heiligtum unsere Gebete und trennten uns. Die unbemalten Figuren und halb fertigen Säulen des verlassenen Tempels verbreiteten eine düstere Atmosphäre. Und das Gebäude ohne Dach, dessen Bau einst mit so großen Erwartungen begonnen worden war, erinnerte mich lebhaft an meine Bemühungen, Philemon in dieser Sache vor Gericht zu verteidigen.

XVIII

Gefahr und Todesnähe

Aristoteles ist fort… muss längst fortgegangen sein. Das war mein erster Gedanke, als ich am nächsten Morgen aufwachte. Ich musste also die letzten Vorbereitungen für den Prozess allein treffen. Nach reiflicher Überlegung beschloss ich, den geheimnisvollen Töpfer Simonides aufzusuchen, von dem Philemon gesprochen hatte. Mit seiner Hilfe wollte ich einem dieser Seeleute eine Nachricht zukommen lassen. Falls es mir gelänge, einen von ihnen dazu zu bringen, vor Gericht zu beschwören, dass Philemon zur Tatzeit nicht in Athen gewesen sein konnte, war viel gewonnen.

Nach Philemons Beschreibung musste Simonides' Werkstatt hinter dem Marktplatz an der Straße liegen, die zum Akarnischen Tor führte. Dort war das Viertel der ärmeren, weniger erfolgreichen Handwerker. Ich fand die Werkstatt ohne Schwierigkeiten. Der Töpfer selbst war ein hagerer Mann mit dunklem Teint und verbissenem Gesichtsausdruck, der schwitzend seiner Arbeit nachging. Man sah auf den ersten Blick, dass die schäbige Werkstatt nicht zu den erfolgreichen Unternehmen Athens gehörte, und auch sein Besitzer machte keinen besonders Vertrauen erweckenden Eindruck. Der Töpfer hatte offensichtlich nur zwei Lehrlinge, und der Fußboden war mit getrockneten alten Tonresten bedeckt, was darauf schließen ließ, dass der Meister auf Sauberkeit keinen Wert legte. Die ausgestellten Gefäße waren reichlich plump in der Form und aus grobem Material.

»Bist du Simonides, der Töpfer?«, erkundigte ich mich.

»Ja, Herr?«, erwiderte er mit einer Mischung aus Trotz und Ungeduld.

Ich schluckte und sagte: »Die roten Töpfe sind nicht gut gewesen.« Dann fügte ich langsam hinzu: »Die roten Töpfe dürfen nur bei Vollmond gebrannt werden.«

»Oh, tut mir Leid, das zu hören. Möchtet Ihr mir vielleicht einen neuen Auftrag geben, Herr?«

»Ja«, antwortete ich. »Liefert mir Folgendes…«

Ich gab ihm eine Tonscherbe, auf die ich das Erkennungszeichen, den Baum, gezeichnet und die Nachricht geschrieben hatte. Es war ein Stück des üblichen Tons, den man für kurze Notizen benutzt. Die eine Seite war bereits benutzt worden. Darauf stand eine alte Einkaufsliste. Meine Nachricht bestand lediglich aus den Namen »Pheidippides« und »Pheid«. Den zweiten Namen hatte ich aus Platzgründen abgekürzt und dem ersten den Vorzug gegeben, da »Pheidippides« auch so etwas wie Schnelligkeit bedeutete.

Simonides allerdings machte keinen sehr schnellen Eindruck. Er überflog die Nachricht flüchtig. »Einen großen Auftrag können wir zurzeit schlecht ausführen. Ihr müsst mit Verzögerungen rechnen. Versprechen kann ich nichts. Vielleicht ist es in ein oder zwei Wochen soweit. Aber rechnet nicht sicher damit.«

»Tu, was du kannst«, erwiderte ich reichlich entmutigt.

Simonides hatte offensichtlich Zweifel, dass die beiden Seeleute je wieder auftauchen würden.

»Ich brauche die Sache irgendwann in den kommenden zwei Wochen«, fuhr ich fort. »Je früher, desto besser. Es… es ist wegen des… des Festmahls. Wir müssen dafür gut ausgestattet sein. Wenn du mir nicht helfen kannst, muss ich mich an einen anderen wenden.«

»Ich weiß nicht, ob Euch irgendeine andere Werkstatt so kurzfristig einen so großen Auftrag erfüllen kann«, entgegnete der Töpfer reichlich unverschämt. »Aber ich tue mein Bestes. Allerdings wird das recht teuer werden.«

Ich seufzte und drückte ihm zehn Drachmen in die Hand. »Nimm das als Anzahlung. Den Rest bekommst du erst, wenn der Auftrag ausgeführt ist oder ich die Lieferung erhalten habe.«

»Gut, Herr. Wie lautet Euer Name und Eure Adresse? Wir werden Euch benachrichtigen.«

Widerwillig machte ich die gewünschten Angaben. Falls er oder seine Freunde heimlich zu mir kommen wollten, musste er natürlich meine Adresse wissen.

»Ihr werdet vielleicht schon nächste Woche von mir hören«, erklärte der Töpfer. »Ich verstehe durchaus, dass Ihr den Auftrag schnell erledigt haben wollt, aber der Zeitpunkt ist äußerst ungünstig, Herr. Daran kann ich nichts ändern. Wenn Ihr die Sachen allerdings so dringend braucht…«

Er musterte mich schlau. Es war mir unangenehm, dass er über mich und vielleicht auch über Philemons vorletzte Flucht aus Athen genau Bescheid zu wissen schien. Dieser merkwürdige Mann hatte offensichtlich verborgene, schmutzige Informationsquellen, die irgendwo unterirdisch brodelten und in seiner unappetitlichen Werkstatt zum Vorschein kamen.

Simonides warf meine Tonscherbe achtlos auf einen Tisch, auf dem bereits andere Gefäße lagen. Vielleicht war darunter ja noch so eine seltsame Nachricht wie die meine. Der Töpfer nickte mir herablassend zu, und ich war offensichtlich entlassen.

Mein bevorstehender Besuch am Abend bei Eutikleides überschattete den ganzen Tag. Ich wusste inzwischen aus gutem Grund, dass es noch schlimmere Dinge gab als Geldsorgen, doch unwürdige und schändliche Geldsorgen sind schon schrecklich genug.

Für meinen Besuch bei Eutikleides zog ich mich mit besonderer Sorgfalt an, denn ich wollte weder zu wohlhabend noch zu arm aussehen, und ging dann quer durch Athen zum Viertel der Reichen am Musenhügel. Eutikleides' großes, elegantes Haus lag direkt gegenüber dem Anwesen, das ich insgeheim noch immer als »Boutades' Haus« bezeichnete. Ich warf einen flüchtigen Blick auf die unter einem unglücklichen Stern stehende Behausung und dachte wieder an jenen Morgen, an dem alles angefangen hatte. Ich kam dabei zu dem Schluss, dass ich für dieses elegante Wohnviertel trotz seiner schönen Häuser und der guten Luft, die hier von den Bergen wehte, nicht viel übrig hatte.

Am Tor zu Eutikleides' Haus wurde ich schnell eingelassen, doch der Hausherr selbst schien es nicht eilig zu haben, mich zu empfangen, obwohl er auf Pünktlichkeit bestanden hatte. Man ließ mich fast zwei Stunden in einem kühlen, zugigen Vorzimmer warten. Meine Stimmung wurde dadurch natürlich nicht besser, doch ich zwang mich dazu, ruhig und beherrscht zu bleiben. Als sich Eutikleides schließlich dazu herabließ, mich zu empfangen, hatte ich den Eindruck, dass er sehr wohl über meine Gemütsverfassung Bescheid wusste und sich an ihr ergötzte. Er entschuldigte sich mit keinem Wort, sondern sagte nur: »Nun, Stephanos, ich hoffe, dass du mir diesmal das Geld endlich bringst.«

»Ja«, antwortete ich. »Hier ist es.« Ich konnte es mir jedoch nicht verkneifen, hinzuzufügen: »Wenn ich gewusst hätte, dass du noch so lange beschäftigt sein würdest, wäre ich später gekommen.«

»Aber dann hättest du den Weg im Dunkeln zurücklegen müssen. Du wirst verstehen, dass ich oft dringende Geschäfte zu erledigen habe, und die gehen natürlich vor. Ich habe viel zu tun.«

Das erinnerte mich an Simonides' Gerede über Verzögerungen.

»Im Augenblick scheint jeder furchtbar beschäftigt zu sein«, entgegnete ich kühl. »Das Warten hat mir nichts ausgemacht«, behauptete ich herablassend. »Ich kann immer philosophischen Gedanken nachhängen. Das beschäftigt *mich*.«

»Richtig. Du solltest dabei mal ein wenig über solche Tugenden wie Klugheit und Umsicht nachdenken, Stephanos. Ich lege dir das dringend ans Herz. Du hast mir gerade dreißig Drachmen gegeben – nur dreißig. Damit ist erst die Hälfte der Schuld getilgt. Ich bin ein viel beschäftigter Mann und in geschäftlichen Dingen sehr genau. Von anderen erwarte ich deshalb dasselbe. Du wirst die restlichen hundert Drachmen für mich hoffentlich in … in drei Tagen haben?«

»Das kann ich nicht versprechen«, erwiderte ich tonlos. »Ich muss ein kleines Stück Land verkaufen, und das geht meistens nicht so schnell.«

»Oh? Du verkaufst also Land? Hoffentlich handelt es sich dabei nicht um Erbland, Stephanos. Vergiss nicht, dass die Gesetze das verbieten.«

Ich wurde wütend. Schließlich kannte ich die Gesetze genauso gut wie er.

»Natürlich vergesse ich das nicht«, antwortete ich gezwungen ruhig. »Es ist eigentlich kein richtiger Familienbesitz, sondern nur ein abgelegener Weinberg, den mein Vater erworben hat.«

»Nikiarchos ist in diesen Dingen reichlich unklug gewesen. Und wer kauft schon im Winter einen Weinberg? Stephanos, ich kann natürlich nicht ewig warten, bis du irgendwann dieses Land verkauft hast. Du musst mir das Geld zurückzahlen, gleichgültig was mit deinem mageren Weinberg passiert. Doch gegen mein Interesse werde ich erneut großzügig sein. Du wirst mir die restliche Summe in … in genau zwanzig Tagen bringen.«

Ich wurde unwillkürlich rot vor Wut. Das bedeutete, dass ich die Schuld am Tag vor der Prozesseröffnung bezahlen musste. Ich sah Eutikleides an, und da wurde mir klar, dass er das ganz genau wusste. Ich schluckte meinen Protest hinunter und antwortete so ruhig wie möglich: »Ja, ich werde dir die restliche Summe dann bringen. In zwanzig oder … einundzwanzig Tagen kann viel geschehen.«

»Richtig. Wir sind uns also einig. Jetzt will ich dich nicht länger aufhalten Wir sehen uns wieder, wenn du den Rest der Schuld bezahlst.«

Seine Unhöflichkeit war ohne Beispiel. Er hatte nicht einmal so viel Anstand besessen, mir eine Schale Wein anzubieten, und das wäre das Mindeste gewesen, was man erwarten konnte. Er behandelte mich wie einen Sklaven – und selbst Sklaven wurden in anständigen Häusern gastfreundlicher empfangen. Kochend vor Wut verließ ich das Haus. Es war immerhin möglich, dass ich den Weinberg nicht verkaufen konnte – und was dann? Die wichtigen Tage vor dem Prozess musste ich damit vergeuden, hundert Drachmen aufzutreiben, sodass ich vor Gericht wahrscheinlich unvorbereitet und gedemütigt durch die finanziellen Opfer erscheinen musste. Die ganze Familie würde den Rest des Winters darunter zu leiden haben.

Als ich Eutikleides' Haus verließ, wandte ich mich aus irgendeinem unergründlichen Instinkt heraus in die entgegengesetzte Richtung, aus der ich gekommen war. Vermutlich wollte ich nicht mehr an Boutades' Haus vorbeigehen, aber ich war mir kaum bewusst, wohin ich lief, bis ich mich auf dem Weg wiederfand, der zu der Kuppe des Musenhügels hinaufführte. Obwohl es bereits spät und stockfinster war, machte mir das nichts aus, denn ich kannte die Strecke gut. Wenn ich erst einmal das Heiligtum auf dem höchsten Punkt des Hügels erreicht hatte, konnte ich auch den schmalen Pfad finden, der auf der anderen Seite wieder zu Häusern und Gärten hinunterführte. Ich hatte eine Fackel mitgenommen, die mir der Türsteher bei Eutikleides angezündet hatte, und eigentlich hatte ich gar nichts gegen einen kleinen Umweg über den Musenhügel einzuwenden. Im Gegenteil, ich hoffte auf diese Weise, meiner aufgestauten Wut und Verzweiflung Luft machen zu können. Ich stieg also in wenig besinnlicher Stimmung den Hügel hinauf, der für mich in dieser Nacht wahrlich kein Ort der Musen sein sollte.

In meinem unbändigen Zorn schritt ich schnell voran, ohne nach rechts und links zu sehen. Plötzlich wurde ich durch ein seltsames Geräusch aus meinen wütenden Grübeleien gerissen, und ich merkte, dass jemand hinter mir zu gehen schien. Ich blieb abrupt stehen. Alles war still. Nur der Winterwind raschelte leise in den Bäumen. Ich lief weiter, glaubte jedoch bald, erneut Schritte zu hören. Sosehr ich mich aber auch anstrengte, ich konnte in der Dunkelheit nichts erkennen. Das flackernde Licht meiner Fackel machte mich für meine Umgebung blind. Trotzdem hatte ich das untrügliche Gefühl, dass mir jemand folgte – ja vielleicht sogar schon seit Eutikleides' Haus gefolgt war.

Zu spät fiel mir Aristoteles' Warnung ein, einsame Orte zu meiden. Warum hatte ich nicht wenigstens einen Sklaven zu meiner Begleitung mitgenommen? Aber natürlich war ich in meinem Zorn und meiner Scham lieber allein zu Eutikleides gegangen. Dabei musste ich plötzlich an den Sklaven aus Sinope denken. Wie war er eigentlich wirklich ums Leben gekommen? Diese Frage erhielt für mich plötzlich eine ungeahnte Bedeutung. Ich lief, ja rannte beinahe weiter. Und dann war ich ganz sicher, dass jemand hinter mir war. Oben auf dem freien Platz vor dem Heiligtum blieb ich stehen und drehte mich um. Das flackernde Licht einer zweiten Fackel tauchte gefährlich nahe vor mir aus der Dunkelheit auf. Mir wurde plötzlich klar, dass ich mit meiner Fackel eine ausgezeichnete Zielscheibe abgeben musste, und machte das Licht sofort aus. Meine Augen gewöhnten sich nur langsam an die Dunkelheit, und ich konnte nicht viel erkennen, doch mein Verfolger oder waren es mehrere? – sah jetzt sicher noch weniger. Ohne genau zu wissen, wohin, tastete ich mich hastig weiter und kam bis dicht vor das Heiligtum. Der Weg dorthin war uneben, und ich stolperte ständig über Baumwurzeln und andere Hindernisse. Ich dachte dabei grimmig, dass das Fortlaufen mir langsam zu einer Gewohnheit wurde, was ja nicht sonderlich heldenhaft für einen jungen Mann war. Doch ich hätte mir deswegen keine Sorgen zu machen brauchen. Ich sollte meinen Kampf bekommen, ob ich es wollte oder nicht.

Der geheimnisvolle Fackelträger hatte mich im nächsten Moment bereits eingeholt, und da merkte ich, dass er nicht allein war. Ich hörte hinter ihm die Schritte von mindestens zwei weiteren Personen. In meiner Verzweiflung drehte ich mich zu meinen Verfolgern um, sodass ich dem Heiligtum den Rücken zuwandte.

Als Nächstes traf mich ein mächtiger Schlag auf die Schulter. Fast gleichzeitig konnte ich schemenhaft die Umrisse eines Mannes mit einem unvorstellbar hässlichen Gesicht neben der Fackel erkennen. Die Tatsache, dass wir uns offensichtlich nicht kannten, schien seinem Groll gegen mich keinen Abbruch zu tun. Da ich die heftige Auseinandersetzung in den Straßen von Piräus noch in lebhafter Erinnerung hatte, konzentrierte ich mich weniger auf seinen gefährlichen rechten Arm, sondern machte einen Satz nach vorn, packte seine linke Hand, in der er die Fackel hielt, entwand sie ihm und trat die Flamme aus. Fast gleichzeitig traf mich mein Widersacher mit einem kräftigen Fußtritt, während ich ihm einen Schlag in die Magengrube verpasste. Um uns herum war es jetzt stockfinster. Plötzlich sauste etwas zischend durch die Luft. Ich sprang geistesgegenwärtig zur Seite und hörte, wie der Gegenstand gegen das Heiligtum krachte. Ein Knüppel, war mein erster Gedanke. Der Kerl hatte einen Knüppel. Ich warf mich in die Richtung, in der ich meinen Angreifer vermutete, und bekam einen Arm zu fassen, den ich sofort brutal herumdrehte. Der Mann stöhnte vor Wut und Schmerzen. Dann griff ich nach seiner Schlagwaffe und riss sie ihm aus der Hand. Mein Widersacher trat unaufhörlich weiter mit den Füßen nach mir, aber da ich diese Methode inzwischen kannte, wich ich geschickt aus. Triumphierend packte ich den erbeuteten Knüppel fester. Doch gerade in diesem Moment tauchte seitlich hinter mir ein weiterer Angreifer auf und versetzte mir einen Schlag ins Genick.

Ich schrie vor Schmerz auf, stolperte vorwärts, schwang jedoch in einer Art Reflexbewegung die Keule gegen den ersten Angreifer und musste ihn empfindlich in der Unterleibsgegend getroffen haben. Dann packte mich der andere von hinten an der Schulter. Ich trat nach ihm, traf ihn zwar nicht, brachte ihn jedoch etwas aus dem Gleichgewicht, riss den Oberkörper nach vorn, sodass sich sein

Griff etwas lockerte, und schlug dann aus der Drehung mit meinem Knüppel nach den Beinen des Gegners. Dieser ließ mich augenblicklich los, holte jedoch seinerseits mit einem Knüppel zum Schlag aus. Ich sprang zur Seite. Die schwere Waffe sauste ins Leere. Ich holte erneut aus und traf meinen Angreifer so gezielt, dass er stöhnend zu Boden sackte.

Das alles war eine Angelegenheit von wenigen Augenblicken gewesen, und bis dahin hatte ich mich auch ganz gut gehalten. Ein Gegner war, wie ich hoffte, entwaffnet und der andere vorerst kampfunfähig. Doch dann ging es Schlag auf Schlag. Ein dritter Mann tauchte wie aus dem Nichts auf, und sein Knüppel traf mich mit einer solchen Wucht am Arm, dass ich im ersten Moment glaubte, der Oberarmknochen sei gebrochen.

Ich schrie vor Schmerz laut auf, und bevor ich irgendwie reagieren konnte, riss mir der Kerl, der die Fackel getragen hatte, die Beine weg. Ich fiel zu Boden. Der dritte Widersacher nutzte die Gelegenheit, mir einen Schlag in die Magengegend zu verpassen, woraufhin ich mich übergeben musste. Taumelnd kam ich schließlich wieder auf die Beine und versuchte zu fliehen. Es gelang mir, wenigstens einige Schritte näher an den Abhang des Musenhügels heranzukommen, doch mein Atem ging so keuchend und laut, dass trotz der Dunkelheit jeder sofort wusste, wo ich mich befand. Im nächsten Moment hatten mich meine Gegner auch schon eingeholt und begannen erbarmungslos auf mich einzuschlagen.

Jeder ihrer Treffer machte mir bewusst, in welch ausgezeichneter körperlicher Verfassung sich meine Widersacher befanden. Und zum ersten Mal wurde mir klar, wie ernst ihnen die Angelegenheit war: Je schwächer ich wurde und je weniger ich mich wehren konnte, desto brutaler schlugen sie auf mich ein. Wie durch einen roten Nebel, stumpf und teilnahmslos, nahm ich meine Umwelt wahr. Da wusste ich, dass sie mich umbringen würden.

Mit einem letzten Rest Selbsterhaltungstrieb sagte ich mir: Warum stehst du eigentlich da und lässt dich einfach erschlagen?

Bei diesem Gedanken erwachten wenigstens kurzzeitig meine Lebensgeister. Ich zog den Kopf ein, duckte mich und lief einfach zwischen den Angreifern hindurch. Die Männer waren im ersten Moment offensichtlich zu überrascht, um zu reagieren, denn so viel Initiative hatten sie mir wahrscheinlich nicht mehr zugetraut. Lange hielt dieser Zustand allerdings nicht an. Der nächste Knüppelschlag traf mein Kreuz und der übernächste die sowieso schon ziemlich lädierte rechte Schulter. Ich lief weiter. Sterne und Blitze zuckten vor meinen Augen, doch hinter dieser flackernden Lichterwelt lag unendliche Dunkelheit. In meinem Kopf rauschte eine mächtige Meeresbrandung, in der ich jeden Augenblick zu ertrinken drohte. Kaum noch in der Lage, irgendetwas zu sehen oder zu denken, brach ich durch einen Busch. Im selben Moment bekam ich einen vernichtenden Schlag auf den Schädel. Ich stürzte kopfüber und fiel und fiel, überschlug mich, rollte über Gestrüpp und Steine, und jeder Stoß verursachte unsagbare Qualen. Dann fühlte ich überhaupt nichts mehr, und es wurde dunkel um mich.

XIX

Todesgedanken

Im Morgengrauen wachte ich wieder auf. Ein normales Aufwachen konnte man es allerdings kaum nennen. Es war eher so, als würde ich halb ertrunken an der Oberfläche des Meeres treiben. Mit meinen Augen stimmte etwas nicht, denn ich sah alles verschwommen und wie durch schmale Schlitze. Nur undeutlich erkannte ich Steine und ein paar Grasbüschel, die mir jedoch geradezu unnatürlich groß vorkamen. Rasende Kopfschmerzen beeinträchtigten auch mein Sehvermögen. Erschöpft machte ich die Augen zu. Nach einer Weile schlug ich sie wieder auf und versuchte mich zu bewegen. Jeder Knochen in meinem zerschundenen Körper tat dabei so entsetzlich weh, dass ich völlig erschöpft wieder einschlief.

Ich weiß nicht mehr, wie lange das so weiterging. Ich wachte auf, schlief ein und wachte auf. Bei jedem neuen Erwachen nahm meine Umwelt klare Umrisse an. Ich sah meine blutverschmierten Hände, den schmutzigen, zerrissenen Chiton, und langsam kehrte das Erinnerungsvermögen an die vergangene Nacht zurück. Schließlich setzte ich mich unendlich mühsam auf. Schwindelgefühl erfasste mich, und wie durch einen Nebel erkannte ich, dass ich am Fuß des Hügels in einem Gestrüpp unterhalb eines großen Felsens lag. Ich drehte den Kopf zur Seite, unterdrückte das Übelkeitsgefühl in meinem leeren Magen und folgte langsam mit den Augen den Kratz- und Schleifspuren, die von meinem Absturz in dem staubigen, steinigen Hang zurückgeblieben waren. In einiger Entfernung erkannte ich andere Fußspuren, die jedoch nicht weiter an meinen Platz unter dem Fels heranführten. Offensichtlich hatten meine Angreifer mich als lebloses Bündel liegen sehen und mich für tot gehalten. Vermutlich hatte ich mich lange Zeit nicht bewegt.

Dann wurde mit erneut schwarz vor den Augen, und ich legte mich wieder hin. Als ich das nächste Mal zu mir kam, tastete ich vorsichtig meinen Körper ab. Überall berührte ich getrocknetes, verkrustetes Blut, und besonders mein Kopf schien eine einzige große Wunde zu sein. In der Nacht hatte es offensichtlich leicht geregnet, denn alles fühlte sich feucht und klamm an. Dabei kam mir die Einsicht, dass es kaum gesund sein konnte, hier noch lange sitzen zu bleiben und über meine Wunden nachzudenken.

Zuerst auf dem Bauch rutschend, dann auf Händen und Füßen kriechend, bewegte ich mich unendlich langsam vorwärts, bis ich endlich die Straße erreicht hatte.

Irgendwann hörte ich Hufgetrappel. Ich war nicht in der Lage, meinen Kopf in die Richtung zu drehen, aus der das Geräusch kam, doch das Getrappel wurde lauter. Dann erkannte ich hoch über mir die Beine eines Mannes und daneben die Hufe und den dicken Bauch eines Maultiers. »Hilfe!«, brachte ich krächzend hervor und stöhnte laut.

»Athene beschütze mich!« Der Mann blieb stehen und sah mich an.

»Hilfe!«, wiederholte ich deutlicher. »Guter Athener Bürger... von Räubern... überfallen.«

Der Mann blieb misstrauisch. »Woher soll ich wissen, dass Ihr nicht selbst ein Räuber seid?« Er kratzte sich am Kopf.

»Kein Räuber... angesehener Bürger«, stammelte ich. »Bring mich nach Hause. Ich schwöre bei Zeus, du sollst eine Belohnung bekommen.« Dann wurde ich wieder ohnmächtig. Aber als ich aufwachte, war der Mann mit dem Maultier noch da.

»Ihr seht wirklich ziemlich mitgenommen aus«, bemerkte er, was ich sehr unpassend fand. »Wie viel?«

»Fünf Drachmen.«

Er verzog geringschätzig den Mund.

»Zehn«, versprach ich. Wer kümmert sich in einem solchen Augenblick schon darum, ob er seine Schulden je bezahlen kann?

»Also gut. Sagt mir Euren Namen und die Adresse.«

Nachdem ich die gewünschten Angaben gemacht hatte, wurde ich unsanft hochgehoben und wie ein Sack Gerste kopfüber über den Rücken des Maultieres geworfen; dann ging es los. Jeder Tritt des Maultiers bereitete mir unvorstellbare Qualen. Ich schaukelte unaufhörlich hin und her, bis mir übel wurde. Schmerzen glitten wie riesige Wellen über mich hinweg, dann hatte die Natur Erbarmen mit mir, und ich wurde ohnmächtig.

Als ich wieder zu mir kam, lag ich ausgestreckt auf etwas, das sich wesentlich weicher anfühlte als der Rücken eines Maultiers, und ein tränenüberströmtes Gesicht beugte sich mit ängstlich aufgerissenen Augen über mich. Es war meine Mutter.

«Oh, er lebt! Sprich mit mir, mein Sohn. O Stephanos! Der Mann, der dich gebracht hat, hat behauptet, du seist tot. Zeus sei Dank, du lebst!«

Ich blinzelte. »Ich sterbe«, erklärte ich tonlos, aber bestimmt und schlief wieder ein.

In den folgenden Stunden und Tagen empfand ich, wenn ich nicht gerade schlief, nur eines: Schmerzen. Und trotzdem regte sich tief im Unterbewusstsein ein Gedanke, der bald mein ganzes Denken – oder das, was davon übrig geblieben war – beherrschen sollte: Irgendjemand hatte mich umbringen lassen wollen. So frevelhaft es auch sein mochte, fast wünschte ich, er hätte dabei Erfolg gehabt. Denn ich überlegte weiter: Wenn ich noch lebe, bin ich nicht mehr sicher. Die einzige Möglichkeit, in Sicherheit zu sein, war, abgesehen von meinem plötzlichen Ableben, die, mich tot zu stellen. Denn derjenige, der meinen Tod gewünscht hatte, musste sehr enttäuscht sein, wenn er erfuhr, dass ich noch lebte. Falls er allerdings annehmen durfte, dass es nur noch eine Frage der Zeit war, bis ich mein Leben aushauchte, würde er vielleicht abwarten und vorerst nichts gegen mich unternehmen. Aus diesem Grund entschloss ich mich, so zu tun, als läge ich im Sterben.

In den ersten zwei oder drei Tagen bedurfte es dazu keiner schauspielerischen Leistung. Auch die folgenden Tage verliefen, was das betraf, völlig problemlos. Es ist der Gesundheit nicht zuträglich, wenn man schwer verletzt eine Nacht in Regen und Kälte im Freien verbringt. Und die Erkältung, die ich gerade überstanden zu haben glaubte, machte sich sofort wieder bemerkbar. Diesmal waren die Symptome allerdings wesentlich beängstigender. Mein Atem ging nur noch stoßweise und rasselnd, sodass ich fürchtete, mir jene bösartige Lungenkrankheit zugezogen zu haben, die unweigerlich zum Tod führt. Wahrscheinlich hatte ich tatsächlich eine mildere Form dieser Krankheit, denn ich habe später erfahren, dass ich hohes Fieber gehabt und eine Nacht im Fieberwahn verbracht hatte. Ich erinnere mich an ständig wiederkehrende Albträume, in denen mich ein aufgedunsener Boutades mit einem Knüppel bedrohte, der sich dann plötzlich in eine Ölkanne verwandelte, deren Inhalt er so lange in mich hineinschüttete, bis ich ertrank.

In jenen Tagen muss ich wirklich wie ein Sterbender ausgesehen haben. Ich war in dieser Rolle sogar so erfolgreich, dass in Athen zuerst die Nachricht die Runde machte, ich sei bereits tot. Diese Meldung hat sich gut vierzig Stunden gehalten und muss meinem Todfeind eine kurze Zeitspanne der völligen Zufriedenheit beschert haben. Damit war es jedoch sicher vorbei, als bekannt wurde, dass ich nur schwer verletzt im Bett lag, wahrscheinlich jedoch sterben würde. Dank der aufopfernden Pflege meiner Mutter ging das Fieber zurück, meine Wunden begannen zu heilen, und ich fühlte mich täglich etwas besser. Ich achtete allerdings sorgfältig darauf, das niemanden merken zu lassen.

In diesen ersten Tagen nach dem Überfall auf dem Musenhügel hatte ich auch einen Besucher, der behauptete, ein Freund von Aristoteles zu sein, und hartnäckig darauf bestand, zu mir gelassen zu werden. Es war der Bürger Diokles, der mir erklärte, er sei gekommen, um meinen Weinberg zu kaufen. Er hatte bereits die nötigen Schriftstücke vorbereitet, und wir schlossen den Handel sofort ab. Der Bürger ließ zweihundertfünfzig Drachmen in einem Lederbeutel bei mir zurück. Ich hütete das Geld eifersüchtig und erzählte nicht einmal meiner Mutter etwas davon, da ich Angst hatte, die herrlichen Reichtümer könnten sich sonst verflüchtigen. Der Käufer des Weinbergs erschien mir sogar neben Boutades in meinen Fieberträumen, und ich erlebte beim Erwachen schreckliche Augenblicke, in denen ich an seiner Existenz zweifelte.

Je mehr sich mein Zustand besserte, desto schwieriger wurde es für mich, den Sterbenden zu spielen, und schließlich blieb mir nichts anderes übrig, als meine Mutter ins Vertrauen zu ziehen. Sie hatte Verständnis für meine Ängste und half mir bei meinem Täuschungsmanöver, sodass unsere Sklaven und selbst Tante Eudoxia weiterhin glaubten, ich läge im Sterben. Unsere Haussklavin sorgte eifrig dafür, dass diese Nachricht in ganz Athen verbreitet wurde.

Währenddessen hatte ich in meinem Bett im verdunkelten Zimmer genügend Zeit zum Nachdenken. Ich hatte bereits meiner Mutter erzählt, dass ich glaubte, meine Gegner wären gedungene Mörder gewesen. Die Frage war nun, in wessen Auftrag die Männer gehandelt hatten. Ich versuchte, mich noch einmal genau an meinen Besuch bei Eutikleides zu erinnern. Hatte er mich vielleicht absichtlich so lange warten lassen, damit er sicher sein konnte, dass ich erst bei Dunkelheit aus seinem Haus gehen würde? Warum hatte ich nur die Idee gehabt, zu behaupten, ich wolle mein Öl ausgerechnet am unglücklichsten aller Orte, an der Straße nach Megara, verkaufen? Und wie leicht hatte ich es meinem Feind gemacht, mich zu überfallen, als ich dann auch noch nachts den Weg zum Musenhügel eingeschlagen hatte! Ich glaubte nicht, meine Angreifer wiedererkennen zu können. Außerdem war ich sicher, dass die drei Männer inzwischen längst über alle Berge waren oder sich gut versteckt hatten. Die Frage war nur, ob sie schon bezahlt worden waren oder ob sie auf ihr Geld bis zu meinem Begräbnis würden warten müssen.

Ungefähr elf Tage nach dem Überfall auf dem Musenhügel hatte ich einen weiteren Besucher. Gegen die aufgeregten Proteste meiner Diener kämpfte er sich bis zu meiner Zimmertür vor und verlangte kategorisch, eingelassen zu werden, da er eine wichtige Nachricht für mich habe. Ich musterte den Mann erstaunt. Er war muskulös und untersetzt, mit einem von Wind und Wetter gebräunten Gesicht und sehnigen Armen und Beinen. Sein Bauch ließ darauf schließen, dass der Mann gutem Essen und Trinken nicht abgeneigt war. Er trat so selbstsicher an mein Bett, als nehme er an, dass ich mich über seinen Besuch freuen würde.

»Nun?«, fragte ich.

»Ich komme von Simonides«, erklärte er mit einem bedeutungsvollen Blick auf meinen Haussklaven.

Ich schickte den Sklaven hinaus, und mein Besucher machte die Tür hinter ihm zu. »Wer bist du?«, flüsterte ich. »Was willst du?«

»Hallo, mein Junge«, sagte er leise. »Freut Ihr Euch nicht? Es geht doch nicht darum, was ich von Euch möchte, sondern, was Ihr von mir wollt! Ich bin Pheidippides.« Damit zwinkerte er mir mit seinen listigen Augen zu.

»Oh! Ja, ich wollte dich sprechen. Kannst du …«

»Ho, ho! Immer langsam.« Er griff nach meinem Handgelenk und legte wie ein Arzt eine Hand auf meine Stirn. »Nicht schlecht«, murmelte er. »Besser, als ich angenommen habe. Auf jeden Fall seid Ihr seetüchtig.« Er setzte sich ungeniert auf mein Bett. »Tja, mein Sohn, die Suppe habt Ihr ausgeschüttet, was? Wir sollten keine Zeit verlieren. Nein, nein! Überlasst das nur mir.«

»Augenblick«, warf ich ein. »Ich glaube, du täuschst dich. Ich habe dich nicht rufen lassen, damit du mich wieder gesund machst …«

»Ah, für die Gesundheit gibt's nichts Besseres als Seeluft« unterbrach er mich. »Frische Luft und weite Ferne, die heilen so manches Leiden.«

»Weshalb, glaubst du, wollte ich mit dir sprechen?«, fragte ich verwirrt.

Er verdrehte die Augen. »Nun, Ihr wollt die Ware verschifft haben, oder? Sprechen wir erst mal über den Preis. Es kann noch heute Nacht geschehen.«

»Die Ware?«

»Hört zu, das ist doch so klar wie Eure schönen blauen Augen, die allerdings im Moment aussehen, als hätten sie 'ne Menge Schläge abbekommen. Stimmt's? Ihr habt nach mir geschickt, als das Unheil im Anzug war – tut mir Leid, dass ich nicht schneller helfen konnte. Aber Ihr wollt doch nicht bis zum nächsten Mal warten, oder? Ihr möchtet fort – ich werde das organisieren. Ihr macht 'ne Fliege. Wie heißt es doch so schön? Draußen ist die Luft gesünder als drinnen.«

»Oh«, entfuhr es mir. Endlich war mir ein Licht aufgegangen. »Nein, danke, ich habe nicht die Absicht zu fliehen«, behauptete ich, obwohl mir der Gedanke einen Moment lang nicht unangenehm war. »Ich möchte vielmehr, dass du als Zeuge vor Gericht erscheinst«, flüsterte ich kühn. »Du sollst schwören, dass mein Cousin Philemon in einer bestimmten Nacht mit dir nach Ägina gesegelt ist... Das stimmt doch, oder?«

Pheidippides stand hastig auf. »Natürlich stimmt das, mein Junge. Aber laut sagen kann man's nicht. Dazu bin ich nicht hergekommen und hab Euch freundlich meine Hilfe angeboten. Nein, das ist nichts für mich. Um Gerichtshöfe mache ich einen großen Bogen. Die Luft dort ist nicht gesund.«

»Ich kann... hm... ich will dich für deine Mühe entschädigen«, betonte ich.

Er schüttelte bedauernd den Kopf. »Nein, ich gehe nicht vors Gericht. Für nichts auf der Welt. Was das Gesetz betrifft, bin ich kein unbeschriebenes Blatt. Und aus einem morschen Kahn macht man keine Trière. Daran ist nicht zu rütteln.«

»Bitte, überleg es dir«, drängte ich verzweifelt. »Sag nicht gleich Nein. Es würde sich für dich lohnen. Wenn ich dir deine Sicherheit garantiere und dir einen guten Leumund bestätige … könnte ich dann wieder nach dir schicken?«

»Ich will Euch nicht verletzen«, entgegnete er, »aber bitte, versteht mich. Ich kann gar nicht vorhersagen, wo ich sein werde. Und wenn ich nicht will, werdet Ihr mich auch nicht finden.«

»Ich habe nicht die Absicht, dir etwas anzutun«, krächzte ich. »Überleg dir die Sache … Es soll dein Schaden nicht sein. Ich werde für sämtliche Unkosten aufkommen.«

Pheidippides zwinkerte, doch seine Miene blieb düster. »Vielleicht denke ich darüber nach … Macht Euch aber lieber keine Hoffnungen.« Er ging rückwärts zur Tür. »Keine Angst, Herr«, sagte er laut. »Ihr werdet die Töpfe bald bekommen.« Damit machte er die Tür hinter sich zu.

Ich blieb mit dem niederschmetternden Gefühl zurück, nicht viel oder sogar gar nichts für Philemon getan zu haben. In dementsprechend melancholischer Stimmung verbrachte ich auch die folgenden Tage. Die Genesung ist bestenfalls ein langsamer, aber nie ein angenehmer Prozess. Von Selbstmitleid überwältigt, dachte ich nur noch an mich. Nicht einmal Philemon schien mir besonders wichtig zu sein.

Doch in dem Maße, in welchem meine Genesung Fortschritte machte, rückte auch der Prozess unaufhaltsam näher. Am siebzehnten Tag ging ich zum ersten Mal in meinem Zimmer ein paar Schritte auf und ab. Ich saß am Abend gerade in meinem Stuhl, als ich draußen Schritte näher kommen hörte. Obwohl ich annahm, dass der Haussklave jeden Besucher abweisen würde, kroch ich hastig in mein Bett zurück und spielte bereits wieder den Sterbenden, als die Tür aufging. Herein trat Aristoteles.

»Ich komme als dein Arzt«, verkündete er gut gelaunt.

»Ich habe Anweisung gegeben, niemanden zu dir zu lassen, solange ich hier bin.« Seine fröhliche Miene brachte plötzlich wieder Leben in mein tristes Gefängnis. Er machte die Tür zu. »Lass dich mal ansehen. Hm, es hat dich arg erwischt … aber offensichtlich nicht so arg, wie das jemand beabsichtigt hatte. Oh, du dummer Stephanos! Habe ich dich nicht gewarnt? Was ist eigentlich los mit dir? Was machst du?«

Leise erzählte ich ihm von meinem Plan, möglichst lange den Sterbenden zu spielen.

»Das ist das Beste, was du unter diesen Umständen tun kannst«, stimmte er mir zu. »Ich sehe mir jetzt erst einmal deine Wunden an.« Aristoteles untersuchte mich gründlich und war mit dem Ergebnis zufrieden. »Ein paar Narben werden wohl zurückbleiben«, erklärte er. »Ich bin ziemlich aufgebracht gewesen, als ich nach Athen zurückgekommen bin und erfahren habe, dass du von Räubern überfallen und so schwer verletzt worden bist, dass man jeden Tag mit deinem Ableben rechnen musste. Der Prozess ist doch nicht verschoben worden, oder?«

»Nein«, antwortete ich.

»Ausgezeichnet. Stephanos, ich bin jetzt sicher, dass wir den Prozess gewinnen werden – immer vorausgesetzt natürlich, dass du die kommenden vier Tage überlebst. Aber zum Glück geht es dir ja schon wieder ganz gut. Du musst nämlich wissen, dass ein Teil meines Plans von deiner Hilfe abhängt. Ich brauche dich für eine schwierige und gefährliche Aufgabe, die niemand außer dir übernehmen kann.«

»Was es auch sein mag – ich tu's«, versprach ich sofort und eifrig.

»Gut. Aber fühlst du dich schon wieder stark genug, um mit mir nachts auszugehen und einen schweren Gegenstand hochzuheben? Es wird ziemlich anstrengend werden.«

»Ich fühle mich für alles stark genug, das uns hilft, den Prozess zu gewinnen«, erwiderte ich. Seit Aristoteles bei mir war, war ich wieder guter Dinge. Es kam mir fast so vor, als hätten die Götter ihn mir geschickt.

»Die Sache ist nicht ungefährlich«, murmelte Aristoteles. »Aber wir müssen es vermutlich riskieren. Wenn es dir recht ist, werde ich unter dem Vorwand, deine Wunden zu behandeln, hier bleiben. Inzwischen schickst du sämtliche Sklaven zu Bett. Um Mitternacht wird eine Sänfte für mich kommen. Zum Glück habe ich einen guten Freund, der ein öffentliches Amt bekleidet und der mir das Stadttor öffnen wird, damit ich trotz der späten Stunde noch nach Hause zurückkehren kann. Allerdings werde nicht ich in der Sänfte sitzen, sondern du. Ich laufe als einfacher Mann hinterher. Im Schutz der Nacht werden wir dann unser Unternehmen durchführen. Es ist das Beste, du kommst anschließend zu mir nach Hause. Deiner Mutter wirst du von dem Besuch bei mir erzählen müssen, aber außer ihr darf niemand davon erfahren. Falls es trotzdem bekannt werden sollte, werden wir sagen, ich hätte dich mit makedonischen Mitteln behandelt, die nur in meinem Haus zubereitet werden können. Günstiger wäre es allerdings, wenn man weiterhin glaubt, dass du zu Hause in deinem Bett im Sterben liegst.«

»Aber was werden wir denn tun?«, fragte ich neugierig.

»Das erfährst du noch früh genug. Die Sache ist ziemlich unangenehm. Je weniger man vorher darüber nachdenkt, desto besser.«

Diese Antwort war keineswegs befriedigend, doch es blieb mir nichts anderes übrig, als Aristoteles zu vertrauen. Während er nun im Vorzimmer wartete, sprach ich mit meiner Mutter. Ich erzählte ihr von meiner Absicht, Aristoteles zu besuchen, und schärfte ihr ein, dass die Sache streng geheim bleiben müsse. Nur widerwillig erklärte sich meine Mutter damit einverstanden und versprach, den übrigen Hausbewohnern zu sagen, dass mir Aristoteles' Mittel in den folgenden Tagen nur von ihr persönlich verabreicht werden dürften. Zum Schluss übergab ich ihr den Erlös aus dem Verkauf des Weinbergs, den ich bei mir versteckt gehalten hatte, und bat sie, am verabredeten Tag einen vertrauenswürdigen Sklaven mit den restlichen hundert Drachmen zu Eutikleides zu schicken. Dann wurden die bestellten Gewürze und Stärkungsmittel für mich gebracht, Aristoteles ließ mich Balsam* inhalieren und heißen Wein trinken.

Die Zeit verging nur langsam. »Ist Eure Reise ein Erfolg gewesen?«, erkundigte ich mich höflich, um irgendetwas zu sagen.

»O ja, das kann man wohl sagen«, antwortete er. »Der Erfolg dieser Reise gibt mir auch die Sicherheit, dass wir den Prozess gewinnen werden.«

»Dann ... dann seid Ihr wegen dieser Angelegenheit unterwegs gewesen?«

»Ja, hauptsächlich. Und ich habe gefunden, wonach ich gesucht habe. Ich wusste, dass es da sein musste, aber ich war eben nicht sicher, dass ich es finden würde.«

»Ich bin kein Kind mehr«, entgegnete ich ärgerlich. »Erzählt mir, was geschehen ist ... und wohin wir gehen und was wir dort zu tun gedenken.«

»Diese Dinge sind eng miteinander verbunden«, erwiderte er. »Ich werde deshalb deine letzte Frage zuerst beantworten. Was ich von dir verlange, ist selbst für einen

* *Balsam:* in diesem Fall ein aromatisches Harz.

gesunden Mann nicht leicht zu erfüllen. Und es ist gefährlich. Wir werden uns nämlich nicht ganz an die Gesetze halten.« Er lachte. »Aber wenn es um eine gute Sache geht, bist du, was die Gesetze betrifft, nicht kleinlich, nicht wahr, Stephanos? Ich kann dir jetzt deinen kleinen Betrug heimzahlen.«

»Sagt mir endlich, worum es geht«, verlangte ich. »Wohin gehen wir?«

Er erzählte es mir. Als ich das Ziel unseres nächtlichen Unternehmens erfuhr, erschrak ich zutiefst. Und als er mir sagte, was wir dort tun wollten, sträubten sich mir die Haare. Als er mir erklärte, was er dort zu finden hoffte und warum er es dort vermutete, verschlug es mir die Sprache. Ich stand sofort auf und folgte ihm in die Nacht hinaus.

XX

An Hekates Scheideweg*

Ich war lange nicht mehr draußen im Freien gewesen und kam mir dort seltsam fremd vor. Die kühle Nachtluft konnte mir allerdings nichts anhaben, denn Aristoteles schob mich sofort in die schrecklich enge Sänfte, in der es nach feuchtem Leder und muffigem Stroh roch. Ich sah in dem dunklen Kasten zwar nichts, spürte dafür jedoch jede Bewegung der Sklaven, welche die Sänfte trugen. Insgeheim wünschte ich, ich hätte darauf bestanden, zu Fuß gehen zu dürfen. Es war irgendwie erniedrigend, wie eine alte, fette Großmutter in einer Sänfte getragen zu werden. Schon aus diesem Grund war ich froh, als Aristoteles den Sklaven befahl, anzuhalten.

»Von jetzt an wirst du zu Fuß gehen müssen«, erklärte Aristoteles. Glaubst du, du schaffst es?« Er beobachtete, wie ich vorsichtig aus der Sänfte kletterte. Das lange Liegen hatte mich natürlich geschwächt. Aber schließlich sagte Aristoteles: »Gut.« Dann drückte er mir eine Fackel in die Hand. Wir ließen Sänfte und Sklaven zurück, bogen zuerst nach links und dann bei einem kleinen Hain nach rechts ab. »Ich hielt es für besser, auch die Sklaven über unser Ziel im Unklaren zu lassen«, erklärte Aristoteles leise und legte ein schnelles Tempo vor.

* *Hekate:* eine aus Karien stammende Gottheit; Göttin des Zaubers und der Gespenster. Als ihr Aufenthaltsort galten Begräbnisstätten und Kreuzwege. Im Griechischen hieß sie deshalb Trioditis, »Göttin der Dreiwege«, und wird wie hier oft mit Artemis gleichgesetzt.

Bald wusste ich, dass wir uns auf dem Teil der Heiligen Straße nach Eleusis befanden, der durch den Kerameikos führt. Aristoteles sah sich von Zeit zu Zeit aufmerksam nach allen Seiten um, doch in jener kalten Winternacht war selbst auf der sonst so belebten Straße außer uns niemand unterwegs.

Wir liefen geradewegs auf den so genannten »Dreiweg«, den Scheideweg der Hekate, zu. Hekate ist auch Artemis die Schreckliche, Göttin des Todes und der Finsternis. Über uns am Himmel stand hell ihr Planet Phoibe, die kalte Schwester der warmen Sonne. Dann hatten wir das Heiligtum der Hekate beinahe erreicht. Schon von weitem glänzte der dunkle Altar im fahlen Mondlicht. Und dort, an diesem Scheideweg, war der richtige Ort für ein Gebet zu Artemis. Ich betete inbrünstig zu der Göttin, und mein Mut sank, als mir der Gedanke kam, Artemis könnte unser Unternehmen vielleicht nicht gutheißen. Dies war ihre Welt und ihre Stunde.

Selbst Aristoteles murmelte ein Gebet, als wir auf einen der schmalen Pfade einbogen, die sich zwischen den Gräbern hindurchwanden. Trotz meines warmen Umhangs fröstelte ich im kalten Nachtwind, der hoch über uns Wolkenfetzen wie schnelle Schiffe über den Himmel trieb. Wenn diese Wolken über den Mond glitten, glitzerten sie silberweiß wie die Grabstelen, auf die das Licht unserer Fackeln fiel. Von überallher tauchten die merkwürdigsten Szenen und Figuren aus dem Dunkel auf, und ich hatte das Gefühl, in diesem Garten der Gebeine von hunderten lebendigen Augenpaaren verfolgt zu werden.

Auf meinen Begleiter Aristoteles schien das alles wenig Eindruck zu machen. Er ging gut gelaunt und selbstsicher neben mir her, obwohl der kalte Nachtwind sicher nicht das Beste für seinen Rheumatismus war. Dann blieb Aristoteles abrupt stehen und hob seine Fackel. Das Licht fiel auf einen weißen Marmorblock, der plötzlich zu neuem Leben zu erwachen schien. Boutades' Gesicht starrte mir geringschätzig lächelnd aus der Dunkelheit entgegen.

»Wir sind da«, sagte Aristoteles leise. Dann steckte er seine Fackel in die Erde und bedeutete mir, dasselbe zu tun. Die Flammen flackerten im Wind, und auf den in Marmor gehauenen Figuren des Boutades und seiner Frau entstand ein seltsames Spiel von Licht und Schatten. Boutades schien abwechselnd zu lachen und zu grollen und merkwürdige Grimassen zu schneiden.

»An die Arbeit!«, erklärte Aristoteles, schlug seinen Umhang zurück und nahm das Seil ab, mit dem er sich zwei schwere Eisenstangen wie Schwerter um die Hüfte gegürtet hatte. Meine Bewunderung für ihn wuchs. Es konnte nicht leicht gewesen sein, die lange Wegstrecke mit diesen unhandlichen Eisenstangen zurückzulegen.

»Es sind Brecheisen«, flüsterte er. »Und hier hast du was zum Graben.« Er drückte mir eine Art Kelle in die Hand. »Los, fang an!«

Gehorsam begann ich, den unteren Teil des Marmorsockels an der Frontseite freizulegen.

»Die Erde ist ja ganz locker«, bemerkte ich überrascht.

Aristoteles nahm mir die Kelle aus der Hand und fing selbst zu graben an. »Stimmt«, sagte er schließlich. »In der Mitte ist die Erde zu locker. Wir müssen die Brecheisen hier und dort ansetzen.« Er gab mir die Kelle zurück.

Ich schaufelte eine Weile eifrig weiter. »Jetzt ist es soweit«, erklärte Aristoteles schließlich. »Versuch dein Brecheisen hier anzusetzen. Ich tue dasselbe auf der Gegenseite.«

Auf Aristoteles' Kommando stemmten wir beide die

Brecheisen unter den Sockel, aber der Marmorblock bewegte sich nicht. Beim zweiten Versuch rückte er nur minimal zur Seite. Ich spürte, wie mir der Schweiß ausbrach.

»Hm«, murmelte Aristoteles und sah sich ratlos um. Dabei fiel sein Blick auf eine umgestürzte Stele. »Komm, Stephanos, fass mit an. Wir legen die Säule vor das Grabmal.«

Die Stele war nicht groß und auch nicht schwer, und normalerweise hätte ich dieses Gewicht allein tragen können, aber in jener Nacht war ich völlig außer Atem und in Schweiß gebadet, als wir die Säule schließlich vor das Grabmal gelegt hatten.

»Setz dich hin!«, befahl Aristoteles mit einem Blick auf mein schweißnasses Gesicht. Er schob das Brecheisen erneut unter Boutades' Grabmal, legte dabei jedoch einen Teil der Eisenstange auf die Stele. «Hier, du wirst sehen, damit geht es wesentlich leichter. Versuch's mal.«

Ich hatte meine Zweifel, tat jedoch gehorsam, wozu Aristoteles geraten hatte. Er hatte Recht gehabt, denn als wir die Eisenstangen ganz hinunterdrückten, hob sich Boutades' Grabmal dabei leicht in die Höhe.

Boutades und seine Frau sahen beinahe ein wenig erstaunt drein, als sie nach hinten kippten und aus unserem Blickfeld verschwanden. Der Marmorstein fiel mit einem dumpfen Knall auf die weiche Erde. Vor uns lag jetzt das dunkle Geviert des Grabes. Aristoteles kniete nieder und begann eifrig mit der Kelle zu graben.

»Hier, an der Stelle, wo die Erde so locker gewesen ist, da ist's verdächtig«, murmelte er. »Aha, da haben wir's schon.«

Er wühlte mit der Hand in der Erde und zog plötzlich einen Gegenstand heraus. »Lass die Kelle, Stephanos, grabe lieber mit den Händen.«

Ich gehorchte. Bereits im nächsten Augenblick berührten meine Finger etwas Hartes, Glattes, und ich brachte eine schmutzige Tonscherbe zum Vorschein. Wir legten die beiden Stücke nebeneinander und gruben eifrig weiter. In verhältnismäßig kurzer Zeit hatten wir ein ganzes Häufchen von Tonscherben an die Oberfläche befördert. Bald fand ich nichts mehr, und Aristoteles, der schon vor mir zu graben aufgehört hatte, war bereits dabei, die Scherben zu säubern.

Im Schein der Fackeln erkannte ich das große Bruchstück eines bemalten Gefäßes. Auf der Vorderseite sah ich eine Figur in einem haarigen Pelz.

»Dionysos«, erklärte Aristoteles zufrieden. Dann setzte er die Einzelstücke zusammen und betrachtete stirnrunzelnd sein Werk. Unter seinen geschickten Händen war das Bild einer Dionysie entstanden. Dionysos selbst, der Flötenspieler und ein Chor von Satyrn waren deutlich zu erkennen.

»Ein Stück fehlt noch«, sagte Aristoteles, sprang auf und begann erneut an der Stelle zu graben, die das Grabmal verdeckt hatte. »Ah, hier ist es schon«, flüsterte er triumphierend und passte das fehlende Stück ein. Jetzt war diese Vase vollständig. In der Mitte lag das Halsstück, und um dieses herum hatte Aristoteles in der richtigen Reihenfolge die Rumpfstücke angeordnet. Es handelte sich um eine schwarz, weiß und rot bemalte glasierte Vase. Im flackernden Schein der Fackeln wirkten die zierlichen Figuren der Freudenszenen seltsam lebendig. Es war das Werk eines wahren Künstlers, das in krassem Kontrast zu unserer Umgebung stand.

»Es ist wunderbar«, murmelte ich.

Aristoteles bezog das Kompliment nur auf sich. »Ich habe dir ja gesagt, dass wir es hier finden würden. Ich konnte die Szenen nur deshalb so schnell zusammensetzen, weil ich schon einmal Gelegenheit gehabt hatte, das Bild eingehend zu betrachten. Und die Inschrift auf dem Vasenboden stimmt ebenfalls.«

Ich wandte den Blick zögernd von den herrlichen Bildern ab und musterte prüfend den glanzlosen Vasenboden, der die Inschrift enthielt. Die einzelnen Buchstaben waren im Schein der Fackeln nur undeutlich zu erkennen, aber der Name war mir so geläufig, dass ich ihn sofort lesen konnte. Die Inschrift lautete: »Ich gehöre Boutades.« Ein Bruchstück fehlte noch immer, aber wenn ich die Scherben, die ich besaß, in den unteren Teil des Namens des Besitzers der Vase einfügte, war der Anfangsbuchstabe B vollständig. Auf der Scherbe, die ich vor Boutades' Fenster gefunden hatte, war nicht der Buchstabe Phi, sondern ein Teil des Buchstaben Beta eingeritzt gewesen.

»Ja, das letzte Teilstück können wir hinzufügen«, seufzte Aristoteles. »Alle Scherben zusammen ergeben ein Ganzes. Leider sind einige Stücke dieses herrlichen Kunstwerks für immer verloren, aber wir haben alles, was wir brauchen. Ich nehme die Scherben vorerst an mich.«

Damit sammelte er die Tonstücke auf, wickelte sie sorgfältig in ein wollenes Tuch und steckte das Päckchen in eine Ledertasche, die er sich um den Hals gehängt hatte.

»Jetzt verstehe ich«, murmelte ich trübsinnig. Ich empfand keinen Triumph, denn ich ahnte, welche schreckliche Aufgabe vor mir lag. Die Bedeutung, die diese Scherben hinsichtlich des Mordes an Boutades hatten, war so furchtbar, dass ich sie noch immer nicht ganz fassen konnte.

»Wenigstens können wir endlich nach Hause gehen«, seufzte ich.

»Noch nicht«, widersprach Aristoteles und begann die Erde an der Stelle zu glätten, wo wir gegraben hatten »Zuerst müssen wir das Grab wieder ordentlich herrichten.«

Es war ein anstrengendes Unterfangen, den Grabstein des Boutades wieder an seinen Platz zu stellen und die Stele fortzutragen, aber schließlich hatten wir es geschafft.

»Ich fürchte, ein paar Spuren werden wir trotzdem hinterlassen«, bemerkte Aristoteles und zog einen Handbesen aus dem Umhang, mit dem er sorgfältig das Grabmal und die Umgebung der Grabstätte abzukehren begann. »Zum Glück ist die Erde hier überall recht hart. Wir könnten jetzt ein bisschen Regen gebrauchen. Schnee wäre natürlich noch besser, aber das ist wohl zu viel verlangt.«

»Wenn Ihr schon mal dabei seid, dann bestellt doch auch gleich ein Gewitter und ein Erdbeben«, murmelte ich sarkastisch.

»Armer Stephanos, du fühlst dich wohl nicht besonders, was? Meine Frau hat inzwischen eine Mahlzeit für uns zubereitet, und du bekommst heißen Wein und Stärkungsmittel. Aber sei mit derartigen Äußerungen trotzdem vorsichtig. Reize die Götter nicht.«

Und so machten wir uns wieder auf den Rückweg. Aristoteles lehnte mein halbherziges Angebot, ihm beim Tragen der Werkzeuge zu helfen, höflich ab. Unsere Fackeln waren fast niedergebrannt und erloschen völlig, noch bevor wir die Heilige Straße nach Eleusis erreicht hatten. In völliger Dunkelheit gingen wir langsam weiter. Obwohl wir kaum länger als eine Stunde auf dem Kerameikos gewesen sein konnten, war ich erschöpfter als nach der langen Reise mit Philemon. Und die Dunkelheit war inzwischen mein Feind geworden. Ich musste immer wieder an jene finstere Nacht auf dem Musenhügel denken und bildete mir ein, ständig Schritte hinter mir zu hören.

Als wir schließlich zu den wartenden Sklaven kamen, war ich sogar froh, in die Sänfte steigen zu können. Kaum hatte ich mich gesetzt, fiel ich vor Erschöpfung in unruhige Wachträume über die schwarz-weiß-rot bemalte Tonscherben, die wir am Scheideweg der Hekate ausgegraben hatten.

XXI

Aristoteles lehrt Rhetorik

Am folgenden Tag fühlte ich mich wieder ziemlich krank. Aristoteles' medizinische Kenntnisse kamen mir sehr zugute, und der Philosoph selbst vergaß nicht, mich ständig auf diesen glücklichen Zufall hinzuweisen. Ich hätte natürlich entgegnen können, dass er an diesem Rückfall nicht ganz unschuldig war, doch ich befand mich nicht in der Stimmung für solche Spitzfindigkeiten. Ich fühlte mich niedergeschlagen und allem entrückt. Natürlich merkte ich, dass sich Aristoteles wegen mir Sorgen machte. Seine Frau Phythias schien es genauso zu gehen, denn sie ließ mir ständig neue Heiltränke bringen. Einige basierten offensichtlich auf rein orientalischen Rezepten, denn ich hatte sie noch nie zuvor probiert. Gegen Abend war meine Niedergeschlagenheit wie weggeblasen, und als ich am nächsten Morgen aufwachte, hatte ich, abgesehen von leichten Kopfschmerzen, keine Beschwerden mehr.

An diesem Tag, dem dritten vor dem Prozess, begann Aristoteles zusammen mit mir Punkt für Punkt meiner Beweisführung und meiner Reden durchzugehen, alles in einen logischen Zusammenhang zu bringen und an meiner Rhetorik zu feilen. Meine Verwunderung wurde immer größer, als mir plötzlich klar wurde, was ich zuvor nie begriffen hatte. Aristoteles verlangte, dass ich meine Reden so lange wiederholte und daran arbeitete, bis ich meiner Sache ganz sicher war. Schließlich veranlasste ich die Benachrichtigung meiner Zeugen. Aristoteles hatte einen

Zeugen bereits persönlich unterrichtet und übernahm es, zwei weitere Zeugen Nachrichten zu schicken, deren Wortlaut ich allerdings nicht kannte. Ich vertraute ihm jedoch auch in diesem Punkt, da ich nicht glaubte, dass er unsere gerechte Sache vor dem Areopag durch Zeugenbestechung gefährden würde.

Der harte, erfolgreiche Arbeitstag mit Aristoteles war wie Medizin für mich. Aristoteles hatte mich gelehrt, die einzelnen Tatsachen zu einem einheitlichen Ganzen zusammenzufügen, so wie er die Scherben der Vase wieder zu einem Bild zusammengesetzt hatte.

Am folgenden Tag, dem Tag vor dem Prozess, gönnte man mir Ruhe, damit ich meine Stimme schonen konnte. Aristoteles übernahm es, mir die vermeintlichen Reden der Anklage vorzutragen und in die Rolle des Polygnotos und seiner Zeugen zu schlüpfen, um mir erneut Gelegenheit zu geben, meine Gegenrede im Geiste neu zu formulieren und mich auf jeden Schachzug der Gegenseite einzustellen.

Eines bereitete Aristoteles und mir Kopfzerbrechen. Wir mussten mit der Möglichkeit rechnen, dass man in der Mitte meiner ersten und zu Beginn meiner zweiten Rede wegen »Belanglosigkeit« Einspruch gegen meine Ausführungen erheben würde. Die Prozessordnung schreibt nämlich vor, dass beide Parteien in allen vier Reden streng bei der Sache bleiben müssen. Diese Regel ist für die Anklage in einem Mordprozess besonders hart, aber trotzdem gerecht, weil auf diese Weise eine unzulässige Diffamierung des Angeklagten verhindert wird. In meinem Fall allerdings konnte dieses Gesetz unangenehme, wenn nicht gar fatale Folgen haben. Natürlich gehörten meine Beweise »zur Sache« und waren wichtig, aber meine Beweisführung war etwas ungewöhnlich, und das meiste von dem, was ich vorbringen wollte, war in keiner der Vorverhandlungen je zur Sprache gekommen. Falls der Herold also in sein Horn blies und damit meine Rede abrupt abgebrochen wurde, hatte ich verloren, und es blieb mir nichts anderes übrig, als die altbekannten, lahmen Argumente zu wiederholen. Meine Verteidigungsstrategie war insofern ungewöhnlich, ja vielleicht sogar einzigartig, als sie darauf abzielte, dem wahren Mörder die Tat nachzuweisen. Würde man mir das nicht gestatten, war der Ankläger eindeutig im Vorteil, und Philemon würde sicher schuldig gesprochen werden. Auf diese Weise würde der wahre Mörder allerdings nie seine gerechte Strafe bekommen, denn von den Verwandten des Boutades war nicht zu erwarten, dass sie noch weiter nach seinem Mörder forschen würden, und ich würde danach nie wieder die Möglichkeit haben, zu offenbaren, was ich wusste, da ich nicht zur Familie des Opfers gehörte.

Aristoteles und ich besprachen diesen Punkt eingehend und kamen zu dem Schluss, dass ich mein neues Beweismaterial mit viel Fingerspitzengefühl einführen musste.

»Ich glaube, ich weiß, wie du verhindern kannst, dass man einen Einwand gegen deine Ausführungen erhebt«, sagte Aristoteles plötzlich. »Du musst einem solchen Einwand einfach zuvorkommen. Im Rat der Areopag sitzen im Allgemeinen gerechte Männer. Es liegt in der Natur der Sache, dass sie Boutades und Polygnotos mehr geneigt sein werden. Trotzdem werden sie bemüht sein, jede übermäßige Verunglimpfung von Philemons Charakter gerechterweise zu unterbinden. Falls Polygnotos diesen ehemaligen Soldaten als Zeugen aufrufen lässt – und damit kannst du praktisch rechnen –, könnte die Aussage des Mannes fast wie bloße Diffamierung klingen. Der Gerechtigkeitssinn der Richter könnte sie veranlassen, diesen Zeugen aus der Beweisführung herauszunehmen. Wenn es also so aussieht, als könne der Zeuge unterbrochen werden, musst du die Richter bitten, ihn weitersprechen zu lassen.«

»Wie? Warum denn das?«, fragte ich verblüfft. »Ich kann doch froh sein, wenn ich ihn los bin.«

»Ja, sicher. Aber diese bittere Medizin musst du erst einmal schlucken, wenn du gesund werden willst. Was der Soldat sagen wird, ist für die Beweisführung der Anklage unerheblich. Er ist ein ausgesprochen schwacher Zeuge. Wenn du seine Aussage erschüttern kannst, dann wirft das ein schlechtes Licht auf die Anklage. Außerdem wirst du einen guten Eindruck auf die Richter machen, wenn du höflich und demütig bittest, den Zeugen ausreden zu lassen. Man wird dich auf diese Weise für einen Mann halten, dem daran gelegen ist, die Wahrheit ans Licht zu bringen. Dann erschütterst du mit völlig legalen Mitteln die Aussage des Soldaten und nutzt die günstige Gelegenheit, um neues Beweismaterial anzuführen. Hoffen wir, dass Polygnotos den Soldaten bereits im Verlauf seiner ersten Rede aufrufen wird. Was dich betrifft, so hast du dir inzwischen durch deine anständige und gerechte Gesinnung Sympathien erworben. Das Gericht wird also nicht allzu schnell bereit sein, dich bei deinen Ausführungen zu unterbrechen. Und lasse die Richter, wenn möglich, bis zum Schluss im Unklaren darüber, worauf du eigentlich hinauswillst. Spinne dein Garn und knüpfe den Knoten erst, wenn es für Proteste zu spät ist.«

Ich wusste, wie schwierig das alles für mich werden würde. Schließlich musste ich, ein sonst ungeübter Rhetoriker, an all diese Dinge denken, während ich vor dem Gericht meine Rede hielt.

»Aber Aristoteles, ich bin sicher, dass die Richter meine Absicht durchschauen und sie missbilligen. Ich selbst wollte ja nicht glauben, was diese Beweisstücke bedeuten, bis Ihr jeden Zweifel ausgeräumt habt. Die Richter werden sich nicht so leicht überzeugen lassen. Sie haben sich innerlich bestimmt schon darauf eingestellt, Philemon zu verurteilen. Boutades war schließlich ihr Altersgenosse und kam aus derselben Gesellschaftsschicht.«

»Natürlich, Stephanos. Und trotzdem wollen diese Richter der Gerechtigkeit zum Sieg verhelfen. Boutades' Mörder muss seine Strafe bekommen. Sobald es dir gelungen ist, Zweifel an Philemons Schuld bei ihnen zu wecken, werden sie dir ihre ungeteilte Aufmerksamkeit schenken. Vergiss nicht, dass alte Graubärte neugierig und wissensdurstig sind – wie junge Männer übrigens auch. Du kannst ihr Interesse wecken. Und die beste Methode, sie auf deine Seite zu ziehen ist die, immer würdevoll, sachlich und natürlich aufzutreten. Diese Verhaltensweise beherrschst du inzwischen bis zur Vollkommenheit. Also merke dir: keine Taktlosigkeiten, keine falschen Gedankengänge und keine hölzernen Ausdrücke.«

»Aber wie soll ich noch natürlich wirken, nachdem ich die Reden so oft wiederholt und meine Gestik und Mimik wie ein Schauspieler einstudiert habe?«

»Ah, das ist eben die große Kunst der Rhetorik: kunstvolle Natürlichkeit. Nichts kommt den Zuhörern unnatürlicher vor als der ungeschickte Versuch eines Redners, Eindruck zu schinden. Ein Gerichtshof ist weder ein Olivenhain noch ein Gebirgsbach. Es gehört viel Feingefühl dazu, herauszufinden, wie man sich in dieser Umgebung am natürlichsten verhält. Hättest du es nicht besser gelernt, würdest du wahrscheinlich instinktiv schwülstige Formulierungen gebrauchen und aufgeregt gestikulieren. Dabei liegt dir das normalerweise gar nicht. Nein, Stephanos, das Beste an Natur wird von der Kunst hervorgebracht.«

Am Morgen vor dem Prozess wurde ich schon vor Sonnenaufgang geweckt, damit ich noch im Schutz der Dunkelheit heimlich nach Hause zurückkehren konnte. Meine Mutter erwartete mich bereits. Sie hatte, wie verabredet, ihre Rolle gespielt, und offensichtlich war niemand der übrigen Hausbewohner auf die Idee gekommen, ich könnte die vergangenen Tage nicht in meinem Zimmer verbracht haben. Außerdem hatte meine Mutter einen Sklaven mit der Restschuld zu Eutikleides geschickt. Bevor ich die vornehmen Kleider anzog, die meine Mutter zurechtgelegt hatte, machte sie mir eine wollene, in Fett getränkte Brustbinde, die mich vor der winterlichen Kälte schützen sollte. Gegen Heiserkeit gab sie mir einige von ihr selbst zubereitete Honigkügelchen. Tante Eudoxia war blass und zitterte, als sie die Hand auf meinen Arm legte.

»Ich weiß, du wirst dein Bestes für meinen armen Sohn tun«, sagte sie. »Oh, Stephanos, rette ihn! Du musst ihn retten!«, flehte sie, als sei ich ein Fremder, dessen Absichten nicht ganz eindeutig waren. Das verletzte mich. Die Götter wussten, dass ich Körper, Besitz und Seele für die gerechte Sache einsetzte.

Von den Gebeten der Frauen begleitet, machte ich mich auf den Weg. Ich ging schnell, denn unterwegs holte ich meine Zeugen ab. Einer von ihnen wurde in einer Sänfte vorausgetragen, die anderen liefen, in einfache braune Kapuzenumhänge gehüllt, hinter mir her. Es war inzwischen der düstere Monat Gamelion* gekommen, der kälteste Monat des Jahres. Die Sonne sah ab und zu hinter den Wolken hervor, doch ihre Strahlen hatten keine Kraft mehr.

* *Gamelion:* 7. Monat im griech. Jahr; entspricht ungefähr unserem Dezember.

Schließlich erreichten wir den Areopag. An der Westseite des Hügels liegt der große, freie Gerichtsplatz. Als wir ankamen, begannen sich die Zuschauerreihen bereits zu füllen. Ich sah vor mir Polygnotos mit seinen Zeugen, darunter auch Eutikleides. Das bedeutete, dass er nicht zu den Richtern gehörte. Es war eine große Erleichterung für mich, dass dieser Zeuge der Anklage nicht mehr mein Gläubiger war. Eutikleides selbst schien sich darüber allerdings eher zu ärgern. Ich fing einen Blick von ihm auf, in dem sowohl Hass als auch ein heimliches Frohlocken lag. Es war der Blick eines Mannes, der sich über ein lästiges Insekt ärgert und es gleichzeitig genüsslich tötet.

Für mich war das alles beinahe unwirklich. Ich hatte das Gefühl, zu einer Theatervorstellung zu gehen. Der Gerichtsplatz hatte sich inzwischen gefüllt, und die Richter warteten. Das Opferritual begann. Dann waren alle zum Schwur bereit.

XXII

Der Prozess beginnt

Polygnotos trat als Erster vor den Altar. Vor ihm lag die Schale mit dem Blutopfer aus Teilen eines Ebers, eines Hammels und eines Stieres. Die Tiere waren nach dem für einen Mordprozess vorgeschriebenen Ritual getötet worden. Polygnotos hielt die Hand über das Opfer. Er sah gleichzeitig ernst und würdevoll und doch schön und jugendlich aus: Seine Stimme war klar und fest, als er die Eidesformel sprach:

»Ich, Polygnotos, Sohn des Eusebios, trete hier vor dieses Gericht und beschuldige vor den Göttern Philemon, Sohn des Lykias von Athen, des Mordes an Boutades von
Athen. Ich versichere, dass ich der Neffe und nächste Verwandte des Ermordeten bin.
Ich schwöre bei allen Göttern des Himmels und der Unterwelt, bei Athene, der Beschützerin Athens, beim Feuer und Wasser des Styx und bei diesen heiligen Opfern auf dem geweihten Altar, dass meine Beschuldigungen der Wahrheit entsprechen und dass Philemon von Athen der Mörder von Boutades ist. Ich bin
hierher gekommen, um das allen Anwesenden und den Richtern zu beweisen. Alles, was ich zu sagen habe, gehört zur Sache.
Falls meine Beschuldigungen nicht richtig sind, sollen

Fluch und Vernichtung über mein Haus, meine Familie und mich selbst kommen.«

Es war wahrlich ein schrecklicher Eid. Als Polygnotos geendet hatte, bedeutete man mir, vorzutreten. Ich fürchtete, meine Hand würde zittern, als ich sie über die Opferschale hielt, und jeder könne daraus schließen, dass ich im Begriff war, einen Meineid zu leisten »Ich, Stephanos ...«, begann ich und spürte sofort, dass meine Stimme unnatürlich hoch klang. Meine Eidesformel hatte ungefähr denselben Wortlaut wie die von Polygnotos. Ich schwor, Philemons nächster Verwandter und damit sein bester Verteidiger zu sein, schwor, dass Philemon unschuldig sei und ich dies vor Gericht beweisen wolle, und forderte die Götter auf, Flucht und Vernichtung über mich und Philemons Familie zu bringen, falls sich meine Behauptungen als unrichtig erweisen sollten.

Zuerst sah ich nur das blutige Fleisch auf dem Altar – das Blutopfer symbolisiert die Bluttat. Dann hob ich den Kopf und wurde mir zum ersten Mal der riesigen, schweigenden Zuschauermenge bewusst, die sich auf dem Gerichtsplatz versammelt hatte. Und in diesem Augenblick wurde ich plötzlich ganz ruhig, denn ich wusste, dass ich eine gerechte Sache vertrat. Ich konnte bedenkenlos Philemons Unschuld beschwören. Schließlich setzte ich mich, um Polygnotos' erste Rede zu hören.

Ein Mordprozess besteht aus den vier Reden des Anklägers und des Verteidigers. Es beginnt der Ankläger. Daraufhin erwidert der Verteidiger. Anschließend ist wieder der Ankläger an der Reihe, und das abschließende Wort gehört abermals der Verteidigung. Auf diese Art und Weise wird dem Angeklagten ein gerechter Vorteil eingeräumt. Ja, die Gesetze Athens sind wahrlich gerecht. Sollte zum Beispiel der Angeklagte schuldig sein oder schon zu Beginn des Prozesses das Gefühl haben, dass alle gegen ihn sind, kann er auf seine zweite Rede verzichten und damit die letzte Gelegenheit zur Flucht aus Athen nützen. Ich hatte allerdings keine Veranlassung zu fliehen, denn auch bei einem negativen Urteil war allein Philemon betroffen. Was sollte ich allerdings tun, wenn meine Rede schlecht ausfiel, wenn alles schief ging? War es dann ratsam, sich schon vor der letzten Rede zurückzuziehen? Denn hatte ich auch nur einen Satz des Schlusswortes gesprochen, würde das zählen, und ich konnte Philemons Verurteilung nicht mehr hinauszögern.

Obwohl ich mit Aristoteles alles genau besprochen hatte, war ich mir noch immer nicht im Klaren darüber, wie viel oder wie wenig ich bei meiner ersten Rede sagen sollte. Schließlich verdrängte ich diese Gedanken und zwang mich, Polygnotos zuzuhören, der in der eleganten Haltung des jungen Mannes aus guter Familie in der Mitte des Gerichtsplatzes stand und seine Zuhörer mit würdevoller Trauermiene musterte. Er sah in diesem Moment stark und unerschütterlich wie eine Bronzestatue aus, und seine Stimme klang klar und durchdringend. Honigkügelchen schien er nicht zu brauchen. Die Mienen der sich gespannt vorbeugenden Zuschauer drückten fast ausnahmslos Bewunderung und Mitgefühl aus, als Polygnotos mit der ersten Rede der Anklage in diesem Aufsehen erregenden Mordprozess begann.

»Ehrenwerte Richter, meine Zuhörerschaft: Ich, Polygnotos, trete heute vor euch hin, um euch von einem heimtückischen Mord zu berichten, den Philemon in seinem Mörderherzen ausgeheckt hat. Philemon hat vorsätzlich meinen Onkel getötet, und zwar auf eine besonders verabscheuungswürdige Art und Weise, die fast noch schwerer wiegt als das eigentliche Verbrechen. Sie ist lautlos wie Gift, doch blutiger; so blutdürstig wie der Dolch oder das Schwert, doch heimtückischer. Oh, glaubt mir, es bricht mir das Herz, wenn ich euch erzählen muss, wie Philemon nachts gekommen ist und meinen Onkel mit Pfeil und Bogen erschossen hat. Philemon hat mit dem tödlichen Pfeil grausam auf meinen Onkel gezielt, der friedlich in seinem Arbeitszimmer saß. Draußen vor dem Fenster stand der Mörder, der in seiner Tücke Boutades so traf, dass dieser verblutete. Ich habe ihn auf dem Fußboden liegend mit dem Pfeil in der Kehle tot oder sterbend gefunden.«

Es folgte eine Schilderung der Vorgänge nach Auffindung der Leiche. Polygnotos beschrieb, wie er ins Zimmer gekommen war, den Toten entdeckt und durchs Fenster jemanden im Garten gesehen und ihn bis zum Sprung über die Mauer verfolgt hatte.

»An dieser Stelle rufe ich den ehrenwerten Telemon von Athen als Zeugen auf.«

Telemon trat vor. Der alte, hinkende Schwätzer war vornehm gekleidet und troff vor Selbstgefälligkeit. Er leistete einen Eid, dass der Angeklagte Philemon schuldig sei. Dann wiederholte er hauptsächlich seine Aussagen aus den Vorverhandlungen und schwor, dass er den Mörder gesehen und erkannt habe.

»So ist es«, sagte Polygnotos. »Als ich ins Haus zurückgekehrt bin, kam Eutikleides mit einigen anderen herein. Er wird euch selbst berichten, was er gesehen hat. Ich rufe den achtbaren Eutikleides von Athen als Zeugen auf.«

Eutikleides schwor ebenfalls, dass die Anklage in allen Punkten der Wahrheit entspreche, und schilderte dann in lebhaften, bewegten Worten, wie er den toten Boutades gesehen hatte.

»Und da lag er in seinem Blut, ein erbarmungswürdiger Anblick. Niedergestreckt, wo er gestanden hatte – nämlich direkt vor dem Fenster. Es war ein schreckliches Bild. Der Tote blutüberströmt. Sogar sein Haar war blutverklebt.«

Eutikleides' Blick schweifte zu mir, als wolle er mich anklagen, seinen ehemaligen Kollegen aus dem Kreis der Archonten ermordet zu haben.

»Zu diesem Zeitpunkt ist die Person des Mörders noch mit keinem Wort erwähnt worden. Das hatte seine Gründe. Der nächste Verwandte des Mörders befand sich nämlich mit uns im Todeszimmer und hat alles neugierig mitverfolgt. Kurz darauf jedoch hat Polygnotos mich eingeweiht und mir gesagt, dass Philemon die schreckliche Tat begangen hatte.«

Eutikleides' Auftritt war wirklich eindrucksvoll. Die Mienen der Richter schienen zu sagen: »Das ist einer von uns. Ihm können wir vertrauen.«

»Bis jetzt, Männer, haben wir nur gehört, was ich gesehen habe und was andere gesehen haben«, fuhr Polygnotos fort. »Niemand kann bestreiten, dass Boutades durch einen Pfeil getötet wurde. Aber es war ein Pfeil, der mit einem kretischen Bogen abgeschossen worden ist, wie dieser Gegenstand beweist.« Damit hob er die Bogenspitze aus Horn in die Höhe. »Diese Hornspitze hat vor dem Fenster gelegen. Aber natürlich könnte man ganz zu Recht einwenden, dass die Lichtverhältnisse ungünstig gewesen sind, dass Telemon und ich den Mörder nur kurz gesehen… und dass wir uns vielleicht getäuscht haben. Deshalb werde ich noch mehr Beweise dafür erbringen, dass Philemon der Attentäter gewesen ist, der diese Bluttat geplant und ausgeführt hat.

Verzeiht mir, wenn ich roh und ungehobelt erscheine. Doch der Mord, von dem wir sprechen, ist nichts Alltägliches. Und vergesst nicht, dass das Opfer… dass Boutades für mich wie ein Vater gewesen ist. Oh, grausamer Schurke! Sieh, hier steht dein Rächer!«

Er streckte seinen Arm vor, und die Menge war bewegt und beeindruckt. Schließlich fasste sich Polygnotos wieder und fuhr fort: »Wir werden jetzt die Beweisführung fortsetzen, die Philemon, den Mann, der wegen Totschlags aus Athen verbannt wurde, als Täter entlarvt. Die Bitterkeit und der Hass eines Ausgestoßenen stehen hinter dieser Tat. Die Verteidigung wird behaupten, er könne es nicht gewesen sein, da er in der Verbannung lebt. Das ist ein dummer Einwand! Es wäre schließlich nicht das erste Mal, dass ein Verbannter verbotenerweise heimlich nach Athen zurückgekehrt ist. Und wir werden euch zeigen, dass Philemon tatsächlich wieder in Athen gewesen ist und erneut gegen unsere Gesetze verstoßen hat. Weiterhin sollt ihr erfahren, was für ein Leben er führt, was für ein Mensch er ist und dass er zwangsläufig nach Athen zurückkehren und tun musste, was er tat.«

Niemand unterbrach Polygnotos oder bezweifelte die Wichtigkeit seiner versprochenen Beweisführung. Und ich war wie alle anderen gespannt darauf, welche neuen Beweise er bringen wollte. Würde Polygnotos Philemons Ehe mit Melissa anführen oder eine verzerrte Schilderung seiner Beziehungen zu Boutades liefern?

»Ich rufe Sosibios von Athen als Zeugen auf.«

Der ehemalige Soldat war sorgfältig gekleidet und gekämmt und nahm eine stolze Haltung ein. Er warf mir einen nervösen Seitenblick zu und wiederholte dann fast wörtlich seine frühere Aussage. Als er schließlich auf das Gefecht am Fluss zu sprechen kam, merkte ich, wie sich die Richter zweifelnd ansahen. Einer machte dem Herold bereits ein Zeichen.

Ich beugte mich zu dem Verteidiger hinüber und sagte leise: »Bitte, lasst es nicht zu, dass er unterbrochen wird. Vielleicht ist es wichtig. Lasst ihn ausreden.« Die Bitte wurde an den Basileus weitergegeben, und die übrigen Richter nickten beifällig. Dann lehnten sie sich auf ihren Stühlen zurück, denn natürlich wollten sie alles über diese Schlacht erfahren. Nur ihr Gerechtigkeitssinn hatte sie ermahnt, die unsachlichen Äußerungen über den Angeklagten zu unterbinden. Ich hörte mir alles geduldig an. Auch die restliche Geschichte des Soldaten stimmte mit seinen früheren Äußerungen überein, nur formulierte er diesmal besser.

»Wir wissen also«, ergriff Polygnotos wieder das Wort, nachdem er den Soldaten zufrieden entlassen hatte, »dass Philemon von Kleinasien nach Athen zurückgekehrt ist. Er, der Verräter, war ja praktisch gezwungen, diesen Kriegsschauplatz zu verlassen, wenn er nicht Alexanders Truppen in die Hände fallen wollte. Und so ist er hierher gekommen. Und jetzt werde ich einen Zeugen aufrufen, der Philemon am Mordtag in Athen gesehen hat.«

Das war etwas Neues. Ein erwartungsvolles Raunen ging durch die Menge. Ich setzte mich gespannt auf. Während der Voruntersuchung war ein solcher Zeuge nie in Erscheinung getreten.

Der Zeuge war ein gewisser Kleophon aus Piräus. Unter Eid sagte er aus, dass er Philemon am Nachmittag vor dem Mord in einer der Gassen nahe dem Marktplatz von Piräus gesehen habe. Dieser Kleophon war ein Fischhändler, ein bescheiden wirkender, kleiner, hagerer Mann, der einfache, aber saubere Kleider trug. Der Fischhändler war offensichtlich durch die Prozessatmosphäre sehr eingeschüchtert, und da ich wusste, wie ungern die kleinen Leute von Piräus mit den Angelegenheiten großer Athener

Bürger in Berührung kamen, nahm ich an, dass man den Zeugen bezahlt hatte. Ich hatte allerdings keinen Grund zu der Annahme, dass seine Aussage falsch war. Im Gegenteil, ich hielt ihn für den ehrlichsten Zeugen, der bisher aufgetreten war. Außerdem riskierte er, durch seine Aussage selbst in Schwierigkeiten zu kommen. Schließlich hatte er einen Verbannten gesehen, ohne den Vorfall zu melden.

Nachdem der Zeuge seine Aussage gemacht hatte, entstand ein kleiner Tumult auf dem Gerichtsplatz. Es war nicht schwer zu erraten, dass die Richter der Ansicht waren, dass Polygnotos den Fall bereits gewonnen hatte. War nicht alles klar, wenn sich Philemon in Athen befunden hatte?

»Ehrenwerte Richter«, wandte Polygnotos sich an das Gericht. »Wir haben also erfahren, dass dieser brutale Verbrecher, Philemon der Verbannte, am Mordtag in Athen gewesen ist. Und vergesst nicht, dass er im Töten bereits Erfahrung besaß. Er war in Kreta gewesen und kannte sicher die Vorzüge eines kretischen Bogens. Die Frage ist nur, warum er meinen Onkel getötet hat. Ich will euch die Antwort sagen. So seltsam es auch klingen mag, aber Philemon – obwohl er bereits ein Mann von neunzehn Jahren gewesen ist, als man ihn in die Verbannung schickte – hat sehr einen Vater vermisst.« Die Zuschauer lachten, und Polygnotos ließ sich ebenfalls ein Lächeln entlocken.

»Ich wollte keine derben Späße machen, Männer, dazu ist die Angelegenheit viel zu ernst. Nein, wir wissen schließlich alle, dass Philemon der rechtmäßige Sohn des Lykias ist. Entscheidend ist aber vielmehr, dass dieser Taugenichts nach dem frühen Tod des Vaters in ärmlichen Verhältnissen leben musste. Und irgendwann ist bei ihm dann die fixe Idee entstanden, dass ihm die Möglichkeiten und Mittel eines Sohnes reicher Eltern viel eher zustünden. Normal ist eine solche Verhaltensweise wohl kaum. Jedenfalls wurde mein Onkel zum Gegenstand von Philemons Spekulationen. Nur weil Boutades sich einmal freundlich mit Philemon unterhalten hatte, war er von der Idee wie besessen, Boutades müsse ihn adoptieren. Ein solches Ansinnen entbehrte natürlich jeder Vernunft. Mein Onkel hat die Sache von der nachsichtig heiteren Seite genommen und mir und seiner Frau davon erzählt. Gegenüber anderen hat er darüber jedoch aus Achtung für das Andenken des armen Lykias strengstes Stillschweigen bewahrt.

Inzwischen kennen wir also den jungen Mann mit dem grausamen, hinterlistigen Herzen, dessen Leben aus einer Folge von selbst verursachten Missgeschicken besteht. Zuerst tötet er einen Mann im Faustkampf, flieht nach Kreta, wird verbannt und schließt sich dann dem persischen Heer an. Nachdem er in einer Schlacht verwundet wird, bei der er auf der falschen Seite kämpft, flieht er aus Angst vor der Rache der makedonischen Truppen zurück nach Athen, das er seit seiner Verbannung eigentlich nicht mehr betreten darf. Ich glaube nicht, dass Philemon bereits vor seiner Landung an der griechischen Küste einen festen Mordplan hatte – wissen kann man das allerdings nie. Aber als er dann allein und mittellos in Athen war, hat er in seiner verzweifelten Lage geschworen, Rache an denen zu nehmen, denen es besser ging als ihm. Und als Opfer hat er sich in seinem Wahn Boutades ausgesucht, denn zusammen mit dem Mord wollte er auch einen Raub begehen. Er hatte nämlich beschlossen, sich das zu holen, von dem er glaubte, dass es ihm zustehe: Boutades' Vermögen. Warum er auf diese unsagbar gemeine Tötungsart verfallen ist…« Polygnotos zuckte mit den Schultern. »Vielleicht gefiel es ihm, meinen armen Onkel in seinem Blut liegen zu sehen. Die Tatsache, dass ich bereits kurz nach dem hinterlistigen Anschlag ins Zimmer gekommen bin, hat allerdings seine Pläne vereitelt, zu rauben, was ihm unter die Finger kam. Unglücklicherweise war ich zu schnell am Tatort. Schon ein paar Minuten später hätte ich ihn wohl sicher im Haus beim Diebstahl ertappt.

Es ist eine wahnsinnige Tat gewesen, aber dieser Wahnsinn ist keine Entschuldigung, denn der Mord wurde zusätzlich und im vollen Bewusstsein seiner Folgen durchgeführt. Ach, mein armer Onkel, dass er auf diese schreckliche Weise sterben musste! Philemons Wahn zeigt nur, dass die Götter ihn verflucht haben.

Auch ich verfluche und verwünsche Philemon, den Mörder. Und ich selbst mag verflucht sein, wenn ich etwas Falsches gesagt habe. Denn das ist die Wahrheit, bei allen Göttern und diesem heiligen Opfer.«

XXIII

Aufruhr im Areopag

Es war, als habe man mir den Boden unter den Füßen weggezogen. Während der Voruntersuchung hatte Polygnotos ein Tatmotiv nicht einmal erwähnt. Jeder konnte sehen, dass die Richter von Polygnotos' Argumenten überzeugt waren. Einer der Hauptpunkte meiner Verteidigung war damit empfindlich geschwächt. Ich hatte darauf vertraut, mit dem Hinweis auf Boutades' Adoptionspläne für große Überraschungen sorgen zu können. Jetzt aber war es für den Ankläger leicht, zu behaupten, diese Adoption sei nur ein Hirngespinst von Philemon gewesen und die Dokumente stellten Fälschungen dar. Der einzige Vorteil an Polygnotos' Ausführungen war, dass ich sein Argument aufgreifen und neue Beweise und Tatsachen vorbringen konnte, die in der Voruntersuchung nicht zur Sprache gekommen waren.

Ich stand auf, um mit meiner Rede zu beginnen. Richter und Zuschauer verschwammen vor meinen Augen. Der Himmel über uns war grau und drohend. Ich hatte das Gefühl, als müsse ich zu einer Welt aus Eisen sprechen.

»Ehrenwerte Richter Athens«, begann ich. »Ich, Stephanos, trete vor euch hin, um euch von meinem unglücklichen Cousin Philemon zu erzählen und seine Unschuld an diesem furchtbaren Verbrechen zu beteuern. Ich will versuchen, Punkt für Punkt auf die Argumente des Anklägers einzugehen.

Niemand leugnet, dass Boutades mit einem Pfeil erschossen und später so gefunden worden ist, wie es der Ankläger und zwei Zeugen beschrieben haben. Was aber den Täter angeht, so kann sich der Ankläger durchaus getäuscht haben. Vor allem, da sämtliche Zeugen erst nach dem Mord am Ort des Geschehens eingetroffen sind. Und was die Behauptung betrifft, dass der Mörder erkannt worden ist, so muss ich tatsächlich entgegnen, dass die Lichtverhältnisse so kurz vor dem Morgengrauen äußerst ungünstig gewesen sind. In diesem Zwielicht konnte man kaum Weiß von Schwarz unterscheiden.«

Ich ging dazu über, exakt alle Punkte abzuhandeln, die ich bereits während der Voruntersuchung vorgebracht hatte, und betonte dabei besonders Telemons Kurzsichtigkeit. Die Richter hörten mir pflichtschuldig, aber desinteressiert zu.

Schließlich kam ich auf die Aussage des Soldaten zu sprechen, und damit erzielte ich bei den Richtern schon mehr Eindruck. Ich befragte den Zeugen wie bei der dritten Anhörung. Obwohl er diesmal mit seinen Äußerungen wesentlich vorsichtiger war, blieb er doch ein schwacher Zeuge, der viel zu ängstlich darauf bedacht war, es seiner Partei recht zu machen. Es gelang mir, ihn mit Fragen über Waffen und Rüstungen der Griechen und Makedonier auf der einen und der Perser auf der anderen Seite völlig zu verunsichern. Als ich von ihm einige ganz einfache Auskünfte über die makedonischen Helme haben wollte, starrte er, für jeden sichtbar, flehentlich zu Polygnotos hinüber, als könne dieser ihm die Antwort einflüstern. Diese Dummheit kostete ihn bei den Richtern einige Sympathien. Danach war es nicht mehr schwierig, darzulegen, dass seine Behauptung, Philemon erkannt zu haben, äußerst zweifelhaft war.

»In einem Punkt hat dieser Zeuge allerdings durchaus Recht«, fuhr ich fort. »Philemon hat an der Schlacht am Fluss teilgenommen. Allerdings hat er auf der Seite Makedoniens und Griechenlands für Alexander gekämpft und mit all den anderen den großen Sieg von Issos errungen. Zum Beweis für meine Behauptung habe ich hier den Namen seines makedonischen Offiziers.« Ich übergab den Richtern die kleine Schrifttafel mit dem makedonischen Namen. »Schickt diesem Mann eine Nachricht, und er wird euch Auskunft über Philemons Leistung in der Schlacht geben. Ich weiß, Makedonien ist weit, aber ich habe den Namen selbst erst vor kurzer Zeit erfahren. Trotzdem möchte ich euch bitten, mir zu helfen, diese wichtige Information zu bekommen, bevor ihr Philemon für einen Verräter haltet.

Natürlich werdet ihr wissen wollen, woher ich diese Auskünfte habe und warum ich nicht früher gehandelt habe. Ich muss gestehen, dass ich seit Beginn des Verfahrens mit Philemon in Verbindung stehe. Falls das ein Vergehen ist, so bitte ich um Gnade. Allerdings kann ich mir nicht vorstellen, dass es für einen Bürger verboten ist, mit einem verzweifelten Verwandten Briefe auszutauschen.«

Ich wusste, dass dieses Thema gefährlich war, und hatte Bedenken wegen des Eides, den ich geleistet hatte.

»Ja, die Gesetze Athens sind gerecht und respektieren die Bande des Blutes. Und ich habe erst wieder von Philemon gehört, nachdem er als Verräter verleumdet worden war, und dann von ihm auch den Namen des Offiziers erfahren. Obwohl ein Verbannter, so ist Philemon doch ein Patriot. Er hat für Alexander gekämpft. Warum sollte er also vor Alexanders Truppen aus Kleinasien geflohen sein? Schließlich gehörte er zu den glorreichen Siegern der Schlacht von Issos.«

Die Richter schienen zuerst mäßig beeindruckt zu sein, aber mein Selbstvertrauen und der Name Alexanders blieben nicht ohne Wirkung. Schon waren auf ihren Gesichtern die ersten Zweifel an Philemons Schuld abzulesen. Sicher waren sie jetzt nicht mehr vorbehaltlos bereit, in Philemon den Verräter und rachedurstigen, wahnsinnigen Mörder zu sehen.

Die Tatsache, dass ich darum gebeten hatte, den Soldaten ausreden zu lassen, hatte die Richter tatsächlich positiv beeindruckt. Ich versuchte, das Beste aus diesem kleinen Vorteil zu machen, und fuhr in meiner Rede fort. Der folgende Teil meiner Argumentation würde sicher nicht so wohlwollend aufgenommen werden.

»Ja, ehrenwerte Richter, ich muss ein Geständnis machen. Aber warum sollte ich deshalb Angst haben? Warum sollte ich Angst davor haben, vor einem gerechten Gericht Athens die Wahrheit zu sagen? Ich will kein Mitleid. Ich bitte um Gerechtigkeit. Ich weiß jetzt, was mir noch vor Monaten völlig unbekannt gewesen ist, nämlich, dass Philemon tatsächlich in Athen war. Als ich bei der ersten Anhörung vor dem Basileus meinen Eid geleistet habe, hatte ich davon keine Ahnung. Die Götter können es bezeugen. Philemon hat sich also in gewisser Weise schuldig gemacht, da er gegen die Gesetze der Verbannung verstoßen hat. Aber, ehrenwerte Richter, bedenkt, dass wir hier zusammengekommen sind, um einen ganz anderen Fall zu verhandeln. Und wenn sich Philemon in jener Angelegenheit schuldig gemacht hat, so bedeutet das nicht, dass er auch jetzt schuldig ist.

Aber warum hat er gegen die Gesetze verstoßen? Hohes Gericht, weil er seine alte Mutter wiedersehen wollte, die an einer unheilbaren Krankheit leidet. Sie wusste von seinem Besuch. Die übrige Familie ahnte nichts davon. Erst vor kurzem hat mir meine Tante alles gestanden. Ich konnte nicht anders... Ich musste jetzt die Wahrheit sagen. Bestraft mich für Philemons Vergehen, wenn ihr es für richtig haltet, aber tut es erst nach dem Ende des Prozesses. Denn hier geht es um Mord, und dessen ist Philemon nicht schuldig.«

Ich wischte mir den Schweiß von der Stirn. Die Richter machten ernste Gesichter, während der Ankläger und die Zeugen sichtlich zufrieden waren. Polygnotos saß stolz auf seinem Platz, schien jedoch Mitleid mit mir zu haben. Eutikleides dagegen strahlte vor Genugtuung.

»Bedenkt, ihr Richter, dass Philemon es nicht verdient, zeit seines Lebens ein Mörder genannt zu werden, auch wenn er sich eines Vergehens gegen die Gesetze der Verbannung schuldig gemacht hat. Zwischen der verbotenen Rückkehr aus der Verbannung und einem hinterhältigen, gemeinen Mord besteht ein riesiger Unterschied. Vielleicht könnten sich manche von uns vorstellen, das erstere Verbrechen zu begehen, doch kein Mann, der auch nur einen Funken Ehre und Menschlichkeit besitzt, würde je das zweite Verbrechen verüben.«

Die Richter schienen mir im Prinzip zuzustimmen, aber offensichtlich hatten die meisten von ihnen den Eindruck, dass ich ein Hauptargument meiner Verteidigung preisgegeben hatte, indem ich von Philemons Besuch in Athen erzählt hatte. Man empfand, wenn auch widerwillig, Sympathie für mich, aber nicht für Philemon. Ich musste tiefer bohren.

»Ich habe noch mehr zu Philemons Rückkehr nach Athen zu sagen«, fuhr ich fort, »Philemon ist nicht nur in Athen gewesen, um seine Mutter zu besuchen, sondern auch seine Frau Melissa, die er vor seiner Verbannung heimlich geheiratet hatte. Die beiden haben einen Sohn namens Lykias.

Und jetzt kommen wir zu dem merkwürdigen Teil dieser Familiengeschichte. Melissa, Philemons Frau, stammt aus einer Athener Familie, die lange in Theben gelebt hat. Bei der Plünderung Thebens musste Melissa mit ihrem Vater und den Dienstboten fliehen. Und auf dieser Flucht hat Boutades sie gesehen und sehr bewundert. Später, nach ihrer Heirat mit Philemon und der Geburt ihres Kindes, ist Melissa Boutades erneut begegnet. Bei dieser Gelegenheit hat Boutades den Wunsch geäußert, Melissas Sohn zu adoptieren.«

Unter den Zuhörern wurde Gemurmel laut, und es ertönten Rufe wie: »Wo ist diese Frau? Wo ist dieses Kind?«

»In Makedonien«, erklärte ich gelassen. »Schickt einen Gesandten von Antipater dorthin, und ihr werdet sie in der Hauptstadt finden.

Melissa hat Boutades von ihrer Heirat mit Philemon erzählt, und daraufhin äußerte Boutades die Absicht, auch Philemon zu adoptieren, um auf diese Weise sowohl einen Sohn als auch einen Enkel zu haben. Ich hoffe, ehrenwerte Richter, ihr bemerkt den Unterschied zu den Ausführungen der Anklage. Seltsam erscheint mir außerdem, dass die Anklage während der Voruntersuchung nie etwas von dieser Adoptionssache erwähnt hat.«

Polygnotos sah mich vorwurfsvoll an, als wollte er sagen: »Aber der Zusammenhang ist mir erst vor kurzem klar geworden.«

Eutikleides spielte mit dem Saum seines Chitons und kaute auf der Unterlippe.

»Hier!«, erklärte ich und übergab die Schrifttafeln aus dem Penelopevorhang mit einer dramatischen Geste dem Verteidiger. »Dies ist die Kopie eines Vertragsentwurfes, den der verstorbene Bürger Boutades selbst aufgesetzt hat. Die Kopie stammt aus dem Besitz von Melissa, die jetzt in

Makedonien ist. Das Dokument ist allerdings nicht durch Zeugen beglaubigt und stellt damit auch keine Rechtsgrundlage für Ansprüche an Boutades' Vermögen dar. Doch die Tafeln sind in Boutades' Handschrift ausgefertigt und mit seinem Siegel gezeichnet. Im Übrigen kann man auf den ersten Blick sehen, dass die Schrifttafeln bereits älter und nicht erst in den letzten Wochen entstanden sind. Diejenigen, die Boutades' Handschrift kennen, mögen sie besonders sorgfältig prüfen.«

Die Schrifttafeln wurden dem Basileus überreicht und dieser gab sie an die übrigen Richter weiter. Alle betrachteten das Schriftstück mit großem Interesse.

»Ich bin sicher, dass der Ankläger diese Tafeln ohne Umschweife als Fälschung bezeichnen wird«, fuhr ich fort. »Aber wer sollte der Fälscher sein? Ist eine Frau überhaupt in der Lage, so zu schreiben? Und selbst wenn sie schreiben könnte, würde sie so formulieren? Philemon ist auch nicht gerade ein Schriftgelehrter. Wäre er fähig, ähnlich einem in rechtlichen und geschäftlichen Dingen gewandten Mann wie Boutades einen Vertrag aufzusetzen? Die viel wichtigere Frage scheint mir allerdings die zu sein, warum jemand einen unbeglaubigten Vertragsentwurf fälschen sollte, mit dem er vor Gericht gar nichts anfangen kann. Aus diesen Schrifttafeln kann niemand einen Erbanspruch ableiten. Sie sind völlig nutzlos. Die Tafeln zeigen uns lediglich, dass Boutades tatsächlich die Absicht hatte, Philemon zu adoptieren.

Natürlich werdet ihr euch jetzt fragen, warum man beim Nachlass des Boutades keine Kopie dieses Vertragsentwurfes gefunden hat. Das ist eine interessante Frage, ehrenwerte Richter. Ich habe sie mir selbst gestellt – und werde noch darauf zurückkommen.

Um die Antwort verstehen zu können, müssen wir allerdings die Vorgeschichte hören. Die meisten von euch kennen Philemon nicht und nehmen deshalb an, das Bild, das der Ankläger von ihm gezeichnet hat, sei richtig. Ich dagegen sage, es stimmt nicht. Mein Cousin ist ein fröhlicher und gutmütiger Mann und keineswegs der hasserfüllte Ränkeschmied, als den man ihn uns hier geschildert hat. Er hat den Sieg in einer wichtigen Schlacht miterrungen, er hat eine schöne Frau und einen lieben Sohn. Und er nahm an, dass seine Leistung bei der Schlacht von Issos zu einem Straferlass führen würde. Eine nicht unbegründete Hoffnung, wie ich meine. Außerdem hatte er auf Grund des Erbes seiner Frau Aussicht, ein sorgenfreies Leben führen zu können. Ich möchte euch bitten, wenigstens einen Augenblick zu glauben, dass Philemon diesen schrecklichen Mord nicht begangen hat. Natürlich ist er auf Kreta gewesen, und niemand bestreitet, dass Boutades mit einem kretischen Bogen erschossen wurde. Aber ist Philemon wirklich der Einzige gewesen, der sich einen kretischen Bogen verschaffen konnte? Ich rufe als Zeugen den Bürger Archimenos.«

Der Bürger Archimenos fühlte sich in seiner Rolle als Zeuge überhaupt nicht wohl. Unter dem Vorwand, krank zu sein, war er in der Sänfte gekommen. Er wirkte bleich und übernächtigt, und die beiden Falten über seiner Nasenwurzel waren tiefer denn je und verliehen ihm ein recht düsteres Aussehen.

Archimenos gestand, dass er selbst auch einen kretischen Bogen besessen habe, der irgendwann im Sommer aus seinem Haus verschwunden sei. Er beschrieb ferner, wo er die Waffe aufbewahrt hatte, und zählte auf, wer sie gesehen haben musste.

»Vergesst bitte nicht, dass die Angelegenheit sehr wichtig ist«, warf ich ein. »Nicht jeder in Athen hat gewusst, dass Archimenos einen Bogen besaß und dass dieser Bogen ein kretischer Bogen war. Doch einige waren eingeweiht, darunter übrigens auch Boutades selbst und Polygnotos und andere angesehene Bürger, aber auch Sklaven und Seeleute.« Ich wandte mich an den Zeugen.

»Warum habt Ihr den Diebstahl des Bogens nicht gemeldet?«

»Weil ich nicht gewusst habe, wer den Bogen entwendet hatte«, antwortete Archimenos leise.

»Warum habt Ihr die Sache denn so geheim gehalten? Habt Ihr vielleicht geahnt, wer den Bogen gestohlen hatte?«

»Ja. Ich dachte, es sei Boutades gewesen.«

»Ein bisschen lauter, bitte. Ihr habt also gedacht, Boutades sei es gewesen. Aber warum sollte er das getan haben?«

»Aus – aus Spaß.«

»Ihr meint, es habe sich um einen Scherz unter Freunden gehandelt? Ihr beide seid doch Freunde gewesen, oder?«

Und dann tat Archimenos etwas sehr Überraschendes. »Ich habe diesen Boutades gehasst!«, schrie er mich und die gesamte Zuhörermenge an. »Dieser Mann hat mich schändlich betrogen – mir das Leben zur Qual gemacht! Um eine Schuld zu begleichen, hat er mir ein Schiff gegeben – ein Schiff, das sich in einem so schlechten Zustand befand, dass es auseinander gefallen wäre, hätte man versucht, es auszubessern. Boutades war ein gemeiner Betrüger – und in jeder Beziehung skrupellos. Er schreckte vor nichts zurück. Athen und die Trierarchie sind ihm völlig gleichgültig gewesen. Er hat sich nur für sich, seinen Ruf und für sein Geld – vor allem für sein Geld interessiert. Ehrenwerte Richter«, wandte Archimenos sich direkt an das Gericht. »Denkt an euch selbst! Denkt an eure Schiffe!

Überprüft Boutades' Rechnungen! Ich bin sicher, er hat einige von euch ebenfalls betrogen – und der eine oder andere weiß das sehr gut. Doch keinem … keinem hat er so übel mitgespielt wie mir. Ich wollte mir das Leben nehmen – wegen *ihm*! Ich bin nicht sein Mörder, aber sein Tod ist eine große Befriedigung für mich gewesen. Und wenn ich hundert Jahre gebetet hätte, hätte ich mir nichts Besseres wünschen können. Mögen die Götter ihn noch im Hades verfluchen! Rhadamanthys*, verdamme ihn!«

Gegen Ende dieses erstaunlichen Gefühlsausbruches liefen Archimenos die Tränen in Strömen übers Gesicht und tropften auf seinen Chiton. Er sah plötzlich sehr alt und bemitleidenswert aus. Es war ein seltsamer Anblick.

Ich glaube, alle Anwesenden spürten die deutlichen Zeichen beginnenden Wahnsinns, doch keiner zweifelte an der Richtigkeit von Archimenos' Aussage. Durch die Reihen der Richter war ein Raunen gegangen. Archimenos' Andeutung, auch einige von ihnen seien von Boutades betrogen worden, hatte offensichtlich ins Schwarze getroffen, und alle waren über Boutades' Gemeinheit entsetzt. Der gute Ruf eines Trierarchen wird durch solche Dinge leicht erschüttert, und das uneingeschränkte Mitleid, das man für Boutades gehabt hatte, war längst nicht mehr so deutlich spürbar. Boutades galt nicht mehr als der »hoch geachtete Bürger« aus der Ballade. Der Mord an ihm blieb ein schreckliches Verbrechen, doch die allgemeine Atmosphäre hatte sich zu meinen Gunsten verändert. Ich konnte wieder freier atmen. Man war von den Argumenten der Anklage längst nicht mehr so fest überzeugt und hörte mir bereitwilliger zu.

* *Rhadamanthys:* Sohn des Zeus und der Europa; herrschte unter anderem zusammen mit Minos und Aiakos in der Unterwelt über die Toten.

»Archimenos, so scheint es mir, sagt die Wahrheit«, bekräftigte ich. »Boutades war schlecht und gemein. Und seine Habsucht wurde noch schlimmer, als ihm der Gedanke gekommen war, einen Sohn und einen Enkel zu adoptieren und ihnen ein großes Vermögen zu hinterlassen. Geld und Besitz sind schließlich sein einziger Lebensinhalt gewesen. Aber kommen wir auf den Bogen zurück. Der Mörder hat den tödlichen Pfeil mit einem kretischen Bogen abgeschossen. Vergegenwärtigt euch noch einmal den schrecklichen Anblick. Ich rufe den Bürger Eutikleides, den Zeugen der Anklage, dazu auf, uns erneut den Zustand des Leichnams und des Todeszimmers zu schildern.«

Eutikleides machte seine Aussage zum zweiten Mal. Er gab sich dabei übertrieben geduldig und sprach flüssig und sicher. Als ich ihn allerdings bat, mir aufzuzählen, was sich auf den einzelnen Tischen im Zimmer befunden hatte, geriet er ins Stocken und konnte nur unvollständige Angaben machen.

»Aber den Toten … den Toten habt Ihr ganz genau gesehen«, bemerkte ich.

»Ja, natürlich. Er lag so da, wie ich es beschrieben habe.«

»Und er war blutüberströmt?«

»Ja.«

»Auch das Haar?«

»Ja. Als man den Leichnam aufgehoben hat, habe ich gesehen, dass auch der Hinterkopf des Toten blutverkrustet war.«

»Und die Füße?«

»Sie waren ebenfalls blutig. Seine Hausschuhe – sogar die Sohlen – waren blutdurchtränkt. Ich verstehe offen gestanden nicht ganz, wozu diese Fragen gut sein sollen«, fügte er geringschätzig hinzu. »Der Mann war einfach tot. Ich protestiere gegen diese unnötigen Fragen. Der Verteidiger will nur Zeit gewinnen.«

Ich entließ ihn. Außer Eutikleides erhob niemand Einwände gegen diese Art des Verhörs.

»Stellt euch den Leichnam im Todeszimmer noch einmal vor, ehrenwerte Richter«, fuhr ich fort. »Der Ankläger behauptet, Boutades habe vor seinem Tod am Westfenster des Zimmers gesessen und gearbeitet. Wenn der Mörder von draußen durch das Fenster den tödlichen Pfeil auf Boutades abgeschossen hat, dann muss er in einiger Entfernung vom Haus gestanden haben, da ein Pfeil erst auf einer längeren Flugbahn die richtige Schnellkraft erhält. Wo aber hat Boutades gelegen? Sein Leichnam lag zwar in der richtigen Richtung – das heißt in direkter Fluchtlinie zum Fenster –, aber er lag in der Zimmermitte. Wäre Boutades auf seinem Stuhl vor dem Tisch am Fenster getötet worden – und nur in dieser Position hätte ihn der Bogenschütze von draußen deutlich erkennen können, da auf dem Tisch des arglosen Opfers nur eine schwache Lampe brannte –, dann wäre er über seinem Schreibtisch zusammengesunken. Zumindest hätten sich Blutspuren auf dem Schreibtisch gefunden. Nun könnte man einwenden, dass Boutades möglicherweise gerade aufgestanden war, als er getroffen wurde. In diesem Fall allerdings wäre er auf seinen Stuhl gesunken oder mit diesem umgekippt. Aber, ehrenwerte Richter, der Leichnam lag an einer völlig falschen Stelle – nämlich mitten im Zimmer. Es ist auch ausgeschlossen, dass Boutades seinen Mörder draußen gesehen hat und ins Zimmer gerannt ist, denn dann hätte ihn der Pfeil in den Nacken und nicht in die Kehle treffen müssen.

Wir sollten uns also fragen, warum sich Boutades ausgerechnet in der Zimmermitte aufgehalten hat, als der Pfeil ihn zu Boden streckte. Alle haben bezeugt, dass überall viel Blut gewesen ist. Es war Blut auf dem Fußboden, auf dem Chiton des Toten, an seinen Hausschuhen und in seinem Haar. Die Halsader ist eine sehr empfindliche Stelle am menschlichen Körper, da sie viel Blut enthält. Doch jeder Soldat wird bezeugen, dass Menschen, die von einem Pfeil getroffen werden, kaum Blut verlieren, da der Pfeil selbst die Wunde meistens wie ein Stöpsel verschließt. In diesem Fall allerdings konnte durch den harten Aufprall des Körpers auf dem Fußboden Blut durch den Mund entweichen. Aber ein sehr starker Mann, der gerade im Begriff ist, vorwärts zu gehen, könnte auch getroffen noch ein oder zwei Schritte machen – besonders dann, wenn der tödliche Pfeil aus nächster Nähe abgeschossen worden ist.

Aber warum sind eigentlich die Hausschuhe des Toten blutbefleckt gewesen? Der Grund dafür war, dass Boutades auf die Tür auf der Ostseite des Zimmers zuging, als er getötet wurde. Und er machte noch ein oder eineinhalb Schritte vorwärts bevor er zu Boden sank, und trat dabei in sein eigenes Blut. Auf dem Schreibtisch hat man nicht einmal einen Blutspritzer gefunden. Ist das nicht seltsam? Boutades muss entweder am Tisch gearbeitet haben, dann wäre aber der Tisch blutverschmiert gewesen, oder er muss vom Tisch weggerannt sein, und in diesem Fall hätte ihn der Pfeil im Nacken getroffen. Immer vorausgesetzt natürlich, dass der Mörder draußen vor dem Fenster gestanden hat. Das ist ein Problem, das man wie eine Geometrieaufgabe angehen muss.«

Ich machte eine Kunstpause, um den Richtern Gelegenheit zu geben, über meine Ausführungen nachzudenken. Die Männer waren inzwischen neugierig geworden. Mit diesem Problem hatte ich ihre Aufmerksamkeit erregt.

Ich fuhr fort: »Die einzige Erklärung für diese Ungereimtheiten ist, dass der Mörder nicht draußen im Garten, sondern im Haus gewesen ist. Natürlich könnte man dann behaupten, dass der Mörder später durchs Fenster geflohen ist – aber darauf komme ich noch. Wenn es allerdings auf Grund der genannten Merkmale möglich, ja sogar wahrscheinlich ist, dass sich der Mörder im Haus von Boutades befand, dann ist es doch reichlich merkwürdig, dass ihn niemand gesehen hat. Schließlich musste der Täter die kurze Zeitspanne zwischen dem Mord und Polygnotos' Erscheinen zur Flucht nutzen. Durch die Tür und Vorhalle kann er das Haus kaum verlassen haben. Könnte der Mörder an der dem Fenster gegenüberliegenden Zimmerseite gestanden haben, sodass sich das Opfer zum Zeitpunkt des Mordes zwischen dem Fenster und dem Mörder befand? Ich meine, ja. Könnte er, der Mörder, dann durchs Fenster entflohen sein? Nein. Nein, das war kaum möglich, denn dann hätte er auf dem grässlich befleckten Boden, dem Schreibtisch und dem Fensterbrett Blutspuren hinterlassen.

Und ich habe noch mehr Beweise – Beweise, dass der Mörder in Boutades' Haus gewesen ist. Es gibt in diesem Haus des Boutades eine herrliche Vase, eine berühmte Preisamphore. Einige unter euch haben sie erst vor kurzem gesehen, andere kennen das schöne Stück von früher her. Sie stand auf dem kleinen Beistelltisch vor der bemalten Wand im Todeszimmer, nicht weit von der äußersten linken Ecke der Fensterwand entfernt. Zu Lebzeiten des Boutades konnte keiner, der je an diesem Fenster vorbeigegangen ist, die Vase sehen. Wenn der Mörder von draußen durchs Fenster geschossen hat, dann konnte er aus keinem möglichen Schusswinkel die Vase getroffen haben. Und es hätte auch niemand die Vase mit einem Griff durchs Fenster anfassen, geschweige denn stehlen können. Trotzdem ist mit dieser Vase zur Zeit des Mordes an Boutades etwas passiert. Die Vase war keine Waffe. Der Leichnam lag nicht in ihrer Nähe, und von draußen war es dem Mörder nicht möglich, sie zu berühren. Und doch ist diese Vase so etwas wie ein Tatzeuge. Ich bitte, die berühmte dionysische Vase holen zu lassen. Dann will ich alles Weitere erklären.«

Eine Weile befürchtete ich, das Gericht würde dieser Bitte nicht nachkommen, doch nach einem kurzen, erregten Wortwechsel zwischen dem Verteidiger, dem Basileus und den Archonten wurde ein Läufer zum Haus des Boutades geschickt. Polygnotos hatte energisch dagegen protestiert, weil er dadurch sein Besitzrecht verletzt sah. Doch man versicherte ihm, dass man die Vase nur kurz ausleihen und unbeschädigt wieder zurückgeben würde. Telemon sprach beruhigend auf Polygnotos ein, während Eutikleides sich aufgeregt bei jedem einzelnen Richter und Archonten beschwerte, bis der Basileus schließlich sagte: »Ich habe gesprochen! Es soll so sein!« Die anderen Zeugen hatten die Diskussion verblüfft verfolgt.

»Ich bitte um Geduld«, ergriff ich wieder das Wort. »Ich versichere, dass diese Vase sehr wichtig für diesen Prozess ist. Viele werden sich jetzt natürlich fragen: ›Was macht es schon, ob der Täter draußen oder drinnen gestanden hat? Philemon ist der Mörder!‹ Nein, Philemon ist eben nicht der Mörder! Ich habe zugegeben, dass er als Verbannter verbotenerweise nach Athen zurückgekehrt war. Und der achtbare Fischhändler hat Philemon deshalb tatsächlich am Tag vor dem Mord in Piräus gesehen. Aber zur Tatzeit ist Philemon nicht in Athen gewesen. Ich rufe Philander von Athen als Zeugen.«

Philander von Athen war mein alter Bekannter Pheidippides, der mir hatte helfen wollen, eine »Fliege zu machen«. Mit einem frischen Haar- und Bartschnitt und in einem sauberen Chiton aus zweiter Hand sah er zwar einigermaßen anständig aus, aber jeder merkte sofort, dass er sich auf dem Gerichtsplatz ausgesprochen unwohl fühlte.

Er sprach seinen Eid mit lauter Stimme, reagierte dann allerdings etwas gereizt auf meine Fragen nach seinem Beruf.

»Bin ein ehrlicher Mann. Gehilfe eines Töpfers.« Mehr war nicht aus ihm herauszubekommen.

»Ja, aber du bist doch auch zur See gefahren, oder?«, bohrte ich weiter. »Ist dein Vater nicht ein Fischer gewesen?«

»Ja, er war ein ehrlicher Fischer. Viel Fangglück hat er allerdings nie gehabt.«

»Dann kannst du als Sohn eines Fischers doch sicher mit einem Boot umgehen, oder?«

»Ja, schon. Also, ich verdiene mir öfters ein paar Obolen mit Rudern oder Segeln dazu. Wenn 'ne alte Dame nach Hydra möchte, rudere ich sie rüber. Ich bin ein höflicher Mensch. Mir kann niemand was Schlechtes nachsagen. Und ich verlange vernünftige Preise.«

»Und«, fügte ich spöttisch hinzu, »es ist bekannt, dass du für einen vernünftigen Preis jeden – einfach jeden – in deinem Boot mitnimmst. Jeder, der sich in Piräus auskennt, würde doch dich und dein Boot für … für eine Reise mieten, oder?«

»O ja. Ich bin überall gut bekannt. Jeder könnte zu mir kommen. Hauptsächlich arbeite ich allerdings als Gehilfe eines Töpfers«, fügte er eigensinnig hinzu. »Ich bin ein vernünftiger Mann und habe vernünftige Preise«, betonte er dann erneut.

Es kostete mich einige Mühe, aber schließlich hatte ich

den Mann soweit, dass er zugab, Philemon in der Nacht vor dem Mord zu einer der Inseln hinübergerudert zu haben. Dabei betonte er ängstlich, dass er erst auf hoher See gemerkt habe, dass es sich bei seinem Fahrgast um Philemon den Verbannten handelte.

Als er seine Aussage beendet hatte, entließ ich Philander hastig, denn ich fürchtete, die Richter könnten ihn bestrafen oder, was noch schlimmer gewesen wäre, würden ihm nicht glauben. Doch offensichtlich waren sie der Überzeugung, dass der Mann die Wahrheit gesagt hatte, und ich konnte fortfahren.

»Jetzt habt ihr also den Beweis, dass Philemon nicht der Mörder in Boutades' Haus gewesen sein kann«, wandte ich mich wieder direkt an den Basileus. »Und der heimtückische Mörder ist bei der Bluttat tatsächlich im Haus gewesen, wie ich Euch gleich anhand der Vase zeigen werde. Ihr werdet nämlich sehen, dass die Vasc zerbrochen war. Habt noch einen Moment Geduld mit mir. Ich weiß, es klingt paradox, aber sobald die Vase hier ist, werdet Ihr mich verstehen. Die Vase ist zerbrochen, und zwar ungünstigerweise genau zur Tatzeit. Sie ist nicht etwa zu Boden gefallen, weil einer der Leute, die sich um den Leichnam gedrängt haben, dagegen gestoßen ist. Nein, denn zu diesem Zeitpunkt ist sie bereits nicht mehr im Zimmer gewesen. Ich bitte alle gerechten Männer, die mit diesem Fall nichts zu tun haben und am Morgen des Mordes im Todeszimmer gewesen sind, sich zu erinnern. Ich bin überzeugt, niemand hat diese wertvolle Vase gesehen. Die Scherben der zerbrochenen Vase sind nämlich gut versteckt gewesen.«

In diesem Moment wurden Stimmen aus der Menge und aus den Reihen der Richter laut. Einer rief: »Aber die Vase ist doch noch da! Sie ist nicht zerbrochen!«

»O doch! Ihr werdet sehen!«, entgegnete ich. »In jener Nacht sind zwei Pfeile abgefeuert worden. Der erste traf die Vase, der zweite tötete Boutades. Doch als sich der Pfeil in Boutades' Kehle bohrte, war dieser bereits durch den ersten Schuss aufgeschreckt worden, war aufgestanden und hatte sich umgedreht. Vermutlich hatte der Mörder vorgehabt, Boutades an seinem Schreibtisch zu ermorden, doch die zerbrechende Vase hatte das Opfer gewarnt. Der Mörder beabsichtigte zwar, Boutades von vorn zu erschießen, doch damit, dass Boutades soweit ins Zimmer laufen würde, hatte er nicht gerechnet. Er musste den Leichnam also in die richtige Richtung rücken. Dabei ist er vermutlich unabsichtlich an den Pfeil gestoßen, sodass das Opfer eine ungewöhnlich große Menge Blut verlor. Das wiederum hatte zur Folge, dass der Täter Boutades nicht näher ans Fenster ziehen konnte, da die Blutlache sonst verdächtig weit von dem Toten entfernt gewesen wäre. Und erst als der Ermordete umgedreht und verschoben wurde, saugten sich Haare und Schuhe mit Blut voll.

Nur der Mörder war sich der fatalen Bedeutung der zerbrochenen Vase bewusst. Er sammelte deshalb die Scherben hastig zusammen und versteckte sie in einer großen Weinamphore neben der Tür. Die Dionysienvase, die inzwischen wieder Boutades' Haus schmückt, ist eine Fälschung – allerdings eine sehr gute Fälschung. Das Original war aus bestem Athener Ton. Und jeder, der etwas von Keramik versteht, weiß, dass der Ton aus Athen rot ist. Ich möchte aber behaupten, dass die Vase, die uns aus Boutades' Haus gebracht werden wird, aus gelbem Ton ist. Ah, da ist sie ja!«

Der Läufer hatte den Gerichtsplatz erreicht und stellte die Vase vor dem Verteidiger und dem Basileus ab. Ein bewunderndes Raunen ging durch die Menge.

»Hört mich an«, meldete ich mich wieder zu Wort. »Das Original ist aus rotem Ton gewesen, und nachdem die Kopie fertig war, hat man die wertvollen Scherben am sichersten Ort der Welt versteckt.

Ihr fragt Euch inzwischen sicher, wer dieser Mörder im Haus des Boutades ist. Nun, wer hatte Zeit, die Scherben verschwinden zu lassen? Und ich wiederhole: Kein Bogenschütze hätte von draußen die Vase treffen können. Hätte im Übrigen nicht der Mörder die Vase zerstört, sondern eine andere Person, so hätte diese sicher darüber gesprochen. Und ein Unschuldiger hätte die Kopie doch sicher in Athen anfertigen lassen, oder? Stimmt Ihr meiner Schlussfolgerung zu?

Stimmt Ihr mit mir darin überein, dass diese Vase eine Kopie ist und dass der Mann, der sie in Auftrag gegeben hat, der Mörder sein muss? Schließlich kann nur der Täter selbst das Wissen, den Willen und die Gelegenheit gehabt haben, das alles zu tun.«

Einige Richter nickten, andere saßen nur schweigend und nachdenklich da.

»Hier ist die Vase«, fuhr ich fort. »Ich bitte Euch, ehrenwerter Basileus, ein Stück vom Ton abzukratzen, damit wir sehen können, ob er rot oder gelb ist.«

Polygnotos protestierte sofort heftig.

»Es ist eine sehr wertvolle Vase«, bemerkte der Verteidiger unglücklich.

»Vielleicht – vielleicht aber auch nicht. Ist das Leben eines Unschuldigen weniger wert als eine Vase? Ich verlange ja schließlich nicht, dass man das Gefäß zerstört. Ein kleiner Tonsplitter genügt.«

Widerwillig gab der Verteidiger die Vase dem Basileus, der den Boden der Vase nach anfänglichem ärgerlichem Zögern mit einem Messer ankratzte.

»Was seht Ihr?«, rief ich aus. »Roten Ton aus Athen? Oder gelben Ton aus Korinth?«

Der Basileus holte tief Luft. »Der Ton ist gelb.« Er stand auf und hob die Vase in die Höhe, damit die versammelten Richter und die Menge sie sehen konnten. »Die Vase ist aus gelbem Ton! Es ist eine Kopie!« Das Wort ging von Mund zu Mund. Der Basileus reichte die Vase an die erste Reihe der Richter weiter.

»Ich rufe Onesimos von Korinth als Zeugen auf.«

Onesimos von Korinth, ein kleiner, ruhiger Mann, war ein Töpfer. Ich hatte ihn an jenem Morgen zum ersten Mal gesehen.

»Siehst du diese Vase?«, fragte ich, und man brachte das Gefäß näher. »Hast du sie schon einmal gesehen?«

»Ja, natürlich. Ich habe sie angefertigt – und zwar nach einer alten Vorlage, von der ich allerdings nur noch die Scherben bekommen habe. Es ist eine Kopie – aber eine sehr gute«, fügte er hinzu.

»Wann hast du diese Vase angefertigt?«

»Im Spätherbst. In meiner Werkstatt in Korinth.«

»Und wer hat dir den Auftrag dazu gegeben?«

»Er nannte sich Periander von Megara und schien ein reicher Mann zu sein. Er war in Begleitung eines rothaarigen Sklaven bei mir.«

»Hast du diesen Mann je wieder gesehen?«

»Ja. Heute.«

»Kannst du ihn uns zeigen?«

Onesimos streckte die Hand aus, und es erhob sich lautes Gemurmel. Ich nahm hastig den Lederbeutel, den ich um die Hüfte gegürtet hatte, und zog ihn auf.

»Ja!«, schrie ich, um die aufgeregten Ausrufe aus der Menge zu übertönen. »Und hier ist das Original – die echte Vase! Diese Scherben habe ich aus dem Versteck des

Mörders geholt!« Ich hielt einige Bruchstücke der alten Vase aus bestem, rotem Athener Ton in die Höhe. »Sie sind an einem sehr ungewöhnlichen Ort verborgen gewesen – unter dem Grabmal des Ermordeten. Bei allen Göttern, ich schwöre es!

Dort ist der Mörder!« Ich musste jetzt aus Leibeskräften schreien, um noch gehört zu werden. »Sein Name ist uns wohl bekannt! Wer ist der Mann, der dringend Geld für ein großes Fest brauchte, das er für uns ausrichten wollte? Wer ist der Mann, der am meisten zu verlieren hatte, falls Boutades einen Sohn adoptiert hätte? Wer ist der Mann, der allen Grund hatte, Philemon und die Seinen grausam zu vernichten? Wer konnte in aller Ruhe und mit einem selbst bestimmten Helfer in Boutades' Haus den Mord begehen? Wer konnte die Tat bequem nackt begehen, sodass später kein Blut an seiner Kleidung zu sehen war? Wer ist stark genug, um einen Mann mit einem Bogen zu erschießen und seinen schweren Leichnam aufzuheben und umzudrehen? Wer konnte ohne Hast die Scherben der Vase aufsammeln und später danach die Kopie anfertigen lassen? Ich erkläre, dass Philemon unschuldig ist! Denn bei allen Göttern, der Name des Mörders ist – Polygnotos!«

In meinem Eifer und meiner Leidenschaft hatte ich gegen jede vernünftige Taktik meinen Schluss vorweggenommen und den Mörder bereits in meiner ersten Rede entlarvt. Von dem Augenblick an, da ich gemerkt hatte, dass der Basileus und die anderen Richter von meinen Ausführungen sichtlich beeindruckt waren, hatte ich mein Ziel unerbittlich weiterverfolgt. Und niemand hatte mich unterbrochen.

Polygnotos war bleich und erschüttert. Ich hatte beobachtet, wie jede Farbe aus seinem Gesicht wich, als der Läufer beauftragt wurde, die Vase zu holen. Ich glaube allerdings, dass er den Töpfer aus Korinth bis zu dessen Aussage nicht wiedererkannt hatte, denn Polygnotos war es nicht gewohnt, den Angehörigen niederer Klassen mehr Aufmerksamkeit als unbedingt nötig zu schenken – es sei denn, sie waren hübsch. Und auch nach der Aussage des Töpfers hatte er vermutlich noch angenommen, das drohende Unheil abwenden zu können. Erst die auf so wunderbare Weise wieder aufgetauchten Scherben hatten sein Selbstvertrauen erschüttert. Jetzt wichen alle seine Zeugen vor ihm zurück, als hätte er eine ansteckende Krankheit.

Und dann verlor Polygnotos, der zum ersten Mal in seinem Leben nicht beliebt und geachtet war, vollkommen den Kopf. Er sprang schwankend auf und stürzte mit einem wilden Schrei vom Gerichtsplatz davon.

»Ihm nach!«, schrie jemand und die Menge geriet in Bewegung. Stoßend und stolpernd liefen sie ihm nach. Der Basileus, die anderen Richter und die Archonten sahen sich nur gegenseitig hilflos an. Ich setzte mich. Irgendjemand reichte mir eine Schale mit dünnem Wein.

Ich war weder in der körperlichen noch in der seelischen Verfassung, um hinter Polygnotos herzulaufen. Was mit Polygnotos geschah, weiß ich nur vom Hörensagen. Danach hatte er irgendwo in einer Straße in der Nähe der Langen Mauern ein Pferd gefunden und war nach Piräus geritten. Zu diesem Zeitpunkt hatten die meisten Verfolger bereits aufgegeben und waren nach Hause zurückgekehrt.

In Piräus hat er angeblich zwei Sklaven, die an einem Boot arbeiteten, mit Drohungen und Verwünschungen dazu gezwungen, ihn mit dem Boot aufs Meer und die Küste entlangzurudern. Völlig verschüchtert hatten ihm die beiden Sklaven schließlich gehorcht, obwohl sie das Schlimmste befürchteten, da das Boot keineswegs seetüchtig war und ein Sturm aufzuziehen schien. Als die hartnäckigsten Verfolger den Strand von Piräus erreicht hatten, war Polygnotos' Boot nur noch als kleiner schwarzer Punkt auf der grauen, aufgewühlten See zu erkennen. Kurze Zeit später hatten Sturm und Regen Polygnotos bereits in eine Wolke gehüllt, und es war, als habe ein Gott ihn verschlungen. Seine Verfolger mussten bald völlig durchnässt in der Stadt Schutz suchen.

Polygnotos war also verschwunden, und alle fragten sich, was wohl aus ihm geworden sein mochte. Ich schlief in jener Nacht erschöpft in meinem Bett ein, und der tränenreiche Dank meiner Mutter und von Tante Eudoxia klang noch lange in meinen Ohren nach. Philemon war inzwischen vom Basileus von jedem Verdacht freigesprochen worden.

Am nächsten Morgen erfuhren wir dann, dass die beiden Sklaven aus Piräus noch in der Nacht lebend die Küste bei Salamis erreicht hatten. Sie erzählten, dass das lecke Boot ungefähr zwei Stunden nach der Abfahrt untergegangen war. Die beiden Sklaven hatten schon alle Hoffnung aufgegeben, konnten sich jedoch auf eine lose Bootsplanke retten und waren damit an die Küste getrieben worden. Polygnotos dagegen hatte sich von der Küste abgewandt und war aufs offene Meer hinausgeschwommen. »Alles Rufen und Schreien hat nichts genutzt«, berichtete der eine Sklave. »Er war wie eine Marmorstatue. Aber er schwamm mit kräftigen Zügen – fast wie ein Delfin.«

So hatte sich Polygnotos also mitten in einem Sturm zu neuen Küsten aufgemacht. Ich konnte ihn mir gut vorstellen... wie er mit entschlossener, aber heiterer Miene, einem Gott gleich, durch das aufgewühlte Meer geschwommen war. Polygnotos war eine Art Odysseus gewesen – allerdings kein Odysseus auf glücklicher Heimkehr. Und die glückliche Küste der Phäaken hat er auch nicht erreicht, und die Königstochter ist ihm ebenfalls versagt geblieben, obwohl wir nach dem Bericht der Sklaven eine Nacht lang beinahe angenommen hatten, dass ihm die Rettung gelungen war.

Später wurden wir eines Besseren belehrt. Polygnotos musste noch eine ganze Weile und mit kräftigen Zügen geschwommen sein, denn er hat die Strömungen, die ihn nach Salamis oder Piräus getrieben hätten, weit hinter sich gelassen und dafür einen Punkt erreicht, von dem aus ihn die Strömung ostwärts getragen hat. Eine Woche später wurde er an den Felsen von Ägina gefunden. Sein Leichnam war in einem furchtbaren Zustand. Erkannt hat man ihn nur noch an dem Ring, den er am Finger trug.

Kein Athener wollte diesen Toten in den Mauern seiner Stadt begraben wissen. Die Götter hatten schließlich ihr Missfallen deutlich genug gezeigt. Und die Tatsache, dass die beiden Sklaven gerettet worden waren, bedeutete, dass die Götter ihre Rache auf Polygnotos beschränken wollten. Es kostete die Athener eine schöne Stange Geld und viel Überredungskunst, die Leute von Ägina davon zu überzeugen, dass es der Wille der Götter war, dass Polygnotos auf Ägina begraben werden sollte. So geschah es dann auch. Irgendwo an einsamer Küste bestattete man den Toten unter rauem Fels. Auf diese Weise kam es, dass dem Mann, der im Leben so umworben und beliebt gewesen war, im Tod ein anständiges Begräbnis verwehrt blieb. Eine Verurteilung und Hinrichtung hätte für ihn nicht schlimmer sein können. Manchmal in letzter Zeit empfinde ich so etwas wie Mitleid für Polygnotos, dessen skrupellose Hoffnungen ihm so viel versprochen hatten.

XXIV

Nach dem Prozess

Der Prozess gegen Philemon hatte also ein ziemlich abruptes, unzeremonielles Ende gefunden, und als der Basileus und die Richter Philemon feierlich für unschuldig erklärten, war der Gerichtsplatz fast leer. Viel später erst erhob man Anklage gegen Polygnotos, doch es gab keinen Verteidiger. Die Stadt unterzog sich einer rituellen Reinigung. Opfer wurden dargebracht und Polygnotos' persönliche Besitztümer aus der Stadt gebracht. Nach einiger Zeit trat ein entfernter Cousin von Polygnotos in aller Stille das Erbe an und war umsichtig genug, auf allen Altären Athens kostspielige Opfer darzubringen und Schenkungen an die Stadt und die Armen zu machen.

Gegenüber Polygnotos' Zeugen im Prozess gegen Philemon ließ man Nachsicht walten. Telemon erzählte jedem, dass Polygnotos so lange behauptet habe, er habe Philemon im Garten gesehen, bis er es selbst geglaubt habe. Man hatte nur Verachtung für ihn übrig. Eutikleides erklärte entrüstet, er habe nicht geahnt, welche Schlange er an seinem Busen genährt habe, und unterzog sich umfangreichen rituellen Waschungen, da er in der Schuldfrage immerhin einen Meineid geleistet hatte. Im Übrigen versäumte er es nie, zu bemerken, dass er ansonsten nur die Wahrheit gesagt und seine Aussage eigentlich zur Entlastung Philemons geführt habe. Auch er machte großzügige Schenkungen.

Gegen Pheidippides erhob niemand wegen Unterstützung eines Verbannten Anklage, und auch mich fragte man nicht, inwieweit ich meinem verbannten Cousin eigentlich geholfen hatte. Ein ganz reines Gewissen hatte ich wegen meiner unter Eid gemachten Aussagen vor Gericht allerdings nicht; ich verrichtete deshalb besondere Gebete und brachte Opfer dar.

Aber das Wichtigste war, dass Philemons Verbannungsstrafe durch seine widerrechtliche Rückkehr nach Athen nicht zusätzlich verschärft wurde. Die öffentliche Meinung war auf seiner Seite, und man war dafür, dass er für das ihm angetane Unrecht entschädigt werden sollte. Schließlich hatten auch die Götter gezeigt, dass sie trotz allem zu ihm gehalten hatten. Noch vor Ende des darauf folgenden Sommers wurde also die Verbannung aufgehoben, und Philemon konnte mit seiner Frau und den Kindern – der kleine Lykias hatte inzwischen einen Bruder bekommen – nach Athen zurückkehren. Tante Eudoxias Wunsch ging in Erfüllung. Sie konnte vor ihrem Tod noch ihre Enkelkinder sehen.

Schon ein paar Tage nach dem Prozess wurde spürbar, dass sich die öffentliche Meinung zu meinen Gunsten verändert hatte, und ich konnte wieder Hoffnung schöpfen. Eutikleides bestand darauf, mir den Zins der Schuld zurückzuerstatten, die ich unter so großen Entbehrungen bezahlt hatte, und mein Verantwortungsgefühl gegenüber meiner armen Familie verbot es mir, dieses Geld abzulehnen. Außerdem war ich überzeugt, dass Eutikleides Wucherzinsen von mir verlangt hatte.

Am Tag nach dem Prozess war ich so heiser, dass ich kein Wort mehr sprechen konnte. Nach meiner Genesung warteten so viele Geschäfte und Einladungen auf mich, dass ich erst eine Woche später Gelegenheit hatte, Aristoteles zu besuchen. Ich brachte ihm als Ausdruck meiner

Dankbarkeit ein kleines Geschenk, und es dauerte nicht lange, bis wir wieder bei unserem alten Thema waren. Es gab da noch einige Dinge zu klären.

»In jener Nacht, als wir zum Kerameikos gingen«, erinnerte ich ihn, »habt Ihr mir gesagt, dass Polygnotos der Mörder sei, und bei der Vorbereitung meiner Prozessreden habt Ihr dann die Beweise für diese Behauptung erbracht. Aber ich möchte jetzt gern von Euch wissen, wann Ihr zum ersten Mal den Verdacht gehabt habt, dass Polygnotos der Mörder ist. Und warum habt Ihr mir damals nichts davon verraten?«

»Oh, gewusst habe ich es von Anfang an«, entgegnete der Philosoph herablassend. »Nein, nicht ganz von Anfang an – und es ist zuerst nur ein Verdacht gewesen. Ich war nämlich nicht ganz sicher, ob es nicht doch Philemon gewesen sein könnte. Aber das, was du mir dann über den Zustand und die Lage des Leichnams erzählt hast, hat mir zu denken gegeben. Und was für ein Motiv hätte Philemon gehabt? Hatte er Grund, im Haus des Boutades zu sein? Hatte Polygnotos ihn vielleicht beauftragt, den Mord zu begehen? All diese Fragen habe ich mir durch den Kopf gehen lassen. Aber die Antworten haben mich nicht befriedigt. Ich nahm an, dass entweder Philemon oder Polygnotos die Tat verübt hatte. Und als dann Boutades' Frau gestorben ist – das war wirklich zu günstig. Und die Unterhaltung der Sklavinnen auf dem Markt, die du belauscht hast, hat mir gezeigt, was für ein zwingendes Motiv Polygnotos gehabt hat, seinen Onkel so schnell wie möglich umzubringen.«

»Aber warum habt Ihr mir das alles nicht gesagt?«, fragte ich hitzig. »Ihr habt mich diese ... diese Ausflüge nach Piräus machen lassen, obwohl Ihr die ganze Zeit über gewusst ...«

»Wissen und beweisen können ist nicht dasselbe«, unterbrach mich Aristoteles. »Eigentlich habe ich es ja auch nicht gewusst. Ich habe es nur vermutet. Und es gab keine einfache Methode, um die Beweise in einem so komplizierten Rechtsfall zu erbringen. Offen gestanden habe ich nur gehofft, dass du etwas herausfinden würdest, mit dem ich etwas würde anfangen können. Stephanos, ich habe regelrecht gefürchtet, dass du die Wahrheit erahnen könntest. Den Göttern sei Dank, dass dem nicht so gewesen ist. Du hättest alles sofort ausposaunt und wärst dadurch in größter Gefahr gewesen. Solange du ahnungslos warst und nur beweisen wolltest, dass Philemon in jener Nacht nicht in Athen gewesen ist, warst du harmlos und niemandem im Weg. Und du hast der Sache des Anklägers genutzt, der einen Mordprozess und Philemons Verurteilung wollte. Er wusste schließlich, dass er beweisen konnte, dass Philemon in Athen gewesen ist.«

»Trotzdem ... Ihr habt mich wie einen dummen Jungen im Dunkeln tappen lassen«, sagte ich vorwurfsvoll. »Dabei ging es um meinen Cousin.«

»Aber was hätte es denn genutzt, wenn ich dich eingeweiht hätte?«, fragte er nachsichtig. »Du warst mir lebendig lieber als tot. Ein Mörder, der Boutades und dessen Frau umgebracht hatte, konnte kaum viel Skrupel haben. Außerdem war ich mir nicht sicher, ob du deine Verteidigung zum Schluss nicht doch nur auf Tante Eudoxias Beweis würdest stützen müssen.«

»So ist es ja dann im Großen und Ganzen auch gewesen«, erinnerte ich ihn. Mein Ärger war verflogen. »Einige Dinge kann ich mir allerdings noch immer nicht zusammenreimen. Als wir meine Reden vorbereitet haben und ich Euch gefragt habe, ob Polygnotos Melissas Haus in Brand gesteckt und mich überfallen hat, habt Ihr geantwortet: ›Nein. Lassen wir das.‹ Aber jetzt möchte ich gern die Wahrheit wissen. Ist es Polygnotos gewesen?«

»Es war jemand, der dich gehasst hat, Stephanos. Archimenos hat entsetzliche Angst bekommen, als er erfahren hat, dass der Mord mit einem kretischen Bogen begangen worden war. Er hat nämlich sofort den Schluss daraus gezogen, dass es sich um seinen Bogen handeln müsse. Und so ist es ja auch gewesen. Jedenfalls hat Archimenos gefürchtet, dass man ihn mit dem Mord in Verbindung bringen könnte. Er hatte ja schließlich ein zwingendes Motiv, Boutades umzubringen. Ich glaube, er hat sich insgeheim auf seltsame Art schuldig gefühlt, da er sich Boutades' Tod so oft gewünscht hatte. Schon aus diesem Grund ist er natürlich heilfroh gewesen, als man Philemon angeklagt hat, und er hat alles getan, um den Namen deiner Familie in den Schmutz zu ziehen. Mit seinem Hass gegen dich hat er sein schlechtes Gewissen erleichtert. Und deshalb ist er dir bis zu dem Haus gefolgt, in dem er deine Geliebte vermutete, und hat es in Brand gesteckt.«

»Er ist inzwischen schwer erkrankt«, berichtete ich. »Seit diesem Gefühlsausbruch beim Prozess hat er sich nicht mehr erholt. Ich bin wirklich sehr erstaunt gewesen, als du mir geraten hast, ihn als Zeugen auszuwählen. Trotzdem behauptest du, dass es Polygnotos gewesen ist, der den Männern befohlen hat, mich auf dem Musenhügel zu überfallen.«

»Ja, und ich bin überzeugt davon, dass es so gewesen ist. Beweisen werden wir das allerdings nie können. Der Mörder ist im Lauf der Zeit immer nervöser geworden. Du sprichst von deinen Sorgen und Problemen während dieser Zeit, Stephanos, aber hast du je daran gedacht, was der Mörder durchgemacht haben muss? Schließlich durfte ihm niemand anmerken, wie sehr er auf der Hut war. Und dann die ständige Angst, sein Sklave aus Sinope könne ihn verraten. Wir haben ja ausführlich darüber gesprochen, dass es dieser Sklave gewesen sein muss, der Polygnotos die Fackel hielt und dem Nackten nach der Tat die Kleider reichte. Ich glaube allerdings, dass Polygnotos von vornherein vorhatte, den Sklaven umzubringen, sobald die Scherben in ihrem endgültigen Versteck unter dem Grabmal lagen. Bis dahin musste der Sklave sie vermutlich ständig unter seinem Chiton mit sich herumtragen. Ich nehme allerdings an, dass selbst Polygnotos gezögert hat, den einzigen Menschen zu töten, dem er sich anvertrauen konnte. Offen gestanden habe ich den Verdacht, dass du irgendetwas gesagt oder getan hast, das ihn auf die Idee brachte, du könntest Verdacht geschöpft haben. Das gab dann den Ausschlag, und er hat den Sklaven umgebracht.«

Ich dachte nach, und dabei fiel mir wieder eine dumme Bemerkung ein, die der Mörder missverstanden haben könnte.

»Seinen Seelenfrieden hat Polygnotos durch den Tod des Sklaven allerdings sicher nicht wiedergewonnen«, fuhr Aristoteles fort. »Und da er dachte, du wüsstest zu viel, beschloss er, dich ebenfalls aus dem Weg zu räumen. Wer weiß, vielleicht machte er dich insgeheim für den Tod seines Lieblingssklaven verantwortlich? Und unter all seinen Opfern ist der Sklave der Einzige gewesen, an dem ihm etwas lag.«

»Seltsam, dass er nicht versucht hat, mich auf dieselbe Art und Weise zu töten wie den Sklaven, sondern sich auf gedungene Mörder verlassen hat«, murmelte ich.

»Ja, aber dann wäre die Sache zu offensichtlich gewesen«, entgegnete Aristoteles. »Wir haben schon darüber gesprochen, dass Polygnotos dem Sklaven aufgelauert und ihn mit einer Steinschleuder getötet haben muss. Und man kann Polygnotos' Klugheit und Umsicht nur bewundern. Er hatte erkannt, wie gefährlich es sein konnte, wenn man sich wiederholte. Er hat drei Morde mit drei verschiedenen Waffen begangen und sich dabei immer geschickt den jeweiligen Umständen angepasst.«

»Ihr meint also«, sagte ich zögernd, »weil er Boutades in dem Zimmer erschossen hat, in dem dieser seine Bücher geführt und den Adoptionsvertrag aufgesetzt hat...«

»...und alles so arrangiert hat, dass es so aussehen musste, als hätte Philemon von draußen Boutades erschossen, hat er seinem Onkel ein grausames, aber auch ein sehr denkwürdiges Ende bereitet«, ergänzte Aristoteles. »Seine Tante ließ er auf sehr weibliche Art und Weise sterben, indem er ihr heimlich Gift verabreichte. Und das Leben des Sklaven endete mit einem groben Stein. Polygnotos war wirklich sehr vielseitig. Für dich hat er Mörder gekauft, denn er verabscheute dich aus tiefstem Herzen und wollte sich an dir nicht selbst die Hände schmutzig machen.«

Aristoteles seufzte. »Doch es gibt so vieles, das wir nicht wissen. Wo hatte Polygnotos nach dem Mord den Bogen mit dem zweiten Pfeil versteckt? Könnte er die Waffe nicht unter seinem Chiton getragen haben? Hast du nicht einmal erwähnt, dass er sich damals ziemlich steif bewegt hat?«

Ich zuckte mit den Schultern. »Aber bevor er den Bogen versteckt hat, hat er die Hornspitze abgebrochen und sie vors Fenster gelegt«, erinnerte ich Aristoteles. »Damit wollte er Philemon belasten.«

»Sicher. Die kleine Tonscherbe ist allerdings vermutlich zur selben Zeit ganz aus Versehen verloren gegangen.« Aristoteles kicherte. »Dieses kleine Ding... ich habe dir ja immer gesagt, dass Schalen und Töpfe eine interessante Materie sind. Vermutlich ist die Tonscherbe aus einer Falte von Polygnotos' Chiton gerutscht. Und da er weder wusste, dass er sie verloren hatte, noch dass du sie gefunden hast, konnte er sich auch gegen unsere Beweisführung nicht wappnen. Diese Vase hatte ihn sicher schon genug geärgert. Dass sie zerbrochen ist, war schließlich das Einzige, was bei seinem Plan schief gegangen ist. Nachdem ich nämlich diese Scherbe gesehen hatte, habe ich sofort vermutet, dass ein Gefäß – ein wertvolles Gefäß – aus Boutades' Haus zerschlagen worden sein musste, und zwar zur selben Zeit, in der Boutades ermordet wurde Als ich deiner Schilderung dann entnahm, dass die Vase jener berühmten Dionysie nach dem Mord nicht im Zimmer gestanden hatte, witterte ich eine günstige Gelegenheit für uns. Doch bei meiner Einladung zum Abendessen bei Polygnotos stand die Vase plötzlich wieder an ihrem Platz. Was war geschehen? Eigentlich nichts Besonderes – aber Polygnotos war in Korinth gewesen. Erinnerst du dich noch an den ungebetenen Besuch, den ich machen wollte?«

»Ja, natürlich«, antwortete ich. »Ihr seid in Polygnotos' Haus gewesen, während dieser nicht da gewesen ist, und habt unter dem Vorwand, eine Nachricht schreiben zu wollen, das Todeszimmer betreten und die Vase genauer untersucht. Ich bin Euch wirklich sehr dankbar, dass Ihr diese Reise nach Korinth unternommen und herausgefunden habt, wer die Kopie angefertigt hat. Ich wünschte, ich könnte Euch wenigstens die Reisekosten …«

»Unsinn«, wehrte Aristoteles ab. »Es war mir ein Vergnügen. Ich liebe Rätsel, das weißt du.«

»Allerdings weiß ich jetzt noch immer nicht, warum Ihr geahnt habt, dass die Scherben unter Boutades' Grabmal gelegen haben«, gestand ich.

Aristoteles schien sich plötzlich nicht mehr ganz wohl in seiner Haut zu fühlen. »Es schien mir offen gestanden der logischste Platz für ein solches Versteck zu sein… Beweise hatte ich dafür keineswegs. Allerdings kannte ich den Charakter des Mörders ziemlich gut. Er hatte für unsere alten Bräuche und Sitten viel übrig. Natürlich hätte er die Scherben einfach in den Golf von Korinth werfen können, doch zuerst musste die Kopie angefertigt werden. Und da ich annahm, dass Polygnotos den Sklaven erst umgebracht hatte, nachdem die Scherben gut versteckt worden waren, rechnete ich damit, dass die verräterischen Stücke nach seinem Besuch in Korinth, aber vor dem Tod des Sklaven in ein Versteck gebracht worden waren. Was war in dieser Zeit geschehen? Nun, man hatte Boutades' Grabmal errichtet.«

»Ja«, seufzte ich. »Ich erinnere mich noch gut an diesen Tag.« Und ich sah erneut Boutades' in Marmor gehauenes Gesicht vor mir.

»Und«, fuhr Aristoteles eifrig fort, »der Mörder hat sich, wie bereits gesagt, immer mit viel Feingefühl an die jeweiligen Umstände angepasst. Außerdem hatte er viel Familiensinn. In mancher Beziehung ist er seinem Onkel sehr ähnlich gewesen. Er war wie dieser äußerst gewinnsüchtig und hielt an den Dingen, die er erworben hatte, eisern fest. Im Vergleich mit diesen Sachen war ihm ein Mensch nichts wert. Ich glaube, Boutades hat noch kurz vor seinem Tod eine Lektion erteilt bekommen, als er seine Liebe zu dem kleinen Lykias entdeckt hat. Allerdings hat er auch da das Nützliche mit dem Angenehmen verbunden, denn er brauchte ja unbedingt einen Erben. Polygnotos hat den Wert der Menschen nie zu schätzen gelernt. Dafür hat ihn das traurige Beispiel seines Onkel gelehrt, dass es sich manchmal lohnt, wenn man Geld ausgibt. Familienbesitz hat er hoch geachtet. Und er hat sogar einmal in meiner Gegenwart gesagt, dass für ihn jedes Ding seinen

Platz hat. Das ist bei diesem Gastmahl gewesen, bei dem er die Kopie der dionysischen Vase angesehen und die Verse aus der Ilias zitiert hat. Es sind die Worte gewesen, die Achilles beim Begräbnis des Patroklos gesprochen hat, als er den großen Scheiterhaufen mit den Wertgegenständen und Menschen betrachtete, die geopfert werden sollten. Die Verse des Dichters beziehen sich auf Begräbnisriten und Opfer. Ich glaube, über diese Zeilen hat Polygnotos in letzter Zeit häufig nachgedacht. Er hat, genau wie der Held Achilles, Menschen geopfert und gleichzeitig darauf geachtet, dass alles nach den vorgeschriebenen Riten verlaufen ist. Er hatte bereits einen Platz für die Scherben bestimmt. Erbstücke sollten in der Familie bleiben. Aber beim Tod eines reichen Mannes werden Wertgegenstände und darunter auch Erbstücke manchmal mit dem Verstorbenen begraben. Auf meinem Rückweg von Korinth sind mir diese Verse aus der Ilias wieder eingefallen, und ich wusste plötzlich, was sie in diesem Fall zu bedeuten hatten. Der beste Platz für die Scherben der dionysischen Vase war Boutades' Grab. Und unter dem Grabmal aus Marmor, so glaubte Polygnotos, würden sie für immer sicher sein. Ich nehme an, er hatte mit seinem Sklaven einen nächtlichen Spaziergang zum Kerameikos unternommen.«

»Ja, auf die Dionysie, die er ausrichten wollte, müssen wir jetzt vermutlich verzichten.«

»Sicher. Ich glaube, die Geschichte des Chiron hat unserem Mörder ein besonderes, heimliches Vergnügen bereitet. Vielleicht hat er sich sogar nach diesem Stück für die Waffe beim Mord an Boutades entschieden. Der Pfeil, mit dem der starke Held Herakles seinen Lehrer tötet. Die Schauspieler sind natürlich jetzt sehr traurig – und vor allem mittellos.«

»Geld«, seufzte ich. »Polygnotos hatte Geld und wollte mehr. Zorn, Furcht und Habgier... wie Ihr einmal gesagt habt. Die Habgier scheint noch mächtiger zu sein, als ich dachte.«

»Aber Polygnotos liebte die Macht mehr als alles andere«, entgegnete Aristoteles. »Geld war für ihn nur Mittel zum Zweck. Er hat viel Geld angelegt, wenn es sich zu lohnen versprach. Zum Beispiel hat er Mörder bezahlt und das Amt des Choregen übernommen. Das sind Dinge, die sich nur die Reichen leisten können. Archimenos hatte nicht die nötigen Mittel, um gedungene Mörder auf dich zu hetzen.«

»Wer ist eigentlich der Mann gewesen, der das Sklavenmädchen auf der Straße nach Megara angefallen und so übel zugerichtet hat? War es Polygnotos oder Eutikleides?«

»Oh, Stephanos, hast du das noch immer nicht erraten? Es ist Archimenos gewesen. Aus diesem Grund hat Boutades so viel Macht über ihn gehabt. Zorn, Furcht... und Schuldgefühle, das sind die Ursachen für den unermesslichen Hass, den Archimenos gegen Boutades empfunden hat. Ja, wenn Archimenos mehr Mut besessen hätte, hätte er Boutades vielleicht selbst ermordet. Aber Archimenos ist ein Mensch, der seinen Hass nur an Schwächeren auslässt. Frauen gegenüber ist er schon immer sehr brutal gewesen. In dir hat er sich allerdings getäuscht – du bist nicht der Schwächere gewesen. Es war ein Fehler von ihm, sich dich zum Feind zu machen.«

Ich fühlte mich geschmeichelt. »Ja, möglich. Habt Ihr mir die Nachricht, die Ihr am Tag vor dem Prozess Archimenos geschickt habt, nicht gezeigt, weil Ihr ihn darin zwar nicht bestochen, aber bedroht habt?«

»Ich habe ihm nicht gedroht, Stephanos. Ich habe ihn lediglich darauf hingewiesen, dass dieser Prozess eine einmalige Gelegenheit ist, sich dafür an Boutades zu rächen, dass dieser sein Wissen über eine gewisse Angelegenheit so schändlich missbraucht hatte. Archimenos hätte es eigentlich verdient, vor Gericht gestellt und verurteilt zu werden. Doch die Götter haben ihn bereits bestraft.«

»Dann hat sich also ausgerechnet Eutikleides nichts zu Schulden kommen lassen?« Ich war enttäuscht.

»Nun, wir wissen nicht mit Bestimmtheit, ob Eutikleides Polygnotos für den Mörder gehalten hat, und werden es wohl auch nie erfahren. Ich bin allerdings der Meinung, dass Eutikleides die Wahrheit sofort erraten, sie ihn aber wenig gekümmert hat. Er sah in Polygnotos' viel versprechender Zukunft nur eine Möglichkeit, selbst zu Macht und noch größerem Ansehen zu gelangen. Er ist noch kein alter Mann und sehr ehrgeizig. Seine Familie hat politische Fehler begangen und Macht verloren. Im Windschatten von Polygnotos sah er die Gelegenheit, die alte Stellung der Familie zurückzuerobern. Eutikleides hat aus tiefstem Herzen die Vernichtung deiner Familie gewünscht – um Polygnotos zu gefallen und um einen für diesen genehmen Prozessverlauf zu gewährleisten. Er konnte schließlich hoffen, dass du selbst zu arm bist, um dir einen Redenschreiber zu leisten.« Er lächelte selbstzufrieden, wurde jedoch sofort wieder ernst.

»Das ist eben immer das Problem mit diesen Oligarchen«, betonte er. »Sie haben so schlechte Angewohnheiten. Polygnotos ist im Grunde seines Herzens ein Oligarch gewesen – und Eutikleides ist es noch. Polygnotos vertraute zu viel auf sein Glück. Er dachte in seinem Aberglauben, das Glück bliebe ihm so lange treu, wie er sich streng an die Sitten und Gebräuche halten und seinen seltsamen Hang zu allem ›Bewahrenden‹ befriedigen würde.

Ja, Polygnotos muss stets das Gefühl gehabt haben, ein glücklicher Mann zu sein – ein Mann, dem das Schicksal gehorcht.«

»Er ... er ist mir so großartig vorgekommen«, gestand ich. »Er ist so bewundernswert gewesen. Wisst Ihr, eigentlich habe ich Polygnotos immer ganz gern gemocht – oder besser, ich habe zu ihm aufgesehen.«

»Ja«, seufzte Aristoteles, »Polygnotos ist der beste Rhetoriker von euch allen gewesen.«